grafit

Dieses Buch ist ein Roman. Handlungen und Personen sind frei erfunden.
Ähnlichkeiten mit lebenden oder toten Personen sind nicht gewollt
und rein zufällig.

Bibliografische Information der Deutschen Nationalbibliothek
Die Deutsche Nationalbibliothek verzeichnet diese Publikation
in der Deutschen Nationalbibliografie; detaillierte bibliografische Daten
sind im Internet über http://dnb.d-nb.de abrufbar.

MIX
Papier aus verantwortungsvollen Quellen
FSC® C083411

Cäcilienstraße 48, D-50667 Köln
Internet: http://www.grafit.de
E-Mail: info@grafit.de

Umschlaggestaltung: Nele Schütz Design unter Verwendung von
shutterstock/i3d (Wendeltreppe), Anna Golant (Muster)
Gestaltung Innenteil: César Satz & Grafik GmbH, Köln
Lektorat: Christiane Geldmacher, Textsyndikat, Bremberg
Druck und Bindearbeiten: CPI – Clausen & Bosse, Leck
ISBN 978-3-89425-642-5
1. Auflage 2020

Paul Walz

Das Traummosaik

Thriller

grafit

Paul Walz, geboren 1964 in Trier, durchlief eine Banklehre und schloss ein Studium der Betriebswirtschaftslehre in Trier und Lyon an. Heute lehrt er als Professor an der Hochschule RheinMain in Wiesbaden. Er ist verheiratet und hat zwei Töchter.

Prolog

Der Tag, an dem Sebastian Finkler glaubte, sterben zu müssen, war wie zum Hohn sonnig und warm.

»Der kommt nicht mehr«, quakte Güdners Stimme aus dem Headset.

Finkler konnte den Passat weiter vorne am Straßenrand parken sehen. »Warte ab.«

Gegenüber auf der anderen Straßenseite langweilte sich eine platingefärbte Friseurin durch den Vormittag. Sie stand in einem viel zu engen T-Shirt in der Ladentür, eine Zigarette hing an ihren roten Lippen, als das dunkle Brummen eines Motors sie aufhorchen ließ.

Ein großes Baustellenfahrzeug, über und über mit Dreck verkrustet, bog in die Straße ein und nahm Tempo auf. Ein höherer Gang wurde eingelegt und ruckartig beschleunigte das Ungetüm.

Der Lkw passte nicht in die Straße, war wie ein Fremdkörper, und noch bevor er unvermittelt vielleicht hundert Meter entfernt auf den Bürgersteig gesteuert wurde, spürte Finkler die Gefahr, wusste, dass es danebengegangen war. Er sah im Augenwinkel, wie Güdner aus dem Auto sprang und hektisch zu winken begann.

»Lauf!«

Finkler hätte das Headset nicht gebraucht, um den Ruf zu hören. Als ob er das nicht selbst wüsste.

Das Baustellenfahrzeug raste gegen eine Laterne, die unter der Wucht des Aufpralls wie ein Strohhalm umknickte und mit zersplitterndem Glas auf die Straße schlug. Wieder heulte der Motor auf und das Ungetüm schrammte an einer Hauswand entlang, immer noch auf ihn zu. Finkler blieb ruhig. Er spannte seine Muskeln an und checkte den Fluchtweg, und ja, er wäre sicherlich entkommen, wenn da nicht das Mädchen aufgetaucht wäre.

Ohne die Situation zu erfassen, radelte die zierliche Gestalt auf dem Bürgersteig, denn in ihren Ohren steckten Kopfhörer. Der Blick ging verträumt ins Leere.

Nun schrie Finkler, doch sie sah und hörte ihn nicht.

Er rannte los. Nur ein Gedanke brannte in ihm: Nicht wieder ein Mädchen, das auf einem dreckigen Gehweg starb, nicht schon wieder.

Zwanzig Meter. Fünfzehn Meter. Seine Schritte wurden länger, sein Puls schlug schnell, aber gleichmäßig und so flog er dahin, dem sicheren Tod entgegen.

Zehn Meter. Er registrierte die Pflastersteine unter seinen Füßen, nahm wahr, wie die brüllende Schnauze des Lkws breiter und höher wurde und über dem Kind aufragte wie das Maul eines Raubtiers. Begrenzungspfosten wurden aus ihrer Verankerung gerissen und segelten davon wie Kegel. Fünf Meter. Das Mädchen blickte auf und sah Finklers Gesicht, erkannte, dass etwas Schlimmes passieren würde.

Sie riss den Lenker in der Sekunde herum, als er sie erreichte. Seine Energie katapultierte das Rad davon. Er registrierte flüchtig, dass es blau war, las den Schriftzug *Koga Miyata*, spürte ihren weichen Rücken, der sich unter seinem Ansturm bog und dann versteifte, dagegenhielt. Dann war sie fort, flog dahin, wohin auch immer es sie trieb. Es war ihm egal.

Einen winzigen Augenblick lang jubelte er. Das Rennen war gewonnen. Dann umwirbelten ihn Wolken aus Rost und Dreck. Doch er nahm sie nicht wahr, sah nicht mehr die Beule im Lack, roch keine Abgase und kein Öl mehr. Die Gewissheit, nun zu sterben, ließ nichts anderem Raum.

Kurz bevor ihn das Maul des Lasters verschlang, riss auch ihn etwas davon. Das Letzte, was in sein Bewusstsein vordrang, war Güdners zuckender Körper, der von den Rädern überrollt wurde.

1

Sechs Monate später: Montag, 14. November

Das elektrische Summen des Öffners war wie eine Befreiung. Finkler drückte die Tür auf und verließ rasch die Schleuse, froh darüber, den Blicken des Beamten zu entkommen, der ihn eingelassen hatte. Er wusste, wie er aussah.

Alleine im Treppenhaus schloss er die Augen und sog den Geruch des Präsidiums in seine Nase. Irgendwoher hörte er das dunkle Brummen eines Elektromotors, eine Bürotür öffnete sich und schlug wieder zu, ließ kurz Gesprächsfetzen und ein helles Lachen auf den Gang dringen. Dann war da nur das undefinierte Gemurmel eines geschäftigen Bürohauses. Er spürte so etwas wie Freude, doch noch deutlicher Fremdheit. So mussten sich Seeleute früher gefühlt haben, die nach einem heftigen Sturm wohlbehalten im heimatlichen Hafen einliefen und erstaunt feststellten, dass sich nichts geändert hatte – außer vielleicht sie selbst.

Als Finkler die Treppe nach oben blickte, zögerte er kurz. Sechzig Stufen. Eine Kleinigkeit, doch nicht unbedingt für ihn, seinen Körper, nicht für das bisschen, das übrig geblieben war. Er ergriff das Geländer und nahm ohne Pause eine Stufe nach der anderen, ignorierte, wie sein Puls zu traben und schließlich zu galoppieren begann.

Als er kaum die Hälfte hinter sich gebracht hatte, ging es nicht mehr. Er blieb stehen und rang nach Atem. Der Schweiß auf seiner Stirn fühlte sich unangenehm kalt an. Er keuchte und starrte auf den Granit zu seinen Füßen. Es war ihm früher nie aufgefallen, dass weiße Einschlüsse das dunkelgraue Material durchzogen wie ein Geflecht aus Arterien und Kapillaren.

Jemand ging an ihm vorbei, ohne ihn zu beachten. Schließlich mühte er sich weiter.

Die vergangenen Tage war er angespannt gewesen. Er hatte kaum geschlafen und noch weniger gegessen. Nur noch wenige Stufen fehlten, als sich plötzlich eine Hand auf seine Schulter legte. Er fuhr zusammen.

»Da bist du ja.«

Daniel Bender lächelte ihn an. Er war so ziemlich der einzige der Kollegen, den Finkler vermisst hatte, jetzt, da Güdner nicht mehr da war.

Bender war sichtlich damit überfordert, was er mit seinen Händen zur Begrüßung machen sollte, schütteln oder umarmen, und klopfte ihm schließlich, sozusagen als Kompromiss, auf die Schulter.

»Warum nimmst du nicht den Aufzug?«

»Training für den Fitnesstest.«

»Sieht gut aus, dynamisch.«

Ein Grinsen teilte Benders Gesicht, das wie immer blass und unausgeschlafen wirkte.

Seine Freundlichkeit tat gut.

»Du solltest mich mal im Wald erleben.«

»Marathonmann?« Wieder grinste Bender. »Komm, wir gehen nach oben.«

Finkler musste sich anstrengen, um mitzuhalten. Obwohl sein Kollege schlich und dabei angeregt auf ihn einredete, forderten die wenigen verbleibenden Stufen alles von ihm. Als sie oben angekommen waren, ließ Bender sich nichts anmerken und schlenderte plaudernd über den mit Linoleum ausgelegten Flur in Richtung Finklers Büro.

Abteilung III beschäftigte nur eine Handvoll Beamte, die alle darauf spezialisiert waren, der organisierten Kriminalität zu Leibe zu rücken. Hier hatte sich scheinbar nichts verändert. Wände, die einen Anstrich vertragen hätten, Türrahmen, die von aneckenden Aktenwagen beschädigt waren, armselige Pflanzen, die schon auf den Fensterbänken gestanden hatten, bevor Finkler ausgefallen war.

Eine der Türen stand offen. Kommissar Matthias Schäfer, der Glatzkopf, saß wie immer vor dem Bildschirm und analysierte die Ergebnisse irgendwelcher Spurenanalysen. Er nickte Finkler mit zurückhaltendem Lächeln zu.

»Wieder da?«

Finkler nickte zurück und Schäfer widmete sich ohne weitere Fragen wieder seiner Arbeit. Mehr nicht, nach sechs Monaten Koma und Reha. Finkler schluckte.

»Ich muss dich vorwarnen«, sagte Bender in einem ernsteren Ton, »in deinem Büro sitzt ein Neuer. Er ...«

Finkler blieb konsterniert stehen.

»Wie bitte? Aber das ...«

Er brach ab.

»Wir brauchten Ersatz, die Arbeit macht sich nicht von selbst und Güdner kommt nicht wieder.«

Finkler versuchte, die Fassung wiederzuerlangen. Aber natürlich, die Welt drehte sich weiter und leere Schreibtische wurden wieder besetzt.

»Was ist mit Achims Sachen?«

»Wir haben alles Private an seine Frau gegeben.«

Finkler schwieg. Als sie vor seinem Büro angekommen waren, schloss er seine Hand um den Griff, nickte Bender zu und gab ihm zu verstehen, dass er das jetzt alleine machen würde. Bender nickte und legte ihm ermutigend die Hand auf die Schulter.

»Gut, dass du es bis hierhin geschafft hast. Den Rest kriegst du auch noch gebacken.«

Finkler wartete, bis der Kollege um die Ecke verschwunden war. Das letzte Mal, dass er an dieser Tür gestanden hatte, war an einem hellen Maitag gewesen und Güdner hatte von den Plänen fürs kommende Wochenende erzählt: eine Familienwanderung im Taunus. Mittlerweile lagen Lebkuchen in den Regalen und die Läden bereiteten sich auf das Weihnachtsgeschäft vor. Und Güdner war tot.

Irgendwann merkte Finkler, dass er nicht mehr wusste, wie lange er schon reglos hier gestanden hatte. Er holte tief Luft – dann ging er hinein.

Das Büro schien verändert. Güdners Unordnung war verschwunden und an seinem Schreibtisch saß der Neue. Er sprang auf und reichte Finkler die Hand. »Lukas Schulz.«

Der neue Kollege war älter, als Finkler erwartet hatte, kein Anfänger mehr und fast ebenso groß wie er selbst. Nun sah er Finkler mit geradem Blick aus blauen Augen an und drückte ihm fest die Hand.

»Tut mir leid, dass ich Ihr Büro belagere!«

»Nicht doch. Was können Sie dafür?«

»Ich habe mich hierher versetzen lassen.« Schulz lächelte vorsichtig und strich sich durch die hellen Haare. »Einen Monat nach Ihrem Unfall.«

Finkler wusste nicht, was er antworten sollte. Er setzte sich an seinen Schreibtisch, schaltete den Bildschirm ein und kam nicht mehr weiter.

In seinem Kopf herrschte die völlige Leere, die ihn seit dem Erwachen aus dem Koma begleitete. Es war, als ob er zum ersten Mal mit diesem System arbeiten würde. Ziellos tippte er auf der Tastatur herum, um so zu tun, als ob er weiterkäme, ohne das Geringste zu erreichen.

»Oben rechts in der Ecke auf das kleine Quadrat, danach Ihre E-Mail-Adresse und das neue Passwort, das Sie in dem Umschlag dort finden.«

Ihre Blicke trafen sich einen Augenblick und Finkler hoffte, dass Schulz nicht erfasste, wo das Problem wirklich lag. Er nickte und griff nach dem Umschlag, während er seinen Kollegen musterte. Ein scharfsinniger Mann, er würde ihn im Auge behalten.

***

Als Finkler ins Vorzimmer des Chefs kam, strahlte Carla Hesse.

»Da ist er ja. Unser Held!«

Finkler hob abwehrend die Hände und schüttelte den Kopf. Gleichzeitig musste er ein Grinsen über ihr knallbuntes Outfit unterdrücken, dessen Farbkombination er nicht einmal an Karneval riskiert hätte. Aber eigentlich passte es gut zu ihr, genauso wie ihre rot gefärbten Haare. Carla hatte nie geheiratet, vielleicht, weil sie jahrelang ihre Mutter gepflegt hatte. Seit deren Tod konzentrierte sie ihre überschüssige Energie auf ihre getigerte Katze. Und auf den Zusammenhalt der Abteilung. Ohne ihr Zutun würden die Geburtstage vergessen, gäbe es keine Weihnachtsfeier und wohl auch keinen Betriebsausflug. Wenn man ein Problem hatte oder eine Information brauchte, war man bei ihr genau richtig. Er fühlte sich zum ersten Mal an diesem Morgen wirklich zurückgekehrt.

»Das mit Güdner hat uns alle schwer getroffen.« Es entstand eine Pause, in der sich kurz ein Schatten über ihr Gesicht legte, doch dann lächelte sie wieder. »Und deshalb ist es umso schöner, Sie wieder im Dienst zu sehen.«

Es klang wie ein Abschlusssatz, jedoch machte Carla Hesse keine Anstalten, ihn über die Gegensprechanlage beim Chef zu melden. Vielmehr begutachtete sie ohne jede Scheu die Stelle, an der die Ärzte Finkler ein Stück der Schädelplatte herausgeschnitten hatten, um den Druck der Blutung zu senken, und an der jetzt wulstiges Gewebe breit die kurz geschnittenen Haare durchfurchte.

»Darf ich ehrlich sein? Ihr Kopf sieht furchtbar aus.«

Finkler war von vorneherein klar gewesen, dass er bei Carla Hesse nicht so einfach davonkommen würde wie bei Bender und Schulz, die ihn nicht mit Nachfragen gelöchert hatten. Carlas Währung waren Informationen und die wollte sie jetzt von ihm bekommen. Er tat ihr den Gefallen, nahm dankend einen Kaffee und erzählte, was er sich während der Reha als Geschichte für solche Momente zurechtgelegt hatte. Er hoffte, dass das Wenige, das er preisgab, genug sein würde, um glaubwürdig zu bleiben und keine Nachfragen zu provozieren, die er nicht beantworten wollte.

Nachdem er ihr von seinem schweren Weg zurück ins Leben, seiner zweiten Geburt, wie er es nannte, berichtet und ihr gezeigt hatte, wie mühsam sich wochenlang wenig bewegte Sehnen wieder dehnten, wie schwer sich Worte nach einem Koma wiederfanden, machte er eine kurze Pause und nahm einen Schluck von seinem Kaffee. Eine Kunstpause vor seinen Abschlusssätzen, die sich bisher bei allen als sehr wirkungsvoll erwiesen hatte.

»Im Prinzip hatte ich Glück. Nach der Glasgow-Koma-Skala gehöre ich zu einer ganz kleinen Gruppe von Patienten, die sich davon wirklich gut erholen.« Er hätte die Worte inzwischen im Schlaf herunterbeten können, so oft hatte er sie von den Ärzten gehört. »Zwischen dreißig und vierzig Prozent schaffen es nicht, weitere zehn bleiben geistig so beschädigt, dass sie im Wachkoma dahinvegetieren. Ich bin einer von Wenigen, die wirklich wieder fit werden, eine Ausnahme.«

Es entstand eine weitere Pause, in der Carla ihn mitfühlend anblickte.

»Was ist mit dem Lkw-Fahrer?«, fragte sie schließlich.

Finkler schüttelte den Kopf. »Nein, die Kollegen haben nichts in der Hand.« Und obwohl ihm klar war, dass sie sicherlich auf Stand war, ergänzte er: »Nach wie vor weiß keiner, wer mich und Achim überfahren hat.«

»Ich hoffe, dass man den Dreckskerl irgendwann findet«, sagte Carla Hesse schließlich und drückte den Knopf der Gegensprechanlage, um ihn bei seinem Chef anzumelden.

***

Procks Büro war groß und wie immer unaufgeräumt. Der kleine Besprechungstisch, an den der Chef Finkler bat, war vollgestapelt mit Akten, die Prock nun umständlich auf den Boden legte, während er sich laufend die langen Haarsträhnen über seine fortschreitende Halbglatze strich. Er hatte ein rundes Gesicht, an dessen Seiten mit der Zeit Fettpolster so wahllos entstanden waren, als hätten sich kleine Kinder mäßig erfolgreich darum bemüht, sie zu modellieren. Nicht umsonst nannte ihn die Belegschaft hinter vorgehaltener Hand »Französische Bulldogge«.

Finkler mochte Prock. In seinen Augen war er ein guter Ermittler und außerdem kein schlechter Vorgesetzter. Mit Prock hatte er immer gerne zusammengearbeitet und er bemerkte, wie ruhig er in der Atmosphäre dieses Büros wurde. Hier hatten sie gemeinsam heikle, aber erfolgreiche Entscheidungen getroffen und ihre Erfolge gefeiert.

Als Prock den Tisch endlich freibekommen hatte, nahmen sie Platz. Prock blickte Finkler in die Augen und nestelte an seiner Krawatte.

»Wie geht es dir?« Er hatte eine leicht hechelnde Stimme und stemmte den kurzen Körper in seinem Stuhl hin und her.

»Alles auf dem Weg. Nur der Körper braucht noch ein wenig.«

Prock grunzte zustimmend. Dann schwieg er und begann, einen unsichtbaren Fleck von der Platte zu wischen. Finkler beschlich ein ungutes Gefühl. Was war los? Als die Pause so lang wurde, dass es ihn peinlich berührte, versuchte er das Gespräch voranzutreiben.

»Wo willst du mich einsetzen?«

Prock blickte zum Fenster und räusperte sich.

»Ich werde ehrlich mit dir sein. Mir wäre es lieber gewesen, man hätte dich versetzt.« Prock hob die Hände, als er Finklers Überraschung sah. »Das hat nichts mit dir zu tun. Aber wo soll ich mit dir hin?«

Finkler senkte den Blick und sah auf die verkratzte Oberfläche des Tischs. Er versuchte, sich seine Enttäuschung nicht anmerken zu lassen.

»Kurt, ich kann wieder der werden, der ich vor dem Unfall war!«

Prock zog die Augenbrauen in die Höhe. »Machen wir uns nichts vor: Das wird sehr lange dauern. Eine Ewigkeit. Wenn es dir überhaupt gelingt.«

»Wenn es dir so gegen den Strich geht, dass ich wieder hier bin – warum hast du mich überhaupt zurückgeholt?«

»Vizepräsident Bierbrenner, der alte Freund deines Vaters, ist dagegen, dich zu versetzen. Es soll nicht so aussehen, als ob du dafür bestraft würdest, ein Menschenleben gerettet zu haben. Wahrscheinlich fürchtet er sich vor der Presse. Oder vor dem Russen, dessen Tochter du vor dem Lkw bewahrt hast.« Prock hob die Hände. Plötzlich war seine Stimme kalt. »Mich kotzt das Ganze an. Das ist nicht persönlich gemeint.«

»Spar dir das Geschwätz.« Finklers Blick bohrte sich in Procks Augen. »Was also?«

»Also gut: Wir sind personell am Limit. Ich kann mir einfach niemanden leisten, der nicht voll einsatzfähig ist. Mir fehlt jemand für die Ermittlungsarbeit. Was mir nicht fehlt, ist ein Sanierungsfall.« Prock schenkte sich Kaffee ein und schlug einen geschäftsmäßigen Ton an. »Was soll's, ich kann es ohnehin nicht ändern. Also: Durch deinen Ausfall und Achims Tod sind wir in den letzten Monaten im Rosetti-Fall kaum vorangekommen. Ich habe Bender und Schulz drangesetzt, die beiden sind aus euren Aufzeichnungen aber nicht schlau geworden. Deine Rückkehr könnte also wenigstens hier etwas Gutes haben. Es gibt Lücken, die nur du füllen kannst.«

Prock sah ihn an wie ein lästiges Problem. »Also setz dich an die Akten und leg los. Wenn du so weit bist, machen wir eine Besprechung in der großen Runde, da sehen wir dann weiter.«

***

Der Abend brach früh herein. Schon gegen sechs Uhr fiel die Dämmerung über die Stadt und kaum eine halbe Stunde später herrschte draußen vor den Gebäuden dunkle Nacht.

Finkler war allein im Büro. Lukas Schulz war nicht mehr an seinem Schreibtisch gewesen, als Finkler von Prock zurückgekommen war, und seitdem nicht wieder aufgetaucht. Auch Daniel hatte sich nicht mehr blicken lassen. Finkler hatte genug Zeit gehabt, die Akten des letzten großen Falls zu studieren, den er und Güdner gemeinsam bearbeitet hatten. Jetzt stand er am Fenster und sah geistesabwesend auf die Lichtkegel, dic von den Scheinwerfern in den Dunst projiziert wurden. Die Menschen waren auf dem Heimweg. Die Eschersheimer Landstraße war schon in beiden Richtungen verstopft und er wusste, dass es auf Miquel- und Adickesallee nicht besser sein würde.

Es war Zeit, den Fakten ins Auge zu sehen: Sein Gedächtnisverlust war auch hier so schlimm und so vollkommen, wie er es befürchtet hatte.

Sein Handy klingelte. Es war Melanie. Er lächelte müde. Sie war bei ihm geblieben, hatte sein Koma auch überstehen müssen, ihn bei der Reha unterstützt, doch nun zeigten sich Risse in ihrer Beziehung.

»Wie war der erste Tag?«

»Durchwachsen. Alles ist weg.«

»Wie?«

»Na, meine Erinnerungen an den Fall. Nichts ist mehr da.«

Sie seufzte. »Das war doch klar. Du hast es doch schon vorher nicht mehr zusammenbekommen. Hast du Prock die Wahrheit gesagt?«

Sie hatte ihm von Anfang an davon abgeraten, jetzt schon ins Präsidium zurückzukehren. Sie hielt ihn noch nicht für stabil genug. Und als sie gemerkt hatte, dass er nicht umzustimmen war, hatte sie versucht, ihm das Versprechen abzuringen, dass er Prock wegen seiner Erinnerungslücken reinen Wein einschenkte.

»Du weißt, dass das nicht geht.«

»Wieso?«

»Weil ich den Fall beenden will, weil ich hierbleiben und nicht in einem Büro versauern will. Darum!«

»Was ist daran so schlimm? Bei deinem Zustand wäre ein ruhigerer Job garantiert besser.«

»Auf gar keinen Fall!«, brauste er auf. »Ich möchte nicht schon wieder darüber diskutieren.«

Er bereute es sofort.

»Du könntest es doch bloß nicht ertragen, weniger erfolgreich zu sein als dein Vater. Oder? Ist es das?« Sie war genervt.

Finkler beobachtete den Verkehr. »Sehen wir uns heute Abend?« Er fragte, obwohl er die Antwort schon kannte.

»Das schaffe ich nicht. Ich bin noch im Büro.«

Sie schwiegen einen langen Augenblick. Unten hatte es einen leichten Auffahrunfall gegeben. Ein SUV hatte den Wagen des Vorausfahrenden berührt und nur Sekunden später standen sich die beiden Kontrahenten in der feuchten Kälte gegenüber und brüllten sich warm. Finkler begann in seinem Mantel zu schwitzen.

»Ich muss jetzt los«, sagte er schließlich. »Und danke.«

»Wofür?«

»Dass du für mich da bist.«

Keine Reaktion.

Sie legten auf.

Alles war weg. Nicht nur seine Zeit im Koma, auch die Wochen davor waren komplett ausgelöscht. Es war, als hätte er während dieser Zeit nicht gelebt. Manches hatte ihm Melanie zwar erzählt, als es ihm langsam besser ging, aber da sie beide vor dem Unfall sehr eingespannt gewesen waren, konnte sie nur wenige seiner Lücken füllen. Und auch alles, was er über den Unfall selbst wusste, hatte er den Erzählungen anderer entnommen.

Die Psychologin, die ihn seit der Reha betreute, hatte ihn immer wieder ermutigt, nicht aufzugeben, und so hatte er gehofft, dass ihm die Zeit irgendwann Stück für Stück sein Gedächtnis zurückgeben würde. Auch die Ordner hatte er heute in der Hoffnung gewälzt, irgendwo eine Information zu finden, die wie ein Funke seine Erinnerungen an den Fall zum Leben erwecken würde. Doch das Aha-Erlebnis war ausgeblieben. Selbst seine eigenen Vermerke lasen sich, als wären sie von einem Fremden verfasst worden. Über seinen letzten Fall wusste er am Ende des Tages im Wesentlichen nicht viel mehr als das, was er heute aus den Akten erfahren hatte.

Der Fokus der Ermittlungen hatte auf Maurizio Rosetti gelegen, dem Capobastone eines italienischen Clans. Dieser stand im Verdacht, ein weitverzweigtes kriminelles Netzwerk zu betreiben, das im Drogengeschäft, der Prostitution und dem illegalen Müllgeschäft immense Umsätze erwirtschaftete. Da in Deutschland die Rechtslage günstig war, günstiger zumindest als in Italien, wurden die eigenen und vermutlich auch die Gelder anderer Organisationen in gigantischem Stil hier gewaschen.

Die Annahme, die es zu beweisen galt, war das Übliche: Der Clan hatte in Mittelstädten, die ausreichend groß waren, um Anonymität zu gewährleisten, Spielhallen, Restaurants und weitere Einrichtungen übernommen, die typischerweise viel Barumsatz machten, um diese als »Waschmaschine« zu nutzen. Das saubere Geld wurde anschließend in Immobilien, Beteiligungen und sonstige legale Geschäfte investiert, sodass sich der kriminelle Teil der Organisation hinter einer legalen Fassade verstecken konnte. Alles nach außen völlig unverdächtig. Die wahre Funktion war kaum zu beweisen, solange die Organisationsmitglieder dichthielten. Geriet einer der Läden in Verdacht, wurde er augenblicklich geschlossen. Die Spuren waren schnell verwischt. Die Konten wurden aufgelöst, die Eigentümer lebten typischerweise im Ausland, ein Nachweis des wahren Geldflusses blieb praktisch unmöglich.

Die Akten zeigten, dass es ihnen damals noch nicht einmal gelungen war, das Firmengeflecht aus Bau-, Planungs-, Projekt- und Verwaltungsunternehmen, das mit dem gewaschenen Geld finanziert wurde, so weit aufzuschnüren, dass Rosetti selbst ohne Zweifel damit in Verbindung zu bringen war. Güdner schien an der Aufgabe schier verzweifelt zu sein. Probleme machten vor allem die Struktur und Verschachtelung der Firmen, die in wenigstens fünfzehn Ländern saßen, von denen die meisten keine Auskünfte erteilten. Und die Angst der Beteiligten, die sich im Dunstkreis des Syndikats befanden. Den Akten nach hatten sie lange auf der Stelle getreten, bis schließlich wie so oft der Zufall die Ermittlungen angestoßen hatte.

Einige italienische Wirte, die legal arbeiteten, sahen sich durch die Machenschaften der Rosettis zunehmend in Verruf gebracht und begannen zu opponieren. Zeugen tauchten auf und erstatteten Anzeige, was ihnen neue Ansatzpunkte geliefert hatte. Die Organisation jedoch unterdrückte die streitbaren Wirte brutal. Auch hier gab es eine Arbeitsteilung. Die Italiener machten sich nicht selbst die Finger schmutzig, sondern beauftragten Armenier, Albaner oder Kosovaren damit, für Ordnung zu sorgen. Diese bedrohten die Wirte, schlugen sie zusammen oder zündeten ihre Autos an. Schließlich wurden die Anzeigen allesamt zurückgezogen.

Und obwohl es der Polizei gelang, einen der Täter zu schnappen, ließ sich keine Verknüpfung zur Organisation herstellen. Der Schläger wurde bestraft, mehr geschah nicht. Die kurze Hoffnung auf einen Durchbruch war dahin – bis es Finkler gelungen sein musste, im Nachgang der ganzen Geschichte eine Kontaktperson aus der unmittelbaren Nähe der Familie umzudrehen.

Sein Unfall hatte die Ermittlungen praktisch auf Eis gelegt und alle schienen zu hoffen, dass es nun mit seiner Hilfe und seinem Wissen weiterging.

Was das Aufarbeiten erschwerte, waren Lücken in den Unterlagen. Zu seinem Kontakt fanden sich beispielsweise keine konkreten Angaben. Weder ein Name noch ein Foto waren zu finden. Im Normalfall wurden sie dazu angehalten, regelmäßig einen Bericht abzuliefern. Eigentlich müsste er Prock oder Daniel fragen, ob es eventuell eine ausgelagerte Fallakte gab, in der man Teile der Hauptakte zusammengefasst hatte. Doch wie sollte das gehen, ohne zuzugeben, dass er alle Erinnerungen verloren hatte? Wenn das Prock zu Ohren käme, würde er endgültig bei ihm durchfallen.

Seine Pflegemutter hatte in solchen Situationen immer einen Spruch auf Lager gehabt, der ihm nun einfiel: Schlimmer geht immer.

2

Dienstag, 15. November

Eine neue Laterne beleuchtete die Straße. Auch die Begrenzungspfosten waren erneuert und die zerfurchten Hauswände saniert worden. Nichts wies mehr darauf hin, dass sich an dieser Stelle jemals ein Unfall ereignet hatte, nichts. Nur sein Kopf war nach wie vor versehrt, innen wie außen.

Finkler war wie so oft seit dem Koma schweißgebadet mitten in der Nacht hochgeschreckt und hatte die Bilder eines Traums nicht aus dem Kopf bekommen. Er träumte seit dem Unfall so realistisch, als wäre er tatsächlich am Ort des Geschehens. Es war zum Fürchten, fühlte sich an, als verliere er den Verstand, aber nur hier durchbrach er die Leere seiner Amnesie. Nie war es jedoch so intensiv gewesen wie heute. In dieser Nacht ließen sie nicht mehr von ihm ab. Er sah die Bilder des Unfalls wie in einer Diashow immer wieder, hörte Güdner schreien und sah ihn sterben. Ob sich alles genauso ereignet hatte, wer wusste das schon?

Nachdem er lange schlaflos durch seine Wohnung gewandert war, hatte er kurz vor Tagesanbruch den Entschluss gefasst, erstmals herzufahren.

Er parkte den BMW und beobachtete eine Weile die Frühpendler, die ab und an die Straße durchfuhren, die er nur aus seinen Träumen kannte und die ihm doch so vertraut war.

Was wollte er hier? Antworten?

Irgendwann in der chaotischen Nacht war ihm eine Idee gekommen. Wenn er im Traum den Unfallhergang so realistisch erlebte, dann waren seine Erinnerungen vielleicht tatsächlich nicht unwiederbringlich verloren.

Sarah Herbst, seine Psychologin, hatte ihm von Triggern erzählt, die sein Gehirn dazu bringen konnten, verschüttete Erinnerungen herauszulassen. Das konnten zufällige Ereignisse, Beobachtungen, Gerüche oder eben auch Orte sein, die in ihm Erinnerungen zutage brachten. Vielleicht bräuchte es also nur den richtigen Auslöser, um die Blockade zu überwinden.

Mit zittrigen Fingern öffnete er die Tür und verließ das Auto. Sofort flackerte eine Szene auf: Das Mädchen radelte auf dem Fahrrad mit schreckensweiten Augen auf ihn zu, dahinter der Lkw. Fast wäre er zur Seite gesprungen, als die Scheinwerfer eines Autos ihn erfassten.

Auf der gegenüberliegenden Seite ratterten Rollläden nach oben.

Finkler ging weiter. Schräg gegenüber war eine große *17* auf die Hauswand gemalt. Hier wohnte Lieselotte Zöllner. Die alte Frau hatte eine Aussage zum Unfall gemacht, der exakt gegenüber ihrer Wohnung geschehen war. Wenige Meter also nur noch bis zu dem Ort, wo der Lkw Güdner überrollt und Finkler davongeschleudert hatte.

Plötzlich hörte er Schreie und drehte sich um. Doch da war niemand. Erneut hörte er jemanden rufen. Und jetzt erkannte er die Stimme. Es war Güdner.

Finkler presste die Hände auf die Ohren und schloss die Augen. Erfolglos. Die Bilder, die er schon in seinem Traum gesehen hatte, waren wieder da und hüllten ihn ein, als ob sie sich in der Sekunde vor seinen Augen abspielen würden. Die Straße wurde in helles Sonnenlicht getaucht. Er hörte das Dröhnen des Motors, sah den silbernen Einsatzwagen, Güdners Winken. Überdeutlich erkannte er den Lkw. Jeden Rostfleck registrierte er. Dann erblickte er hinter der Scheibe des Lkw ein Gesicht. Augen starrten ihn unter dunkel gelockten Haaren an. Emotionslos. Ein Bild, scharf und deutlich wie auf einem Foto.

Das Fahrrad mit dem Schriftzug *Koga Miyata* blinkte in der Sonne. Eine Hupe ertönte und zerriss die Bilder. Er saß an die Hauswand gelehnt auf dem Gehweg und sah benommen eine Beifahrertür aufgehen. Ein Mann sprang eilig in einen wartenden Wagen. Kurz war Musik zu hören, dann fuhr das Fahrzeug davon.

Finkler rappelte sich auf und wankte zurück zum Auto, warf sich auf den Fahrersitz und zog die Tür hinter sich zu. Den Kopf zurückgelehnt rang er nach Atem.

Es hatte nicht funktioniert, jedenfalls nicht so, wie er es sich vorgestellt hatte. Die Straße war ein Trigger, daran gab es keinen Zweifel, doch produzierte dieser nur verworrene Bilder. Er war naiv gewesen. Ein Gehirn war nun mal kein Computer, den man neu booten konnte.

Finkler sah auf die friedlich daliegende Straße. Und dennoch – auch wenn ihn der Besuch hier am Unfallort nicht einen Schritt weitergebracht hatte, war trotz allem etwas anders. Etwas, worüber er später unbedingt mit Sarah Herbst sprechen wollte. Denn in seinem Inneren waren die Dinge in Bewegung geraten. Erst der Traum in der Nacht, der so klar und zusammenhängend gewesen war wie nie zuvor, und jetzt Trugbilder, die ihn mitten auf der Straße in der gleichen Intensität und Wirklichkeitsnähe überfielen wie zuvor nur im Schlaf.

Ja, etwas war in Bewegung geraten. Er konnte nur noch nicht sagen, ob es gut oder schlecht war.

Er drehte den Schlüssel und der Motor sprang surrend an. Wieder sah er die Augen des Fahrers, nahm wahr, wie genau er ihn fixierte, erkannte die Absicht, ihn zu erwischen.

Sein Unfall war kein Zufall gewesen, kein außer Kontrolle geratener Lkw hatte ihn verletzt, nein, es war ein Anschlag.

***

Übermüdet fuhr Finkler direkt vom Unfallort ins Präsidium. Kalter Sprühregen rieselte unangenehm aus einem schiefergrauen Himmel. Zwar hatte er am Vormittag einen Termin bei Sarah Herbst, doch er wollte sich vorher im Büro zeigen und den Eindruck vermeiden, Procks Verhalten hätte Wirkung gehabt.

Im Büro sah Schulz von einer Akte auf und lächelte freundlich zur Begrüßung. Alles an ihm war ordentlich. Haare, Kleidung, sein Schreibtisch. Finkler hingegen hatte das Erstbeste angezogen, das ihm in die Hände gefallen war, und erst eben im Treppenhaus bemerkt, dass das dunkelblaue Hemd einen Fleck hatte.

»Gut, dass du kommst. Daniel wollte nachher mit uns das weitere Vorgehen diskutieren.«

Finkler ließ sich auf seinen Stuhl fallen. »Das müssen wir auf mittags legen, ich hab um elf einen Arzttermin.«

Die Zeit vor dem Termin bei Sarah Herbst verbrachte er erneut mit Aktenstudium im Rosetti-Fall. Er stieß auf neue Einzelheiten, auf Details, die ihm bisher entgangen waren. Ein Mann namens Ferrini hatte eine erboste Aussage gemacht, in der er auf die Verbrecher schimpfte, die ihn und seine Frau aus dem Restaurant werfen wollten. Er hatte sich kampfbereit gezeigt und Anzeige erstattet, die er kurz darauf jedoch wieder zurückzog. Laut Aktenlage hatte später niemand bei den Wirtsleuten nachgehakt und versucht, sie zu einer erneuten Anzeige zu bewegen, was man in solchen Fällen eigentlich immer tat.

Finkler machte sich eine Notiz.

Insgesamt waren die neuen Erkenntnisse jedoch zu vage. Vor allem fühlte Finkler sich noch nicht imstande, eine Gesamteinschätzung des Falls abzugeben. Die Aufzeichnungen schienen ihm nach wie vor unvollständig, ohne dass er das an einem konkreten Punkt festmachen konnte. Doch passte das Ganze nicht zu ihrer üblichen Routine.

Wieso hatten er und Güdner die Aktenführung dermaßen vernachlässigt? Es war nie seine Art gewesen, Berichte lange liegen zu lassen. Und auch Güdner war gewissenhaft gewesen, hatte nie geschlampt oder Dinge auf die lange Bank geschoben. Was war passiert? Hatten sich die Ereignisse überschlagen, sodass sie mit den Berichten nicht mehr nachgekommen waren? Gab es Notizen oder Nebenakten, die inzwischen an anderer Stelle gelagert wurden? Hatte Güdner einen Teil der Akten mit zu sich nach Hause genommen? Das war zwar nicht erlaubt, aber daran hielt sich keiner. Finkler würde ihn nicht mehr fragen können.

Er war so in seine Gedanken versunken, dass er fast die Uhr aus dem Blick verlor und sich beeilen musste, um nicht zu spät zu seinem Termin zu kommen. Doch letztlich war er es, der warten musste.

»Als Gutachterin bei Gericht ist es manchmal wie im Irrenhaus«, entschuldigte sich Sarah Herbst, als sie endlich durch die Tür eilte.

Sie streifte die Jacke ihres dunkelblauen Kostüms ab, sichtlich erleichtert, dessen Enge zu entkommen. Dann nestelte sie an ihrem Zopf, zog den Haargummi heraus, um die dunklen Locken durchzuschütteln.

»Dann mal los.« Sie setzte sich ihm gegenüber und lächelte.

Einen Augenblick lang blieb sein Blick an der Narbe hängen, die sich unterhalb des linken Ohrläppchens in einem gezackten Bogen über die Wange bis ans Kinn zog. Sie teilte ihre Erscheinung in zwei Hälften, Yin und Yang, die gute Seite und die böse Seite. Sah man ihr Profil von rechts, war sie von makelloser Schönheit, von links jedoch bot sich dem Betrachter ein Bild brutaler Zerstörung. Er hatte sich an den Anblick gewöhnt.

»Hast du wieder geträumt?«

Finkler nickte. »Zum ersten Mal den kompletten Unfall. Es war alles so plastisch, als wäre ich wirklich dabei. Ich könnte dir von den Gerüchen erzählen, dem Geräusch des Motors, Achims Gesicht, als …«

Er stockte kurz und erzählte ihr dann den Traum und seinen Besuch am Unfallort in allen Details.

Eine steile Furche zeigte sich auf Sarahs Stirn. »Mach so etwas nie wieder ohne mich, du weißt nie, was passiert.«

»In Ordnung. Verstehst du, was ich meine? Ich habe die Augen des Kerls gesehen. Das war kein Unfall, das war Absicht. Der wollte mich umbringen!«

Die Kollegen waren damals aufgrund der Beweislage von einem unerfahrenen Fahrer ausgegangen, der über den von ihm gestohlenen Lkw die Kontrolle verloren und dann Unfallflucht begangen hatte. Wenn die Tat jedoch Absicht gewesen war, änderte das die Lage vollkommen.

Sarah dachte nach. »Was du erlebt oder geträumt hast, ist, ich will es mal einfach formulieren, wie ein Remake. Dein Gehirn vermischt Dinge miteinander, die das Unterbewusstsein als traumatisch wahrgenommen hat oder mit diesen in Verbindung bringt. Es verknüpft Gehörtes mit verschütteten Ereignissen. So entsteht Neues mit einem wahren Kern oder einem Bezug zu wirklichen Ereignissen. Du darfst nicht alles für bare Münze nehmen, was du in den Träumen erlebst. Das Gesicht kann genauso gut einem Mann gehören, mit dem du lediglich Böses verbindest.«

»Und was, wenn nicht, wenn es ein Anschlag war?«

Sie breitete die Arme aus. »Beweise es. Ich kann es nur vermuten. Aber zurück zu dir. Anscheinend treten jetzt auch intrusive Erinnerungen an den traumatischen Moment in Erscheinung, während du wach bist. Flashbacks, getriggert durch den Ort. Und sicher haben die einen Bezug zur Realität.« Sie machte eine kurze Pause und entschied sich offenbar, es nicht weiter auszuführen. »Auf alle Fälle ist es viel zu riskant, wenn du dich solchen Triggern einfach so aussetzt. Dir kann wer weiß was passieren.«

»Wärst du bereit, mit mir noch mal dort hinzugehen?«

»Du willst dich dem noch einmal aussetzen?«

»Vielleicht hilft es mir, mehr über den Unfallhergang herauszufinden. Und warum Güdner und ich an dem Tag dort gewesen sind.«

Man sah ihr an, dass sie seine Idee nicht mochte.

»Ich weiß es nicht. Aus medizinischer Sicht sind die Risiken zwar nicht sonderlich groß, doch psychologisch gesehen, kann es uns um Monate zurückwerfen. Ich …«

Sein Telefon schnitt ihr den Satz ab. Es war Bender. »Tut mir leid.« Finkler zuckte entschuldigend mit den Schultern. »Da muss ich rangehen.«

Sarah stand auf, setzte sich an den Schreibtisch und machte sich Notizen.

Benders Stimme am Telefon klang ungeduldig. »Wo steckst du? Es wurde eine Tote gefunden. Sie liegt unter einem Parkplatz in einem Hohlraum. Der Chef meint, es könnte für die OK interessant sein, da eigentlich nur die Clans die Leichen so verscharren. Kannst du sofort hinfahren? Schulz und ich kommen auch gleich.«

»Ich denke, ich soll an dem alten Fall bleiben?«

»Du musst nicht mit mir streiten. Frag Prock.«

»Na gut, gib mir die Adresse, ich fahre hin.« Er wandte sich an Sarah. »Ich muss los, das nächste Mal ohne Handy.«

Er war schon fast draußen, als sie ihn noch einmal aufhielt. »Ich weiß, dass du Antworten suchst, aber du kannst die Dinge nicht erzwingen. Dein Gehirn folgt keiner Logik und das gilt auch für das, was du in deinen Träumen und Intrusionen erlebst. Wir müssen die Bilder genau analysieren und die Wahrheit herausschälen. Erwarte nur nicht zu viel. Manche Frage wird unbeantwortet bleiben.«

3

Blaulicht kreiste und die Straße war abgesperrt. Finkler parkte und stieg aus. Zum Glück regnete es nicht mehr, der schneidende Ostwind ließ ihn jedoch die Jacke enger um den Leib ziehen. Er schwor sich, am Nachmittag die Winterjacke aus der Sommerpause zu holen.

Ein Streifenpolizist stellte sich ihm in den Weg, doch er zeigte seinen Ausweis und ging zur Wohnanlage.

In der ruhigen Seitenstraße war zwischen die Gründerzeithäuser, die den Bombardements des Zweiten Weltkriegs standgehalten hatten, ein Bau gepfercht worden, der wie ein Fremdkörper wirkte. Die Materialien waren zwar hochwertig und es war zu vermuten, dass die gut zwanzig Wohnungen sehr teuer sein mussten, allerdings hatte sich der Architekt nicht die Mühe gemacht, den Stil an die Nachbarhäuser anzupassen. Sichtbeton und dunkle Aluminiumfenster beherrschten die Fassade.

Hinter der Anlage ließ ein einzelner Baum am Rand des Parkdecks kahle Äste in den Himmel ragen.

Schulz und Bender schienen noch nicht da zu sein. Nur Erich Koller winkte ihm zu und beobachtete, wie er frierend näher kam.

»Wird langsam Winter.« Koller trug ein dünnes Blouson. Hinter ihm lag ein Baukran auf der Seite. »Die Eigentümer wollen in der obersten Wohnung Dachgauben einsetzen lassen. Deshalb haben sie das Ding da«, er zeigte auf den Kran, »in Einzelteilen durch die Einfahrt hereingebracht und zusammengesetzt. Der Wind hat es in der vergangenen Nacht umgeblasen. Erst waren sie noch erleichtert, dass das Monstrum nicht in die Nachbargärten gekracht ist.«

»Aber?«

Koller schob ein paar der Flatterbänder beiseite, mit denen er einen Teil des Parkdecks abgesichert hatte, und zeigte auf einen langen Spalt im Boden. »Der Vorarbeiter hat bemerkt, dass sie irgendwo eingebrochen sind. Einer der Männer ist in den Schacht gesprungen und hat die Leiche gefunden.«

Das Gewicht des Stahls hatte das Pflaster über die ganze Länge beschädigt. Etwa in der Mitte klaffte ein Riss von mehreren Metern, der sich zu den Enden hin verjüngte.

Koller hielt Finkler sein Handy hin. »Der Mann hat ein Foto gemacht.«

Finkler betrachtete den kleinen Bildschirm. Ein ledriger Schädel war zu erkennen.

»Ist das eine Frau?« Finkler sah Koller fragend an, doch der hob nur die Schultern. »Gibt es Spuren, die auf organisierte Kriminalität hinweisen?«

»Weiß ich nicht.«

»Wieso ruft ihr denn sofort nach uns? Habt ihr in der Mordkommission keine Lust, oder was?«

»Wer legt denn sonst seine Toten so ab?«

»Ach komm, das ist eine Frau. Nix organisierte Kriminalität. Dir fallen doch selbst genügend Beispiele ein, wie Frauenleichen entsorgt werden. Innerfamiliäre Streitigkeiten oder Vergewaltigung mit anschließendem Mord und so weiter.«

Er ging genervt zum Fundort hinüber. Einige Verbundsteine und dicke Betonbrocken waren in die Grube gefallen, während sich andere in der Stahlarmierung verfangen hatten. Als er sich darüberbeugte, konnte er erkennen, dass es sich nicht um einen Hohlraum im eigentlichen Sinne handelte, sondern um einen niedrigen, aus Backsteinen gemauerten Gang.

»Was hat hier früher gestanden?«

»Wir wissen es nicht genau. Das hier gehört ja schon zum Grundstücksteil, der an die Parallelstraße stößt. Die Bauleute haben damals eine Schalung darübergebaut und ordentlich Beton draufgekippt. Das hat dann auch für die Belastung durch die Pkws gereicht, der Druck des Krans war allerdings zu viel.«

»Wo liegt die Leiche?«

»Drei bis vier Meter hinter dem Ende des Risses.«

»Wer war unten?«

»Außer dem Kollegen von der Streife niemand. Die Spurensicherung ist unterwegs, sie sind aber noch an einem anderen Tatort.«

»Hast du einen Schutzanzug?«

Kurz darauf rutschte Finkler unter den Rohren des Krans hinunter und suchte mit den Füßen nach Halt. Es dauerte, bis er zwischen den herabgefallenen Brocken auf festem Boden stand und zu seiner Überraschung feststellte, dass sein Kopf und die Schultern noch im Freien waren. Vorsichtig beugte er sich in den Gang, doch das hereinfallende Licht reichte nicht allzu weit. Er versuchte es mit der Taschenlampenfunktion seines Handys, doch auch diese war zu schwach, um den Gang zu erleuchten. Finkler streckte den Kopf ins Freie.

»Habt ihr eine Lampe?«

Koller trabte davon.

Kurz darauf war er wieder da.

Die Enge wirkte beklemmend, doch Finkler unterdrückte den Anflug einer Panik und lenkte sich ab, indem er mit dem starken Strahler vorausleuchtete.

Der niedrige Gang war leer und extrem trocken. Schon bei der geringsten Bewegung wirbelte Staub auf, der so fein wie Puderzucker war und ihn unangenehm in der Nase kitzelte. Er nieste. In seinem Rücken war außer den regelmäßigen Reihen der gemauerten Backsteine nichts zu erkennen. Nach vielleicht fünf Metern endete der Gang, man hatte ihn zugemauert.

Finkler wandte sich um und leuchtete in die entgegengesetzte Richtung, wo er sofort die Leiche sah, die dort lag. Der Kollege war vorschriftsmäßig vorgegangen und hatte eine Folie ausgelegt, damit keine Spuren verloren gingen.

Das Opfer trug dunkle Lederschuhe. Die Sohlen waren abgelaufen, graue Flecken bedeckten das Leder. Die spindeldürren Beine steckten in Jeans, der Oberkörper in einem T-Shirt mit einem kaum leserlichen Aufdruck. Finkler versuchte ihn zu entziffern und schob die Jacke etwas beiseite. Mit etwas Fantasie konnte er die Worte *The Dream* und *Turtles* lesen, mehr nicht.

Die Kleider waren verrutscht, der Bauch freigelegt. Auch die Ärmel waren hochgezogen, was darauf hindeuten konnte, dass irgendwer die Leiche an den Kleidern durch den Gang hierher geschleift hatte. Dürre, unberingte Hände lagen scheinbar entspannt im Staub der Zeit.

Finkler kroch näher. Er war schreckliche Anblicke gewohnt, hatte Tote mit jedweden Verletzungen gesehen, so etwas wie hier jedoch noch nie. Die Trockenheit schien den Körper mumifiziert zu haben, sodass die Haut nun dünn wie Pergament an dem fleischlosen Schädel klebte. Sie war schwärzlich verfärbt und mit braunen und gelben Flecken durchsetzt wie oxidierendes Metall. Die langen Haare schimmerten dank einer chemischen Reaktion rötlich und waren büschelweise ausgefallen. Die Augäpfel fehlten. Die Haut der Nase hatte sich eng um den Knochen gezogen und gab ihr ein nadelspitzes Aussehen. Gepflegte Zähne bleckten sich zu einem schaurigen Dauergrinsen. Auf dem rechten Schneidezahn saß eine Krone und er schöpfte Hoffnung, dass sie ein Zahnstatus weiterbringen könnte.

Mit einem Stift hob er den Rand des Rundausschnitts des T-Shirts sachte an. Die Faser war nach wie vor geschmeidig und nur dort, wo sich Flecken zeigten, verhärtet. Er spähte durch den sich öffnenden Spalt und sah seine Vermutung bestätigt. Ein weißer Büstenhalter war über den Brüsten zusammengefallen. Er hockte vor der mumifizierten Leiche einer Frau. Von wegen organisierte Kriminalität. Er war sich sicher, dass es sich um eine Beziehungstat handelte und die Mordkommission zuständig war.

Finkler wischte sich den Schweiß von der Stirn. Die Enge des Raumes machte ihm mehr zu schaffen, als er sich zunächst eingestanden hatte. Er entschied sich, nach draußen zurückzukehren und die Leiche der Spurensicherung zu überlassen, doch gerade als er sich zum Gehen wandte, reflektierte ein Gegenstand zwischen den Fingern der Toten den Schein der Lampe. Er bückte sich und hob den Unterarm leicht an. Der Anhänger einer Kette kam zum Vorschein.

Es war fummelig, mit den Handschuhen die Pinzette aus dem Etui zu ziehen, das er zusammen mit Einmalhandschuhen und Spurenbeuteln immer mit zu den Tatorten nahm, doch schließlich hatte er den Anhänger in der Hand und hielt ihn ins Licht der Lampe. Ein goldener Taufanhänger pendelte hin und her und warf Schatten an die Wand des Ganges. Auf der Vorderseite war ein Schutzengel zu sehen. Das Schmuckstück war beschädigt. Oben, gleich neben der Öse, befand sich ein winziger Riss, der so aussah, als ob jemand mit einer Zange versucht hätte, eine Ecke aus dem Goldblättchen herauszuschneiden.

Finkler musste heftig niesen und der Anhänger entglitt ihm. Das kleine Ding sprang davon und verschwand in einer Ritze zwischen den Steinen.

»Mist!«, entfuhr es ihm. Er kniete sich nieder, legte die Taschenlampe auf den Boden und versuchte vorsichtig in die Ritze zu greifen, doch der Latexhandschuh machte seine Finger gefühllos. Genervt streifte er ihn ab, obwohl die Spurensicherung ihn dafür hassen würde. Endlich bekam er das Amulett zu fassen.

Was dann kam, konnte Finkler später kaum noch nachvollziehen. Die direkte Berührung mit dem Metall empfand er wie den Faustschlag eines Riesen. Alle seine Muskeln verkrampften sich, ließen seinen Körper sich zusammenrollen und ihn bewegungsunfähig kopfüber zu Boden fallen. Das Letzte, was er wahrnahm, war die nächste Staubwolke. Zum Niesen kam er nicht mehr. Alles wurde schwarz.

Er steht im Türrahmen und blickt in einen Garten. Der tiefe Schnee ist unberührt, nur die Spur eines hüpfenden Vogels hat Figuren hineingezeichnet. Trotz der dicken Schneeschicht kann er erkennen, was darunter liegt. Hier die vollkommen ebene Fläche der Terrasse, dahinter die leichten Wellen der Wiese. Er tritt hinaus und lächelt, als die Stille des Wintertages durch das leise Knirschen durchbrochen wird, das sein Gewicht dem Schnee abringt, als es ihn zusammenpresst. Er friert nicht, als er jetzt das Gesicht in die herabfallenden Flocken hält, die sanft vom Himmel taumeln und eisig auf seiner Nase, den Wangen und den Lippen landen, um dort zu schmelzen.

Er geht bis zur Grenze der Terrasse, läuft auf die Wiese und betrachtet die verschneiten Tannen, die das Grundstück begrenzen. Eine Eule fliegt lautlos vorbei, ihre Augen starr auf ihn gerichtet.

Als er ihr nachblickt, ändert sich plötzlich die Atmosphäre. Das Licht wird duster und die Luft ist nicht mehr kalt, sondern angenehm warm. Er steht auf einmal in einem Gang, von dem vier Türen abgehen. Die Wände hat man grün gestrichen, die Türrahmen sind braun. Die Tapete ist an einer Stelle von der Wand gerissen und es riecht muffig. Er hört Männer reden, kann aber nicht verstehen, was gesprochen wird, nur die Wut, die Aggression ist spürbar.

Er geht auf fleckigem Linoleum ins erste Zimmer. Eine Glühbirne hängt nackt von der Decke und flackert heftig, der Gestank von Mottenpulver dringt unangenehm in seine Nase. Regale sind vollgestopft mit Stofftieren und Karnevalskostümen: Cowboy und Indianer, Polizist und Superman.

Er folgt der Regalreihe bis zu einem Durchgang. Ein Mann kauert gefesselt auf einem Sessel, der aussieht wie ein Frisierstuhl. Seine Hände öffnen und schließen sich in unwillkürlicher Hektik, kämpfen gegen die ledernen Schlaufen, die seine Handgelenke an die abgenutzten Armlehnen zwingen. Die Knöchel treten hervor. Ströme von Schweiß rinnen ihm vom Gesicht, das von Schlägen gerötet und verquollen ist. Aus einem Riss oberhalb der Augenbraue sickert Blut über seine gequälten Züge. Ein bulliger Kerl steht vor dem Gefesselten und brüllt, dass er endlich reden soll. Er will dem Mann helfen, doch instinktiv weiß er, dass er nichts bewirken kann.

Als der Gefesselte wiederholt den Kopf schüttelt, erhält er einen so harten Schlag ins Gesicht, dass sein Kopf nach hinten katapultiert wird und gegen die Lehne kracht.

Er steht unentdeckt im Durchgang und muss zuschauen, wie der Mann gequält wird und schließlich das Bewusstsein verliert, als ihn ein besonders wuchtiger Hieb an der Schläfe erwischt. Ein weiterer Mann springt hinzu und ohrfeigt den Schläger, der dies mit gesenktem Kopf hinnimmt.

Nach einer heftigen Diskussion in einer Sprache, die er nicht versteht, binden die beiden Männer das armselige Bündel los. Es knackt vernehmlich, als ein schwerer Stiefel auf eine Brille tritt, die in viele kleine Splitter zerspringt. Dann ist da nur noch das schabende Geräusch von Schuhsohlen, die willenlos über einen unebenen Boden schleifen. Er folgt dem Trio. Es geht zwischen weiteren Regalreihen hindurch, die ungeordnet mit Büchern und Wäsche, Geräten und Werkzeugen gefüllt sind. Sie bringen ihr Opfer in einen dunklen Raum, wo sie ihn achtlos wie einen Sack fallen lassen und hinausgehen.

Er bleibt im Zwielicht mit dem Gefolterten zurück. Bis auf ein Wimmern ist nichts zu hören. Doch es ist nicht der Mann, der weint. Die Geräusche kommen aus einem ande-

ren Winkel des Raums, dessen Ausmaße er nicht abschätzen kann.

Als sich seine Augen an die Lichtverhältnisse gewöhnt haben, wird die Silhouette einer Frau sichtbar. Durch einen schmalen Spalt zwischen den Vorhängen fällt ein wenig Licht in den Raum und er erkennt jetzt, dass sie auf ein rissiges Foto starrt, das aus besseren Tagen zu stammen scheint. Eine Frau ist darauf zu sehen und er weiß sofort, dass es die Weinende ist. Sie hat ein Kind auf dem Arm und lächelt in die Kamera, während das Kleine an einer Kette zieht, die um ihren Hals hängt. Ein Amulett reflektiert die Sonne. Es glänzt, doch oben, gleich neben der Öse, ist ein hässlicher Schaden.

Er will mit ihr sprechen, aber es reißt ihn aus dem Raum heraus. Er ist wieder auf dem Flur mit den grünen Wänden. Doch diesmal ist er nicht alleine. In weiter Ferne steht jemand und starrt ihn an. Es ist ein junges Mädchen, das sich auf einmal abwendet und in wilder Angst davonläuft, weg von ihm. Schritte trommeln dumpf. Wie aus dem Nichts brennt in ihm der Wunsch, sie einzuholen und mit ihr zu sprechen. Während er rennt, ruft er ihr hinterher, dass sie stehen bleiben soll. Doch sosehr er sich auch anstrengt, er kommt ihr nicht näher.

Sein Herz droht zu zerspringen, aber er weiß, dass er nicht aufgeben darf. Er muss die Frau retten. Schließlich rast hinter einer Biegung ein Lkw auf ihn zu und überfährt ihn. Alles wird schwarz.

4

»Können Sie mich hören?« Der Arzt leuchtete Finkler in die Augen, der vor dem grellen Licht wegzuckte. »Die Medikamente scheinen zu wirken.«

»Was ist passiert?« Finklers Stimme knarzte.

»Sie sind auf einer Baustelle zusammengebrochen und wurden in die Notaufnahme gebracht. Erinnern Sie sich daran?«

»Ich habe einen Tatort untersucht.«

Der Mediziner machte ein unschlüssiges Gesicht und schaute auf die Werte im Monitor. »Im Augenblick scheinen sich Ihre Werte zu normalisieren. Was ist mit Ihrem Kopf?«

»Unfall.«

»Kraniotomie?«

»Ja, sie haben den Schädel geöffnet, um Druck abzulassen.«

»Dann sollten wir dringend die Neurologen hinzuziehen.«

Finkler grinste müde. »Das können Sie sich sparen. So oft wie die sich meinen Schädel von innen und außen angesehen haben, wird das zu keinen neuen Erkenntnissen führen.«

Der Arzt schnallte Finkler eine Manschette um den Arm und maß den Blutdruck. Auch diese Werte waren in Ordnung.

»Im Augenblick gibt es keinen Grund, Sie notfallmedizinisch hierzubehalten. Aber ich würde Sie gern auf der neurologischen Station einweisen, um der Sache auf den Grund zu gehen.«

»Nein.«

Der Arzt sah ihn groß an.

»Ich bleibe nicht.«

»Aber …«

»Ich werde nicht bleiben. Mein Bedarf an Krankenhäusern ist gleich null.«

Der Arzt zögerte, dann gab er sich geschlagen.

»Es ist Ihre Entscheidung. Aber ich notiere, dass Sie gegen

meine Empfehlung und auf eigenen Wunsch gehen. Sollen wir jemanden benachrichtigen? Sie sollten definitiv nicht alleine nach Hause fahren.«

»Meine Freundin kann mich abholen.«

In einer Kabine lagen seine verschmutzten Kleider, die er mühsam überstreifte. Jede Bewegung strengte an. Als endlich die Schuhe geschnürt waren, ließ er den Kopf gegen die Wand sinken. Sein Schädel dröhnte und es gelang ihm nicht, die Bilder seines Traums zu vertreiben. Jedes Detail stand ihm so deutlich vor Augen wie eine Filmsequenz, die in Endlosschleife ablief. Selbst den muffigen Geruch des verstaubten Zeugs auf den Regalen und die Kälte auf seiner Haut glaubte er noch zu spüren.

Einen kurzen Augenblick war er versucht, doch zu bleiben, aber alles in ihm sträubte sich.

Er schlüpfte in seine Jacke und fand in den Taschen Schlüssel, Portemonnaie und das Smartphone. Er sah Nachrichten auf dem Display. Bender und Schulz hatten versucht, ihn zu erreichen, und auf WhatsApp besorgte Ansprachen hinterlassen, doch er antwortete nicht, denn mit einem leisen Ton fiel als Letztes ein winziges Plastiktütchen auf den Boden. Verwundert bückte er sich und hob es auf, um den Inhalt zu betrachten.

Das Medaillon der Toten war das aus seinem Traum und blinkte golden in dem Tütchen.

Er starrte es an und für einen kurzen Moment befand er sich wieder in der Dunkelheit und hörte das wimmernde Weinen, das den Raum erfüllte.

Er bohrte seine Nägel in die Handballen und riss sich von den Bildern los. Dann floh er stolpernd aus dem Krankenhaus, ohne auf Melanie zu warten.

***

Finkler stand in seiner dunklen Wohnung und beobachtete, wie in den Wohnungen gegenüber die Fernseher flimmerten, das Abendbrot zubereitet wurde und ein Pärchen die Vorhänge zuzog. Er musste hinaussehen, den Kontakt zur Realität halten, denn hinter ihm in der Wohnung lauerten nur die Bilder seiner Träume oder Intrusionen, wie Sarah es genannt hatte.

Wie einfach konnte das Leben sein. Wie schön war die profane Normalität. Er lächelte bitter, wusste er doch, er konnte nicht ewig hier stehen. Abrupt drehte er sich dem Wohnzimmer zu.

Augenblicklich waren die Bilder zurück: die weinende Frau, der Gequälte, der Garten, das weglaufende Mädchen und schließlich die Verbrecher. Der bullige Schläger und der andere. Den kannte Finkler schon, hatte ihn in seinen Träumen gesehen, ganz kurz nur, doch überdeutlich hinter dem Steuer des Lkw. Kalte Augen.

Er presste die Hände gegen die Schläfen und versuchte schließlich wieder, Melanie zu erreichen, doch da war nur die Mailbox mit ihrer Stimme und dem flotten Spruch. Auch auf seine Nachrichten reagierte sie nicht.

Sarah Herbst war sofort am Apparat. »Was ist los, Sebastian?«

Sie lauschte geduldig seinen gestammelten und hektischen Erzählungen, seinen Fragen nach dem Woher und Warum, die ihn in den Wahnsinn zu treiben schienen. Bis er irgendwann schwieg.

»Es ist kompliziert. Lass uns auf die Suche gehen, und zwar genau so, wie wir es besprochen haben: rational und streng analytisch. Alles hat eine Ursache, für alles finden wir eine Erklärung. Du bist jetzt verwirrt, doch merke dir: Was nicht in dir drin ist, kann auch nicht heraus. Die Lösung liegt in dir.«

Doch wo kamen die Menschen her, die er unentwegt

sah? Die Frauen, der Mann, die Verbrecher. Was war das für ein Garten? Wie hatten diese Dinge den Weg in ihn hinein gefunden? Wo waren die Zusammenhänge zwischen dem Lkw-Attentat, denn als solches betrachtete er es nun, und dem Geschundenen, zwischen diesen Verbrechern und der Mutter mit ihrem Kind, dem weglaufenden Mädchen, der Toten vom Parkdeck?

»Aber ich kenne diese Menschen nicht.«

»Ich habe es bereits gesagt. Dein Gehirn vermischt die Dinge. Nimm eine Schlaftablette, die fängt auch die Bilder ab. Morgen bin ich wieder in der Praxis, dann machen wir einen Termin. Wenn es trotzdem nicht besser wird, musst du in die Ambulanz gehen. Bleib dann nicht alleine.«

Sie legten auf und Finkler bemühte sich, die Szenen zu deuten, vernünftig zu analysieren, doch jeder klare Gedanke wurde von einer Erinnerung an den Traum zerrieben.

Irgendwann hielt er es nicht mehr aus und warf sich doch eine Schlaftablette ein.

Kurz darauf dämmerte er weg. Ein letzter Gedanke kristallisierte sich aus dem Chaos: Die tote Frau, das Attentat, das nur von den Rosettis beauftragt worden sein konnte, alles hing zusammen, schien ineinander verwoben zu sein. Er würde es herausfinden, würde den Knoten entwirren müssen, wollte er eine Chance wahren, wieder so zu werden, wie er mal gewesen war.

Er grinste, schon halb im Schlaf: Die Hoffnung stirbt zuletzt.

5

Mittwoch, 16. November

Er erwachte ohne die bohrende Angst, verrückt zu werden, und sah in einen sonnigen Herbsttag, der fast schon auf Winter machte. Silbrig schimmernd überzog eine dünne Schicht Raureif die umliegenden Gärten und es fror ihn beim Hinaussehen.

Obwohl er wie erschlagen war, schleppte er sich in die Küche und brühte sich einen Kaffee. Es duftete verführerisch und weckte seinen Hunger, schließlich hatte er seit dem gestrigen Mittag nichts mehr gegessen. Während er frühstückte, bewertete er seine Optionen. Sich krank melden und zu Hause bleiben ging nicht. Prock würde praktisch augenblicklich in Gang kommen und versuchen, ihn loszuwerden. Zudem musste er zusehen, was mit der Toten war und wie es mit dem Rosetti-Fall weiterging, wollte er sein Vorhaben in die Tat umsetzen.

Das Beste würde sein, sich nicht zu verstecken und im Präsidium Präsenz zu zeigen.

***

Als Finkler sein Büro betrat, erkannte er an Schulz' erstauntem Blick, dass die Nachricht von seinem Zusammenbruch offenbar schon wie ein Buschfeuer durch die Büros gelaufen war.

»Kannst du überhaupt arbeiten?«

Finkler rang sich ein Lächeln ab. »Geht schon. Die Ärzte glauben, es war die Migräne«, log er drauflos, »sind sich aber wie immer bei meiner Matschbirne nicht sicher. Es herrscht große Verunsicherung.«

»Nicht nur bei ihnen.«

Er wusste bereits, was kam. »Lass mich raten: Prock war schon oben.«

»Ja.«

»War zu erwarten. Weißt du was? Ich scheiß drauf. Er macht ohnehin, was er will.«

Schulz zuckte bedauernd mit den Schultern. »Mal was anderes: Die Tote von gestern ist bei uns gelandet, doch ich sehe nicht wirklich, warum wir hier von organisierter Kriminalität ausgehen sollen. Wie war dein Eindruck?«

Finkler vermied es, an seinen Wachtraum zu denken. »Sie lag schon einige Jahre in dem Gang. Ich vermute mal, sie wurde kurz vor dem Bau des Parkplatzes dort abgelegt. Sonst hätte man sie sicherlich früher entdeckt. Nun, so wie die Leiche dort versteckt wurde, ist ein organisiertes Verbrechen nicht ausgeschlossen. Wir sollten schon ermitteln. Wann wurde das Parkdeck gebaut?«

»Mitte der achtziger Jahre, genauer gesagt im Frühjahr 1986.«

Finkler spürte, wie gut es ihm tat, aktiv zu werden. Es lenkte ihn ab. Der Polizist in ihm funktionierte also noch. »Hast du einen Grundbuchauszug und die Bauakte angefordert?«

»Nein.« Schulz wirkte routiniert und konzentriert. Er machte sich Notizen. »Veranlasse ich sofort, auch wenn ich nicht glaube, dass uns das weiterbringen wird. Ich denke, schon ihre Identifikation wird schwierig, wenn sie tatsächlich schon so lange dort liegt.«

Finkler nickte. »Die Vermisstenfälle von damals wurden mittlerweile allesamt vernichtet. Wann ist die Obduktion?«

»Gestern schon passiert.«

»Gestern?«

Schulz hob die Hände. »Ich war auch überrascht. Vielleicht ist es denen langweilig. Ich habe keine Ahnung. Moment, ich schick dir die Dateien.«

Kurz darauf piepste Finklers Computer. Unvermittelt sah er in das Gesicht der Toten. Er hielt den Atem an, konzentrierte sich wieder.

Sie war ermordet worden. Dem eingedrückten Zungenbein nach hatte der Täter sie erwürgt. Bis auf eine Wunde am Kopf war sie unverletzt. Die Rechtsmediziner schätzten das Alter zum Todeszeitpunkt auf zwischen dreißig und vierzig. Wann der Tod eingetreten war, wusste man noch nicht zu sagen. Die Kleidung schien von den Marken her aus den achtziger Jahren zu stammen. Der Pathologe hatte *1985* an den Rand gekritzelt und dazu den Kommentar: *Tour-Shirt meiner damaligen Lieblingsband.* Finkler grinste.

Als er sich gerade der Tatortanalyse zuwenden wollte, flog die Tür ohne vorheriges Klopfen auf und Prock trat ins Büro.

»Da bist du ja doch! Ich hatte heute nicht mit dir gerechnet.«

»Wir sind an der Toten von gestern dran.«

Prock winkte gelangweilt ab. »Das ist doch sinnlos bei einer solchen Mumie. Wir lassen die Standardroutinen durchlaufen und dann kommt der Deckel drauf. Die von der Mordkommission sollen damit machen, was sie wollen.« Ohne Umschweife wechselte er das Thema. »Viel wichtiger ist: Was war das gestern bei dir?«

Finkler winkte ab. »Ein Schwächeanfall, wahrscheinlich ausgelöst durch die Migräne, die ich seit dem Unfall habe.«

»Wie du dir vorstellen kannst, musste ich reagieren. Es gibt für solche Ereignisse, besonders bei deiner Vorgeschichte, klare Anweisungen.«

»Du schiebst mich ab«, unterbrach ihn Finkler, um Prock die Pointe vorwegzunehmen.

»Würde ich gerne, das weißt du«, seufzte Prock, »aber so einfach geht das bei uns Beamten ja leider nicht. Du musst zu einer neuen Diensttauglichkeitsuntersuchung.

Dein Termin ist am 18. Dezember, vorher war nichts zu machen.«

Finkler nickte überrascht. Man gewährte ihm eine Galgenfrist. »Okay, ich werde es mir notieren.«

Procks Augen schauten spöttisch und ein süffisantes Lächeln umspielte seine Lippen. »Bis dahin nur noch Innendienst. Akten fressen. Und vergiss nicht: Heute Nachmittag ist die Besprechung zum Rosetti-Fall. Bring Bender auf Stand. Er trifft ab jetzt die Entscheidungen.«

Wenig später stand Daniel Bender im Büro. Er setzte sich, einen Becher Kaffee in der Hand, und sah aus wie immer. Jedes Haar lag an seinem Platz, seine Jeans wirkte wie frisch aus der Reinigung und die Schuhe glänzten poliert. Finklers Pflegemutter hätte gesagt: wie aus dem Ei gepellt.

»Das Zeug da ertrage ich immer noch nicht.« Finkler deutete auf den Kaffeebecher und schob den Obduktionsbericht der mumifizierten Leiche unauffällig beiseite.

»Man gewöhnt sich dran.«

Bender trank einen großen Schluck und machte den Anschein, es zu genießen.

Wenn Finkler einen Gegenstand auf eine einsame Insel mitnehmen dürfte, würde die Wahl auf seine Kaffeemaschine fallen. Seine Wohnung bestand aus einem Sammelsurium an Möbeln, die er nach und nach zusammengekauft hatte, ohne wirklich auf Qualität und Stil zu achten. Einzig seine italienische Kaffeemaschine war High End. Er hasste miesen Kaffee.

»Wie geht es dir heute?« Bender zupfte sich einen Faden vom Pulli, unter dem sich, wie Finkler wusste, ein stahlhart trainierter Körper verbarg.

»Beschissen.«

»Tut mir leid, was da vorgefallen ist. Wird schon werden. Also. Wie sollen wir im Rosetti-Fall weiter vorgehen?«

»Wir? Es ist deine Aufgabe.«

»Nun, ich dachte …«

»Daniel. Prock hat mir das sehr deutlich reingedrückt. Die Rollen haben sich vertauscht. Ich bin nur der Wasserträger.«

Bender spielte mit dem Becher zwischen seinen Fingern. »Ich sehe uns als Team. Und außerdem weißt du viel mehr als ich über den Fall.«

Finkler sah ihn einige Sekunden an. Wenn Bender wüsste, wie wenig ihm im Gedächtnis verblieben war, würde er wohl nicht hier sitzen und um seine Unterstützung werben.

Er lächelte und schlug die Seite mit der Aussage Ferrinis auf.

»Ich habe mir so meine Gedanken gemacht. Wir sollten uns ein paar Zeugen noch mal ansehen.«

Bender schaute skeptisch. »Aber du warst doch längst an diesem Informanten dran?«

»Der letzte Kontakt ist lange her und er wird auf Tauchstation sein.« Er log. »Ich kann ihn nicht erreichen. Es war immer er, der an mich herangetreten ist. Ich jedenfalls hätte mich verdrückt, wenn mein Mittelsmann von der Polizei monatelang nichts von sich hätte hören lassen. Wir rollen die Sache noch mal auf.«

***

Sie fuhren noch vor der Sitzung am Nachmittag zu den Ferrinis. Bender raste zu schnell aus der Stadt, während Finkler in den trüben Tag hinaussah. Die Zugvögel waren schon lange durch. Nur ein paar Krähen flatterten über die abgeernteten Felder und stritten sich um die letzten Körner.

Vito Ferrini war einundsechzig und wohnte mit seiner Frau Maria mittlerweile in Mörfelden, wo sie eine kleine Pizzeria betrieben. Finkler hatte nicht die geringste Vorstellung von den beiden, was ihn nervös machte, denn das

Protokoll ihrer Aussage trug seine Unterschrift. Alles, was er wusste, hatte er den Akten entnommen.

»Er hat seine Aussage damals widerrufen, um dann völlig freiwillig«, Finkler zeichnete Anführungszeichen in die Luft, »seine Pizzeria im Nordend aufzugeben und in Mörfelden weiterzumachen. Die Dreckskerle machen den Leuten Druck und wir schauen tatenlos zu. Wie sollen die uns vertrauen?«

»Gar nicht. Sie werden nur noch reden, wenn sie vor uns mehr Angst haben als vor den Mafiosi. Und das wird uns nie gelingen.«

Zehn Minuten später fuhren sie vor einem anonymen Mehrfamilienhaus vor, während ein Flugzeug über das Dach donnerte. »Immerhin können sie jetzt den Jets in die Triebwerke sehen. Auch nicht schlecht, oder?«

Bender grinste und Finkler schüttelte den Kopf. In seinem Stadtviertel war das Dröhnen der Motoren selten zu hören und das, was man den Menschen hier zumutete, glich seiner Meinung nach Körperverletzung, Dreifachverglasung hin oder her.

Die Pizzeria lag im Erdgeschoss des Hauses. Sie war noch geschlossen, doch auf einer Klingel am Hauseingang entdeckten sie den Namen des Ehepaares. Bender drückte auf den Knopf und praktisch sofort surrte der Öffner, der sie in ein gepflegtes Treppenhaus einließ. Sie stiegen die Stufen zum ersten Stock hinauf. Eine der Türen war bereits einen Spaltbreit geöffnet, eine Frau spähte misstrauisch auf die Treppe. Sie stellten sich vor.

»Zeigen Sie mir Ihre Ausweise.«

Sie erkennt mich auch nicht, ging es Finkler durch den Kopf. Sein zweiter Gedanke war, dass ihre Angst mit Händen zu greifen war. Sie nahm sich Zeit, um die Ausweise eingehend zu lesen. Dann erst entfernte sie die Kette, ließ sie ein und schloss die Tür sofort, nicht ohne sich dabei im Treppenhaus umzuschauen.

Ein weiterer Jet flog über das Haus. In der Wohnung dämpften Mauern und Fenster den Lärm der Motoren auf ein dumpfes Brummen, das nicht weniger unangenehm war.

Maria Ferrini ging voran in ein kleines Wohnzimmer, das gemütlich eingerichtet und mit Erinnerungsfotos aus dem gemeinsamen Leben der Familie vollgestellt war. Bilder aus Italien, von der alten Pizzeria, von den Kindern.

»Anders als bei unserem letzten Treffen, oder?« Sie sah Finkler fragend an. Ein harter Blick aus dunklen Augen.

Finkler nickte, obwohl er nicht die geringste Erinnerung daran hatte. Anscheinend hatte er sich zu früh Hoffnungen gemacht. Er versuchte, sich nichts anmerken zu lassen.

»Im Nordend war es ruhiger.«

Ihr Lachen war glockenhell und so bitter, dass Finkler meinte, es auf der Zunge zu schmecken. Ihre Augen ruhten auf der Narbe an seinem Schädel. »Was wollen Sie?«

»Maria!« Vito Ferrini trat in die Tür. Er funkelte seine Frau böse an, die den Raum verließ, ohne ihren Mann weiter zu beachten. Der wandte sich mit entschuldigendem Achselzucken an die Polizisten: »Bitte, setzen Sie sich.«

Sie nahmen am Esstisch Platz. Von hier konnte man nun durch das Fenster die Flugzeuge wie Lampions am Himmel hängen sehen. Eins nach dem anderen sanken sie wie an einer Schnur befestigt langsam zu Boden. Ferrini folgte Finklers Blick. Er schien nervös und rieb ständig Daumen und Zeigefinger aneinander.

»Langweilig wird es nicht. Immer Bewegung.« Der kleine Italiener sah älter aus, als er in Wirklichkeit war. Tiefe Falten durchfurchten sein Gesicht. »Was können wir diesmal für Sie tun?«

»Neue Fahndungsansätze erfordern oftmals eine zweite Befragung«, antwortete Bender.

Finkler verdrehte innerlich die Augen. Daniel sprach wie ein Finanzbeamter. Er ging dazwischen.

»Wieso haben Sie die Anzeige damals zurückgezogen?«

»Es hatte sich erübrigt, ein Missverständnis.« Ferrini schien sich auf diese Frage vorbereitet zu haben. Die Antwort klang wie auswendig gelernt.

Maria kam mit einem Tablett zurück, auf das sie Gläser und eine Flasche Wasser gestellt hatte. Sie war wütend. Es war deutlich, wen sie für alles verantwortlich machte.

»Warum tauchen Sie wieder auf und stellen uns die gleichen Fragen?«

»Sie ziehen die Anzeige zurück und dann der Umzug hierher. Das gibt uns eben zu denken.«

»Man hat uns Geld gegeben und das Restaurant hier.«

»Wer?«

Sie knallte die Wasserflasche auf den Tisch.

»Brauchen Sie Namen und Blutgruppe, oder was? Die wollten unser gut laufendes Restaurant übernehmen und haben anständig dafür gezahlt. Ende der Ansage.«

»Wir können Sie schützen«, warf Daniel ein.

Ferrini schüttelte unmerklich den Kopf, um seine Frau zu bremsen. Doch sie beachtete ihn nicht. Es platzte förmlich aus ihr heraus.

»Sie schützen uns? Dass ich nicht lache. Luigi Antinorini vom *La Gondola* haben sie die Tür eingetreten und ihn vor den Gästen verprügelt. Das hat er zu Protokoll gegeben und sogar Anzeige erstattet.« Sie bebte förmlich vor Wut. »Nichts ist passiert. Eine Woche später standen drei Typen vor seiner Tür und haben ihm seinen toten Hund vor die Füße geworfen. Er war von oben bis unten aufgeschlitzt. Luigi ist abgehauen.«

Finkler nickte mechanisch.

»Diese Drecksbande tut, was ihr gefällt. Und wir kommen dabei unter die Räder.« Sie holte Luft und fixierte die beiden Polizisten. »Und jetzt wollt ihr wieder eine Aussage? Haltet ihr uns für vollkommen verblödet?« Sie zeigte nach oben, wo gerade ein neues Flugzeug über das Haus hinwegflog. »Der Lärm ist nicht so schlimm wie die Angst. Und die Kunden wissen mittlerweile, dass Vito toll kocht und dass es bei uns sauber ist. Der Laden ist jeden Abend voll. Die alten Gäste kommen sogar aus Frankfurt hierher und wir haben unseren Frieden. Also bitte: Lassen Sie uns in Ruhe.«

»Geben Sie uns wenigstens einen Namen.« Finkler fragte ohne Umschweife, was blieb ihm auch übrig. Entweder sie machte dicht oder nahm den Faden wieder auf.

Sie sprach weiter, doch ihre Antwort barg eine ungute Überraschung. »Ich soll Ihnen einen Namen geben? Sie kennen diesen dreckigen Schläger doch. Ich habe Sie doch mit dem Abschaum sprechen sehen.«

»Wo?« Es gelang ihm, durch die Frage zu verbergen, wie sehr ihn die Antwort überrumpelte. Sein Gebilde aus Halbwahrheiten geriet ins Schwanken. Aus den Augenwinkeln sah er Benders erstaunten Blick.

Nun war Maria verwirrt. »Dort, wo dieser Thaki immer rumhängt: in seiner Kneipe in Kelsterbach. Dem *Kranich*. Sie saßen mit ihm am Fenster.«

6

»Seid ihr noch ganz bei Trost? Ich kenne den Kerl. Er ist extrem gefährlich und dümmer als ein Stück Brot. Das bringt nichts und ohne ein großes Aufgebot an Beamten können wir den nicht festnehmen. Schminkt euch das ab. Wieso wart ihr bei den Italienern?«

Prock starrte Finkler und Bender fragend an. Den Rest der Truppe, der sich um den Tisch scharte, interessierte die Diskussion wenig. Schulz blätterte in Unterlagen, während die anderen gelangweilt zuhörten.

»Wir hatten nur ein paar Punkte zu klären.«

Procks Kopf ruckte so abrupt herum, dass sein Doppelkinn in Bewegung kam. »Sei besser still, Sebastian. Du hättest gar nicht da sein dürfen. Was verstehst du unter Innendienst?«

»Es hat sich angeboten, die Zeugen nochmals zu befragen. Daniel wollte, dass ich mitfahre, da ich die beiden schon einmal gesehen habe.«

»Aber das hatte ich nicht genehmigt.«

Finkler blieb ruhig. »Ich kann doch nicht jedes Mal bei dir anklopfen und fragen, ob ich auf die Toilette darf.«

Einige am Tisch grinsten.

»Du weißt genau, was ich meine.« Prock strich sich mit der Hand über die dünnen Haare. Das Thema schien beendet zu sein. Er räusperte sich. »Gab es neue Informationen?«

Prock blickte zu Bender und Finkler atmete auf.

»Nein.«

»Hat sich also richtig gelohnt?« Prock sah feixend in die Runde.

»Hör schon auf, Kurt. Irgendwo müssen wir ja weitermachen.« Bender war sichtlich genervt.

»Ihr habt noch Spiel nach oben.« Prock wandte sich an Finkler. »Wo steht ihr mit den Ermittlungen in Sachen Rosetti?«

Die Frage brachte ihm Aufmerksamkeit. Schulz legte die Blätter beiseite und sah ihn neugierig an. Finkler atmete tief ein und versuchte sich zu sammeln. Er wusste, dass er nur durchkommen würde, wenn er zumindest einen Teil der Wahrheit sagte. Nur welchen? Wie weit würde er gehen können, ohne sich aus dem Spiel zu schießen? Er zog seinen Notizblock heran, auf dem er sich ein paar Punkte notiert hatte.

»Nach der langen Zeit sind viele Spuren inzwischen kalt und wir müssen weitgehend von vorne anfangen. Deshalb haben wir die Zeugen in Mörfelden befragt.«

»Du warst doch schon viel weiter!«, unterbrach ihn Prock.

»Meinst du den Informanten?«

»Nein, den Mann im Mond.« Prock schnaubte. »Natürlich meine ich deinen Kontakt. Er war unsere Tür in die Rosetti-Familie. Alles andere ist im Prinzip unwichtig.«

Hier blieb nur die Wahrheit. »Das ist nicht so einfach. Ich habe keinen Namen.«

Prock lehnte sich vor und Finkler registrierte irritiert, wie der Druck seines Bauchs zwischen den Knöpfen des Hemds kleine Rauten entstehen ließ und Procks Feinrippunterhemd offenlegte.

»Bitte? Sag das noch mal.«

Die halbe Wahrheit. »Bei Verletzungen des Gehirns können Erinnerungen, die kurz vor dem traumatischen Ereignis angelegt wurden, verschüttet werden. Die letzte Ermittlungsphase kann ich nicht abrufen. So ungefähr drei Tage vor dem Unfall hört es auf. Bis dahin war der Kontakt anonym.«

Prock brüllte vollkommen fassungslos: »Du kannst dich an nichts mehr erinnern?«

Finkler schüttelte den Kopf und wiederholte: »Wie gesagt, das Trauma betrifft die letzten Tage. Gott sei Dank nur diese.«

»Du bist mein Trauma.« Prock schaltete einen Gang zurück. »Weiter.«

Finkler atmete durch und log. »Der Mann ist auf mich zugekommen. Wir haben uns erst unmittelbar vor meinem Unfall persönlich getroffen.«

Prock blieb so beängstigend ruhig, dass Finkler das Unheil kommen sah. »Und deine Erinnerungen an diese Treffen sind verschwunden?«

Finkler nickte.

»Und es gibt keinen Bericht in den Akten?«

Finkler schüttelte den Kopf.

»Weißt du, was das bedeutet, Sebastian?« Ein Flüstern nur.

»Ja«, antwortete Finkler. Alle seine Notizen, diese mit Fakten angefüllten Scheinargumente, würden nicht helfen, die Situation zu beschönigen. »Wir müssen praktisch von vorne anfangen.«

Prock war einige Sekunden wie erstarrt, dann sah er belustigt in die Runde, während er süffisant flötete: »Ach, na gut, treten wir an und erledigen die Arbeit ein zweites Mal. Ist ja kein Problem.«

»Wir …«

»Wir ja, du nicht mehr, Sebastian, das kann ich dir versprechen.« Der Chef wurde laut. »Sitzt hier und sagst ganz entspannt«, er äffte Finklers Stimme nach, »tut mir leid, es ist alles weg.«

Finkler schaute zu Daniel und hoffte auf seine Unterstützung, aber der blieb stumm. Das Gespräch lief nun vollkommen gegen ihn.

»Wann hättest du mich denn von deiner Amnesie wissen lassen?«

Alle Blicke richteten sich nun auf ihn.

»Ich hätte …«

»Du wolltest mich hinhalten, oder? Ich kenne dich gut

genug. Hast gehofft, zügig reinzukommen und mir nichts sagen zu müssen?«

Prock sah zu Schulz hinüber, was Finkler kurz verwirrte. Einen Moment lang war er abgelenkt: Was war hier los?

»Und die Akten? Wo sind die ganzen Unterlagen geblieben?«, setzte Prock erneut an. »Sherlock Finkler hat alles im Kopf. Und jetzt? Grütze, oder was?«

Finkler versuchte, weiter Ruhe zu bewahren. Woher wusste Prock von den Lücken in den Unterlagen? »Ich kann nicht sagen, was mit den Akten ist, aber du weißt ganz genau, dass meine Unterlagen immer vollständig waren.«

»Daran kannst du dich also erinnern? Ich frage mich schon länger, ob die Unterlagen vollständig sind. Hast du welche zu Hause, Sebastian, oder«, Procks Stimme wurde leise und gefährlich schneidend, »hast du sie vielleicht absichtlich vergessen?«

Finkler schwieg. Der Vorwurf der Manipulation stand unvermittelt im Raum. Und in diesem Moment wurde Finkler Procks merkwürdiges Verhalten der letzten Tage klar. Er hatte ihn schon verdächtigt, die Akten manipuliert zu haben, noch bevor er zurückgekehrt war.

»Keine Antwort? Nein? Unter den Umständen kann ich dich nicht weiter im Dienst akzeptieren. Für dich ist ab sofort Schluss. Du bist bis auf Weiteres vom Dienst freigestellt. Geh davon aus, dass der Präsident sich meiner Meinung anschließt. Ich denke, es wird eine Untersuchung geben. Übergib alles von Bedeutung an Lukas, deinen Dienstausweis kannst du behalten, die Waffe bleibt im Präsidium.« Prock sah in die Runde. »Daniel und Lukas, ihr kommt gleich zu mir. Dann besprechen wir, wie es weitergeht. Die anderen Tagespunkte werden verschoben.« Er erhob sich und ging grußlos zur Tür. »Werd erst einmal richtig gesund, Sebastian, vielleicht klappt es dann auch wieder mit dem Kopf und die Erinnerungen kehren zurück.«

Finkler hielt ihn zurück. »Ich werde dir beweisen, dass ich nichts Unrechtes getan habe.«

Prock grinste müde. »Und wie? Hier bist du raus und in deinem Kopf ist nichts mehr zu finden. Also?«

»Warte es ab und beweis mir erst einmal das Gegenteil.«

Prock ging mit einer gelangweilten Miene. Auch die anderen verließen nach und nach schweigend das Besprechungszimmer. Wie betäubt blieb Finkler alleine zurück. Das Einzige, was ihm durch den Kopf ging, war, dass er vorher noch nie bemerkt hatte, wie schäbig der fensterlose Raum mit seinem abgenutzten Mobiliar war. Er spielte mit dem Gedanken, alles hinzuwerfen. Doch wenn er nun ginge, würde er die Verdächtigungen, die Prock gerade in den Raum gestellt hatte, nur noch befeuern. Nein, er musste bleiben und das widerlegen.

Ein jäher Impuls durchfuhr ihn und er drosch so heftig auf die Tischplatte, dass es in dem kahlen Raum dumpf dröhnte.

***

Als Finkler in sein Büro zurückkam, holte er die Akten aus dem Schrank und fotografierte jede einzelne Seite mit dem Handy. Die Unterlagen, die bereits digitalisiert waren, zog er auf einen Stick. Wenn Prock ihn abziehen wollte, bitte. Dann machte er eben alleine weiter und würde ihm zeigen, wer hier manipulierte und wer nicht. Den Rosetti-Fall zu lösen war der einzige Weg. Er hielt inne und lachte. »Du spinnst.«

Er besaß nicht die Möglichkeiten und die Kraft, einen Fall zu lösen, an dem sich die anderen trotz aller Unterstützung die Zähne ausbissen.

Sein Mut sank, doch welche Wahl hatte er? Er musste es alleine versuchen.

Gerade als er mit den Unterlagen durch war, kamen Bender und Schulz herein.

Finkler griff wortlos die Akten und legte sie vor Bender auf den Tisch. »Hier hast du den Kram. Vollständig!« Er betonte das letzte Wort. Dann wandte er sich um und räumte seinen Schreibtisch.

Bender seufzte. »Es ist vielleicht etwas unpassend, doch ich wollte dich fragen, ob ich mich an dich wenden kann, wenn im Rosetti-Fall Unklarheiten aufkommen? Ich würde mich freuen, wenn ich deine Einschätzung bekommen könnte.«

Am liebsten hätte er Nein gesagt, doch er würde Bender brauchen, um weiterzukommen. »Kein Problem, ruf mich einfach an, wenn du mich brauchst.«

Bender wartete noch einen Augenblick, doch als Finkler wieder schwieg, verließ er wortlos das Büro.

»Er meint es gut mit dir.«

»Lass gut sein, Lukas.«

Als Finkler die Schreibtischunterlage anhob, segelte ein Notizzettel gemächlich wie ein altersschwacher Falter aus einem der seitlichen Einschubfächer und landete auf Schulz' Seite. Dieser griff den Zettel, sah kurz drauf und reichte ihn über den Tisch. Finkler riss ihm das gelbe Papier unwillig aus den Fingern.

»Briefgeheimnis gilt nur für verschlossene Post.« Schulz grinste schief wie ein beim Rauchen ertappter Schüler.

11.05.
23:00 Uhr – Club Rose
FN wird dort sein

Finkler betrachtete den Zettel. Er stammte von ihm selbst. Wie es seine Gewohnheit war, hatte er oben am Rand das Datum vermerkt. Er musste nicht nachrechnen: zwei Wochen vor dem Lkw.

»*Club Rose*, der ist meines Wissens gleich bei den Banken«, mischte sich Schulz weiter ein.

Finkler antwortete nicht, knüllte den Zettel zusammen und steckte ihn achtlos in die Tasche. Es war Zeit zu gehen.

Als er in der Tür stand, sah er sich nochmals im Zimmer um. Es fühlte sich wie ein Abschied für immer an. Er seufzte und wandte sich ein letztes Mal an seinen Kollegen.

»Tu mir nur einen Gefallen. Wenn weitere Details zu der Toten vom Parkdeck hereinkommen, schick mir die Datei.«

Es entstand eine Pause, während der Schulz nachdachte. »Warum?«

»Seit gestern hat das etwas Persönliches.«

Schulz nickte. »In Ordnung. Bleibt aber unter uns.«

Finkler nickte und zog die Tür endgültig zu.

***

Finkler marschierte über leere Felder, die sich unterhalb des Taunus erstreckten. Der Winter rückte näher und anders als früher graute es ihm vor der Dunkelheit und Kälte. Heute allerdings schien die Sonne ab und an zwischen den Wolken hervor. Keine Menschenseele war unterwegs und nur in der Ferne durchfurchte ein Traktor die Erde, während ihn Saatkrähen umflatterten.

Er mochte die Leere hier und brauchte Abstand zur Stadt und ihrer Hektik, um seine Gedanken zu sortieren und den Frust zu vertreiben. Und tatsächlich: Nach einer Weile half ihm die gleichmäßige Bewegung an der frischen Luft, klarer zu denken.

Wenn er es nüchtern betrachtete, war es logisch, dass Prock ihn vom Rosetti-Fall abzog. Er hätte wahrscheinlich nicht anders gehandelt. Sein körperlicher Zustand war schlecht, sein Gedächtnis nicht intakt und die Akten nicht vollständig.

Auch dass Prock ihn so überstürzt vom Dienst freigestellt hatte und gleich mit einer Untersuchung drohte, konnte er verstehen, schließlich musste er die Arbeit in seiner Abteilung vor einem möglichen Manipulanten schützen. Aber konnte es wirklich sein, dass Prock ihn ernsthaft verdächtigte? Nach all den Jahren ihrer Zusammenarbeit?

Er trat gegen einen Stein und fluchte. Verdammt! Wenn er sich doch bloß erinnern könnte.

Wo waren die Unterlagen geblieben? Bei Güdner?

Und was, wenn die Akten tatsächlich manipuliert worden waren? Zugang zu ihnen hatte praktisch jeder, der über einen Personalschlüssel verfügte. Das hieß, alle Kollegen der Abteilung III und noch einige andere, angefangen bei der Putzkolonne. Er betrachtete die Skyline Frankfurts. Oder hatte Güdner vor seinem Tod irgendetwas an den Akten gedreht?

Und was war mit ihm selbst? Was, wenn Procks Verdacht ins Schwarze traf? Konnte er sich da sicher sein? Machte er sich gerade auf, um sich selbst zu überführen? Er wusste es nicht und das war zum Verzweifeln.

Wichtig war es, vorerst in Deckung zu gehen, um weiter im Rennen zu bleiben. Er würde unter dem Radar mit Daniel zusammenarbeiten, nur so käme er an die relevanten Informationen und nur so könnte er herausfinden, was wirklich passiert war, was hinter dem Ganzen steckte, denn alles lief in diesem einen Fall zusammen.

Doch dann war da immer noch die Tote. Sein Gehirn hatte sie gemeinsam mit dem Rosetti-Fall in einem Traum zusammengeworfen, doch gab es diese Verbindung wirklich? Unwahrscheinlich. Sie lag seit dreißig Jahren oder länger dort unter dem Parkdeck. Der Gedanke war lächerlich. Ihr Medaillon hatte ihn in den Traum getriggert. Was noch? Er konnte sie nicht kennen, damals war er zwei Jahre alt gewesen. Die Verbindung musste sein Gehirn auf einer anderen

Ebene hergestellt haben, die er nicht erfasste. Er brach den Gedankengang ab. Sarah sollte das interpretieren.

Inzwischen hatte er sein Auto erreicht und stieg ein, fuhr aber noch nicht los. Und wenn er auch zu dem Schluss kommen sollte, dass er selbst mit drinsteckte – dann wüsste er es wenigstens. Außerdem war wegducken nicht seine Art, daran konnte er sich erinnern.

7

Sonja Güdner saß Finkler unbeweglich gegenüber. Ganz in die Ecke des Sofas gekauert, schaute sie abwesend in den Garten hinaus, während ihr Kaffee in der Tasse kalt wurde. Sie hielt die Lippen zusammengepresst, was ihnen einen bitteren Ausdruck verlieh. Ihre Haare hingen strähnig herab. Eigentlich kannten sie sich kaum, dachte Finkler. Wenn er ehrlich war, hatten Güdner und sein Privatleben ihn nie wirklich interessiert. Einmal war er zu Achims fünfunddreißigstem Geburtstag gekommen. Damals war sie eine fröhliche junge Frau gewesen, die strahlend mit ihrem Mann tanzte und ihm nach ein paar Gläsern Wein ein Geburtstagsständchen sang, das alle zum Lachen brachte.

Ein zweites Mal war er nach seiner Reha bei Sonja gewesen, da er sich verantwortlich gefühlt hatte, ohne zu wissen, warum und wofür. Damals war ein befreundetes Paar zu Besuch und hatte all das, was zwischen ihm und Sonja stand, in einem andauernden Redeschwall erstickt. Doch jetzt war niemand da, der das Schweigen füllte.

Finklers Augen folgten Sonjas Blick durch die Glasfront in den Garten. Draußen spielten dick vermummt ihre beiden Kinder. Elias ging in die erste Klasse, sein Bruder war jünger, wie alt er war, wusste er nicht mehr. Die Brüder stritten sich darum, wer die Schubkarre über den Rasen schieben durfte, auf dem verfaulendes Laub darauf wartete, zusammengerecht zu werden.

Sonja hatte sich bemüht, freundlich zu sein, als er vor der Tür stand, doch ihr Lächeln war wie aufgeschminkt und konnte die Ablehnung in ihren Augen nicht überdecken.

Nach den üblichen Begrüßungsfloskeln und ein paar höflichen Fragen nach seiner Gesundheit war das Gespräch schließlich verebbt. Inzwischen saßen sie schon seit Längerem in einer Stille, die langsam so dicht wurde, dass Finkler fast glaubte, sie mit den Händen greifen zu können. Bisher war es ihm nicht gelungen, die Frage zu stellen, wegen der er hier war. Wie sollte er es anstellen, ohne dass es grob klingen würde? Ihm fiel nichts ein, also ging er es frontal an. Anschließend würde er sich mit Anstand schnellstens verdrücken.

»Im Präsidium fehlen Teile der Akten. Wir fragen uns, ob Achim noch ein paar Unterlagen zu Hause hatte.«

Ihr Kopf zuckte herum. »Bist du deswegen gekommen?« Enttäuschung lag in ihrem Ton.

»Nein«, beschwichtigte er, »ich dachte nur …«

»Er hat den Dreck immer im Präsidium gelassen und nie etwas mit hierhergebracht.« Sie sah ihn abschätzig an. »Es gehörte nicht in sein Leben, das er neben dem Beruf hatte. Vielleicht handhabst du das anders, doch er hat das strikt getrennt.« Sie betonte das »du«.

»Also ist nichts hier?«

»Nein, natürlich nicht«, blaffte sie.

Finkler sah, dass sie ihrer aufsteigenden Wut gerne mit einer größeren Tirade Luft gemacht hätte. Doch sie zögerte und plötzlich blitzten ihre Augen.

»Weißt du, was ich mich immerzu frage?« Ihre Stimme war hart und schneidend. »Warum er dich zu retten versucht hat. Weißt du, Sebastian, Achim hielt dich für einen guten Polizisten, einen sehr guten sogar. Doch menschlich bist du ihm immer fremd geblieben, oft warst du ihm sogar zuwider. In seinen Augen warst du total verbohrt. Alles hast du dem Job unterworfen, gnadenlos.«

Er hielt ihrem Blick stand.

»Immer hat er hinter dir aufgeräumt, wenn du in deiner Rücksichtslosigkeit wieder einmal durch das Präsidium gepflügt bist. Achim mochten sie in der Abteilung, dich nicht. Fragst du dich manchmal, warum niemand zu dir ins Krankenhaus gekommen ist?«

Finkler senkte den Blick.

»Nie hast du ihm gedankt oder auch nur gezeigt, dass du merkst, was er für dich tut. Ich frage mich also, was ihn angetrieben hat, dich zu retten und«, ihre Stimme drohte zu ersticken, »uns zurückzulassen. Weißt du, was ich abends schreie, wenn die Kinder im Bett sind und ich nicht schlafen kann? Was ich Achim zurufe, wo immer er jetzt ist? Ich schreie: Warum hast du ihn nicht verrecken lassen und bist abends zu uns zum Essen gekommen?«

Sie war laut geworden und fing an zu weinen.

Finkler hatte keine Antwort darauf. Was sie sagte, stimmte. Güdner gegenüber hatte er sich immer wie ein Arschloch verhalten. Und nicht nur Güdner gegenüber. Seine Wangen brannten.

Sonja drehte sich weg und schaute ihren Kindern weiter beim Spielen zu.

»Ich will, dass du nie wieder herkommst.«

Wortlos stand Finkler auf und verließ das Haus.

8

Donnerstag, 17. November

Den gesamten Mittwochabend war Finkler in einer Migräne versunken, wie er sie noch nicht erlebt hatte. Zwar hatte er mit einer körperlichen Reaktion auf den Stress der vergangenen Tage gerechnet, doch die Heftigkeit der Attacke erschreckte ihn. Der Schmerz zwang ihn sofort ins Bett. Ihm blieb nichts übrig, als im abgedunkelten Raum zu liegen, zu warten, bis die Medikamente wirkten, und zu versuchen, Entspannung zu finden. Irgendwann kam Melanie. Sie schlüpfte zu ihm ins Bett und legte beruhigend ihren Arm um seine Schultern. Er schmiegte sich an sie und genoss ihre Nähe.

Erst am Donnerstagmorgen ließ ihn die Migräne langsam los und zog wie ein hartnäckiger Sturm Zug um Zug ab. Zurück blieb der typische Migränekater.

Er schlurfte in die Küche und machte Frühstück, während Melanie unter der Dusche war. Die erste Tasse Kaffee trank er im Stehen, dann setzte er sich und las die Zeitung, in der eine kurze Nachricht über die Tote erschienen war. Wenige Worte nur, unten in der Ecke.

Melanie kam im vollen Ornat der Abteilungsleiterin herein. Kostüm, aufwendiges Make-up und eine breite Aktentasche. Sie sah auf die Uhr.

»Ich bin spät.«

Er goss ihr Kaffee ein. Schwarz, wie immer.

»Setz dich wenigstens für fünf Minuten.«

Widerstrebend nahm sie Platz und schmierte sich eine halbe Scheibe Brot. Immer auf der Hut vor zu viel Kalorien. Finkler grinste. Er konnte essen, was er wollte, so dürr, wie er war.

»Willst du heute Abend mit mir ausgehen?«

»Traust du dir das zu?«

»Ich habe doch jetzt Zeit. *Club Rose*?«, schob Finkler nach.

Sie lachte auf. »Du willst in den *Club Rose*?«

»Ich ziehe mir auch was Schönes an. Heute Abend? Zehn Uhr?«

Ein kurzes Zögern und ein fragender Blick. »Okay. Zehn Uhr bei mir!«

Als sie gegangen war, duschte er lange, spülte Schweiß und Erschöpfung fort und ließ seine Gedanken treiben. Danach ging es ihm besser und er machte sich wieder auf die Suche nach den verschwundenen Akten. Er hatte zwar keine große Hoffnung, sie bei sich zu Hause zu finden, aber einen Versuch war es wert.

In einer kleinen Kammer bewahrte er alle privaten Unterlagen auf, die er in ordentlich beschriftete Ordner geheftet hatte. Steuererklärungen, Versicherungen, Rechnungen. In einem Karton fand er seine Fotos. Eine der Aufnahmen zeigte seinen Vater in Uniform, wie er dem Polizeipräsidenten bei einer öffentlichen Belobigung die Hand schüttelte. Auf einem anderen war sein Vater breit lächelnd mit einem ihm unbekannten Mann zu sehen, der seinen Arm freundschaftlich um seine Schulter gelegt hatte. Das letzte Foto war auf seiner Beerdigung aufgenommen worden: Hunderte von Polizisten säumten das Grab. Er war ein beliebter und guter Polizist gewesen. »Im Einsatz für Recht und Ordnung gestorben«, so hatte es in den Zeitungen gestanden. Aber eigentlich war es bloß ein Verkehrsunfall mit dem Dienstwagen gewesen, sinnlos.

Wenn man genau hinschaute, konnte man am Grab inmitten der uniformierten Armee einen kleinen Jungen auf dem Arm einer Frau erkennen. Der Knirps war er, Finkler junior. Früher, in Momenten großer Sehnsucht, hatte er sich oft vorgestellt, dass die Frau auf dem Bild seine Mutter wäre.

Doch das stimmte nicht, die Frau war eine Mitarbeiterin des Jugendamts.

Er legte die Fotos zurück in den Karton. Die Postkarten darin beachtete er nicht. Es waren Karten seiner Mutter aus Amerika, belanglos und ohne eine Erklärung, warum sie gegangen war, noch bevor er zwei Jahre alt war. Stattdessen durchforstete er den Rest der Wohnung, ohne etwas Brauchbares zu finden. Danach waren Computer und Speichermedien dran – auch hier kein Erfolg.

Er ging in die Küche, setzte sich an den Tisch und trank ein Glas Wasser. Der einzige neue Anhaltspunkt blieb der Zettel, aus dessen Inhalt er weiterhin nicht schlau wurde. Mit wem war er damals verabredet gewesen?

11.05.
23:00 Uhr – Club Rose
FN wird dort sein

FN. Das konnte alles und nichts bedeuten. Er googelte das Akronym und erhielt mehr als zweihundert Millionen Treffer. Sinnlos. Vielleicht würde ja der Abend etwas bringen. Ihm war klar, dass nur der Zufall ihm helfen konnte. Doch was hatte sein Ziehvater immer gesagt: *Der Zufall ist der einzig legitime Herrscher des Universums.*

***

Das rechtsmedizinische Institut befand sich in einem villenähnlichen Gebäude auf dem Gelände der Universitätsklinik. Finkler nahm den Weg nach unten in die Untersuchungsräume. Es roch nach Formaldehyd und Reinigungsmitteln. Als er Dr. Brückner an seinem Schreibtisch sitzen sah, atmete er auf. Zum Glück war keine Obduktion im Gange.

»Ach, Finkler, was treibt Sie denn hierher?«

Er zeigte ihm das Foto des Untersuchungsberichts. »Sie haben hier auf den Rand geschrieben, dass Sie wegen der Kleidung davon ausgehen, die Leiche stamme aus den achtziger Jahren.«

Der Pathologe begann seltsamerweise zu lachen. Aber es war ein angenehmes Lachen und man hörte, dass er es gerne tat. »Ein merkwürdiger Zufall. Das T-Shirt der Toten hat mich sofort an meine damalige Freundin erinnert. Schönes Mädchen. Wir haben uns auf dem ersten Solo-Konzert von Sting kennengelernt. *The Dream of the Blue Turtles*-Tour, 1985, in der Festhalle.«

Brückner schwelgte in den Erinnerungen an seine Jugendzeit und erzählte vom heimlichen Kiffen auf dem Anlagenring vor und wildem Knutschen nach dem Konzert. Dann kam er zum eigentlichen Thema zurück. »Ich habe meiner Freundin damals an einem der Merchandising-Stände ein T-Shirt gekauft. Und genau so eins hatte die Tote an.«

»1985. Das passt.«

»Die Frau ist erwürgt worden. Das Zungenbein wurde zertrümmert. Kommen Sie mal mit.«

Brückner ging in den Nebenraum, öffnete eine der Kühlkammern, rollte die Tote auf einer Bahre heraus und zog den Reißverschluss des Leichensacks auf.

Die Wucht des Anblicks ließ Finkler erschaudern. Er hielt sich an einem Schrank fest, als ihn Bilder seines Wachtraums bestürmten, und es gelang ihm nur mit äußerster Konzentration, nicht umzufallen.

»Sind Sie in Ordnung?«, fragte Brückner erstaunt.

»Ja, geht schon.« Er fing sich und suchte nach einer Erklärung. »Manchmal stelle ich mir die Frage, wie wohl die letzten Sekunden eines Opfers waren. Geht Ihnen das nicht so?«

Der Rechtsmediziner sah auf die Leiche und plötzlich zeigte das eben noch so fröhliche Gesicht die tiefen Furchen eines nachdenklichen und sensiblen Mannes. »Natürlich. Ich glaube nicht, dass einer oder eine von uns so abstumpft, dass er dem Tod eines Menschen gleichgültig gegenübersteht. Eine Kollegin sagte mir einmal, dass sie sich vorstelle, mit welchen Zielen die Verstorbenen am Morgen aufgestanden seien, was sie für den folgenden Tag geplant hatten. Mein erster Moment gilt auch immer der Person. Ich sehe die Verletzungen und den wahrscheinlichen Weg zum Ende. Mich in sie hineinzuversetzen allerdings verbiete ich mir, das würde mich auf Dauer überfordern.«

Finkler nickte. »Wir bleiben alle Menschen.«

»Fast.«

»Inwiefern?«

»Besuchen Sie Auschwitz, lesen Sie, was Mengele gemacht hat. Sehen Sie sich an, wie mancher Soziopath seine Opfer quält. Dort ist kein Menschsein.«

»Was ist mir ihr?«

Doch der Arzt war noch nicht so weit. »Wenn ich mir die vor Augen führe, die jenseits meines Vorstellungsvermögens ihre grausamen Taten begehen, schöpfe ich genau daraus meine Motivation. Ich will dazu beitragen, den Abschaum zu fassen. Sobald ich an diesem Punkt bin, tritt das Opfer in den Hintergrund und wird zum Objekt, zum Indizienträger, mit dem man diese Typen bekommen kann. Dann habe ich die notwendige Distanz, akribisch zu suchen.« Dann wechselte seine Stimme, wurde neutral. »Nun aber zu ihr.« Er deutete auf den Schädel mit der ledrigen Haut und den hennaroten Haaren. »Wie gesagt, sie wurde wahrscheinlich vor über dreißig Jahren ermordet. Das Sting-Konzert in der Festhalle war im November 1985. Da ich bezweifele, dass man das Shirt vorher irgendwo kaufen konnte, tippe ich auf einen Zeitraum zwischen Ende 1985 und Anfang 1986. Sie wurde mit großer Kraft erwürgt, das Zungenbein ist mehrfach gebrochen, sodass sie erstickt wäre, selbst wenn der Täter es sich anders überlegt und von ihr abgelassen hätte.«

»Ein Mann?«

Brückner deutete auf den Hals des Leichnams. »Sicher ein männlicher Täter. Wir haben die Druckspuren vermessen, die wir noch finden konnten. Zu groß für die Hände einer Frau.«

»Ansonsten?«

»Innerlich nichts, soweit man das noch beurteilen kann. Eine Verletzung am Kopf, daher das Blut auf der Kleidung. Wohl ein Schlag oder Sturz, das war es dann auch.« Er drehte sich zu Finkler um. »Habt ihr noch weitere Anhaltspunkte?«

»Nein. Ansonsten sieht es schlecht aus. Kaum verwertbare Spuren. Wo sind die Kleider?«

»Schon eingetütet und zur Spurenauswertung.«

Alles war gesagt, doch sie standen noch ein paar Sekunden vor dem Leichnam der Frau und betrachteten sie wie im stillen Gebet.

Ich werde ihn finden, versprach Finkler der Toten, dann ging er.

***

Der Grundbuchbeamte schielte auf Finklers Dienstausweis und verglich das Lichtbild mit dem Mann, der vor ihm stand.

»Schon etwas älter, das Foto?«

Finkler überging die Frage und nannte dem Mann stattdessen die Adresse im Westend, woraufhin der Beamte sich im Computer auf die Suche nach dem Grundbuchauszug machte.

»Da liegt bereits eine Anfrage vor.«

»Von meinem Kollegen Schulz, ich weiß. Ich dachte nur, weil ich in der Nähe bin, kann ich den Auszug auch sofort mitnehmen, dann dauert es nicht so lange.«

Wieder blickte der Mann ihn durch die Gläser seiner stahlgefassten Brille an. »Habt ihr es so eilig?«

»Immer.« Er beugte sich ein wenig vor und bemerkte den unangenehmen Körpergeruch des Beamten. Alter Schweiß, der aus dem dunklen Pullover hervorquoll. Unwillkürlich wich er zurück.

Der Mann zuckte mit den Schultern, klickte mit der Maus, dann begann der Drucker Papier auszuspucken.

»Da haben Sie sich aber das hässlichste Haus der Straße ausgesucht.«

Finkler sah erstaunt auf, eine Reaktion, die sein Gegenüber ganz offensichtlich beabsichtigt hatte.

»Woher wissen Sie das?«

»Ich bin in der Nähe aufgewachsen und musste auf dem Schulweg immer durch die Straße.«

Finkler versuchte sich den Mann als Kind vorzustellen, was ihm aber misslang.

»Zu meiner Schulzeit standen da, wo heute der hässliche Wohnblock steht, noch zwei Bauten aus der Gründerzeit samt Hinterhäusern. Und es gab auf dem hinteren Grundstück zur Nachbarstraße einen kleinen Park, in dem wir immer gespielt haben. Als die Altbauten abgerissen werden sollten, kam es zu einer Hausbesetzung. Achtziger Jahre eben. Da gab es wochenlang Krawall.« Er machte eine Pause und grinste schief. »Gebracht hat's leider nix.«

»Gibt es eine Möglichkeit, die alten Baupläne einzusehen?«

»Dafür ist das Bauamt zuständig. Aber ich bin mir ziemlich sicher, dass die Unterlagen für Gebäude von vor 1945 bei den Bombenangriffen vernichtet worden sind.«

Der Kaffee schmeckte wie Putzwasser, doch das war ihm ausnahmsweise egal. Er breitete auf dem Tisch eines kleinen Cafés die Unterlagen aus. Der Gebäudekomplex war Eigentum einer Gesellschaft namens *Immo27* aus Frankfurt. Aus dem Netz erfuhr er, dass hinter *Immo27* ein Immobilientrust auf den Cayman Islands mit dem fantasielosen Namen *SL Inc.* stand. Ein Friedrich Nussler, wohnhaft bei Genf in der Schweiz, war vertretungsberechtigt.

Finkler schüttelte enttäuscht den Kopf. Er hatte die Eigentümer befragen wollen, aber das konnte er nun vergessen. In Firmen wie der *SL Inc.* auf den Caymans verschachtelten reiche Anleger ihren Immobilienbesitz so geschickt in verschiedenen Unternehmen, dass sie möglichst viele Gesetzeslücken nutzen konnten, um Steuern zu sparen. Die Gesellschaften, bei denen in diesem Geflecht die Fäden zusammenliefen, waren dabei meist in Ländern angesiedelt, die deutschen Behörden keine Auskunft gaben. Auch dieser Nussler würde ihn kaum weiterbringen. Die Schweiz war in dieser Frage nicht gerade ein einfacher Partner. Schon auf dem Dienstweg würde es sicher einige Wochen dauern, bis die Kollegen dort dazu gebracht werden konnten, eine Vernehmung durchzuführen. Er hätte genauso gut auf dem Mond sitzen und um Unterstützung anfragen können.

9

Anders als zwei Tage zuvor standen keine Polizeiwagen vor der Wohnanlage, als Finkler sein Auto abstellte. Schade, dass die Hausbesetzer damals keinen Erfolg gehabt hatten, dachte er, als er in die Durchfahrt des Gebäudes ging. Der Kran war abtransportiert worden. Lediglich ein Flatterband der Polizei sicherte die eingebrochene Stelle, als er auf das Parkdeck trat.

Inzwischen hatte es zu regnen angefangen. Finkler spannte den Schirm auf und lief gebeugt über den Hof zur Öffnung. Ungute Erinnerungen griffen nach ihm, als er über den Rand nach unten blickte. Hinunterspringen würde er nicht noch einmal.

»Da haben sie eine Leiche rausgezogen.«

Finkler drehte sich um. Ein älterer Mann in einem warmen Lodenmantel sah ihn unter einer Schiebermütze neugierig an. Ein kleiner Mischlingshund zerrte an seiner Leine. Er winselte im Regen und sah sein Herrchen flehentlich an.

Finkler zeigte dem Mann seinen Dienstausweis. »Wohnen Sie hier?«

»Ich bin seit meiner Geburt hier im Viertel. Und seit zweiunddreißig Jahren hier im Haus. Wir waren froh über den Komfort damals. Keine Ölöfen mehr wie in der alten Wohnung. Heute ist das alles ein bisschen in die Jahre gekommen, obwohl die mit der Zeit einiges investiert haben.«

»Wer sind *die*?«

»Na, die Verwaltungsgesellschaft. Das Haus gehört so einem Fatzke in der Schweiz.«

Finkler beließ ihn bei seinem Irrtum. »Haben Sie den Namen der Verwaltungsgesellschaft?« Der Mann nickte und gab Finkler breitwillig den Namen und die Adresse. Währenddessen ruckte er immer wieder an der Leine, damit der Hund zu ziehen aufhörte.

»Was war mit den Protesten der Hausbesetzer?«

»Sie wissen davon? Das ging eine Weile so. Erst wurden die Häuser besetzt, um sie zu retten, dann ziemlich rabiat geräumt.«

»Rabiat?«

»Das war wie eine Straßenschlacht mit Verletzten und so. Nach dem Abriss, als bereits gebaut wurde, kam es immer wieder zu Aktionen, Maschinen wurden beschädigt und Material unbrauchbar gemacht. Diese ganzen linken Spinner mit ihrem Protest waren mir suspekt. Haben nur Unruhe reingebracht und was von Unrechtsstaat gefaselt. Genauso wie dieser Reporter – Ferdinand Nager, wobei der Name Programm war. Verdammt lange Zähne. Verstehen Sie? Hat die Fakten verdreht, wo er nur konnte. Das war damals nicht anders als heute mit den Medien.«

Bevor der Alte mit einer Tirade über die Falschmeldungen der Mainstreammedien beginnen konnte, zu der er ganz offensichtlich gerade ausholte, bedankte sich Finkler und ging.

***

Ferdinand Nager war inzwischen achtundsiebzig und hatte in seiner langen Laufbahn als freier Journalist für viele renommierte und weniger geachtete Zeitungen und Zeitschriften geschrieben. Tendenziell war er eher links. In den achtziger Jahren hatte sein Engagement der Hausbesetzerszene in Frankfurt gegolten. Finkler fand mehrere Artikel, in denen er sich kritisch gegen die damals grassierende Spekulationswelle wendete, die einige Stadtviertel vollkommen umgekrempelt hatte. Der Fall der Immobilie, die Finkler interessierte, hatte es nicht zuletzt durch seine Reportagen mehrfach in die Presse geschafft. Nager war so nahe dran gewesen, dass er selbst in eine der Schlägereien geraten und ins Krankenhaus transportiert worden war.

Schließlich fand Finkler unter Ferdinand Nager tatsächlich einen Eintrag im Netz, doch niemand hob ab, als er die Nummer wählte.

***

Der *Club Rose* lag in einer Nebenstraße in der Nähe des Finanzzentrums. Eine angesagte Adresse, die in dem Ruf stand, den ausgelaugten Arbeitssoldaten der Banken nach Büroschluss die besten Cocktails der Stadt zu servieren.

Es ging schon auf elf Uhr zu, als Finkler mit Melanie die Treppe erreichte, die in den Barbereich hinabführte. Als sie sich bei ihm einhängte, lächelte Melanie ihn an. Er hatte sich wie versprochen Sakko und Hemd angezogen, dazu seine rahmengenähten Budapester. Doch mit ihr konnte er nicht mithalten. Ihre blonden Haare schimmerten im Licht der Lampen wie Gold. Sie flossen weich über ihren Rücken und bildeten einen schönen Kontrast zu dem dunklen Hosenanzug, den sie trug. Er roch ihr Parfüm und genoss es, mit einer so attraktiven Frau auszugehen.

Melanie hatte eine Ausstrahlung, die sie von anderen abhob. Wenn sie einen Raum betrat, wandte sich ihr die Aufmerksamkeit zu. Doch das letzte Jahr war auch für sie nicht einfach gewesen und so hatten sich erste kleine Fältchen um ihre Augen geschlichen.

Vor seinem Unfall waren er und Melanie häufig in solche Clubs gegangen. Sie hatten viel getanzt, miteinander geflirtet, getrunken und waren schließlich meist für den Rest der Nacht in Melanies Wohnung mit dem grandiosen Blick auf die Skyline gestrandet. Eine andere Zeit, wie ihm heute schien. Fast ein anderes Leben.

Sie schlenderten zur Bar, die sich an der Wand des Gewölbekellers entlangzog, und setzten sich auf die chromglänzenden Barhocker. Obwohl es mitten in der Woche war, war der Club rappelvoll. Einige Gäste bewegten sich auf der Tanzfläche im Rhythmus der Musik, die laut durch den dämmrigen Raum dröhnte. Die meisten aber standen in kleinen Gruppen zusammen und unterhielten sich laut im wechselnden Licht der LEDs, die hinter den Glasregalen blinkten. Viele der anwesenden Männer schienen noch den Anzug und die Krawatte vom Morgen zu tragen und waren offensichtlich gleich nach der Arbeit hierhergekommen. Es wurde viel gelacht, manchmal zu laut und zu schrill. Finkler war sich sicher, wenn er mit einem Drogenhund zwischen den Gästen hindurchliefe, würde das arme Tier nicht wissen, wo es zuerst bellen sollte.

Melanie las gut gelaunt die Cocktailkarte, während Finkler dem Barmann winkte. Der Mann hatte sich die Haare zurückgekämmt und das Hemd unter der Weste weit aufgeknöpft. Der Prototyp eines geschmeidigen Südeuropäers, der, wenn er nicht mit Ausschenken beschäftigt war, mit vollem Einsatz die Bar oder Gläser auf Hochglanz polierte. Finkler sah zu, wie er die Zutaten abmaß und in den Shaker schüttete, während seine dunklen Augen den Raum abtasteten wie eine Überwachungskamera. Dem Mann entging nichts.

Er orderte einen Tequila Sunrise und Melanies geliebten New England Highball.

Während sie auf die Cocktails warteten, beobachtete er die Umstehenden in der Hoffnung, der Zufall möge ihm behilflich sein, doch niemand reagierte auf ihn. Als ihre Getränke kamen, stießen sie an und Melanie drückte ihm einen Kuss auf die Wange, dann einen weiteren, diesmal auf die Lippen.

»Tanzen?« Ihre Augen hatten einen besonderen Glanz, als er ihr auf die Tanzfläche folgte. The beauty and the beast, schoss es ihm durch den Kopf.

Nachdem sie ein paar Runden auf der Tanzfläche gedreht

und sich in der Musik hatten treiben lassen, wurden ihm die Umstehenden egal. Er drückte Melanie eng an sich. Es war schön, ihre Arme um seinen Hals und ihren Körper an seinem zu fühlen, und Finkler spürte, wie sich endlich der Knoten in seinem Inneren löste und Frust und Sorgen wie trockener Lehm von ihm abplatzten. Erst als die Musik wechselte und sie Melanie nicht mehr gefiel, kehrten sie an die Bar zurück und bestellten eine neue Runde.

Der Barmann kam mit den Gläsern, schenkte Melanie ein Lächeln, das hart an der Grenze zur Anzüglichkeit war, und blinzelte Finkler verschwörerisch zu, doch mit einem Mal stutzte er und ging mit fragendem Blick davon.

Melanie sog an ihrem Strohhalm. Auch sie hatte das Zögern bemerkt.

»Kennt der dich?«

Er feixte. »Du weißt doch, mein Gedächtnis ist nicht voll auf der Höhe. Ich frag ihn mal.«

Er ging die wenigen Meter zur Bar, wo der Barkeeper mit den Zapfhähnen beschäftigt war.

Der Mann sah kurz auf. »Schön, Sie wiederzusehen. Was ist mit Ihrem Gesicht passiert?«, rief er gerade so laut, dass Finkler es trotz der Musik verstehen konnte.

»Ich hatte einen Unfall. Hat mich längere Zeit außer Gefecht gesetzt.«

»Deshalb waren Sie also so lange nicht hier.«

Finkler nickte, obwohl er keine Erinnerungen an den Mann hatte. »Ich war im letzten Jahr öfter mit einem Bekannten hier – haben Sie den in letzter Zeit mal gesehen?«

»Nein, leider keine Idee, wen Sie meinen könnten.«

Finkler setzte gerade zu einer neuen Frage an, als er sah, wie sich ein Kerl neben Melanie an den Tresen stellte.

»Was will der denn?«, sagte er mehr zu sich selbst, doch der Barkeeper hatte ihn gehört.

»Nehmen Sie es ihm nicht krumm. Bei Dr. Altmann wird

es ab und an mal der eine oder andere Drink zu viel. Sie verstehen?«

Finkler nickte und ging hinüber, während der Säufer unverhohlen an der Perlenkette vorbei in Melanies Ausschnitt starrte.

»Das ist mein Platz.«

Altmann ignorierte ihn und konzentrierte sich auf Melanie. »Was trinken Sie?«

Die Augen des Typen waren rot unterlaufen, doch Finkler erkannte, dass hinter dem Mann, der Kleidung nach zu urteilen, einiges an Geld steckte. Wahrscheinlich ein Banker.

Er legte seine Hand auf Melanies Knie.

Finkler sprang vor, doch noch bevor er den Mann an der Schulter packen konnte, stieß Melanie Altmanns Hand beiseite.

»Nimm deine dreckigen Pfoten weg, sonst kannst du was erleben.«

Sie rutschte wütend vom Barhocker und lief in Richtung Toilette, während ihr Altmann mit glasigen Augen hinterherschaute.

»Wie kommst du an solch eine Braut?«, wandte er sich an Finkler.

»Geht dich das was an? Nein, also verpiss dich!«

Altmann grinste überheblich und musterte Finkler. »So wie du aussiehst, musst du innere Werte haben.«

»Das unterscheidet uns vermutlich.«

Altmann wandte sich ab und winkte dem Barkeeper, der wusste, was verlangt wurde.

Als der Betrunkene kurz darauf mit einem neuen Bier in der Hand davontorkelte, rammte er seine Schulter absichtlich in Finklers Rücken und schüttete einen Teil seines Getränks auf dessen Schuhe. Anstatt sich zu entschuldigen, murmelte er: »Komisch, irgendwie kommt mir deine Fresse bekannt vor.«

Noch bevor Finkler etwas antworten konnte, war Altmann zwischen den Gästen verschwunden. Finkler war völlig überrumpelt, doch gerade als er ihm hinterherwollte, kam Melanie zurück. Ihr Gesichtsausdruck bedeutete nichts Gutes.

»Bring mich bitte nach Hause.«

Er versuchte, sie zum Bleiben zu überreden, aber sie nahm einfach ihre Tasche und Jacke und wandte sich zum Ausgang. »Ich geh schon mal raus.«

Er zahlte und folgte ihr fluchend die Stufen hinauf. Noch vor zehn Minuten hatte es so ausgesehen, als würde der Abend in Melanies Bett enden, doch das konnte er sich abschminken, so gut kannte er sie.

Inzwischen hatte es zu stürmen begonnen. Windböen wirbelten welke Blätter durch die Luft.

Ärger blitzte in ihren Augen auf. »So ein schöner Abend. Dann kommt dieser Säufer und jetzt schickt mir meine Chefin eine Info, dass ich morgen früh um halb acht zu einem Meeting auftauchen muss.«

Sie schwiegen frustriert, bis er sie vor ihrem Apartmenthaus absetzte. »Ich bin müde. Also ohne Umwege ins Bett. Okay?« Ihr Lächeln wärmte ihn. »Am Wochenende!«

***

Zu Hause saß er, ohne Licht zu machen, noch lange im Sessel und dachte über den Abend nach.

Der Barkeeper und dieser Altmann hatten ihn erkannt. Da sein Gedächtnisverlust nur die letzten Wochen vor dem Unfall betraf, mussten seine Besuche in dieser Zeit gelegen haben, sonst würde er sich erinnern. Offensichtlich war er alleine dort gewesen, denn ohne Frage hätten die beiden sofort auf Melanie reagiert. Solche Typen vergaßen schöne Frauen selten. Außerdem aus beruflichen Gründen, was wiederum bedeutete, dass es sich um den Rosetti-Fall gedreht haben musste, da er diesen zu der Zeit bearbeitet hatte.

Wer war also dieser Altmann? Kannte er Finkler nur flüchtig aus der Bar oder war da mehr?

Er schrieb Daniel eine kurze Nachricht und bat ihn, Altmann zu checken, ohne zu erwähnen, wie er auf den Namen gekommen war.

Irgendwann, es war schon kurz nach vier Uhr am Morgen, war er vollkommen zerschlagen und schaffte es kaum mehr ins Bett.

Die Wand ist deckenhoch verglast und gibt einen fantastischen Blick auf die nächtliche Skyline Frankfurts frei. Links das angeleuchtete Heizkraftwerk, daneben die vielen Bürotürme und, alles überragend, der Fernsehturm. Er ist in Melanies Wohnzimmer. Schwach nimmt er einen Geruch von Wein und Essen wahr und sieht in der fahlen Beleuchtung unter den Schränken Teller und Gläser auf dem Tresen zur offenen Küche stehen. Sie ist eine gute Köchin und legt großen Wert auf ausgesuchte Lebensmittel, mit denen sie ihn oft verwöhnt.

Momentan trocknet der Rest ihrer grandiosen Lasagne in einer Ofenform vor sich hin. Am Hals der fast leeren Weinflasche prangt der Gallo Nero, Wahrzeichen ihres geliebten Chiantis.

Der Kühlschrank beginnt zu brummen, doch da ist noch etwas anderes. Langsam wendet er sich um, lauscht und späht in den Flur, der zum Bad und zum Schlafzimmer führt. Ein schwacher Lichtschein und die leisen Geräusche kommen von hier.

Vorsichtig schleicht er hinüber, barfuß und im Schlafanzug, wie er plötzlich feststellt. Das dunkle Kirschbaumparkett fühlt sich glatt und kühl an und schmeichelt den Fußsohlen.

Die Tür zum Bad ist verschlossen, doch die zum Schlaf-

zimmer steht weit genug auf, um hineinsehen zu können. Das breite dunkelrote Lederbett, die Flokatis davor, der verspiegelte Schrank, der die gesamte rechte Wand einnimmt, und die kleine Kommode stehen an ihrem Platz und er weiß, dass gleich neben der Tür der Stich irgendeines modernen Künstlers hängt. Auch seine Freundin ist da. Sie liegt in ihrem Bett. Auf ihr ein Fremder. Die Beine über seinem Rücken gekreuzt, genießt sie mit geschlossenen Augen den Sex. Ihr leises Stöhnen, das ihn hierhergelockt hat, geht in die lauter werdenden spitzen Schreie über, die er so gut kennt. Sie steigert sich, krallt sich in die Schultern des Fremden und kommt schließlich zum Höhepunkt, um dann heftig atmend die Augen aufzuschlagen und ihn direkt anzusehen, während der Mann sich in ihr weiterbewegt. Sie scheint nicht überrascht zu sein, ihn zu sehen.

»Tut mir leid, Sebastian, ich hätte es dir lieber in Ruhe erzählt. Deine Zeit im Koma. Er war eben einfach da.«

Sie wendet sich wieder dem Mann zu und es ist so, als ob er für sie nicht mehr existierte. Jetzt erkennt er ihn auch. Es ist der Kollege Melanies, der schon so lange hinter ihr her war: Bodo Baldner.

Er taumelt verwirrt in Richtung Schrank, der – kurz bevor er dagegenschlägt – zur Seite gleitet und ihn in die Bar eines Clubs führt.

Schwerer Zigarettenmief schlägt ihm auf die Lungen. Der Raum ist überfüllt mit Menschen, die sich angeregt unterhalten und trinken. Der Barmann nickt ihm freundlich zu und stellt ihm ohne zu fragen einen Drink hin. Lautes Gelächter schwillt an. Er wirbelt herum und sieht Altmann. Ihm gegenüber sitzt ein heftig schwitzender Mann, dessen Gesicht mit Hämatomen und verschorften Rissen übersät ist. Ein Grinsen teilt sein aufgedunsenes Gesicht.

»Die Braut ist eindeutig zu scharf für dich.«

Wut keimt auf. Er holt aus, um dem Lachenden in die

Visage zu schlagen, als aber seine Faust niederfährt, trifft er Prock, der plötzlich dort sitzt, wo eben noch der Unbekannte saß. Procks Nase verformt sich und Blut spritzt hervor. Finkler springt auf und sucht den Ausgang. In Panik flieht er die Treppe nach oben, als ihn jemand festhält. Er will sich wehren, der Griff aber ist sanft und bestimmt zugleich, lässt Wut und Enttäuschung, die in ihm brennen, abklingen. Wärme durchflutet ihn. Sarah Herbst streicht ihm mit den Fingern über seine Wange. Ihre Augen sind offen und zeigen Verständnis. Er greift seinerseits ihre Hand und lächelt, doch als er sie wieder anschaut, ist Sarah Herbst verschwunden und eine Fremde sieht ihn an. Sie spricht zu ihm, er aber kann die Worte nicht verstehen. Blut läuft ihr aus den Augen.

10

Freitag, 18. November

»Um eins vorwegzunehmen: Ich halte die Freistellung angesichts deines Zustandes für folgerichtig und bin froh darüber.«

Finkler öffnete den Mund, doch Sarah hob abwehrend eine Hand.

»Ich bin nicht für deinen Job oder die Karriere verantwortlich, sondern ausschließlich für deinen Kopf und hierfür ist es gut.«

Sie sah auf ihre Unterlagen. Das Thema war durch.

Ihr Gesichtsausdruck verriet Besorgnis. Er war erst gegen Mittag aufgewacht, verwirrt und nun froh, mit ihr reden zu können.

Ihre Augen waren dezent geschminkt, was die Müdigkeit, die in ihnen lag, jedoch nicht verdecken konnte. Ihre Narbe war wie immer nicht abgedeckt. Sie leuchtete in einem kräftigen Rotviolett. Finkler hätte zu gerne gewusst, wie sie ihr beigebracht worden war und wieso sie sich nicht kosmetisch operieren ließ. Ob sie einen Partner hatte? Auch das wusste er nicht. Einen Ring trug sie jedenfalls nicht.

Obwohl Finkler nichts über Sarahs Vergangenheit wusste, bestand eine besondere Verbindung zwischen ihnen. Sie beide waren für alle sichtbar gezeichnet. Er durch den Unfall, sie durch die Narbe. Diese Nähe half ihm anscheinend, ihr mehr zu vertrauen als allen anderen.

Nach dem Krankenhaus hatte er gegen den Willen der Ärzte auf eine Psychotherapie verzichtet und dann, als es nicht mehr ging, die Träume ihn zu verschlingen drohten, ihre Adresse und unzählige Empfehlungen im Netz gefunden, war hergefahren und einfach hereingeplatzt. Sie hatte sofort erkannt, was los war, und ihn beraten. Mittlerweile glaubte er, kaum noch ohne ihre Betreuung über die Runden zu kommen.

»Fang an!« Ihre dunkelbraunen Augen ruhten auf ihm.

Es dauerte eine Weile, bis er ihr alle Einzelheiten erzählt hatte. Sie fragte viel nach, auch weil es ihm nur mit Mühe gelang, die richtigen Worte zu finden.

»In deinem Unterbewusstsein ist etwas in Bewegung geraten. Und der Trigger für die letzte Intrusion muss das Medaillon gewesen sein.«

Finkler schüttelte den Kopf. »Das passt aber nicht. Als der Mord passierte, war ich höchstens zwei Jahre alt. Und anschließend lag das Medaillon über dreißig Jahre unter der Erde. Woher also die Verbindung?«

»Dein Gehirn nimmt es wahrscheinlich nicht so genau. Ein ähnliches Schmuckstück könnte in deiner Vergangenheit eine Rolle gespielt haben.«

Finkler dachte kurz nach. Ihm kam ein beunruhigender Gedanke. »Wir sprechen hier doch immer noch über meine Traumatisierung durch den Unfall, oder?« Sie nickte und wollte etwas einwerfen, doch er bat sie mit einer Geste um Geduld. »Du hast von Überlagerung der Traumata gesprochen. Glaubst du, es gibt da noch mehr aufzuklären, und wenn ja, was genau?«

Sie zog den weißen Arztkittel aus und setzte sich wieder.

»Ja, da gibt es wahrscheinlich noch mehr. Dein Problem ist komplexer, als ich anfangs vermutet habe. Denk an deine Kindheit. Sie war nicht einfach. Vielleicht liegt es daran.«

Sie wendete ihr Blatt. Finkler erkannte Worte und Verbindungslinien und eine Menge Fragezeichen. Das Chaos ihrer Notizen schien dem Chaos in seinem Kopf nicht unähnlich zu sein.

Sarah sah ihn an. »Ich verstehe noch nicht, was es ist. Der verletzte Mann, die Frau mit dem Medaillon, die davoneilende Gestalt und der Garten.« Sie hob die Schultern.

»Alles hat eine Bedeutung, doch dein Gehirn wirft uns die Dinge während der Intrusionen ungeordnet vor die Füße. Um das richtig aufzuschnüren, werden wir auch tiefer in deiner Vergangenheit forschen müssen.«

»Muss das sein?« Was Sarah ihm gerade erklärte, bedeutete im Zweifelsfall nichts anderes als einen unendlichen Therapiemarathon. Er wollte keine neuen Probleme aus seiner Vergangenheit aufkochen. Er hatte mit den bekannten Verwerfungen schon genug zu tun. »Gibt es keinen anderen Weg?«

»Du kannst den Therapeuten wechseln.«

Wäre es nicht Sarah gewesen, er wäre an diesem Punkt sofort aufgestanden und hätte die Behandlung für beendet erklärt. Aber so war das sicher das Letzte, was er wollte. Er hob resigniert die Hände.

»Ist schon in Ordnung.«

»Also lass uns damit beginnen, den Traum auseinanderzunehmen. Was ist mit den beiden Personen? Dem geschundenen Mann und der weinenden Frau?«

»Sie waren nicht richtig zu erkennen.«

»Die Gewalt und ihre Trauer passen doch zu deinem Job, oder?«

Er nickte. »Möglich.«

»Was ist mit alten Fällen?«

»Bei den älteren Sachen funktioniert mein Gedächtnis noch ganz gut, doch ich erkenne keine Verbindungen. Wenn da etwas ist, dann hängt es mit dem letzten Fall zusammen.«

»Was ist mit den Objekten, die du auf den Regalen gesehen hast?« Sarah schien kurz einer Erinnerung nachzuhängen. Dann schaute sie ihn wieder an. »Vor drei oder vier Jahren hat eine Patientin ein ganzes Puppenhaus erträumt. Alle Zimmer, die Figuren und Einrichtungen, jedes Detail. Doch sie hat nie so etwas besessen. Kurz darauf rief sie an. Sie war zu Besuch bei ihren Eltern und ist zufällig auch bei einer sehr guten Freundin aus Kindertagen gewesen, die noch immer in ihrem Heimatort lebte. Und sieh an, da stand das Puppenhaus und wurde von ihrer Tochter bespielt.«

»Du meinst, die Objekte in den Regalen könnten verschüttete Erinnerungen sein, die wahllos eingeflossen sind?«

»Ja, so könnte es sein. Dinge, die in deiner Kindheit eine Rolle gespielt haben und jetzt an die Oberfläche drängen.«

Finkler lachte. »Das kann ja lustig werden.«

Um zu erkennen, dass bei seiner Kindheit etwas im Argen lag, hätte er keine Psychologin gebraucht. Diese Zeit glich einer Vollkatastrophe.

Seine Mutter hatte die Familie verlassen, als er noch so klein gewesen war, dass er an sie keine Erinnerung hatte. Nicht einmal ein Foto von ihr war ihm geblieben, sein Vater hatte alle vernichtet. Er hatte lediglich in alten Kartons, die nach dem Tod seines Vaters eingelagert worden waren, die paar Postkarten gefunden, die sie aus Amerika an ihn geschickt hatte, und daraus geschlossen, dass sie ihn und seinen Vater wohl von einem Tag auf den anderen wegen eines Amerikaners in Richtung USA verlassen hatte. Er hasste diese Karten mit ihren Bitten um Vergebung und Beteuerungen ihrer Liebe, ohne dass er sie je hätte wegwerfen können, denn sie waren das Einzige, was ihm von ihr blieb. Sie hatte ihn abgelegt wie schmutzige Wäsche, das war es. Er wusste nicht, was aus ihr geworden war. Für ihn war sie tot, gestorben und vergessen. Nun ja, fast vergessen. Sein Vater war bald gestorben. Unfall mit dem Dienstwagen. Das schwarze Loch danach konnte er noch sehen.

Tränen standen plötzlich in seinen Augen.

»Als Kind die Eltern zu verlieren und ins Heim und zu Pflegeeltern zu kommen, hinterlässt mehr Narben, als man denkt.«

Sie las ihn manchmal wie ein offenes Buch.

»Muss zwischen allem, was ich gesehen habe, ein Zusammenhang bestehen?«

»Nein. Ob der gequälte Mann mit dem vergessenen Fall etwas zu tun hat, können wir nur vermuten, es muss aber nicht sein. Genauso wenig können wir über andere Zusammenhänge sagen. Es sind nur Vermutungen. Mal sehr vage, mal schon eher wahrscheinlich. Eins steht aber außer Frage: Für dich persönlich sind diese Punkte sehr relevant, sonst hätte die Intrusion sie nicht an die Oberfläche gebracht. Wir müssen allem auf den Grund gehen. Was ist mit dem Garten?«

»Noch nie gesehen, aber er macht mir irgendwie ein besonders schlechtes Gefühl. Schau dir das an!« Er zeigte ihr seine Hände. Sie zitterten leicht.

»Bleib ruhig. Hast du das Medaillon noch?«

»Ja.«

»Ich will ein Experiment machen, bevor ich Schlüsse ziehe. Morgen ist Samstag, da ist hier nichts los. Komm bitte um zehn vorbei, dann versuchen wir mit dem Medaillon eine Intrusion zu provozieren.«

Unzählige Gegenargumente fluteten sein Gehirn, die alle einen Ursprung hatten: Angst. Er schüttelte den Kopf, wie um sich von den lästigen Gedanken zu befreien, doch ihr Blick schien in ihn hineinzusehen.

»Ich deute das als ein Ja.«

11

Der Regen hatte sich verstärkt und reflektierte funkelnd das Licht der Scheinwerfer. Es war Rushhour und so kroch Finkler im Schneckentempo vorbei an der Skyline nach Hause.

Eine Nachricht ging ein. Melanie. Sie lud ihn für den folgenden Abend ein, wollte für ihn kochen. Er sandte ihr ein Thumb-up.

Seine Gedanken schweiften ab, während er seinen Körper den Automatismen des Fahrens überließ: bremsen, kuppeln, schalten, beschleunigen und so weiter.

Er hatte Angst vor dem Experiment, vor neuen Bildern. *Nichts, was nicht schon in dir ist, kann in den Träumen zum Vorschein kommen*, hatte Sarah mal gesagt. Doch was bedeutete das nun? War er einmal zu Besuch in dem Haus gewesen und hatte eine schlimme Erfahrung gemacht? Bei der Pflegefamilie, mit seinem Vater? Nur wann und wo? Er war wegen des Unfalls zu Sarah gegangen, wegen seiner Träume und der Schuld, die er Achim Güdner gegenüber spürte. Aber jetzt schien es auf einmal um mehr zu gehen. Sarah hatte seine Kindheit ins Spiel gebracht. Und er war sich nicht sicher, ob er bereit war, auch daran zu arbeiten.

Die Ampel sprang auf Grün und forderte seine Aufmerksamkeit. Finkler war froh, aus seinen Gedanken gerissen zu werden. Es war kurz vor acht und da er wenig Lust verspürte, nach Hause zu fahren und dort den Abend alleine zu verbringen, hielt er an und wählte noch einmal die Nummer, die er im Netz gefunden hatte. Endlich wurde das Gespräch angenommen.

»Nager.«

***

Der Journalist wohnte mitten in Sachsenhausen in einer kleinen Wohnung, deren Tür er nur einen Spalt öffnete, um Finklers Dienstausweis zu studieren. Die Halbglatze des mittelgroßen Mannes glänzte im Licht der Deckenbeleuchtung, während der verbliebene Haarkranz hinter den Ohren in die Höhe ragte. Dass er die langen Zähne konzentriert auf der Unterlippe aufgesetzt hatte, verlieh ihm das Aussehen eines überdimensionierten Eichhörnchens.

Nager reichte Finkler den Ausweis zurück, sah ihn durchdringend an und öffnete dann die Tür.

Wenig später saß Finkler in der Küche vor seiner zweiten Tasse Tee des Tages.

Die Wohnung war die eines Junggesellen. Gemütlich eingerichtet, aber chaotisch. Überall waren Stapel von Zeitungen und Zeitschriften, doch herrschte eine Sauberkeit, die eine routinierte Eigenständigkeit zeigte.

Nager blies auf seinen Tee und sah dann auf. »Wie kann ich Ihnen helfen, Herr Kommissar?«

»1985 haben Sie über die Besetzung eines Gebäudes im Westend geschrieben.« Er gab ihm die Adresse. »Nun ist unter dem Parkdeck eines der Häuser eine Tote aufgetaucht, die etwa zu dieser Zeit dort hingebracht wurde. Es ist lange her, doch Sie waren damals vor Ort. Vielleicht erinnern Sie sich an etwas, das uns weiterhilft.«

Nager war sofort in seinem Element. »Die Hausbesetzungen damals waren eine Kriegserklärung gegen ein kapitalistisches System, das es Menschen mit Geld, aus welcher Quelle auch immer, ermöglichte, ganze Sozialsysteme im Mikrokosmos der Stadt zu zertrümmern.«

»Geht das genauer?«

»Die haben ganze Viertel durch ihre Spekulationen auseinandergetrieben. Kaufen, renovieren und die alten Mieter dann rausdrücken, damit die Miete hinaufgesetzt werden kann. Ich denke, das kennen Sie. Das läuft ja heute genauso.«

Finkler nickte.

»Gerade für ältere Menschen ist das die Hölle. Alle sozialen Kontakte aus dem gewohnten Umfeld brechen weg.« Nager schlug auf den Tisch. »1985 gab es noch Widerstand, wobei ich zugeben muss, dass das Objekt, auf das Sie mich ansprechen, so ziemlich am Ende einer langen Reihe erfolgloser Kämpfe stand.«

»Inwiefern?«

»Mai 1985 war der Widerstand praktisch erloschen. Die Investoren hatten bei vergleichbaren Projekten das Füllhorn einfach immer weiter aufgemacht und die Bewohner griffen alle irgendwann zu, denn sie wussten ja, wie es läuft. Allerdings wollte man in diesem speziellen Fall einen Park plattmachen und so gelang es einem der Mieter, das Viertel noch einmal aus seiner Lethargie zu reißen.« Nager sah angewidert aus dem Fenster. »Der Mistkerl hat sich am Ende dann eine besonders große Abfindung zustecken lassen und ist uns in den Rücken gefallen. Aber vorher hat er noch die ganz große Palette auffahren lassen: Transparente, Menschenketten gegen den Bagger, weinende Kinder. Und eines Nachts kam dann eine linke Gruppe, die das schon leer stehende Haus besetzte und sich an die Bäume im Park kettete. Die Bullen hielten sich erst einmal zurück. Aber es war eigentlich klar – irgendwann würden sie nach einem richterlichen Beschluss den Laden räumen und die Bauarbeiten hätten beginnen können.«

»Aber so ist es nicht gelaufen.«

»Nein.«

»Was ist stattdessen passiert?«

»Nackte Gewalt. Ich weiß bis heute nicht, wer dahintersteckte. Eine Gruppe von angeblichen Gegendemonstranten stürmte das Gelände. Die meisten von ihnen waren stadtbekannte Gewalttäter. Sie knüppelten mit Baseballschlägern und so weiter auf die vollkommen überrumpelten Besetzer ein. Ich war damals auch im Haus und stellte mich ihnen entgegen.«

Finkler versuchte sich Nager als Held vorzustellen, scheiterte aber an seiner mangelnden Fantasie.

»Ein Muskelprotz mit nichts in der Birne außer blinder Aggression schlug mir seine Faust in den Magen und warf mich die Treppe hinunter. Ich brach mir den Arm und habe vor Schmerzen gebrüllt, doch das stachelte ihn nur an. Er kam hinterher und trat mir in den Leib. Ich war anschließend eine Woche im Krankenhaus. Gehirnerschütterung, Verdacht auf Milzriss, war aber Gott sei Dank nur Fehlalarm, und der Trümmerbruch im linken Arm.«

Er schob den Ärmel des Pullovers nach oben und zeigte Finkler zwei lange Narben. »Hab das Schwein angezeigt. Aber keine Zeugen und mit einem miesen Alibi von einem der Kumpels ... Und schon war mein Versuch, Gerechtigkeit zu bekommen, an unserem Rechtssystem gescheitert, während die Abrissbirne für Tatsachen sorgte.«

»Was war mit meinen Kollegen damals?«

»Alles deutete auf eine Gegendemonstration von Rechtsradikalen hin. Damit hat man sich zufriedengegeben.«

Finkler lenkte das Gespräch auf die Tote. »Die Frau, die wir gefunden haben, trug ein T-Shirt von einer Tour von Sting. Sagt Ihnen das etwas?«

Nager schüttelte den Kopf, aber dann hatte er eine Idee und stand auf, um in einem Ordner zu kramen. »Sehen Sie mal hier. Das ist die Adresse von Wolfgang Linstmann, meinem damaligen Fotografen. Er war überall dabei. Hat auch Prügel eingesteckt. Wahrscheinlich hat er noch Aufnahmen, die er vor der Räumung geschossen hat.« Er grinste. »Am besten gehen Sie nicht zu spät hin, damit er noch so weit nüchtern ist, dass er versteht, was Sie wollen. Bringen Sie ihm eine Flasche Wodka mit, dafür tut er alles.«

»Würden Sie mich begleiten? Am Sonntag vielleicht?«

»Ich bring Sie hin, aber seinen Saustall betrete ich nicht mal mit einem Schutzanzug.«

***

Ich deute das als ein Ja, hatte Sarah gesagt. Aber wollte er wirklich noch einmal einen Flashback, noch einmal in eine Intrusion fallen?

Finkler hielt das Medaillon vorsichtig gegen das Licht einer Lampe. Auch wenn seine Angst womöglich unbegründet war, hatte er das Schmuckstück zur Sicherheit gleich in zwei der durchsichtigen Tütchen verpackt, die sie für die Aufbewahrung von Beweisstücken nutzten.

Der Anhänger war entweder komplett aus Gold gefertigt oder vergoldet, das konnte er nicht beurteilen. Jedenfalls war in filigraner Kleinarbeit ein mattiertes Blättchen auf einen hochglänzend polierten Kranz montiert worden. In der Mitte war die Figur des Schutzengels aufgebracht worden, ebenfalls auf Hochglanz poliert. Der Knabe stützte sich auf seinen linken Arm, während auf der rechten Körperseite ein Flügel herauslugte. Die glänzenden Teile hatten die lange Zeit in dem trockenen Keller gut überstanden und wiesen nur an wenigen Stellen dunkle Verfärbungen auf.

Finkler drehte das Medaillon herum, konnte jedoch keine Gravur erkennen. Mit einer Lupe betrachtete er den kleinen Schaden gleich neben der Öse. Die Ecke war gar nicht herausgebrochen. Das Metall des polierten Kranzes hatte sich entlang eines vielleicht zwei Millimeter langen Risses auf beiden Seiten nach hinten gebogen.

Er trat nachdenklich ans Fenster. Draußen war es inzwischen dunkel.

Wollte er morgen tatsächlich einen Versuch wagen? Zu deutlich standen die Bilder noch vor seinem inneren Auge. Die Folter des Mannes, dessen Schreie in seinen Ohren hallten, und die Tränen der Frau, ihre hoffnungslose Verzweiflung. Und der Garten.

Das Telefon klingelte. Es war Daniel.

»Bist du noch im Büro?«

»Nein, schon zu Hause. Ich habe ein paar Daten zu Altmann: Dr. Sven Altmann ist als Rechtsanwalt in Frankfurt zugelassen, tritt aber als solcher kaum noch in Erscheinung. Gilt als ausgezeichneter Jurist und war einige Jahre als aufstrebender Anwalt in einer der großen Kanzleien tätig. Irgendwann ist er dort in Ungnade gefallen. Ich habe da mal in den Archiven geblättert. Er hat Suchtprobleme. Fahren unter Alkoholeinfluss, ein anderes Mal hat man Koks bei ihm gefunden. Hat ihn fast die Zulassung gekostet. Seit einigen Jahren ist er aber nicht mehr aufgefallen. Er ist mittlerweile im Vorstand der *SL German Real Estate AG*, einer Immobilien-AG, die deutschlandweit Bauprojekte umsetzt.«

»SL?«

»Ja, warum?«

»Das Haus, unter dessen Parkdeck wir die Frau gefunden haben, gehört der Tochtergesellschaft einer *SL Inc.* auf den Caymans.«

»Es geht hier doch um die Rosettis? Wohl Zufall, oder?«

»Mag sein, immerhin geht es um Immobilien.«

»Das müssen wir prüfen. Die Gesellschaft gehört, soweit ich das hier erkennen kann, einer Gruppe von internationalen Gesellschaften an, die in Immobilien investiert. Wer dahintersteckt, kann ich dir nicht sagen. Ist das wichtig?«

»Damit Altmann interessant wird, müssen wir eine Verbindung zu den Rosettis herstellen.«

»Bist du dir denn sicher, dass Altmann damit zu tun hat?«

»Ich denke schon. Gibt es da Tochtergesellschaften oder irgendwelche Verschachtelungen?«

Bender raschelte mit Papier. »Haufenweise. Gesellschaften, die nur dazu gegründet werden, um einzelne Projekte abzuschließen, und ... Warte, hier, eine Verwaltungsgesellschaft, die eigene und fremde Immobilien betreut: *IVG*.«

Finkler war alarmiert.

»IVG-Frankfurt?«

»Auch, die sitzen in rund zwanzig großen Städten in Deutschland.«

»Jetzt wird es interessant!«

»Inwiefern?«

»Das Gebäude, in dem die Leiche gefunden wurde, wird von der *IVG-Frankfurt* verwaltet.«

Bender schwieg einige Sekunden. »Aber ...«

»Wenn die *IVG* ein großes Immobilienportfolio verwaltet, kann das immer noch reiner Zufall sein. Doch langsam ist mir das ein bisschen viel davon.«

»Aber die Fälle haben doch nichts miteinander zu tun. Und dann noch die Zeit. 1985 und heute.«

Finkler dachte nach. Merkwürdig. Ein Anwalt, dem er aufgrund eines Zettels aus den Rosetti-Ermittlungsakten begegnet war und der ihn wiedererkannt hatte, war just der Geschäftsführer eines Unternehmens, das die Immobilie des Leichenfunds verwaltete.

»Ich verstehe im Augenblick nichts.«

12

Samstag, 19. November

Sarahs Belegbetten in der psychiatrischen Tagesklinik befanden sich im Erdgeschoss, wo eine Reihe von Behandlungszimmern lag.

»Bereit?«

Sarah, wieder mit weißem Kittel, sah ihn fragend an.

Finkler nickte. Ein Clip an seinem Zeigefinger maß den Puls, um seinen Arm hatte sie eine Blutdruckmanschette gelegt.

»Du bleibst hier?«

»Ja.« Sie schaute beruhigend. »Ich werde dich überwachen, falls überhaupt etwas passiert.«

»Und wie?«

»Manuell, indem ich äußere Reize ausübe.«

»Du klebst mir eine?«

»So in etwa. Im Notfall spritze ich dir Benzodiazepin. Das wirkt auf das zentrale Nervensystem. Die Träume hören dann augenblicklich auf. Du wirst eine Zeit ruhig schlafen und dann ganz normal aufwachen. Vertrau mir.«

Tat er das? »Lass es uns versuchen. Was ist, wenn nichts passiert?«

Sie lächelte. »Dann suchen wir einen anderen Trigger.«

Sie öffnete das Tütchen mit dem Anhänger und ließ ihn in ihre Hand gleiten.

Finkler hielt ihr die Linke hin und sah sie an, während sie ihm das Medaillon in die Hand legte. Eine leichte Berührung an seiner Haut, die ein wenig kitzelte. Der Film riss.

Alles ist still. Er steht im Garten und sieht den Schneeflocken beim Fallen zu. Plötzlich ist da ein Scharren, leise, ganz leise. Etwas kratzt hektisch über den Boden. Dann ein unter-

drücktes Stöhnen, der Geruch nach Rauch und Feuer. Als er den Kopf dreht, erkennt er die Silhouette eines Hauses, erahnt eine lange Fensterfront, die den Himmel reflektiert. Irgendwo lauert Gefahr, das spürt er deutlich.

Wieder hört er leises Scharren und er riecht das Feuer. Er ist sich nun sicher, dass es aus Richtung des Hauses kommt. Doch als er versucht, Genaueres zu erkennen, werden die Schneeflocken dichter und vernebeln ihm die Sicht, bis er nur noch von dichtem Weiß umgeben ist.

Das Erste, das wieder zu ihm durchdringt, sind Gelächter und Gespräche. Dann steht er auf einmal vor einem Pool, in dem Kinder schwimmen. Es ist ein warmer Abend und die Sonne verschwindet gerade hinter dem Horizont. Er befindet sich am Rande einer Sommerparty mit unzähligen Gästen. Der weitläufige Garten, eigentlich ein Park, wirkt gepflegt. Bänke und Tische stehen unter den alten Bäumen, Lampions und eben entzündete Fackeln beleuchten das eintretende Zwielicht der Dämmerung. Im Hintergrund erhebt sich eine riesige Villa aus der Gründerzeit.

Wieder der Geruch nach Feuer. Und jetzt erkennt er die Quelle: Von einer großen Grillstation steigen Rauchschwaden auf und haben den Duft saftigen Fleischs im Gepäck. Livrierte Kellner mit Tabletts spazieren zwischen den Gästen herum und servieren Champagner und andere Getränke, bunte Cocktails mit Miniatursonnenschirm und Zuckerrand.

Niemand beachtet ihn, als er zwischen den Gästen umherschlendert. Man bevorzugt zu diesem Anlass legere Kleidung. Die Frauen, zumeist in pastellfarbenen Shorts und weiten Blusen mit Schulterpolstern oder Poloshirts, haben die Haare wild toupiert, die Männer tragen helle Hosen, dazu blaue Sakkos mit goldenen Knöpfen, oder, überwiegend die jüngeren, Oversized-Blazer. Die Stimmung ist ausgelassen, es wird viel gelacht und einige wirken bereits angetrunken. Eine Band spielt Covermusik.

Er läuft auf die Villa zu. Vom Garten führt eine breite Treppe hinauf in ein fast quadratisches Gebäude, das nach außen nüchtern wirkt, nur um die Fenster und am Dachüberstand befinden sich Verzierungen. Innen jedoch sind die Räume mit Stuck an den Wänden und Decken reich verziert. Im Wohnzimmer dominiert neben den schwülstigen Möbeln, barocken Bildern und alten Persern ein großer Kachelofen den Raum. Zwei ältere Männer sitzen in Sesseln nebeneinander und beobachten durch die Fenster das Treiben im Park. Sie wirken wohlhabend, tragen teure Uhren und rauchen genüsslich Zigarren, denen man ansieht, dass sie von Hand gerollt wurden. Einer, das schlohweiße Haar ist dicht, deutet auf ein Paar, das sich in einer Ecke näherzukommen scheint, und macht eine Bemerkung, die nicht zu verstehen ist. Beide lachen wiehernd.

Er bemerkt drei Türen. Die erste führt auf einen Flur, der mit Fischgrätparkett ausgelegt ist und von einem ausladenden Kronleuchter erhellt wird. Im zweiten Raum wird stumm Roulette gespielt. Vor der dritten Tür hält ein bulliger Mann Wache.

Er tritt vor den Wächter und mustert das vierschrötige Gesicht. Ein Kabel schlängelt sich aus seinem Kragen und endet in einem Ohrstecker. Er spürt, dass er hier richtig ist. Er schiebt sich vorbei und gelangt in den Raum. Dort findet eine Besprechung statt. Es wird auch hier geraucht, doch die Stimmung ist bei Weitem nicht so entspannt wie draußen.

An einem Schreibtisch thront ein Mann, dessen Haltung keinen Zweifel aufkommen lässt, wer hier das Sagen hat. Vor ihm sitzen drei Männer in legerer Kleidung. Es überrascht ihn, als er unter den dreien den Gequälten entdeckt. Wieder schwitzt er heftig, sein Gesicht ist verschwollen. Niemand stört sich daran. Er spielt nervös mit Jetons, wie sie beim Roulette verwendet werden.

Der Mann hinter dem Schreibtisch beginnt wie von Sinnen zu brüllen. »Ich will Lösungen! Sergio?«

Der in der Mitte zuckt zusammen und murmelt: »Wie stellst du dir das vor, Chef? Soll ich da reingehen und einfach jeden abknallen, der mir nicht passt?«

Der andere hebt zaghaft die Hand. »Lasst uns doch erst einmal die rechtlichen Mittel ausreizen.«

»So ein Mist kann nur von einem Anwalt stammen. Wie lange dauert ein Prozess? Ein Jahr? Länger? Vergiss es. Ich will …« Das Gesicht des Chefs läuft rot an, er springt auf und beugt sich wütend über die Tischplatte. Es wirkt so, als wollte er die anderen beißen. »Die harte Tour! Verstanden?«

Als er keine Antwort bekommt, fällt der Chef zurück in seinen Sessel und fährt nun beherrschter fort. »Sprich mit Tonio. Er soll uns Leute schicken, zu denen wir keine Verbindung haben.« Sein Lächeln bekommt etwas Wölfisches. »Ein Exempel. Ein Unfall, von dem jeder weiß, dass es keiner war.«

Allen im Raum steht der Schweiß auf der Stirn. »Willst du …«

Der Chef winkt mit der Hand. »Verschwindet, es ist alles gesagt.« Sergio und der Anwalt verlassen schnell das Büro, der Mann, den er schon aus seinem letzten Wachtraum kennt, bleibt sitzen. Der Chef steht auf, kommt um den Schreibtisch und packt ihn an der Schulter.

»Ein Ausflug.«

Plötzlich befinden sie sich auf einer Lichtung im Wald.

Eine gebeugte Gestalt kniet auf dem feuchten Boden und weint, er wimmert um sein Leben. Es ist kalt, allen steht der Atem in großen Wolken vor dem Mund. Zwei große Kerle halten den Unbekannten fest. Das Gesicht des Chefs ist nun zu einer diabolischen Fratze verzogen. Er zieht eine große Pistole aus der Tasche und hält sie seinem verschüchterten Begleiter hin. »Knall ihn ab!«

Als er sich weigert, reißt der Chef die Waffe herum und schießt achtlos auf den Weinenden. Der Kopf scheint in einer roten Wolke zu explodieren, dann fällt er wie eine willenlose Puppe ins Gras, während sich der andere übergibt. Die Schatten packen ihn, er wehrt sich heftig, doch er ist ohne Chance, als der Chef zu ihnen tritt. Sein Gesicht ist nun so freundlich wie das eines gutmütigen Großvaters. Er hält die Pistole und wischt sie sauber, dann zwingen seine grobschlächtigen Begleiter die Finger des wimmernden Mannes um die Waffe.

»Loyalität ist alles.« Das Lachen füllt den Wald aus, wird zurückgeworfen und schwillt erneut an. Einsam und unglücklich steht der Mann, der Verlierer, im abebbenden Gelächter, die Schultern hängen nach vorne. Er sieht zu, wie die anderen zwischen den Bäumen davongehen. Irgendwann dreht er den Kopf der Leiche zu und schnell erschaudernd wieder weg, die Augen geschlossen. Unter den Lidern quellen Tränen hervor.

Es zieht ihn aus der Szene und er findet sich auf dem Flur einer Wohnung wieder, der ihm bekannt vorkommt. An den Wänden hängen Fotos, doch die Menschen darauf sind ihm fremd. Es sind schreckliche Momente, die der Fotograf aufgenommen hat. Weinende Kinder, hungernde Bettler, verstaubte Anzugträger mit schockstarrem Blick und Gesichter im Augenblick größten Entsetzens. Die Hände vor den Mund geschlagen oder mit zusammengebissenen Zähnen. Das Schlimmste jedoch sind die Augen, die Spiegel der Seele, die, was auch immer sie sehen, nie wieder so schauen werden wie vor diesem Augenblick. Sie machen ihm Angst, verbreiten eine Atmosphäre der Bedrohung.

Die Möblierung ist einfach. Eine Garderobe, an der ein einsamer Mantel hängt, eine Kommode, auf der ein altes Telefon mit Wählscheibe steht, mehr nicht.

Er wendet sich um, denn ein Geräusch wie das Öffnen

einer Tür mit quietschendem Scharnier dringt an seine Ohren. Die Eingangstür ist offen und dahinter sieht er erneut den Gang ohne Ende. Weit hinten fällt Licht ein und genau dort steht sie wieder, die Frau, die ihm winkt, abwehrend, so als wollte sie ihn auffordern, wegzubleiben. Dann laufen sie wie in Trance los. Sie davon, er hinterher. Plötzlich eine Tür. Er drückt den Griff nach unten, sie klemmt. Wütend stößt er mit der Schulter dagegen, immer heftiger, da ist kein Schmerz, keine Mühe, er könnte Stunden weitermachen. Unvermittelt springt sie leicht und in einer fließenden Bewegung auf, was ihn des Widerstands beraubt und ihn haltlos einige Meter in einen dunklen Raum stolpern lässt.

Erneut ist da Zwielicht, wieder nur ein schmaler Streifen Licht. Kein Geräusch, nur unbewegliche Stille, doch dann sieht er sie dort liegen. Die Frau mit dem Amulett ist blau angelaufen, ihre Zunge quillt aus dem Hals, das Gesicht einer der Mienen ähnlich, die er gerade auf den Fotos sah. Ein Mann kniet auf ihrer Brust, die Hände wie ein Schraubstock um ihren Hals. Er läuft hinüber, will sie befreien, retten, will ihrem flehentlichen Blick Genüge tun, doch so weit seine Beine auch ausgreifen, über den plattenausgelegten Boden fliegen, er erreicht sie nicht, kommt nicht näher. Seine Schreie verhallen im Nichts. Ihre Augen brechen in der Sekunde, in der er über ein Fahrrad stolpert. Koga Miyata *liest er noch, kracht jedoch nicht auf den Boden, sondern fällt in eine Schwärze, die ihn verschluckt.*

Er ist wieder im Garten. Der Schneefall wird weniger. Er sieht zur Hausfront, die still daliegt. Es herrscht völlige Stille, bis ein animalisches Stöhnen die Ruhe zerreißt. Seine Haare sträuben sich. Wieder das Stöhnen. Er schreit auf, schrill.

Finkler schlug die Augen auf und fand sich im Behandlungszimmer der Tagesklinik wieder. Sein Körper fühlte sich bleiern schwer an, als hätte er zu viel getrunken.

Er schaute auf. Sarah saß an einem der Tische und tippte in ihr Notebook. Als sie sah, dass er wach war, kam sie herüber und blickte ihm forschend in die Augen.

»Geht es?«

»Wenn man davon absieht, dass ich an Gedächtnisschwund leide, mich Halluzinationen plagen und ich in Wachträumen nach einer vor dreißig Jahren ermordeten Frau forsche – ja.«

Sie lächelte ihn an. »Ich habe dir Propofol gespritzt. Deshalb fühlst du dich wahrscheinlich noch etwas benommen.«

Als es ihm besser ging, erzählte Finkler ihr den Inhalt der Intrusion. Er saß inzwischen aufrecht auf der Untersuchungspritsche und hielt einen Kaffee in der Hand.

Er berichtete von dem verletzten Mann, der in allen Träumen und Intrusionen der letzten Tage auftauchte und eine Konstante war, genauso wie der Unfall.

»Taucht das Mädchen, das du gerettet hast, in dem Traum noch auf?«

»Sophia?«

»Ja, so hieß sie, glaube ich.«

»Nein, ich sehe das Fahrrad, sie selbst nicht.«

»Hast du noch Kontakt?«

»Igor, also ihr Vater, telefoniert oft mit mir. Er will mir etwas Gutes tun, quasi als Dankeschön. Nächste Woche sind Melanie und ich auf seinen Geburtstag eingeladen. Ich habe mir extra einen neuen Anzug gekauft, die alten passen ja nicht mehr.«

Finkler hatte sich in den vergangenen Monaten mehrmals mit Igor Fomin zum Essen getroffen und einen Mann kennengelernt, der gerne lachte und auch offen erzählte, wobei er nur die Oberfläche zeigte. Der Milliardär, die Zeitungen sprachen auch vom »Oligarchen von Frankfurt«, gab nur hier und da Dinge aus seiner Jugend in Russland preis, die vermuten ließen, dass zu jener Zeit von dem jetzigen Reichtum nichts zu ahnen gewesen war. Fomin bedrängte ihn jedes Mal, endlich einen Wunsch zu äußern, den er ihm unbedingt erfüllen wollte, doch Finkler fiel nie etwas Passendes ein. Was hätte er sagen sollen, ohne maßlos zu erscheinen? Ein Auto, eine Reise, eine goldene Uhr?

»Ich werde mir vorkommen wie Aschenputtel auf dem Ball. Wenn ich …« Er brach ab, denn ihm war eingefallen, dass er sich auch an einen ersten Namen erinnerte – Sergio.

»Was ist?«

»Ich habe einen Namen im Traum gehört. Sergio. Wenn ich an unser Gespräch über das Puppenhaus und die Gegenstände auf dem Regal denke … Vielleicht ist es sein Name, der mit den verschütteten Erinnerungen aus dem Rosetti-Fall zu tun hat.«

Sarah spielte mit ihrem Kugelschreiber. »Du hast vielleicht recht. Aber du solltest vorsichtig sein beim Interpretieren. Was ist mit den Gesichtern?«

»Klar und deutlich.« Dieser Punkt war ihm bislang nicht bewusst gewesen.

»Was ist mit der Frau? Hast du sie erkannt?«

»Nein.«

Sie sah nachdenklich zum Fenster. »Sie taucht wiederholt auf, scheint also wichtig zu sein, doch du kennst sie nicht. Entweder steht sie im Zusammenhang mit deiner frühen Vergangenheit oder sie steht für …« Sie schüttelte unzufrieden den Kopf. »Ehrlich gesagt, das, was wir hier machen, gleicht einer Autohypnose, die sich meinem Zugriff entzieht. Ich hatte nicht wirklich geglaubt, dass es funktioniert, und bin umso erstaunter. Das bedeutet aber auch: Vorsicht mit den Schlussfolgerungen.«

Finkler schaute sie erstaunt an.

»Ich kann dir ganz und gar nicht erklären, was hier passiert und warum es passiert – aber ich denke, es war einen Versuch wert, und wir sollten überlegen, weiterzumachen.

Um hier weiterzukommen, solltest du alles daransetzen, die Frau zu identifizieren.«

»Ich bin dabei.«

»Es gibt drei Blöcke, die ich zu erkennen glaube. Dominant ist der Teil, der sich mit deinem Fall beschäftigt. Ich vermute, dass der Unfall und diese Fahndung von deinem Gehirn als gesamter Komplex betrachtet und gemeinsam aus deinem aktiven Gedächtnis verbannt wurden. Das macht dein Kopf, um dir ein Weitermachen trotz der Traumatisierung zu ermöglichen. In den Träumen werden sie hervorgeholt, um sie zu verarbeiten. Der zweite Block sind die Frau und das Kind, die erst nachdem du das Medaillon berührt hast, aufgetaucht sind. Zudem das weglaufende Mädchen.«

»Es könnte auch eine junge Frau sein. Sie ist so weit weg.«

»Wer das sein könnte, kannst du nicht sagen?«

Finkler schüttelte den Kopf. »Die eine von beiden trägt das Medaillon.«

»Gibt es Frauen in deinem Leben, gegenüber denen du dich schuldig fühlst oder die dir etwas schulden könnten?«

»Warum?«

»Die Tränen.«

Er nickte. »Jasmin, meine ehemalige Freundin, und Kirsten Junge. Sie haben aber keine Kinder.«

»Vielleicht ist sie …« Sarah brach ab. »Was ist mit deiner Mutter?«

Finkler war vom schnellen Themenwechsel überrumpelt. »Du weißt doch, was war.« Sie wartete. »Meine Mutter ist vor dem Unfalltod meines Vaters auf und davon.«

»Du sagst das so neutral. Berührt dich das nicht?«

Er hob die Schultern. »Ja, es ist neutral. Ich habe an sie keine Erinnerung. Sie hat mir noch zwei Karten aus Amerika gesendet. Geburtstagsgrüße und eine Karte, in der sie mir mitteilt, dass sie erneut schwanger sei.«

»Anschließend nichts mehr?«

»Nein. Sie hat mich endgültig abgelegt. Erst hat sie meinen Vater sitzen lassen, der offensichtlich ihren Ansprüchen nicht genügte. Dann mich. Ich war ihr nicht wichtig.«

»Hast du die Karten noch?«

»Ja. Warum spielt das jetzt eine Rolle? Was soll die ganze Fragerei nach meinen Eltern?«

»Wie hieß sie?«

»Elisabeth. Können wir aufhören?« Er wollte nicht mehr.

Ihre Stimme wurde eindringlich. »Ich denke, dass die Dinge, die wir nicht erklären können, zu einer Zeit stattgefunden haben, an die du keine aktive Erinnerung hast. Der Schneegarten und die Frau führen uns wahrscheinlich in deine Kindheit. Hast du ein Foto deiner Mutter?«

»Mein Vater hat alle, die er besaß, zerrissen und weggeworfen. Ich jedenfalls kenne keins.«

»Hast du nie versucht, sie ausfindig zu machen?«

»Nein.« Er sah an ihr vorbei und sagte leise: »Ich wollte sie vergessen.« Die Antwort schmerzte ihn unerwartet. »Man hat sie vergeblich gesucht, als Vater tot war. Auch in den USA, aber die haben ja keine Meldepflicht.«

»Schlimm für ein Kind.«

Finkler hob die Schultern.

»Ich kam schnell in eine Pflegefamilie, in der ich mich wohlfühlte. Meine Pflegemutter war extrem lieb und fürsorglich. Sie hat mir viel gegeben.«

»Ist sie die weinende Frau mit dem Medaillon?«

»Nein, da ist keine Ähnlichkeit.« Erinnerungen schwirrten in seinem Kopf. Gerhild, ihr Lächeln, ihre Umarmungen. Nein, das war sie nicht. Er bekam wieder Kopfschmerzen und vor allem – er hatte keine Lust mehr, in seiner Vergangenheit zu wühlen.

»Lass uns aufhören.«

Sarah überging seine Bitte. »Gleich. Steht die Frau mit dem Anhänger in deinen Wachträumen vielleicht für deine

Mutter? Deine Mutter, die über den Verlust ihres Kindes weint? Weil du dir wünschst, dass sie es getan hätte?«

Wieder hob er die Schultern.

»Es kann sein, dass dein Unterbewusstsein eine Verbindung zwischen der Toten und deiner Mutter konstruiert. Eventuell hatte sie eine ähnliche Kette.« Sie seufzte. »Aber du hast recht – das ist alles bloß Spekulation. Wenn wir mehr wissen wollen, musst du in der Wirklichkeit nach deiner Vergangenheit suchen. Was ist mit Betreuerinnen aus dem Heim, Lehrerinnen? Hatte dein Vater eine Freundin? Denk nach! Was ist mit deiner Pflegefamilie? Kannst du sie besuchen?«

»Da gehe ich nicht alleine hin. Meine Pflegemutter ist tot und mit meinem Pflegevater bin ich nie so richtig klargekommen.«

Sarah überlegte kurz. »Na gut, dann fahren wir gemeinsam hin. Auch in das Heim. Verabrede einen Termin. Was mir noch im Kopf herumgeht, ist insbesondere der dritte Block, diese Szene im Schnee, die dir so enorme Angst zu machen scheint. Die müssen wir unbedingt knacken.«

Finkler wurde kalt. Sie war zum Kern vorgedrungen, dem Ursprung seiner Ängste.

»Ich weiß nicht.« Seine Stimme klang plötzlich gepresst.

Sie lächelte sanft. »Siehst du, genau da sind wir richtig, denn alles in dir wehrt sich dagegen. Da müssen wir hin.«

»Aber …«

Sie unterbrach ihn, was sie selten tat, und sah ihm in die Augen. »Du erinnerst dich nicht an einen solchen Garten?«

»Wir hatten keinen Garten. Wir haben in einer Wohnung gelebt.«

»Irgendwo muss es ihn gegeben haben. Geh dem auf den Grund. Unbedingt! Such auch nach der Frau und dem schwitzenden Mann. Und bitte versuch vor allem keine Experimente mit dem Medaillon.«

Er lachte erschöpft auf. »Da brauchst du keine Angst zu haben. Dort will ich nie wieder hin.«

Sie stand auf und sah ihn mit einem Blick an, den er nicht deuten konnte.

»Schade.«

13

Melanie begrüßte ihn mit einem Kuss, den er noch sekundenlang auf den Lippen spürte, als er bereits vorüber war. Sie hatte sich bis auf die Augenpartie abgeschminkt und trug ein altes, ausgebeultes Sweatshirt zu blauen Leggins, die verwaschen waren. Dann huschte sie barfuß über das warme Parkett zurück in die Küche, die sich zum Wohn-Essraum hin öffnete.

»Ich muss nach der Lasagne sehen.«

Auf dem Tresen standen zwei Gläser, die genau so weit eingeschenkt waren, dass der Wein sich entfalten konnte. Sie reichte ihm eins und prostete ihm mit einem offenen Lächeln zu.

»Schön, dass du da bist.«

Sie tranken und der Geschmack des Weines erinnerte ihn an die unbeschwerten gemeinsamen Momente vor seinem Unfall.

Während des Essens schauten sie durch die großen Fenster auf die Skyline und unterhielten sich über die Einladung von Igor Fomin zu seinem Geburtstag. Der Russe, dessen Tochter Finkler gerettet hatte. Sie alberten herum und stellten sich die illustren Gäste vor, die dem Milliardär ihre Aufwartung machen würden, und sie mittendrin. Der Pegel der Flasche sank kontinuierlich und Finkler ließ es sich endlich mal wieder richtig schmecken. Während der letzten Monate war Essen oft zu einer lästigen Pflicht verkommen, die er nur erfüllte, um seinen Körper nicht noch mehr zu belasten. Doch an diesem Abend war es ihm ein Genuss, den er so intensiv empfand wie Melanies Gegenwart.

Als sie fertig waren, stand sie auf, um das Geschirr zum Tresen zu tragen. Finkler folgte ihr, umschlang sie von hinten mit den Armen und küsste sanft ihren Nacken. Es war ihr Signal. Entweder würde sie sich zu ihm umwenden und seinen Kuss erwidern oder sie würde sich aus seiner Umarmung lösen und es würde für diesen Abend vorbei sein. Melanie neigte den Kopf leicht zur Seite und ließ ihn noch ein wenig zappeln. Doch schließlich drehte sie sich zu ihm um, ein feines Lächeln auf den Lippen. Dann küsste sie ihn.

Später lagen sie eng aneinandergeschmiegt, spürten die Wärme des anderen und trieben durch die Nacht. Finkler war so entspannt wie seit Langem nicht mehr, berauscht von Wein und Sex. Alles fühlte sich richtig an.

Irgendwann musste er an seinen Traum von Donnerstagnacht denken, der ihm nun so widersinnig und absurd vorkam, dass er lachen musste.

»Soll ich dir mal was verraten? Ich habe geträumt, du hättest mich mit Bodo Baldner betrogen, ausgerechnet mit diesem Idioten.« Doch anstatt in sein Lachen einzustimmen, versteifte sie sich unwillkürlich.

»Da ist doch nichts dran, oder?«

Sie löste sich von ihm und setzte sich an die Bettkante, den Rücken ihm zugewandt. Er beobachtete sie verwirrt und musste lange Sekunden warten, bis sie antwortete.

»Er war für mich da, während du im Koma lagst.« Sie strich sich eine Strähne hinters Ohr und sah aus dem Fenster auf die Skyline.

»Da hast du also gedacht, falls der eine abkratzt, sichere ich mir schon mal den Nächsten.«

Sie wirbelte herum und schrie: »Hör auf mit diesem Unsinn!« Finkler hielt ihrem Blick stand. »Ja, es war ein Fehler, aber ich war einfach am Ende und …«, sie zögerte und suchte nach den richtigen Worten, »er war da und gab mir die Ablenkung, nenn es von mir aus Befriedigung, die ich brauchte, um weiterzumachen.«

Finkler war unfähig, irgendetwas zu sagen. In seinem

Kopf war nur ein Gedanke: Du wirst verlassen, du bleibst alleine zurück. Wieder.

»Es ist Monate her. Es war eine einmalige Geschichte und ich habe mich geschämt, deinetwegen.«

»Ausgerechnet mit diesem Scheißkerl musstest du ficken. Wann hättest du mir davon erzählt?«

Tief verletzt warf er die Decke von sich und zog sich an, während sie reglos aus dem Fenster starrte. Als er das Zimmer verlassen wollte, hielt ihn ihre Stimme zurück.

»Wie soll es weitergehen, Sebastian? Der Unfall, dieser verdammte Unfall hat alles durcheinandergewirbelt. Ich hatte Angst um dich, ich war Tag und Nacht bei dir, ich dachte, ich verliere dich ...« Sie drehte sich zu Finkler. »Und dann bist du wieder aufgewacht und ich war unendlich froh.« Sie schluckte. »Aber jetzt ist alles anders. Du bist anders. Du sprichst kaum mehr darüber, was in dir vorgeht. Ich dringe nicht mehr zu dir durch und bin ausgeschlossen. Manchmal habe ich das Gefühl, die Einzige, der du noch vertraust, ist deine Psychologin. Wo ist mein Platz in deinem Leben?«

Sie stand da und wartete. Sein Ärger war verflogen, ihr Fremdgehen nur eine Zäsur, die er überwinden würde, aber er hatte begriffen, dass es um mehr ging. Sie mussten sich darüber klar werden, ob sie noch zusammengehörten.

»Gib mir Zeit.«

14

Sonntag, 20. November

Finkler stand mit Nager und dessen Foxterrier in Lauterborn, einem Stadtteil von Offenbach, vor einem heruntergekommenen Sozialbau, der ihn an den Plattenbau aus DDR-Zeiten erinnerte.

Den frühen Vormittag hatte er selbstmitleidig und von Migräne geplagt im Bett verbracht und über das nachgedacht, was Melanie gesagt hatte.

Eigentlich war er nur hierhergekommen, weil er mit Nager verabredet war und nicht absagen wollte. Seine Laune war unterirdisch und sein Interesse an Linstmann und seinen Fotos entsprechend.

»Schön hier, was?«, grunzte Nager sarkastisch. Er trug eine Schiebermütze, die ihm das Aussehen eines armen Philosophen gab. »Es ist eine Schande. Wolle, also Linstmann, war ein begnadeter Fotograf. Hat sogar Ausstellungen gehabt. Aber dann kam der Suff. Von mir hat er noch ein paar Aufträge bekommen, doch irgendwann ist sein Blick fürs Wesentliche verloren gegangen. Die Bilder konnte man vergessen.«

Er drückte auf eine Klingel und wartete, aber nichts tat sich.

Nager wirkte resigniert. »Kommen Sie, wir klopfen mal.«

Er drückte die unverschlossene Eingangstür auf. Im Treppenhaus gingen abgestandene Essensgerüche, Uringestank und sonstiger Mief eine Symbiose ein, die kaum zu ertragen war. Sie stapften in den zweiten Stock, wo sie einem fensterlosen Flur folgten, der von verstaubten Lampen kläglich erhellt wurde. Schließlich blieb Nager vor einer der Türen stehen, schlug ohne zu zögern wuchtig dagegen und brüllte: »Wolle, mach die Tür auf!«

Ein Riegel wurde zurückgeschoben und ein vollkommen verkaterter Mann erschien im Rahmen.

»Mann, Ferdi, was machst du denn für einen Krach am frühen Morgen?«

»Es ist schon Mittag! Das ist Kommissar Finkler. Er möchte deine Fotos sehen.«

Linstmann fixierte Finkler mit rot unterlaufenen Augen, während ein undefinierbarer Gestank aus der Wohnung auf den Flur quoll. Der Kerl erinnerte Finkler an einen Seelenverkäufer auf letzter Fahrt. Das Sweatshirt stand vor Dreck und schlotterte um seine ausgemergelten Schultern. Die einstmals blaue Jeans war braun verdreckt und zeigte im Schritt, dass Wolle auch außerhalb der Toilette den einen oder anderen Tropfen verlor.

»Willst du sie ausstellen?« Linstmann verzog den Mund und lachte meckernd.

Finkler war nicht in der Stimmung zum Sprücheklopfen, doch er riss sich zusammen. »Ich bin auf der Suche nach ein paar Leuten, die 1985 bei Protesten gegen ein Bauprojekt im Westend dabei waren.«

»Hä?«

Nager schaltete sich gereizt ein. »Mann, haste dir den Verstand völlig versoffen oder biste wie immer voll wie eine Haubitze?«

Linstmann schrie: »Das ist meine Wohnung, Ferdi, immer noch meine Wohnung, und da lass ich mir von so einer hergelaufenen Hamsterbacke nicht sagen, was ich zu tun habe.« Der Alte machte einen Schritt auf Nager zu, ohne das Knurren des Hundes zu beachten. Der schoss vor und biss zu. Zum Glück erwischte er nur das Hosenbein. Als Linstmann sich von dem Tier zu befreien versuchte, stolperte er über seine eigenen Füße und schlug krachend hin. Sein Schrei ging im Getöse aus Befehlen und lautem Gebell unter. Finkler verdrehte die Augen und wartete auf das Ende des armseligen Schauspiels. Am liebsten wäre er einfach gegangen. Das hier war eindeutig zu viel für seinen anhaltenden Migränekater.

Endlich brachte Nager den Terrier unter Kontrolle, während Linstmann auf allen vieren in seine Wohnung krabbelte und versuchte, die Tür zuzuschlagen, doch Nager stellte den Fuß dazwischen.

Linstmanns Augen schossen hektisch hin und her.

»Verpisst euch!«

Nager dachte nicht daran. Energisch schob er die Tür auf und half dem Mann auf die Füße, der voller Angst auf den Hund starrte, der ihm wieder gefährlich nahe kam.

»Kann gut sein, dass was für dich dabei rausspringt.«

Der Blick des Alkoholikers klärte sich und etwas Verschlagenes zeigte sich. »Wie viel?«

»Fünfzig.«

Er sah Finkler gierig an. »Mehr.«

»Du kannst mich mal.« Er machte kehrt und ging Richtung Treppe.

»Okay, fünfzig«, schrie der Alte ihm hinterher. »Oben auf dem Speicher findet ihr den ganzen Kram von damals. Nehmt euch raus, was ihr wollt, das ist ohnehin nur noch Abfall.«

»Geht doch«, knurrte Nager zufrieden und grinste Finkler an, der zurückkam und missmutig sein Portemonnaie zückte. Linstmann grapschte sich schnell den Schein und verschwand flink wie eine Ratte in seiner Wohnung.

Der Speicher war in einzelne Verschläge unterteilt, aber es war kein Problem, Linstmanns Ecke zu finden. Ein altersschwacher Schrank lehnte sich mühsam an die Wand, während sich davor kistenweise Unrat türmte. Ein Vergrößerungsgerät mit gesprungener Linse, leere Chemikalienkanister und ein Haufen alter Akten und Ordner. Finkler stöhnte, als er die Unordnung sah, und auch Nager machte den Eindruck, als ob er am liebsten das Weite gesucht hätte.

»Lassen Sie mich das durchsuchen, da habe ich mehr Erfahrung.«

Nager nickte dankbar und machte, dass er wegkam.

Finkler drückte die Tür auf und schaltete die nackte Birne ein. Fahles Licht beleuchtete Taschenmesser, alte Feuerzeuge, Notizbücher aus dem letzten Jahrtausend und abgenutzte Fototaschen. Alles lag wahllos durcheinander. Er machte sich nicht die Mühe, den Kram aufzuheben, sondern schob ihn mit dem Fuß beiseite und öffnete die Schranktüren. Hier wurde er erstmals fündig. Zwei Fotoalben lagen auf einem Karton. Sie waren zerfleddert und die Gummierung löste sich bereits auf.

Er trat zu der einsamen Glühbirne und schlug eines der Alben auf. Linstmann hatte eine Serie von Landschaftsaufnahmen zusammengestellt, die in ihrem Ausdruck zu fesseln vermochten. Finkler spürte die Kraft, die von ihnen ausging. Er schüttelte den Kopf und dachte an den betrunkenen Kerl dort unten in seinem verwahrlosten Loch. Wie konnte ein Mensch, der einst dieses Gefühl für Ästhetik gehabt hatte, so weit abstürzen? Er schloss das Album, legte es vorsichtig zurück und schaute sich das zweite an, in das Porträts von gleicher Qualität eingeklebt waren.

Es dauerte, bis er endlich weiterkam. Eine große Kiste, die unter einem Berg vergilbter Zeitungen vergraben war, enthielt das, was er gesucht hatte. Linstmanns Pressefotografien.

Er verschloss den Deckel, wischte den Staub ab und klemmte sich die Kiste unter den Arm. Es würde Stunden dauern, alle Fotos genau durchzusehen, doch wenn es etwas zu finden gab, dann in diesem Karton.

***

Finkler saß in seiner Küche und sichtete den Berg von Fotos, von denen ein eigentümlicher Geruch ausging.

Linstmann hatte es ihm unbeabsichtigt leicht gemacht, indem er alle Aufnahmen mit Datum versehen hatte. Doch im Laufe der Zeit waren viele der Bilder miteinander verklebt und zum Teil vollkommen unkenntlich geworden.

Finkler ekelte sich so sehr vor der klebrigen Masse, dass er Gummihandschuhe anzog, bevor er sich ans Sortieren machte. Er wollte nicht wissen, in welchem Zustand Linstmann gewesen war, als er die Fotos in den Karton befördert hatte.

Linstmanns Begabung für den rechten Moment zeigte sich auch bei den Pressefotos. Eine weinende Frau vor einer Kette aus Polizisten, Transparente, zwischen denen Kinder im Sand eines kleinen Parks spielten, das schmerzverzerrte Gesicht eines bärtigen Hippies. Die Aufnahmen weckten im Betrachter eine Emotionalität, der man sich auch nach all den Jahren nur schwer entziehen konnte.

Er sortierte die Bilder nach Jahreszahlen und konnte so diejenigen herausfiltern, die in dem Zeitraum gemacht worden waren, der für ihn interessant war. Dann ordnete er die Aufnahmen nach Themen und hatte zum Schluss einen kleinen Stapel mit Bildern, die wahrscheinlich rund um die Hausbesetzung im Westend geschossen worden waren.

Die Chronologie der Ereignisse wurde deutlich. Proteste, Besetzung und schließlich die Blockade von Abriss und Bauarbeiten. Doch sosehr er auch suchte, eine Frau, die wie die Tote unter dem Parkdeck gekleidet war, suchte er vergeblich.

Gerade als er enttäuscht die Bilder zurück in den Karton räumen wollte, stach ihm ein Schnappschuss ins Auge, den er bislang nur oberflächlich betrachtet hatte. Die Aufnahme zeigte vier Anzugträger, die sich über Pläne beugten. Die vier Männer befanden sich zwischen den abzureißenden Häusern und sahen nach oben, praktisch genau in die Linse. Die

Qualität der Aufnahme war bestechend und ließ Finkler die Luft anhalten, als er sich nun mit der Lupe darüberbeugte. Linstmann hatte offensichtlich mit einem brillanten Objektiv und langer Brennweite fotografiert.

Es schien ein warmer Tag gewesen zu sein, denn alle waren nur in Hemd und Krawatte. In der Mitte stand der Architekt und erklärte offenbar sein Vorhaben. Das Foto hatte die Geste eingefroren. Er schien nur zu einem der Männer zu sprechen, der ganz klar Chef im Ring war. Die Haltung des Architekten zeigte, wie groß sein Respekt vor dem kleinen Mann war. Finkler nahm sein Handy und blätterte in den Fotos, die er von den Akten gemacht hatte. Dann verglich er die Gesichter auf beiden Aufnahmen: Der kleine Mann war Maurizio Rosetti. Jung und dynamisch, aber es war unverkennbar der Italiener.

Finkler lehnte sich auf dem Küchenstuhl zurück und rieb sich die Augen. Wurde er vollkommen verrückt oder gab es wirklich eine Verbindung zwischen den beiden Fällen?

Er ging die Fakten durch. Da war einmal das Foto. Es belegte, dass Rosetti an dem Bau beteiligt gewesen war. Wenn er das Bild richtig interpretierte, sogar maßgeblich. Da war andererseits die Tote, die zu der Zeit abgelegt wurde, in der das Gebäude entstanden war. Zudem Altmann, der Rechtsanwalt, der ihn im *Club Rose* erkannt hatte und zufällig der Geschäftsführer jener Gesellschaft war, die den Komplex heute verwaltete.

Wie schwach auch immer, es schien eine Verbindung zu geben.

Finkler nahm das Foto wieder in die Hand, um es ein letztes Mal zu betrachten. Neben Rosetti und dem Architekten waren noch zwei weitere Männer zu erkennen. Der eine war ein Hüne, offensichtlich Rosettis Leibwächter, denn er scherte sich nicht um den Architekten und seinen Plan, sondern sah angespannt über Rosettis Schulter zum Park.

Der andere war ein hoch aufgeschossener, hagerer Mann mit schütterem Haar. Irgendwoher kam Finkler das Gesicht bekannt vor.

Einem Impuls folgend holte er den Karton aus der Kammer, in dem er die Fotos seines Vaters verwahrte.

Nur Sekunden später gab es keinen Zweifel mehr. Der Mann, der auf einem der Fotos seinem Vater freundschaftlich den Arm um die Schultern gelegt hatte und mit ihm gemeinsam in die Kamera lächelte, war derselbe wie jener auf der Aufnahme Linstmanns.

Zwei vor, eins zurück, wie auf der Echternacher Springprozession.

Er ließ das Bild sinken.

15

Montag, 21. November

»Was ist?« Finkler hielt das Telefon ans Ohr, ohne die Augen zu öffnen.

»Schlecht geschlafen?« Bender schien zu grinsen. »Ich habe Neuigkeiten zum Bau und der *IVG*.«

Finkler rollte herum und setzte sich auf den Rand seines Betts. »So schnell?«

»Der Bau, unter dem die Tote gefunden wurde, befand sich vor der Neubaumaßnahme im Besitz einer Familie namens Mosdorf, alter Frankfurter Geldadel.«

Finkler griff Stift und Zettel, die immer auf dem Nachttisch lagen. Seine Augen brannten vor Müdigkeit.

»Was noch?«

»Ich habe mal die Kollegen aus der Wirtschaftsabteilung angesprochen. Denen war die *SL German Real Estate AG* ein Begriff. Die Gesellschaft gehört zu einer internationalen Gruppe namens *SL Real Estate*, die in den wohlhabenden europäischen Ländern vergleichbare Firmenkonstrukte betreibt.«

Er gähnte unmerklich. »Das heißt also, die *SL Real Estate* hält Tochterunternehmen, die Immobilien projektieren, errichten und verwalten.«

»Genau.«

»Und davon gibt es viele?«

»In Europa in sieben Ländern.«

Finkler setzte sich auf und schüttelte den Rest Müdigkeit ab. »Wieso gehört unsere Immobilie, die von der *IVG* verwaltet wird, der Muttergesellschaft und nicht einer deutschen Tochter?«

»Weiß ich nicht, doch das scheint manchmal so zu sein. Klassische verschachtelte Konzernstruktur, um Steuern zu sparen, Geld zu waschen und die Eigentümer geheim zu halten. Die *SL Inc.* häuft einen riesigen Immobilienbesitz auf und tarnt das Ganze durch ein unübersichtliches Firmengeflecht. Wohin die Gelder fließen und woher sie kommen, weiß von außen kein Mensch zu sagen.«

»Schwarzgeld also?«

»Die Wirtschaftsleute meinen, das sei in solchen Konstruktionen die Regel.«

»Also organisierte Kriminalität.«

»Klar. Die Herkunft des Kapitals ist unbekannt, da wir an die *SL Inc.* nicht rankommen. Das stinkt doch, oder?«

»Die große Geldwäsche. Was ist mit Altmann? Ist er nur ein kleiner Fisch im Karpfenteich?«

»So klein auch wieder nicht, immerhin ist er im Vorstand der zweiten Ebene.«

»Gibt es einen Vorsitzenden?«

»Sean Turner, lebt allerdings in Zürich. Er steht den gesamten Europa-Niederlassungen vor. Der Macher für Deutschland ist jedenfalls Altmann. Wenigstens offiziell.«

»Willst du ihn vorladen?«

»Gibt es einen Grund?«

»Nein. Was ist mit Rosetti?«

»Nichts. Keine Verbindung.«

»Wofür steht *SL*?«

»Fehlanzeige. Initialen. Anfangsbuchstaben für Vorname und Nachname? Spielt das eine Rolle?«

»Ich denke nicht.«

»Wo stehen wir also?«

»Wir stehen nicht, wir tasten uns durch den Nebel. Die Frage ist, ob die Richtung stimmt.« Finkler entschied sich, Daniel nichts von dem Foto zu erzählen. »Wir haben die Immobilie, unter der die Leiche gefunden worden ist, und können sie Altmann zuordnen. Dessen Arbeitgeber ist wiederum eine Gesellschaft, die Teil eines Unternehmensgeflechts ist, das zumindest den Anschein erweckt, unter anderem kriminellen Machenschaften zu dienen, Stichwort Geldwäsche. Dass Altmann mich kennt, ich ihn jedoch nicht, lässt vermuten, dass ich mit ihm während meiner Fahndung gegen Rosetti zusammengetroffen bin, denn dieser Fall ist aus meiner aktiven Erinnerung gelöscht. Ich schlage daher vor, dass wir den Zusammenhang suchen, der beides verbindet: Rosetti und die *SL Inc.* Schlüssel hierzu ist einmal Altmann und zum anderen die Eigentümerstruktur des Konzerns. Hängt euch da mal rein.«

»Und was danach?«

»Wir suchen Zeugen.«

»Was ist mit der Toten?«

»Zieh den Fall an dich.«

Und hilf mir, meine persönlichen Probleme zu regeln, dachte er.

***

»Billinger?«

Schon die Stimme zu hören, rief in Finkler alte Erinnerungen wach, auf die er eigentlich gerne verzichtet hätte. Er sah Thomas Billinger vor sich. Groß und klobig, mit den kräftigen Händen eines Handwerkers, die niemals zur Ruhe kamen. Er erinnerte sich an die emotionslosen Augen, die auf ihn herabgeblickt hatten, als er verkündete, dass Finkler ins Heim müsse, dass für ihn kein Platz mehr sei.

»Guten Tag, Thomas, hier ist Sebastian.«

Es entstand eine Pause und Finkler fürchtete bereits, sein Pflegevater würde einfach auflegen, als dieser schließlich überrascht antwortete: »Sebastian! Mit dir hätte ich nicht gerechnet. Wie geht es dir?«

Die Stimme war ohne Aggressivität oder Ablehnung, Thomas wirkte ehrlich erfreut.

»Es geht so. Ich hatte einen schweren Unfall.«

»Ich habe davon gehört.«

Finkler war verdutzt. »Wie das?«

»Ich habe alle, die mal hier gelebt haben, noch im Blick. Du warst derjenige, der die längste Zeit bei uns war. Und auch wenn es komisch klingt, nachdem ich dich ins Heim zurückgegeben habe, hat es mich natürlich interessiert, was aus dir wird. Was kann ich für dich tun?«

Finkler erwog, ausweichend zu antworten, doch er ließ es bleiben, denn spätestens bei einem Besuch mit Sarah würden sich seine Probleme ohnehin nicht mehr verbergen lassen.

»Ich habe seit dem Unfall Gedächtnislücken. Meine Therapeutin meint, es wäre sinnvoll, sich mit dir über die Zeit bei euch zu unterhalten.«

»Ich helfe gerne und freue mich, dich noch mal zu sehen. Kommt ihr zu zweit?«

Finkler war immer noch verwirrt. Hatte Thomas sich geändert oder waren es seine Erinnerungen, die ihn trogen?

»Ja, Frau Dr. Herbst würde mitkommen.«

»Okay, sag mir Bescheid, wann.«

Finkler bedankte sich und legte verwundert auf.

Er wählte wieder.

Karl Mosdorf hob ab und Finkler stellte sich vor.

»Sie rufen wegen der Toten an, die auf dem Grundstück gefunden wurde. Oder?«

»Wie kommen Sie darauf?«

»Es liegt auf der Hand. Die Zeitung schrieb, dass sie seit den achtziger Jahren dort lag. Damals gehörte das Grundstück uns, also habe ich Rückfragen erwartet. Kennen Sie ein genaues Jahr?«

»1985, das Jahr des Neubaus und der Proteste.«

»Da war es schon verkauft.« Erleichterung klang durch.

»Wie lange war das Anwesen in Ihrem Besitz? Die Vorbebauung ist wichtig wegen des Fundortes.«

»Etwa einhundert Jahre. Mein Urgroßvater ließ auf dem Teil eine Villa bauen, auf dem jetzt das Parkdeck ist. Schade eigentlich. Es war ein schönes Haus, doch in den letzten Kriegswochen gab es einen Volltreffer. Ich denke, die wollten die Bahnstrecke nach Westen treffen und lagen weit daneben. Jedenfalls kaufte mein Vater nach dem Krieg ein neues Haus und machte den Park allen zugänglich.«

»Ihnen gehörte auch das Grundstück dahinter, zur anderen Straße?«

»Ja. Das habe ich erst in den siebziger Jahren gekauft, da mir ein größeres Objekt zwischen den Straßen vorschwebte.«

»Warum haben Sie es dann wieder verkauft?«

Erstmals zögerte Mosdorf mit einer Antwort. »Ich hatte mich mit Aktien verspekuliert und war nicht flüssig. Die Börse ging hin und her und ich hatte auf Titel gesetzt, die nicht liefen. Ich musste mich von einer Immobilie trennen.«

»Ausgerechnet das Familiengrundstück?«

»War am meisten wert und am schnellsten zu veräußern.«

Eine trockene Rationalität.

»Verstehe. Wie kamen Sie an den Käufer?«

Erneut ein leichtes Zögern. »Wie das so läuft. Man sagt im richtigen Umfeld, dass man verkaufen will, und schon sind die Interessenten da.«

Der Mann ging sparsam mit Details zum Geschäft um und würde ihn nur das hören lassen, was er für unverfänglich hielt. »Richtiges Umfeld?«

»Ich weiß nicht mehr exakt, wie es damals war. Meines Wissens im Lions Club.«

»Wissen Sie etwas über die Tote?«

Mosdorf lachte kurzatmig. »Wie kommen Sie denn darauf? Das Haus gehörte 1985 nicht einmal mehr meiner Familie.«

»Können Sie sich an den Käufer erinnern?«

»Eine Kapitalgesellschaft aus dem Ausland. Ein Notar war vertretungsberechtigt.«

»Wer war das?«

»Habe ich vergessen, da … Nein, stopp, das war Dr. Silbermann. Der ist ewig tot. Wie dem auch sei, das Geld kam prompt.«

»Was war nach der Veräußerung?«

»Wie meinen Sie das?«

»Die Proteste.«

Mosdorf seufzte traurig. »Es war ein unschönes Szenario. Wissen Sie, die Nachbarn kannten mich und meine Familie, da macht es schon betroffen, wenn man so etwas durch einen Verkauf auslöst.«

»Gab es Anschuldigungen?«

»Ein paar Schmähanrufe, ansonsten ließ man uns in Ruhe.«

»Vor Ort waren Sie zu der Zeit nie?«

»Nein, da hielt ich mich raus.«

***

Am Nachmittag fuhr Finkler ins Präsidium, um sich mit Bender zu besprechen. Er nahm die Feuertreppe neben dessen Büro, um überflüssige Begegnungen zu vermeiden. Bender war nicht in seinem Zimmer, als er keuchend und verschwitzt oben ankam, also ging er zu Schulz. Das Büro wirkte auf ihn fremd und vertraut zugleich.

Schulz saß an seinem Schreibtisch und las in Akten.

»Hallo, Lukas. Ist Daniel da?«

Schulz sah erstaunt auf und schloss den Aktendeckel. »Bei Prock in einer Besprechung.«

»Wie geht es dir hier so alleine?«

»Komme schon klar. Ich habe zu der Toten noch zwei Infos für dich. Zum einen ist der Fall vorerst abgeschlossen, da keine neuen Erkenntnisse zu erwarten sind. Er liegt nun auf Halde, da ein Mord nicht auszuschließen ist.«

»Ich dachte, Daniel zieht ihn an sich?«

»Er war wohl zu spät dran.«

Finkler war enttäuscht. Aus seiner Hoffnung, beide Fälle gemeinsam in der Abteilung vorantreiben zu können, wurde wohl nichts. »Sind die Beweisgegenstände in der Asservatenkammer?«

»Ich denke schon.«

»DNA-Spuren?«

»Weiß ich nicht.«

»Was gab es noch?«

Schulz fragte nicht nach seinen Beweggründen, ihm schien der Fall der Toten völlig egal zu sein. »Man kann den Todeszeitpunkt deutlich eingrenzen und nach hinten schieben. Der Pathologe hat seinen Bericht geschickt, er geht davon aus, dass die Leiche Ende 1985, Anfang 1986 dort abgelegt wurde.«

»Vielleicht hängt der Tod mit den Boykott-Aktionen auf der Baustelle zusammen.«

»Wovon sprichst du?«

Finkler ärgerte sich über sein unbedachtes Gerede. »Der Bau des Hauses war von Besetzung und Krawallen begleitet. Die Tote lag in einem Gang, der noch von einer vorherigen Bebauung übrig geblieben ist. Es könnte die Möglichkeit bestehen, dass sie während der Ausschreitungen umgekommen ist und dann heimlich dorthin verbracht wurde.«

»Also ein Zufallsopfer?«

»Ja, aber das ist eher unwahrscheinlich, da man sie ja erwürgt hat.«

Schulz sah ihn verwundert an. »Da weißt du wahrscheinlich mehr als die Kollegen, die zuständig sind.«

»Es kommt eben darauf an, wie viel man investiert.«

In Gedanken versunken verließ er das Büro.

Die Spuren, die zu der Toten hätten führen können, waren kalt und von der Kripo wurde ihr Fall auf Halde gelegt. Man wartete ab jetzt auf zufällige Erkenntnisse.

Er wusste einen Weg, doch wollte er den Gedanken nicht weitertreiben: eine Intrusion auszulösen und mehr über die Frau zu erfahren und eventuell über Rosettis Verwicklungen.

Doch war er dazu in der Lage? Ja und nein. Ja, weil er die Antworten finden könnte, die er suchte, und nein, weil er sich davor fürchtete.

Feigling!

16

Am Abend setzte ihn ein Taxi an einem kleinen Wendehammer am Ende einer Straße im Diplomatenviertel ab. Hier war ein Pflaster für Reiche, in dem versteckt gelegene Villen ihren Bewohnern eine kleine Oase boten. Nur spärlicher Verkehr floss durch die Alleen, die von kahlen Bäumen gesäumt wurden.

Das Anwesen der Fomins lag auf einem Grundstück, das zu den größten in dem noblen Stadtteil gehörte. Von außen ließ sich nicht erkennen, was sich darauf verbarg, nur die sich schier unendlich dahinziehende Hecke ließ die tatsächliche Ausdehnung vermuten. Hier und da blinkten in regelmäßigen Abständen rote Lämpchen und zeigten an, wo Überwachungskameras die Grundstücksgrenze beobachteten.

Vor dem Eingangstor standen zwei Hünen und kontrollierten die Einladungskarten. Den Männern sah man an, dass sie jeden, der ungebeten hineingelangen wollte, so hart in die Mangel nehmen würden, dass ihm ein zweiter Versuch nicht einmal mehr im Traum einfallen würde.

Finkler erreichte gerade die Zufahrt, als eine Limousine vorfuhr. Der Fahrer sprang heraus und riss den Schlag auf, um den Insassen behilflich zu sein. Der Innenminister und seine Gattin stiegen aus. Die beiden waren das Glamourpaar der Landespolitik. Seine Karriere hatte ihren Anfang genommen, als er, der Sohn ukrainischer Zuwanderer, die bildhübsche Tochter des ehemaligen Ministerpräsidenten geheiratet hatte. Sie genoss durch ihr ausschweifendes Leben in den Clubs der Stadt, aber auch eine beachtliche Modelkarriere großes mediales Interesse. Nach der Geburt des ersten Kindes war es damit vorbei.

Finkler wartete, bis die beiden hineingegangen waren, dann zeigte auch er den zwei Türstehern seine Einladungskarte und folgte ihnen. Hinter dem Tor musste er kurz stehen bleiben, um den Anblick zu verdauen. Die Villa stammte aus der Gründerzeit und glich einem kleinen Schloss. Sie lag inmitten eines Parks leicht erhöht auf einem Hügel, eine Kiesauffahrt führte zu einer weiten Eingangstreppe. Jetzt waren die Fenster erleuchtet und gedämpfte Musik drang nach draußen. Das Haus eines sehr mächtigen Mannes.

Igor Fomin stand am Ende der Treppe an der Eingangstür und empfing seine Gäste. Er trug einen perfekt sitzenden schwarzen Smoking mit Fliege, dazu rahmengenähte Full-Brogue Derbys. Goldene Manschettenknöpfe blinkten im Licht des Kronleuchters. Er schüttelte Hände und klopfte Schultern. Er lächelte breit, sprach mit allen ein paar Worte und konzentrierte sich dabei so vollkommen auf jeden Gast, dass sich niemand diesem Ausdruck seiner Wertschätzung entziehen konnte. Der vollendete Gastgeber.

Als Fomin Finkler erblickte, erschien ein strahlendes Lächeln auf seinem Gesicht.

»Sebastian! Wie schön, dass Sie es einrichten konnten.« Er ergriff die dargebotene Hand. »Wie geht es Ihnen? Mir ist zu Ohren gekommen, dass Sie nach Ihrem Start bei der Polizei gleich wieder beurlaubt wurden.«

Finkler war verblüfft. »Die Gesundheit.« Er deutete auf seinen Kopf. »Aber woher wissen Sie das denn schon wieder?«

Der Russe lächelte breit. »Über Menschen, die mir etwas wert sind, weiß ich gerne Bescheid. Ich dachte, Sie würden in Begleitung kommen?«

»Melanie ist leider kurzfristig verhindert.«

Fomin sah ihn einen Augenblick forschend an. »Schade, ich hätte mich gefreut.« Neue Gäste erklommen die Stufen. »Wir sprechen später.«

Fomin wandte sich ab, um die nächsten Besucher zu begrüßen. Finkler trat durch die Eingangstür in eine Welt, die ihm vollkommen fremd war und ihn gleichzeitig in Staunen versetzte.

Im Foyer und in den großen seitlich liegenden Räumen drängten sich die Menschen. Livrierte verteilten Getränke und Kanapees. Die Eingangshalle erstreckte sich über zwei Etagen. Gegenüber der Tür führte eine ausladende Freitreppe hinauf auf eine Galerie. Möbel und Teppiche hatte man anscheinend weggeräumt, doch die Bilder an den Wänden, die prächtigen Türen und das auf Hochglanz polierte Parkett strahlten etwas so Edles aus, dass er gerne das Haus im Normalzustand gesehen hätte.

Finkler griff sich ein Glas und genoss den Champagner. Er hatte gewusst, dass Fomin reich war und gesellschaftlich eine hohe Stellung genoss, dass er allerdings so weit oben stand, dass jeder, der etwas auf sich hielt, ihm die Ehre geben würde, hatte er nicht vermutet.

Die Anwesenden mussten in Summe einen erheblichen Teil der High Society Frankfurts ausmachen. Durch eine Tür sah er den Innenminister im Gespräch mit einem der führenden Banker der Stadt. In einem anderen Raum brachen Stadträte und ihre Gattinnen in schallendes Gelächter aus, wobei sie die Champagnerflöten schwenkten.

Er bemerkte, wie sich einige Blicke an ihn hefteten und ihn zu taxieren begannen. Der Wert seiner Kleidung wurde geschätzt, die Narbe am Kopf begutachtet, dann glitten die Augen weiter zum nächsten Objekt, das vielleicht ein wenig mehr zu bieten hatte als diese dürre Bohnenstange.

Ana Fomin löste sich aus einer Gruppe. Sie war deutlich jünger als ihr Mann. Eine hochgewachsene Frau, die in ihrem aufwendigen Kleid in dieses Haus passte, als wäre es eigens für sie entworfen worden. Finkler hatte sich informiert. Ihr Vater war als russischer Diplomat lange Jahre in Europa gewesen. Paris, Bonn, schließlich Rom. Da er kein Botschafter gewesen war, aber trotzdem über sehr viele Privilegien verfügte, vermutete Finkler, dass er Funktionen im KGB innegehabt hatte. Seine Tochter hatte die besten Schulen besucht und nach der Wende in München Betriebswirtschaftslehre studiert.

Er sah sie zum ersten Mal, seit sie ihn mit ihrem Mann im Krankenhaus besucht hatte, um ihm für die Rettung ihrer Tochter zu danken. Ihre Anspannung war damals gewichen und hatte einer distanzierten Freundlichkeit Platz gemacht, die Finkler nicht zu deuten wusste.

»Herr Finkler, schön, Sie zu sehen!« Sie reichten sich die Hände.

»Ganz meinerseits. Immerhin ein Gesicht, das mir nicht nur aus der Zeitung bekannt ist.«

Ana lachte laut auf. Für einen Moment wirkte sie gelöst und aufrichtig, so als ob sie aus einer Rolle heraustrat. Sie beugte sich zu ihm vor. »Glauben Sie mir, ich kenne kaum die Hälfte und von denen würde ich persönlich keine drei einladen«, flüsterte sie ihm in vertraulichem Ton zu. »Aber was will man machen, die Geschäftsfreunde haben da ihre Ansprüche.« Sie zuckte mit den Schultern und schaute ihn fast freundschaftlich an. »Sophia hat nach Ihnen gefragt. Gerade ist noch eine Freundin bei ihr. Nach zehn, denke ich, wird sie alleine sein. Dann bringe ich Sie nach oben.«

Sie lächelte ihm noch einmal zu, dann schlenderte sie hier und da grüßend davon.

Auch Finkler beschloss, ein wenig durch das Haus zu streifen. Im Nebenraum spielte eine Band. Eine Tanzfläche war freigeräumt, doch die Zeit zum Tanzen war noch nicht gekommen. Einige Gäste saßen an den umliegenden Tischen und aßen. Die Türen zum Garten standen offen. Draußen hatte man ein beheiztes Zelt mit ausladendem Büfett aufgebaut, vor dem sich eine Schlange mit hungrigen Gästen gebildet hatte. Finkler stellte sich in die Reihe, während er amüsiert beobachtete, wie der Innenminister seinen Teller vollhäufte, als wollte er mindestens eine Portion mit nach Hause nehmen.

Später ließ sich Finkler durch die Räume treiben und beobachtete die Leute. Für einen Teil der Gäste war die Feier die Gelegenheit, ihre Eitelkeit zu pflegen. Nach dem Motto *Sehen und gesehen werden* schien es für sie von größter Bedeutung, dabei zu sein. Sie stolzierten in auffallender Kleidung unentwegt auf und ab, führten banale Gespräche und lachten viel. Er fragte sich, warum Fomin sie einlud, aber vielleicht gehörten sie einfach dazu wie die Fliegen zur Kuh.

Die zweite Gruppe kam aus geschäftlichen Gründen. Die Kühe, die es zu melken galt. Der Innenminister beispielsweise war einer der begehrtesten Gäste. Er bewegte sich wenig. Er saß die meiste Zeit an einem der Tische und sprach dort mit einer Handvoll Gäste. Die Gespräche fanden unter vier Augen statt und dauerten verhältnismäßig lange. Ernste Gesichter wurden gemacht. An diesem halbwegs privaten Ort konnten Politik und Wirtschaft ungestört miteinander kungeln, ohne dass die Presse davon etwas mitbekam.

Irgendwann erhob sich der Minister und ging zu einem der Stehtische. Nach und nach scharten sich jetzt jene um ihn, denen er keine Audienz gewährt hatte. Der Atmosphäre war lockerer, weniger konzentriert. Nach wenigen Minuten war der Minister nur noch anhand seiner glänzenden Glatze auszumachen.

Als es zehn Uhr wurde, ging Finkler hinüber in die Eingangshalle, um Ana zu treffen, doch er konnte sie nirgends entdecken.

Er wollte gerade einen der Security-Männer nach ihr fragen, als Maurizio Rosetti mit seiner Frau das Haus betrat. Finkler war so überrascht, Rosetti hier anzutreffen, dass er wie angewurzelt stehen blieb und den Italiener verblüfft anstarrte. Der Mann wirkte älter als auf dem Foto in den Akten.

ihn: Giuseppe Rosetti war der Mann, der in seinem letzten Traum den Gefangenen achtlos erschossen hatte.

Ana Fomin öffnete eine Tür auf der Galerie, die in einen Seitenflügel führte. Links drang Licht durch die Ritzen einer Zimmertür auf den nur indirekt beleuchteten Gang. Musik war zu hören, ein flacher Popsong. Ana klopfte.

»Sebastian ist da.«

Finkler trat in den Türrahmen und lächelte Sophia zu. Sie sprang auf und reichte ihm höflich die Hand. Dann standen sie sich verlegen gegenüber.

»Ich lasse euch mal alleine.« Ana verließ den Raum.

Es entstand eine kleine Pause, in der sich Finkler und Sophia unschlüssig musterten. Die Elfjährige trug bequeme Leggins und ein übergroßes Sweatshirt mit dem Aufdruck irgendeiner amerikanischen Uni. Sie wirkte auf den ersten Blick älter, als sie war. Ihr Blick blieb unbefangen an der Narbe hängen.

Schließlich war es Sophia, die das Schweigen brach. »Wie geht es dir? Im Krankenhaus warst du noch so …«, sie suchte nach dem passenden Wort, »fertig.«

»Besser.«

»Aber noch nicht gut?« Sie setzte sich auf den Boden und Finkler hockte sich neben sie.

»Noch nicht so richtig. Ich habe oft Migräne und Gedächtnislücken.« Er merkte, dass Sophia etwas beschäftigte, seit sie eben seine Narbe so lange gemustert hatte.

»Ich wollte mich nochmals bei dir bedanken. Ich habe den Lkw nicht gehört. Er hätte …« Sie brach ab und suchte nach den Worten. Dann platzte es aus ihr heraus. »Warum habt ihr das getan? Wieso seid ihr nicht weggesprungen und habt euch gerettet?« Nervös strich sie sich eine dunkle Strähne aus der Stirn, sah ihn jedoch mit ihren weit auseinanderstehenden Augen direkt an.

Er räusperte sich. Mit der Frage hatte er nicht gerechnet. »Ich wollte nicht, dass du überfahren wirst.«

Sie lächelte und nickte, dann erzählte sie, wie man sie damals untersucht hatte und von der Aufregung ihres Vaters, der die Klinik in Aufruhr versetzt hatte.

Doch Finkler hörte nicht richtig zu. Es gab einen weiteren Grund, der ihn hatte loslaufen lassen. Einen, der nichts mit Sophia zu tun hatte und den er vor dem Mädchen verbergen würde.

Die Bilder der Vergangenheit durchzuckten seine Gedanken und trieben ihn nach Berlin. Bilder, die er so gerne ungesehen machen würde, flammten in ihm auf, brachten ihn zurück in dieses verfluchte Hotel in Wedding. Wieso wurde er sie nicht los?

Ipsen, der Kollege aus Hannover, lag auf dem schmutzigen Teppichboden des Hotelzimmers. Die Sonne schien. Er trug einen blauen Pullover und wann immer diese Szenen zurückkamen, und sie taten es allzu oft, sah Finkler die Hundehaare, die sich in der Wolle verfangen hatten. Nur die Haare, nicht, was sonst noch war. Ipsen züchtete nebenbei Dackel und hatte ihn am Vorabend so lange mit Geschichten über diese Tölen gelangweilt, dass Finkler ihn irgendwann einfach hatte sitzen lassen. In einer fremden Stadt am letzten Abend seines Lebens. Gleichgültig war er unter einem Vorwand gegangen, eben so, wie er nun einmal war.

Dort, vor dem Hotelzimmer, in dem die Übergabe der Heroinlieferung stattfinden sollte, hatte er die Gefahr gerochen, diese aber nicht dahinter erkennen können, und war hineingegangen. Der kalte Lauf der Waffe, der hinter der Tür auf ihn wartete, hatte ihm wie Feuer an der Stirn gebrannt. Seine Tarnung war aufgeflogen und Ipsen lag sofort tot vor ihm, Hundehaare auf dem Pulli, von einem bulligen Araber erschossen, der, vollgepumpt mit irgendwelchen

Drogen, sich nun ihm zuwandte. Finkler wusste, dass auch er sterben würde, doch das lähmte ihn nicht, seine Angst blieb gedämpft im Hintergrund, wie er es trainiert hatte. Er nutzte den stillen Moment, den Moment des Einhaltens und Verarbeitens, um die SIG Sauer 320 aus dem Fesselholster zu ziehen und Yasin, dem zweiten Typen im Raum, der ihn bedrohte, von unten in den Bauch zu schießen. Der Mann war brüllend über ihm zusammengebrochen und als Finkler sich von dem blutenden Leib befreit hatte, war Ipsens Mörder schon aus dem Raum.

Er war damals hinter dem Verbrecher hergestürmt, hatte seine Waffe leer geschossen und nicht getroffen. Glaubte er zumindest. Doch dann fand er die junge Frau auf dem Gehsteig. Er hatte die Tür aufgerissen, durch die der Kerl davonrannte, und wäre beinahe über ihren Körper gestolpert. Ein Loch in der Brust, die helle Bluse nass und rot verfärbt von ihrem Blut. Die Absätze ihrer Stiefel radierten in Krämpfen über den Boden, als er sich neben sie kniete und seine Hände auf die Wunde drückte, doch es strömte zwischen seinen Fingern weiter aus ihr heraus, sosehr er sich auch bemühte. Er schrie Passanten zu, einen Notarzt zu rufen, und versuchte zu verhindern, was unumgänglich war.

Sie war auf eine unauffällige Art hübsch. Das Gesicht in weichen Linien geschnitten, eine schmale Nase und ein Mund, auf dem man gerne ein Lächeln sehen würde. Ihre grauen Augen rollten hektisch hin und her, während er sinnlos auf sie einredete.

Er hatte ihr Mut zugesprochen, wieder nach dem Arzt gebrüllt, während sie davontrieb, bis ihr Körper still lag. Finkler war neben ihr sitzen geblieben, bis ihn jemand am Arm packte und in einen Streifenwagen setzte, wo er durch die Scheibe zusah, wie das Prozedere ablief. Dann die Befragungen, die er wie aus der Ferne registrierte. Es war seine Kugel gewesen.

Von da an hatte er Schuldgefühle. Sie kamen unerwartet, immer wieder, nie hatte er sie völlig abschütteln können. Verdrängen, für eine kurze Zeit vergessen, doch das Gesicht einer Frau, das dem der Toten glich, eine Kleinigkeit nur, die ihn an sie erinnerte, und schon sprang die Tür zu dieser dunklen Kammer auf.

Sophia plauderte weiter auf ihn ein, doch er spürte, dass dort noch eine Frage war, die sie nicht zu stellen wagte.

»Und der andere Mann?«

»Du meinst meinen Kollegen, der umgekommen ist?«

Sie nickte mit großen Augen.

»Achim war ein Freund.« Wirklich? Er dachte an das Gespräch mit Sonja Güdner. »Er hat versucht, mich zu retten, so wie ich es umgekehrt auch getan hätte. Das hatte nichts mit dir zu tun. Es war wegen mir.«

Sie flüsterte. »Tut es dir leid, dass er wegen dir gestorben ist?«

Er hatte sich darüber noch nie Gedanken gemacht und schämte sich dafür.

Er log. »Ja, sehr.«

17

Eine Hand legte sich auf seine Schulter, als er das Zimmer verließ. Finkler schrak zusammen.

»Danke.« Igor Fomin lächelte ihn an und Finkler ließ unmerklich die Luft aus seinen Lungen entweichen.

»Wofür?«

»Dass Sie ihr die Sorgen nehmen, an etwas schuld zu sein. Das kommt ohnehin noch früh genug. Entschuldigen Sie, wenn ich zugehört habe, ich bin hier, um ihr eine gute Nacht zu wünschen.«

Finkler fiel auf, dass Fomins Haltung sich in dem privaten Umfeld hier oben verändert hatte. Er hatte deutlich an Spannung und Härte verloren und als er jetzt sprach, schien es Finkler fast so, als redete er mit sich selbst.

»Wir haben viele Jahre gebraucht, bis Ana schwanger wurde. Als Sophia geboren wurde, war sie das größte Geschenk. Ana sagt, ich trage sie zu sehr auf Händen, würde sie verwöhnen, doch ich kann nicht anders.« Er hob entschuldigend die Hände. »Die ganzen Jahre waren davon geprägt, mich durchzubeißen, Kampf. Dann trat Sophia in mein Leben und hat mich verändert. Als ich das Kind damals nach der Geburt in den Armen gehalten habe, ging eine neue Tür auf. Es ist mir egal, aus welchen Beweggründen Sie Sophia gerettet haben. Ihr Tod hätte mich zerrissen. Nur das zählt. Wissen Sie, ich stand am Morgen nach dem Unfall in ihrem Zimmer und stellte mir vor, sie wäre tot. Ich habe geweint, das erste Mal seit Jahrzehnten. Ich bin Ihnen zu größtem Dank verpflichtet.«

Finkler nickte nur.

Er hatte sich erkundigt. Fomin war in Sibirien aufgewachsen, hatte in Omsk Ingenieurwissenschaften studiert und war anschließend in ein Kombinat eingetreten, das Gaspipelineprojekte ausführte. Als die UdSSR zusammenbrach, war er

Generaldirektor des Unternehmens und wandelte es in einen Konzern nach kapitalistischem Muster um. 1995 war er aus Russland nach Frankfurt gekommen, da er sich angeblich mit Boris Jelzin, seinem einstigen Mentor, verkracht hatte.

»Wie geht es mit den Kopfverletzungen?«

»Ganz gut, ich bin in Behandlung.«

»Frau Dr. Herbst genießt einen exzellenten Ruf.«

»Ich bin sehr zufrieden, doch es dauert.« Fomin hatte ihn also unter Beobachtung. Finkler war unwohl bei dem Gedanken. Er wusste, wie problematisch seine Nähe zu Fomin war, der unter Garantie in Geschäfte verwickelt war, die sich zumindest in einer Grauzone bewegten. »Wo haben Sie so gut Deutsch gelernt?«

»Sie sprechen wohl nicht gerne über sich?« Fomin grinste nachsichtig. »Die Sprache habe ich von einem alten wolgadeutschen Paar in Sibirien gelernt. Stalin hat sie 1941 umgesiedelt und zur Zwangsarbeit verpflichtet. Als mein Vater starb, bin ich bei dem deutschen Nachbarpaar aufgewachsen.«

»War Ihr Vater auch zwangsweise dort oben?«

»Nein, er hat an den Sozialismus geglaubt und war überzeugt, in Sibirien der Sache zu dienen, als man ihn als Parteifunktionär dort hinsandte.«

»Wo kam er her?«

»Aus Petersburg. Für meine Mutter und meinen Bruder ein Grauen. Ich war erst fünf und habe das damals nicht so wahrgenommen.« Fomin seufzte. »Was dann kam, entspricht jedem Russlandklischee, dass Sie sich vorstellen möchten: Sie starb aus Kummer und er hat sich aus Selbstmitleid und Selbstvorwürfen in den Alkohol geflüchtet. Eines Morgens haben sie ihn erfroren ins Haus gebracht. Mein Bruder war schon in einer parteiinternen Kaderschmiede und mich wollte niemand haben, außer den bitterarmen Nachbarn.« Fomin sah ihn ernst an. Es war ein Blick ohne Aggression und ohne die gewaltbereite Aura, die beispielsweise Giuseppe Rosetti umwehte, doch lag eine zwingende Kraft in den wasserblauen Augen. Fomin wollte man nicht zum Feind haben. »Es war besser als im Heim, oder?«

Finkler überraschte weit weniger, dass der andere über sein Leben Bescheid wusste, als vielmehr, wie offen ihm der Russe von seinem Leben berichtete.

»Igor?« Ana stand auf der Empore und sah in den Gang. »Ich glaube, deine Gäste vermissen dich.«

»Ich komme, fünf Minuten«, antwortete Fomin seiner Frau. Und zu Finkler gewandt: »Da vermissen mich nur die Herren, die etwas von mir wollen.« Bevor er seine nächste Frage stellte, fixierte er ihn. »Was sehen Sie in mir?«

»Den Vater, der seine Tochter liebt.«

Fomin lachte. »Das haben Sie schön gesagt. Wie im Film. Was konnten Sie ansonsten herausfinden? Sie haben sich doch schlaugemacht?«

»Wird das ein Verhör?« Finkler hob entschuldigend die Schultern. Er dachte nach. Fomin war Russe, hatte Milliarden gemacht und verkehrte mit den Rosettis. Genug also, um ein paar Vorurteile zu aktivieren. »Meine Kollegen halten Sie für einen Oligarchen mit krimineller Vergangenheit. Ohne Beweise dafür zu haben. Ich selbst habe hierzu keine Meinung. Wie Sie an Ihr Vermögen gekommen sind oder was für Geschäfte Sie betreiben, kann ich nicht einschätzen. Aber ich lasse mich nicht von Vorurteilen leiten. Ich habe Sie als einen Menschen kennengelernt, der seine Familie liebt.« Was er gerade gesagt hatte, war ihm ernst. Er pfiff – zumal zurzeit – auf die Meinung der Kollegen.

»Kommen Sie.«

Fomin wandte sich um und ging zur Empore. Er zeigte auf die trinkende und tanzende Gesellschaft.

»Woher, glauben Sie, stammt das Vermögen der meisten hier?«

»Verdient, geerbt?«

»Dort hinten ist einer der Quandts. Die Quandts haben während der Nazizeit ihr Vermögen vervielfacht. Herbert Quandt hat während des Krieges KZ-Häftlinge aus Auschwitz eingesetzt. Neben einem Werk, in dem Varta-Batterien hergestellt wurden, ließ er ein KZ mit Galgen errichten, in dem seine Arbeiter dahinvegetierten und umgebracht wurden, Hauptsache, Geld wurde verdient. Die Bayern haben ihm später einen Orden umgehängt.« Fomin deutete auf einen weiteren der Gäste. »Oder dort hinten, der dunkelhaarige Mann. Er ist Teilhaber an einem Hedgefonds in den USA. Sie haben mit der Krise 2008 in einem Jahr fast fünf Milliarden Dollar verdient. Im Endeffekt auf Kosten der Steuerzahler, die für die Ausfälle der Banken geradestehen mussten. Er kauft im Augenblick die halbe Republik auf.« Er wandte sich wieder an Finkler. »Was ist legal? Was ist Moral? Ich habe mir nichts vorzuwerfen, was nicht für alle Menschen gilt, die sich ein Vermögen aufgebaut haben.« Er deutete vage nach unten.

In diesem Moment traten die Rosetti-Brüder aus einer der Türen, gefolgt von städtischem Geldadel und lokalen Politikern.

»Maurizio Rosetti zum Beispiel?«

Der Russe sah ihn überrascht an. Es war Finkler einfach so herausgerutscht.

»Wieso fragen Sie nach Maurizio?«

Finkler musste entscheiden, was er Fomin erzählen konnte. Er wandte sich dem Russen zögernd zu.

»Es bleibt unter uns.«

»Im vergangenen Jahr habe ich gegen Rosetti ermittelt. Ich hatte Kontakt zu einem Insider und stelle mir die Frage, ob der Anschlag von Rosetti kam, um mich zu bremsen.«

»Anschlag?«

»Der Unfall. Ich denke nicht, dass es einer war.«

»Sehen das Ihre Kollegen auch so?«

»Nein.«

Fomin sah ihn lange an. »Also hätte er um ein Haar auch meine Tochter getötet.«

»Und jetzt ist er Ihr Gast.«

»Er plant ein neues Hochhaus in Frankfurt und hat mich gebeten, ihn mit Geld und meinen Kontakten zu unterstützen, da es Probleme mit dem Denkmalschutzamt gibt.«

»Er selbst?«

»Nein, ein Vorstand einer Projektgesellschaft rief mich an. Ich habe abgelehnt.«

»Warum?«

»Weil er zu sehr nach Mafia riecht und ich nicht in seinen Dunstkreis gelangen will.«

»Wie hat er reagiert?«

»Er hat es akzeptiert.«

»Giuseppe Rosetti kennt mich, obwohl ich mich an keine Begegnung erinnere. Weil ich hier bin, könnte er falsche Schlüsse ziehen. Sie zusammen mit dem Kriminalbeamten der Abteilung III. Vielleicht wittert er Verrat.«

Fomin sah wenig beunruhigt aus. »Kann ich Ihnen irgendwie behilflich sein?«

Finkler war überrascht. »Wieso wollen Sie mir helfen?«

»Weil ich wissen will, ob an Ihrem Verdacht etwas dran ist.«

Finkler hielt die Hand so über den Mund, dass niemand von seinen Lippen lesen konnte. »Ich bräuchte einen Überblick über Rosettis Firmenverflechtungen.«

Fomin lächelte. »Ich muss zu meinen Gästen.«

»Natürlich. Ich werde mich gleich verabschieden, denn ich will den beiden nicht begegnen.«

»Ihr oberster Chef hat da weniger Berührungsängste. Haben Sie am Donnerstag schon etwas vor?«

»Nein.«

»Ich werde Sie um vierzehn Uhr in Ihrer Wohnung abholen.«

»Aber …«

Doch Fomin war bereits auf der Treppe und stieg hinab. Eine Verwandlung geschah: Er setzte sein stählernstes Lächeln auf und mischte sich unter die Leute, klopfte Schultern und verschwand im Nebenraum.

Finkler blieb auf der Galerie. Die Stimmung unter den Gästen war jetzt alkoholisch aufgeheizt, Musik und lautes Gelächter drangen nach oben und im Nachbarraum wurde getanzt. Als er an den Treppenabsatz trat, fühlte er sich beobachtet. Vorsichtig sah er sich um. Giuseppe Rosetti hatte seinen Blick auf ihn geheftet und folgte jeder seiner Bewegungen.

Finkler verließ wenig später die Party. Er fühlte sich hellwach und alarmiert.

Was hatte es zu bedeuten, dass der grausame Mann aus seinem Traum eine reale Figur aus Fleisch und Blut war? Beruhten alle Personen und Ereignisse seiner Intrusionen auf realen Vorkommnissen? Waren es keine Phantome oder Trugbilder, sondern Teile einer durch das Koma verschütteten Erinnerung? Hatte es wirklich einen Mord gegeben, an den er sich lediglich nicht mehr erinnern konnte? Waren der schwitzende Mann und die weinende Frau real? Wenn Sarah recht hatte, und daran zweifelte er nicht, konnte alles stimmen oder, er schloss verzweifelt die Augen, eben auch nicht. Was sollte er glauben, was verwerfen? Er wusste es nicht, denn da war – nichts, außer dem Gefühl, ahnungslos in eine Situation zu tappen, die er beherrschen müsste, es aber nicht tat.

18

Dienstag, 22. November

Am Morgen nahm Finkler Giuseppe Rosetti ins Visier, fand allerdings wenig in den Akten. Nur seinen Namen im Zusammenhang mit einer Gesamtdarstellung des Clans. Der Italiener hatte eine Anzeige wegen zu schnellen Fahrens und eine wegen Körperverletzung zu bieten. Letztere zeigte eine Gewaltbereitschaft, die Finkler nachdenklich stimmte. Ein Mann hatte Rosettis Mercedes gestreift und behauptet, dieser sei schuld, woraufhin Giuseppe ihn derart brutal zusammengeschlagen hatte, dass der Mann einige Wochen im Krankenhaus verbrachte. Wie die Rosettis es geschafft hatten, eine Verurteilung zu vermeiden, blieb Finkler ein Rätsel.

Er dachte an die nackte Brutalität der Bilder seines Traums, an Giuseppe Rosetti, der emotionslos einen Menschen erschossen hatte. Was war Fiktion, was war Realität? Eins stand jedoch außer Frage: Giuseppe Rosetti war ein gefährlicher Mann. Er würde vorsichtig sein müssen.

Finkler nahm Papier und Stift zur Hand und zeichnete die Zusammenhänge auf, um nicht den Überblick zu verlieren.

Auf die eine Seite schrieb er *Maurizio und Giuseppe Rosetti.* Er vermutete, dass sie den Mordanschlag beauftragt hatten. Zu beweisen gab es hier nichts, solange der Fahrer des Lkws nicht gefunden war. Auch auf die Frage nach dem Mord, den er in seiner Intrusion gesehen hatte, wusste er keine Antwort.

Auf die andere Seite schrieb er der Einfachheit halber: *Die Tote*. Von ihr wusste er praktisch nichts, außer dass sie im Winter 1985/86 erwürgt und in dem Gang abgelegt worden war. Zudem besaß er das Medaillon, von dem seine Intrusionen verursacht wurden. Warum auch immer. Die Fälle hatten scheinbar nichts miteinander zu tun. Weder zeitlich noch sachlich, wäre da nicht die Wohnanlage, wo die Tote gefunden wurde. Sie wurde von der *IVG* verwaltet, deren Vorstand Altmann war und deren Eigentümer damals dem Foto zufolge Maurizio Rosetti gewesen sein könnte. Ob dies noch so war, wusste er nicht, er vermutete jedoch eine Verbindung zwischen Rosetti und Altmann, die einzig über die *IVG* zu begründen war.

Er zögerte und schrieb ein Fragezeichen für den Ermordeten auf. Er kam in beiden Traumsequenzen an prominenter Stelle vor und schien daher wichtig zu sein. Nur inwiefern? Sarah hatte ihn gewarnt, die Intrusionen nicht überzubewerten. Er strich es wieder aus.

Später ging er laufen oder wie auch immer man das bezeichnen mochte, was er mit seinen Beinen zu unternehmen fähig war. Walking? Schleiching traf wohl eher zu. Das Wetter hatte sich entschlossen, einen schönen Herbsttag zu liefern. Er trabte keuchend vom Universitätsklinikum am Museumsufer vorbei bis zur Alten Brücke und wieder zurück. In früheren Tagen wäre dies eine lächerliche Strecke gewesen, doch als er wieder an seinem Auto stand, verschwitzt und erledigt, war er stolz.

Zu Hause, vielleicht noch unter dem Einfluss der Endorphine, schrieb er eine Nachricht an Melanie.

Tut mir leid, ich bin ein Idiot. Treffen?

Die Antwort kam nach wenigen Sekunden.

Gib mir Zeit.

Er sandte ein trauriges Emoji und ging duschen. Immerhin: Es war noch nicht alles verloren.

Danach blickte er wieder auf seine Zusammenfassung und machte sich auf den Weg.

Altmann war der Schlüssel, der alles verband.

***

Die *IVG-Frankfurt* hatte ihren Firmensitz in einem der modernen Bauten im Umfeld des Messegeländes. Zusammen mit dem Messeturm überragte der *Tower 185* an der Friedrich-Ebert-Allee einen Kirchturm um ein Vielfaches und stellte gewohnte Relationen auf den Kopf.

Die *IVG* hatte nur ein kleines, glänzendes Messingschild neben der Klingel angebracht. Ganz diskret residierte man auf der vierten Etage. Finkler gelangte ohne Probleme ins Treppenhaus und mit einigen Atempausen anschließend mühsam nach oben, wo eine zunächst überrascht dreinblickende Frau mittleren Alters die Tür öffnete. Ihr Kostüm saß perfekt und der leichte Hauch eines guten Parfüms umwehte jede ihrer Bewegungen.

»Was wollen Sie?« Ihre Augen glitten missbilligend an ihm herab.

Finkler hielt ihr den Dienstausweis unter die Nase.

»Ich muss Dr. Altmann sprechen.«

Sie taxierte ihn erneut und es war klar, dass ihr nicht besonders gefiel, was sie sah.

»Herr Dr. Altmann befindet sich in einer Besprechung.«

»Nun gut, wenn das so ist, werde ich Ihnen einen Termin im Präsidium mitteilen, zu dem er zu erscheinen hat.«

Sie strich die dunkel gefärbten Haare hinter das rechte Ohr. »Ich werde in seinem Terminkalender …«

»Ich erwarte ihn morgen um sieben Uhr dreißig in meinem Büro.«

Er wollte sich abwenden, doch sie verdrehte die Augen und ließ ihn hinein.

Hinter dem edlen Empfangstisch befand sich ein kurzer Flur mit drei Türen, von denen eine gerade geöffnet wurde und der Rechtsanwalt erschien.

Dr. Altmann wirkte heute besser als bei ihrem Zusammentreffen im Club. Wieder trug er einen perfekt sitzenden Anzug, der wahrscheinlich ein halbes von Finklers Monatsgehältern gekostet hatte. Die Augen blickten blau und klar und als er jetzt sprach, klangen seine Worte nicht so verwaschen wie vor ein paar Tagen.

»Was kann ich für Sie tun, Herr …?«

Finkler spürte, dass der Anwalt ihn erkannt hatte, es aber zu verbergen versuchte.

»Finkler, Hauptkommissar, aber ich glaube, das ist Ihnen bekannt.«

Er ergriff die feuchte Hand des Anwalts und schüttelte sie ausgiebig, während er zusah, wie Altmann der Frau hinter dem Tresen einen bösen Blick zuwarf. Dann quälte sich ein Lächeln auf sein Gesicht.

»Was kann ich für Sie tun?«

»Hier auf dem Gang?«

Altmann zögerte, dann nickte er. »Kommen Sie.«

Sie betraten den Raum am Ende des kurzen Korridors. Ein aufgeräumtes Büro mit fast leer gefegtem Schreibtisch, sah man von dem großen Modell eines Towers und dem Mac ab, die darauf thronten.

Altmann bot ihm nicht an, Platz zu nehmen. Er schloss die Tür und wartete wortlos.

Finkler näherte sich dem Modell, um es genauer zu betrachten.

»Ihr neues Projekt?«

»Was geht Sie das an?«

»Interesse?«

Normalerweise war Finkler ein aufmerksamer Beobachter, doch im Club war ihm nicht aufgefallen, dass Altmann den sorgfältig gestutzten Schnauzbart immer wieder glatt strich, bevor er sprach. Der Mann hatte etwas Borniertes.

»Wir sind Auftraggeber. Der Tower ist in der Projektierungsphase. Sie sehen, ich habe keine Zeit. Was wollen Sie?« Der Ton war unfreundlich. Finkler überlegte kurz, ob er wegen des Towers Rosetti ins Spiel bringen sollte, entschied sich jedoch dagegen. Der Weg zu Fomin und seinem Besuch auf der Geburtstagsfeier wäre allzu kurz.

»In einer von Ihrer Gesellschaft betreuten Anlage wurde eine Leiche gefunden, wie Ihnen bekannt sein dürfte.«

Altmann winkte ab. Ein Ring mit Brillanten blitzte auf. »Vertrocknetes Dörrobst aus der Zeit vor der Wende, wie ich höre. Haben Sie nichts Besseres zu tun?« Hinter der weichgespülten Fassade tauchte der harte Verteidiger auf. »Ich dachte, die Ermittlungen seien abgeschlossen?«

»Wie Ihnen bekannt sein dürfte, werden ungeklärte Todesfälle nur zu den Akten gelegt, sofern einwandfrei geklärt ist, dass es sich nicht um einen Mord handelt. Die Frau wurde erwürgt.«

Der Anwalt ruderte zurück. Er wusste, wo die Grenzen waren. »Also gut«, er zog das letzte Wort in die Länge, um zu zeigen, wie sehr ihn das Ganze anödete, »wie kann ich Ihnen helfen?«

»Wir brauchen die früheren und aktuellen Eigentumsverhältnisse. Zudem die Namen der Mieter aus den Jahren 1985 und 1986 zwecks Befragung.«

»Haben Sie einen Beschluss?«

Das zu erwartende Manöver eines Juristen. »Den kann ich mir gerne besorgen. Im Moment zähle ich einfach auf Ihre Unterstützung.«

Die Arroganz im Tonfall kehrte zurück. »Das wird schwer, vielleicht könnte zu den Mietern etwas in unserem Archiv zu finden sein, doch nach der Zeit? Warum gehen Sie nicht ins Einwohnermeldeamt?«

»Sie wissen doch, dass es immer Leute gibt, die sich erst nach Jahren ummelden.«

»Es wird dauern.«

»Macht nichts, so eilig ist es nach all den Jahren auch nicht.« Er grinste in sich hinein und ließ dann den Satz fallen, wegen dem er nur hierhergekommen war. »Sind unsere Erkenntnisse richtig, dass zu den Eigentümern der Immobilie ein gewisser Maurizio Rosetti gehört?«

Die Behauptung war aus der Luft gegriffen, doch zeigte sie Wirkung. Die Pupillen des Anwalts weiteten sich für einen kurzen Augenblick, bevor er einige Zeit auf der Tastatur tippte.

»Nein, Eigentümerin war schon immer die *Immo27*, bis heute.«

Er drehte den Schirm und zeigte Finkler den Grundbuchauszug, den dieser bereits kannte.

»Wem gehört denn diese Gesellschaft, vielleicht ist Herr Rosetti ...«

Altmann unterbrach ihn. »Da kann ich Ihnen leider keine Auskünfte erteilen. Unser Auftraggeber sitzt in der Schweiz. Wenden Sie sich an ihn. Und für alles Weitere müssen Sie sich bitte einen Durchsuchungsbeschluss besorgen, denn solche Informationen unterliegen bekanntlich dem Mandantenschutz.«

Er stand auf und begleitete Finkler so unmissverständlich nach draußen, dass dieser es kommentarlos geschehen ließ.

Als sie den Ausgang erreicht hatten, wandte Finkler sich noch einmal dem Anwalt zu. »Woher kennen Sie mich eigentlich?«

Altmann lächelte spöttisch. »Wenn Sie das nicht wissen ...«

Er wusste also über ihn Bescheid.

Finkler trat dichter an Altmann heran. »Ich bring es raus, verlass dich drauf.«

19

Mittwoch, 23. November

Der Mercedes federte eine Bodenwelle entspannt ab und flog durch die Kurve. Sarah lenkte nicht einmal gegen. Sie gab ordentlich Gas, wo immer es möglich war, sodass sie schon nach kurzer Zeit über die Hanauer Landstraße und am Riederwald vorbei in Richtung Vogelsberg unterwegs waren.

Das Fahren schien ihr Spaß zu machen. Sie war leger gekleidet, trug Jeans und Sneakers, dazu eine warme Daunenjacke. Ihre Haare hatte sie zu einem lockeren Zopf zusammengebunden.

Finkler sah hinaus auf die vorbeiziehende Landschaft. Das schlechte Wetter machte eine Pause und die Wolken gaben kurzzeitig den Himmel frei, sodass die Sonne die Wiesen und Felder in schon fahles Licht tauchte. Er nahm die Ruhe der unverbauten Szenerie wahr und genoss es, einfach dazusitzen, nicht zu denken und nicht zu reden.

Es war Sarah, die die Stille nach einer Weile unterbrach.

»Bist du weitergekommen?«

»Es gibt keine Daten mehr und wo sollen nach den Jahren Zeugen herkommen?«

Sie grinste. »Aus deinem Kopf vielleicht.«

»Die sind sicherlich gerichtsfest.«

»Kümmerst du dich um die Kleidung der Toten?«

»Warum?«

»Ich will wissen, ob sie dich auch triggert.«

Finkler sah sie einige Sekunden an, doch sie reagierte nicht auf seinen fragenden Blick.

»Gibt es was zu dem Mann, der in deinen Träumen gefoltert wird? Hast du herausgefunden, ob er eine reale Person sein könnte?«

»Nein, ich finde keinen Ansatzpunkt.«

»Da er immer auftaucht, war er offensichtlich von Bedeutung. Das klingt jetzt etwas weit hergeholt – aber vielleicht ist es dein Kontaktmann aus dem Rosetti-Fall?«

»Wie kommst du darauf?« So nahe der Gedanke auch lag, ihm war die Idee bislang nicht gekommen.

»Ich habe die Inhalte deiner Intrusionen mit den uns bekannten Tatsachen abgeglichen. Der Fall wurde ins Unterbewusstsein verschoben und drängt nun zurück. Es liegt auf der Hand, dass die Vorfälle und Personen auftauchen, die eine große Relevanz für dich hatten.«

»Die Rosettis und der Unfall, ein Mord?«

»Genau. Es ist nur eine Idee, aber wenn dein Kontaktmann tot ist, hat man ihn entweder gefunden oder er wird vermisst. Also sieh mal in die Vermisstendatei oder so. In dem Zeitraum seit kurz vor deinem Unfall dürften das nicht allzu viele sein, oder? Vielleicht stößt du auf ein Bild von ihm. Immerhin hast du auch Giuseppe Rosetti erkannt.«

Finkler war beeindruckt. »Respekt, Frau Doktor. Willst du bei uns anfangen? Du wärst keine schlechte Ermittlerin.«

Sarah zuckte scheinbar unbeeindruckt mit den Schultern. »Nicht dass du denkst, dass das jetzt besonders wissenschaftlich gewesen ist. Mit der Wissenschaft komme ich bei dir nämlich nicht weiter. Ich würde es eher eine wilde Theorie nennen.«

Sie lächelte. Es war das erste Mal, dass er dieses gelöste und offene Lächeln an ihr sah, und es gefiel ihm.

Finklers Handy meldete sich. Es war Prock. Er stellte die Verbindung her. »Was willst du?«

Prock polterte los. »Was fällt dir ein, dich als Polizist auszugeben und die Leute zu belästigen?«

Finkler nahm den Apparat vom Ohr und ließ Sarah mithören.

»Zurzeit bist du freigestellt. Kapiert? Wenn du noch einmal Unbeteiligte …«

»Altmanns Gesellschaft verwaltet eine Immobilie, in der eine Leiche gefunden wurde. Da kann man doch nachfragen, oder?«

»Aber nicht du.«

»Ihr tut ja nichts. Hat er dich angerufen?«

Prock lachte wiehernd. »Dieser Pinsel? Nein, der gibt sich nicht mit mir ab. Ich durfte mir vom Präsidenten einen Einlauf verpassen lassen. Allerdings lief dem noch die Brühe aus dem Hintern, die ihm seinerseits der Staatssekretär verpasst hatte. Also hör mit dem Mist auf, du bringst dich in Teufels Küche.«

»Ich wusste gar nicht, dass du so ein Hosenscheißer bist.«

Prock brüllte. »Jetzt reicht es mir …«

Finkler unterbrach die Verbindung.

Sarah sah ihn fragend an. »War das klug?«

Er grinste müde. »Wenn ich es mir recht überlege: nein. Doch was soll's. Er verdächtigt mich ohnehin der Veruntreuung von Akten, da kommt es darauf auch nicht mehr an.«

Das Navi wies sie an, die nächste Ausfahrt zu nehmen. Als sie abgebogen waren, wechselte Sarah das Thema.

»Wie ist dein Pflegevater?«

»In meinen Erinnerungen ist Thomas mir immer unangenehm, ein Störenfried. Als ich ihn jetzt angerufen habe, war er allerdings sehr freundlich.«

»Woran erinnerst du dich?«

»Ich war sehr klein, als ich zu ihnen kam, sodass ich mich an vieles nicht mehr erinnern kann. Aber seine Maßregelungen sind mir immer noch gegenwärtig. Er war streng und achtete auf gutes Benehmen.« Er überlegte. »Aber es war mein Zuhause. Eigentlich keine schlechte Zeit. Vor allem habe ich damals wie verrückt an meiner Pflegemutter Gerhild gehangen.«

Sie fuhr weiter, während er nach draußen schaute und eine Zeitreise unternahm. Er war seit seinem Auszug aus der

Pflegefamilie nicht mehr hier gewesen und nach so langer Zeit die vertraute Umgebung zu sehen, erzeugte ein merkwürdiges Gefühl.

»Da drüben ist das Grimmelshausen-Gymnasium. Dort bin ich bis zum Ende der zehnten Klasse gewesen. Die hatten eine Jazz-AG, da wollte ich immer mitmachen. Der Musiklehrer hat mir sogar kostenlosen Trompetenunterricht angeboten, doch Thomas war dagegen, da kein Instrument da war und auch nicht angeschafft werden konnte, da dann die anderen auch eins hätten haben wollen.« Er hing seinen Gedanken nach. »War nicht weit, bin da mit dem Rad hin.«

Sarah bog in eine ruhige Straße mit kleinen Häusern aus den sechziger Jahren ein und hielt schließlich vor dem Haus mit der Nummer 17. Dann wartete sie darauf, dass Finkler das Signal zum Aussteigen gab.

Er brauchte einen Augenblick. Bilder zogen an ihm vorbei. Gerhild und ihr Lachen, die Ausflüge in die Rhön mit Picknickkorb, die Weihnachtsfeste, aber auch die Streitereien zwischen den Pflegekindern, seine erste zarte Liebe zu Lina, die dann nach nur sechs Wochen zu ihrer Familie zurückdurfte. Da war er vierzehn. »Meine Pflegemutter ist innerhalb weniger Wochen gestorben. Sie hat anscheinend die Anzeichen für den Krebs, das Ziehen in der Brust, die Schweißausbrüche und den Gewichtsverlust ignoriert und war fröhlich wie immer. An einem Morgen bin ich in die Küche gekommen, da klappte sie zusammen. Ich konnte sie gerade so auffangen. Danach ging alles ganz schnell. Sie hat noch ein paar Tage voller Bangen und Warten in der Klinik gelegen, dann ging's zu Ende.«

»Wie war das für dich?«

»Eine Welt ist zusammengebrochen. Ich bin in mein Zimmer und habe alles vom Schreibtisch gefegt und einen Stuhl gegen die Wand geworfen. Thomas war selbst durch mit den Nerven und hat mich angebrüllt. Ich bin weg und Stunde um Stunde ziellos durch die Felder und den Wald gelaufen, habe geweint und alles verflucht. Ich spüre jetzt noch, wie einsam ich mich gefühlt habe.«

»Was war danach?«

»Ich habe Thomas die Schuld für ihren Tod gegeben, ohne zu merken, wie sehr er selbst litt. Eigentlich habe ich ihn so lange provoziert, bis er im Grunde nichts anderes mehr tun konnte, als mich rauszuwerfen.«

Er dachte an den Tag, an dem er seine Sachen gepackt hatte und gegangen war. Er war sechzehn gewesen und für die Oberstufenzeit in eine betreute Wohngemeinschaft in Niederrad gewechselt. Nach den Jahren, in denen er sich bei Gerhild und Thomas zu Hause gefühlt hatte, war er damals wieder vollkommen alleine gewesen.

»Ich hatte das Gefühl, wieder verlassen worden zu sein.« Finkler atmete tief ein und öffnete die Autotür. »Auf in die Vergangenheit!«

Sarah fasste ihn leicht am Arm. Ihr Blick war ernst. »Wenn du etwas erreichen willst, musst du kooperieren. Fang keinen Streit an, nur so kommen wir weiter.«

Das Tor quietschte noch genau so, wie er es in Erinnerung hatte. Und der Garten lag da, als wäre er kaum fort gewesen. Auch Thomas hatte sich wenig verändert. Er mochte nun so um die Mitte sechzig sein, ging aber aufrecht wie eh und je. Lediglich ein paar Falten durchzogen sein Gesicht und graue Strähnen zeigten sich in seinem vollen schwarzen Haar. Selbst das Flanellhemd und die Cordhose hätten von damals stammen können.

Er lächelte und reichte Finkler die Hand.

»Hallo, Sebastian, es ist schön, dich wiederzusehen.«

Thomas' Augen blieben einen kurzen Moment an Sarahs Narbe hängen, als er auch sie begrüßte, dann winkte er sie hinein.

Finkler ließ Sarah den Vortritt und zögerte selbst einen kurzen Moment, bevor er über die Schwelle trat.

Auch innen hatte sich nicht allzu viel verändert. Dieselbe Couch und Schrankwand standen im Wohnzimmer. Lediglich der ausladende Esstisch war verschwunden und durch ein kleineres Exemplar ersetzt worden.

Thomas sah seinen Blick. »Der alte war zu groß für mich alleine.«

Finkler merkte, dass er noch nicht bereit war, zu sprechen. Der Ansturm der Erinnerungen raubte ihm den Atem.

»Darf ich nach oben gehen und mich umsehen?«

»Natürlich.«

Finkler ging langsam die Holztreppe hinauf. Sie war immer noch mit Teppichboden bedeckt, den Thomas und Gerhild ausgelegt hatten, damit es nicht so polterte, wenn die Pflegekinder herabsprangen.

Oben angekommen, öffnete er die Tür zu seinem ehemaligen Kinderzimmer, das er sich meistens mit einem anderen Pflegekind geteilt hatte. Hier fand er nichts Vertrautes mehr vor. Der Raum war in ein Büro mit Schreibtisch und Regalen verwandelt worden. Früher hatten sie teilweise zu sechst in diesem Haus gewohnt, das für Thomas nun zu groß geworden war wie einem alten Mann ein Anzug aus besseren Tagen.

Ein Bild von Gerhild hing an einer Wand und Finkler sah sie sich lange an, folgte den bekannten Zügen, erinnerte sich an ihre Stimme und die Wärme, die von ihr ausging, wenn sie ihn umarmte. Erinnerungen an eine Vergangenheit, von der hier oben ansonsten kaum noch Anzeichen zu finden waren.

Als er wieder nach unten kam, meinte Thomas: »Was dir passiert ist, tut mir leid.«

Sarah hatte ihm offensichtlich eine kurze Zusammenfassung der Ereignisse gegeben und sein Bedauern schien echt zu sein. Es gab Kaffee, den Finkler gerne nahm, und anschließend überließ er es Sarah, die richtigen Fragen zu stellen.

»Wann genau ist Sebastian zu Ihnen gekommen?«

»Im Oktober 86, er war keine drei Jahre.«

»Wie war er anfangs?«

Thomas dachte nach. »Völlig verschlossen. Saß immer in einer Ecke und tat nichts. Gerhild fand das normal, sie sagte: ›Der Junge hat gerade den Vater verloren und war im Waisenhaus. Er ist verstört.‹«

Er erzählte davon, wie Gerhild Finkler nach und nach hatte auftauen können – wodurch er sich völlig auf sie fixierte und ihn selbst ablehnte. Später sei es besser geworden, Sebastian habe ihn akzeptiert, aber nicht mehr.

Thomas sah Finkler an. »Ich habe mich dir so weit genähert, wie es ging. Später sind wir ja auch ganz gut klargekommen. Bis du mich dann für Gerhilds Tod verantwortlich gemacht hast.«

Finkler senkte den Blick. »Tut mir leid.«

Thomas hob die Schultern. »Vergangen und vergessen. Später habe ich es bereut, dich weggeschickt zu haben. Aber ich war zu sehr mit meinem eigenen Schmerz beschäftigt, um zu merken, wie sehr du mir ans Herz gewachsen warst. Ich habe dich aufwachsen sehen und du warst trotz unserer Schwierigkeiten wie ein wirklicher Sohn für mich.«

Finkler wusste nichts darauf zu sagen und so blickten sie sich schweigend an. Beide waren sie sich im Klaren darüber, dass sie die Vergangenheit nicht ungeschehen machen konnten. Es war, wie es war.

»Wieso war Sebastian eigentlich so viele Jahre bei Ihnen in Obhut? Das ist doch eigentlich unüblich, oder?«

Thomas sah wieder zu Sarah. »Stimmt, die meisten Pflegekinder wurden uns durch das Jugendamt vermittelt und gingen so schnell wie möglich wieder zu ihren Familien zurück. Wir waren so was wie eine Zwischenstation, bis sich die Verhältnisse zu Hause wieder normalisiert hatten. Bei Sebastian war es anders. Damals ist eine Stiftung an uns herangetreten, die uns fragte, ob wir ihn dauerhaft aufnehmen könnten.« Jetzt wandte er sich direkt an Finkler. »Dein Unterhalt wurde nicht vom Staat, sondern von dieser Stiftung übernommen. Die hatten irgendeine Abmachung mit dem Jugendamt getroffen.«

Finkler war völlig perplex. Diese Informationen waren neu für ihn. »Weißt du noch, wie die Stiftung hieß?«

»Das muss ich nachschauen.«

Thomas verschwand nach oben und sie hörten ihn im Büro werkeln.

Sarah sah ihn an. »Ist das jetzt wichtig?«

»Mir schon.«

Thomas kam zurück und hielt einen Notizzettel in der Hand, den er Finkler gab. »*Orphelin-Stiftung*, ich habe dir die Adresse aufgeschrieben.«

Sarah meldete sich wieder. »Eine Frage noch: Gab es ein besonderes Ereignis, an das Sie sich im Zusammenhang mit Sebastian erinnern können? Gab es eine weitere Bezugsperson?«

»Die anderen Kinder, ansonsten nein.«

»Lehrerinnen, Erzieherinnen oder so?«

Thomas schüttelte den Kopf.

»Irgendetwas?«

»Nein, er war ganz normal.« Es entstand eine kleine Pause. »Oder doch, warten Sie.« Thomas lächelte. »Sebastian war der einzige Junge, den ich jemals kennengelernt habe, der es nicht mochte, wenn es schneite. Alle anderen Kinder sind bei den ersten Schneeflocken sofort nach draußen gerannt. Aber Sebastian hat den Winter gehasst – und wenn Schnee lag, hat er sich geweigert, das Haus zu verlassen.«

Sarah und Finkler waren während der Rückfahrt schweigsam und nachdenklich. Finkler war sich sicher, dass sie die gleichen Fragen beschäftigten: Was hatte es mit seiner kindlichen Angst vor Schnee auf sich? Gab es hier den Zusammenhang mit seinen Träumen, mit dem Schneegarten? Und insbesondere natürlich die Frage, warum die *Orphelin-Stiftung* gerade ihn ausgewählt hatte.

Sarah schien seine Gedanken zu erraten. »Hast du das Haus und den Garten gesucht?«

»Nein, ich habe es vergessen.«

»Vergessen? Du meinst, du hast es vor dir hergeschoben.« Sie sah ihn mit Vorwurf in den Augen an. »Lass den Fall Fall sein. Der ist nur Nebensache deiner Probleme.«

»Die wollen mir was anhängen! Das ist keine Nebensache.«

»Am Ende doch. Deine Furcht und dein Weglaufen vor diesem Garten zeigen mir vor allem eines: Hier ist der Quell deiner Urangst.«

***

Das Programm der Vermisstenstelle hatte sich aufgehängt und Finkler befürchtete bereits, dass Prock ihm die Zugangsberechtigung entzogen hatte, als Bewegung auf den Bildschirm kam.

Insgesamt waren es neunundzwanzig Vermisstenanzeigen, die Männer über fünfundzwanzig betrafen und die in den letzten dreizehn Monaten eingegangen waren.

Finkler mochte das Programm nicht. Aus jeder der Anzeigen sprachen Ungewissheit und die Angst der Angehörigen.

Als er die vierzehnte digitale Akte öffnete, dankte er Sarah für ihre Eingebung. Da war er. Der Mann aus seinen Träumen. Korrekt gekleidet in einen dunklen Anzug mit gemusterter Krawatte blickte er ihn von einem Foto an. Sein

Gesicht strahlte Ruhe und Gelassenheit aus, wenn auch seinem Blick eine gewisse Verunsicherung innewohnte. Oder bildete er sich das nur ein?

Die Informationen, die Finkler dem Eintrag entnehmen konnte, waren überschaubar, hatten es aber trotz allem in sich: Fabian Nowak, geboren am 19. März 1985, wohnhaft in Bad Vilbel, ledig, wurde seit dem 24. Mai gesucht.

Der 24. Mai – das war genau ein Tag nach Finklers Unfall. Das konnte kaum ein Zufall sein, zumal wenn man in Betracht zog, dass er die Verbindung zu dem Mann nur durch seine Traumbilder hergestellt hatte. Er musste ihm kurz vor dem Unfall begegnet sein – es konnte keine andere Erklärung geben. Und da Nowak so kurz danach verschwunden war, musste er davon ausgehen, dass eins mit dem anderen in Zusammenhang stand.

Er scrollte nach unten und erkannte einen Abschlussvermerk. Er schloss die Augen und atmete stöhnend aus. Der Mann war wiederaufgetaucht. Allerdings nicht lebend. Und so wie es aussah, war der Tod kein natürlicher gewesen, was ein Verweis zur Mordkommission deutlich machte.

Finkler wechselte das Programm und versuchte die Akte zu öffnen, doch sie war für ihn gesperrt. Wieder einmal war er auf Daniels Unterstützung angewiesen, wollte er mehr erfahren.

Aber eines war auch so schon klar: Nowak war mit an Sicherheit grenzender Wahrscheinlichkeit gewaltsam zu Tode gekommen. Was gleichzeitig Finklers Verdacht verstärkte, dass der Lkw ihn nicht zufällig überfahren, sondern es sich tatsächlich um einen gezielten Anschlag gehandelt hatte.

Plötzlich grinste er und klopfte sich an den Schädel.

Darin war sicherlich noch mehr Interessantes zu finden.

Er musste nur richtig suchen.

20

Daniel Bender war noch im Büro.

»Ich habe gehört, dass du Altmann befragt hast. Prock kam rein und hat mich angekackt. Als ich ihn irgendwann unterbrechen konnte und sagte, dass du Altmann wiedererkannt hast, war er plötzlich ganz still und ist raus.«

Finkler stutzte. Wo war Procks Problem? »Ich rufe wegen etwas anderem an. Ich habe mich an den Namen des Informanten erinnert: Fabian Nowak«, log er.

»Ich dachte, du hättest den Namen nie erfahren?« Finkler schwieg so lange, bis Bender verstanden hatte. »Also gut, auf jeden Fall ist das mal eine gute Nachricht, denn wir treten hier auf der Stelle.«

»Jetzt kommt der schlechte Teil der Geschichte: Nowak ist tot. Kurz nachdem der Lkw mich angefahren hat, muss es auch ihn erwischt haben.«

»Scheiße. Dann sind wir genauso schlau wie vorher.«

»Ein bisschen schlauer vielleicht doch.« Finkler zögerte einen Moment, ob er Bender ins Vertrauen ziehen sollte. Dann gab er sich einen Ruck. »Ich glaube, mein Unfall war ein Anschlag.«

»Was?« Bender wirkte überrascht.

Wieder zögerte Finkler. Wie sollte er Bender erklären, was ihn zu dieser Annahme gebracht hatte? Von seinen Träumen konnte er nichts erzählen. »Mir fehlen noch die Beweise, aber sieh es mal so: Wieso war ich mit Güdner ausgerechnet auf dieser Straße? Sinn macht das nur, wenn ich jemanden treffen wollte. Meinen Informanten. Der kommt aber nicht zu einem vereinbarten Treffen. Stattdessen überfährt mich ein Lkw und dann wird die Leiche des Mannes gefunden. Warum wohl?«

»Weil er und seine Verbindung zu dir aufgeflogen sind«, antwortete Bender. »Wie hat man ihn ins Jenseits befördert?«

»Das weiß ich nicht. An die Akten der Mordkommission bin ich nicht rangekommen. Kannst du sie besorgen?«

»Mach ich sofort und melde mich wieder bei dir.«

Es dauerte keine Stunde.

»Eine Kollegin hat ihn als vermisst gemeldet, weil er nicht zur Arbeit erschienen ist und auf Nachrichten nicht reagierte. Nowak scheint ein ziemlich einsames Leben geführt zu haben. Keine Freundin oder Partner, keine Familie und nirgends enge Freunde.«

So wie du auch, lieber Daniel, ging es Finkler durch den Kopf.

»Und was hat er beruflich gemacht?«

»Er war in der Kanzlei *Klingerle & Busch* als Wirtschaftsprüfer tätig, also einer der Typen, die die Jahresabschlüsse kontrollieren und testieren.«

In Finklers Kopf überschlugen sich die Gedanken. Dies konnte der Durchbruch sein. »Wo hat man ihn gefunden?«

»Bei Rodenbach im Kinzigsee. Das liegt an der A 45 kurz hinter Hanau. Kinder sind morgens auf dem See gerudert und haben ihn im Wasser treiben sehen.«

»Was war mit ihm?«

»Mit einer Schnur erwürgt, aber vorher hat man ihn hart rangenommen.«

»Inwiefern?«

»Misshandelt, gefoltert, ein Auge fehlte.«

Finkler schloss die Lider und sah die Bilder. Nowak, wie er geschlagen und davongeschleppt wurde.

»Sebastian?«

»Entschuldige, habe gerade über etwas nachdenken müssen. Kannst du mir die Unterlagen schicken?«

»Verboten.«

»In der Stadt über fünfzig zu fahren, ist auch verboten.«

Bender lachte. »Kommen gleich. Ich ziehe den Fall an

mich, dann kann ich bei *Klingerle & Busch* mal nachhören, welche Klienten Nowak hatte.«

»Nimm einen Beschluss mit, sonst hauen sie dir die Tür vor der Nase zu.«

Finkler wollte sich verabschieden, als er spürte, dass Daniel noch etwas sagen wollte.

»Was gibt es noch?«

Bender druckste einen Augenblick herum. »Wie hast du den Volltreffer hier landen können?«

»Was meinst du?«

»Wir tappen die ganze Zeit ahnungslos im Dunkeln. Du kannst dich an nichts erinnern, die Akten sind unvollständig. Und auf einmal findest du zuerst eine Verbindung zwischen Rosetti und dem Haus, in dem eine mumifizierte Tote liegt. Und schließlich taucht auch dein Kontaktmann wieder auf, leider auch nur als Leiche.«

»Was willst du mir damit sagen?«

»Nichts. Ich bitte dich nur, ehrlich zu sein. Ich weiß, es fällt dir schwer, zu vertrauen, doch wenn du Informationen hast, solltest du mich daran beteiligen.«

Finkler verstand Bender. Wäre er an seiner Stelle, wäre er auch misstrauisch.

»Du musst mir glauben, Daniel. Du hast alle Infos, die ich kenne. Es ist mein Kopf. Manchmal spuckt er etwas aus, so wie Nowaks Namen.«

»Aha.« Bender klang wenig überzeugt. »Was ist also dein nächster Schritt?«

»Altmann.«

***

Der Abend war kalt und es wurde früh dunkel.

Finkler hatte bei einem Asiaten gegessen und lange gezögert, nur um Melanie dann doch nicht anzurufen.

Nun lief er nach Hause, als das Klingeln seines Telefons ihn aus den Gedanken riss.

Er sah eilig auf das Display, doch es war nicht die erhoffte Nummer. Die hier war ihm unbekannt. Enttäuscht stellte er die Verbindung her.

»Herr Finkler?«, meldete sich eine zögerliche Stimme. »Hier ist Maria Ferrini. Können Sie kommen?«

»Ist etwas passiert?«

»Nicht am Telefon.«

Er sah auf die Uhr. Es war noch keine neun. »Wo finde ich Sie?«

»Im Restaurant. Wir haben geschlossen. Klopfen Sie einfach.«

Finkler überquerte den Main auf der Friedensbrücke und folgte dann der Bundesstraße 44 vorbei an der *Commerzbank Arena*. Irgendeine Veranstaltung ließ dort den Verkehr sich stauen, sodass es dauerte, bis er den Flughafen rechts liegen ließ und nach Mörfelden reinfuhr.

Er parkte und stieg im immerwährenden Fluglärm aus dem Wagen. Über ihm hingen die heranfliegenden Jets am Himmel.

In der Pizzeria brannte schwaches Licht. Ihm war kalt. Eine Wolkenschicht verdunkelte den Mond. Finkler zog den Mantel eng um die Schultern und trabte zur Eingangstür, an der ein Schild befestigt war: *Heute geschlossen.*

Er wurde erwartet. Als er klopfte, knirschte sofort ein Schlüssel im Schloss und schon sah er der kleinen Frau in ihr ängstliches Gesicht. Sie nickte kurz, während ihre Augen hektisch die Straße absuchten.

Der Geruch von kalter Pizza und einem ausgekühlten Holzofen lag in der Luft. Ein Kühlschrank brummte unnatürlich laut in der Stille.

Vito Ferrini saß an einem Tisch gleich neben der Theke. Er

hatte die rot-weiß karierte Decke ordentlich zurückgeschlagen und ein Glas mit Rotwein auf die Holzplatte gestellt.

»Sie auch?« Ferrini deutete umständlich auf einen Stuhl und den Wein. Er war unrasiert und sah müde aus.

Finkler hob ablehnend die Hände und setzte sich ihm gegenüber. »Warum haben Sie angerufen?«

Vitos Stimme stockte ein paar Sekunden, bevor er zu sprechen begann. »Sie waren wieder hier.«

»Wer?«

»Die Schläger.«

»Thaki?«

»Nein, der nicht. Andere. Polen, Rumänen, Bulgaren, so eine Halunkenbande eben, was weiß ich.«

»Was wollten sie von Ihnen?«

»Sie wussten von Ihrem Besuch.« Ferrini gestikulierte mit den Händen und hätte um ein Haar den Wein vom Tisch gefegt.

»Woher?«

Er sah Finkler an, als ob dieser nicht ganz bei Verstand wäre. »Es gibt genug arme Schweine, die für ein paar Scheine ausplaudern, was sie gesehen haben.«

Finkler nickte. »Und weiter?«

»Sie haben uns bedroht und«, er zögerte, sein Blick wanderte zu seiner Frau, »wir sollten Sie anrufen.«

Finkler fiel aus allen Wolken. »Mich?«

Ferrini schaute auf seine Hände. Er murmelte jetzt. »Wir sollen Ihnen ausrichten, dass Sie sich raushalten sollen, sonst passiert Ihnen etwas.«

Finkler war sprachlos. Eine offene Drohung gegen ihn, einen Polizisten.

»Sie müssen mitkommen, um zu versuchen, die Männer zu identifizieren.«

Ferrini lachte auf und schüttelte den Kopf. »Sie wissen, dass wir das nicht tun werden. Nehmen Sie die Drohung ernst. Die sind Ihnen einen Schritt voraus. Die wissen sogar, dass Sie suspendiert sind.«

»Wie bitte?«

»Ich habe gesagt, dass sie sich sicher keinen Gefallen tun, wenn sie einen Polizisten bedrohen. Da hat einer der drei Dreckskerle gelacht und gesagt: ›Ist nicht mehr Bulle, ist rausgeflogen.‹«

Seine Frau trat zu ihm und legte ihre Hand auf seinen Arm. Ferrini hatte die Fäuste geballt und inzwischen Tränen in den Augen. »Ich würde die Drecksbande am liebsten abknallen, doch wir haben keine Chance. Sie müssen uns verstehen. Lehnen wir uns dagegen auf, wird uns das Pack alles nehmen.«

Auch in Finkler keimte Wut auf, doch er musste sich eingestehen, dass die Ferrinis die falschen Adressaten waren.

Er stand auf und sah dem Italiener fest in die Augen. »Wenn die Typen wiederkommen sollten, sagen sie denen, dass sie mich mal können. Ich werde den Teufel tun und mich vor ihnen wegducken.«

Als Finkler langsam der Skyline entgegenfuhr, begann es zu regnen.

Im Grunde war es unnötig, dass die Ferrinis eine Aussage machten. Er wusste auch so, woher der Wind wehte. Noch zu gut erinnerte er sich an Giuseppe Rosettis Blick. Aber dass ihm die Rosettis so offen drohten, kam unerwartet. Er musste sie aufgescheucht haben oder sie fühlten sich sicher, weil sie herausbekommen hatten, dass er außer Dienst gestellt war. Aber wer hatte es ihnen gesteckt?

Plötzlich spürte er, wie er zu schwitzen begann und sich Angst in ihm breitmachte. Die Erinnerung an den Lkw schob sich vor alle anderen Gedanken.

***

Auf dem Absatz vor seiner Wohnungstür blieb er keuchend stehen und versuchte, wieder zu Atem zu kommen. Er verfluchte seine Schwäche, als sein Blick auf den Beschlag des Schlosses der Wohnungstür fiel.

Am Rand des Zylinders meinte er winzige, kaum sichtbare Kratzspuren zu erkennen. Waren die schon vorher dort gewesen oder wurde er paranoid?

Er ging in die Knie und schaltete die Lampe seines Handys ein.

Nein. Die Tür war ins Schloss gezogen worden, aber die Spuren am Beschlag waren deutlich zu erkennen.

Plötzlich war ihm klar, was gespielt wurde. Die Aufforderung, nach Mörfelden zu kommen, war nur eine Finte gewesen, um ihn von zu Hause wegzulocken und seine Wohnung in Ruhe zu durchforsten. Sie wollten herausfinden, was er wusste. Ob sie noch drinnen waren und auf ihn warteten?

Als das Licht im Hausgang mit einem Klicken erlosch, verharrte Finkler bewegungslos in der Dunkelheit. In der Luft hing ein saurer Essensgeruch, der sich mit dem des Reinigungsmittels, der vom Boden aufstieg, vermischte.

Nach einigen Sekunden schälte sich die Silhouette des Treppengeländers aus dem Schwarz und der schwache Lichtschein der Straßenbeleuchtung drang zu seinen Augen vor. Er hörte das Rauschen der vorbeifahrenden Autos auf der Straße und Stimmen aus einer der Wohnungen über ihm. Unten im Haus dröhnte ein Fernseher.

Mit einer behutsamen Bewegung drückte er ein Ohr gegen das kühle Holz, doch obwohl er lange lauschte, war nichts Ungewöhnliches zu hören. Die Gastherme sprang an, ansonsten jedoch herrschte absolute Stille.

Wenn der Einbrecher sich noch in seiner Wohnung aufhielt, hatte er ihn vielleicht gehört und verhielt sich ebenso ruhig, wie er es selbst tat. Oder er war bereits wieder fort.

Oder aber er war überhaupt gar nicht erst hineingelangt. Oder es hatte nie einen Einbrecher gegeben.

Plötzlich beschlichen ihn Zweifel, ob er sich das Ganze vielleicht nur einbildete. Das Haus war alt, die Mieter hatten dementsprechend oft gewechselt und die Tür zu seiner Wohnung war bestimmt schon das eine oder andere Mal vom Schlüsseldienst geöffnet worden. Er atmete tief durch. Wahrscheinlich hatte ihn der Verlauf des Tages hypersensibilisiert.

Kurz entschlossen öffnete er die Tür zu seiner Wohnung und knipste das Licht an. Ein Schatten bewegte sich im Wohnzimmer. Also doch. Finkler löschte das Licht, warf sich in der nun herrschenden Dunkelheit nach links und kroch zur Kommode, wo er einen Revolver versteckt hatte. Er riss die unterste Schublade auf, um die Waffe zu greifen, als er draußen den Motor eines Autos hörte. Die Scheinwerfer des Wagens glitten über die Zimmerdecke und tauchten die Wohnung in fahles Licht. Niemand war zu sehen. Finkler hielt einen Moment inne, um das Zittern zu beruhigen, das ihn ergriffen hatte. Dann ging er, die Pistole vor sich haltend, vorsichtig durch alle Räume, sah hinter Türen und in Nischen. Nichts, er war alleine.

Auf den ersten Blick schien alles an seinem Platz, auch die wenigen Wertsachen in seinem Besitz. Die Uhr seines Vaters, seine Sparbücher und selbst das bisschen Bargeld, das er immer als eiserne Reserve im Haus hielt, lagen dort, wo er sie hingelegt hatte. Doch dann entdeckte er im Arbeitszimmer kaum erkennbare Schuhabdrücke auf dem Laminat, die nicht dort hingehörten. Das grobe Muster von Stiefelsohlen oder Arbeitsschuhen war auf der glatten Oberfläche zurückgeblieben. Er versuchte ein Foto mit dem Handy, doch das misslang.

Als er nun seinen Schreibtisch genauer betrachtete, erkannte er, dass die Unterlagen, die er zusammengetragen hatte, durcheinandergebracht worden waren. Ihre Reihenfolge stimmte nicht mehr.

Also war tatsächlich jemand hier gewesen. Und das wiederum bedeutete, dass sie nun wussten, was er herausgefunden hatte. Dass er auf der Spur Nowaks war und sogar Altmann im Visier hatte. Sie mussten auch auf das Foto gestoßen sein, auf dem Rosetti zu sehen war. Außerdem musste ihnen aus den Unterlagen klar geworden sein, dass er der Immobilie im Westend eine große Bedeutung zumaß. Ob sie auch etwas hinterlassen hatten, um ihn zu überwachen?

Er begann seine Wohnung nach Wanzen und versteckten Kameras zu durchsuchen, konnte allerdings nirgends etwas finden. Jedoch – was hieß das schon? Die Geräte waren mittlerweile so klein, dass sie mit bloßem Auge oft kaum zu sehen und nur mit speziellen Prüfgeräten aufzuspüren waren. Er fühlte sich beobachtet.

Ein Gutes hatte das Ganze: Er war auf dem richtigen Weg.

Doch die Gefahr wuchs.

21

Donnerstag, 24. November

Als er am nächsten Morgen im Bad die Jalousien öffnete, blickte er in einen weiteren verregneten Tag und überlegte, was er tun sollte.

Das Gefühl, in der eigenen Wohnung beobachtet zu werden, konnte er nicht abschütteln. Er würde ein neues Sicherheitsschloss einbauen und die Räume nach Überwachungselektronik überprüfen lassen. Bis dahin würde er hier weder Gespräche führen noch das Telefon benutzen oder den Computer einschalten.

Nach einem kurzen Frühstück verließ er fluchtartig das Haus, warf die Unterlagen, sein Notebook und den Revolver seines Vaters in seinen Wagen und fuhr ziellos durch Frankfurt, wechselte mehrfach die Richtung und checkte immer wieder im Spiegel, ob er verfolgt wurde.

An einer Tankstelle erwarb er zwei Prepaid-Handys und zog sich schließlich in ein Café im Nordend zurück, um mit Bender zu telefonieren.

Der versprach ihm, seine Wohnung nach Wanzen zu überprüfen, und riet ihm, bis dahin in ein Hotel zu ziehen.

»Immerhin wissen wir jetzt, dass wir auf der richtigen Spur sind. Ich habe die Liste mit den Klienten von Nowak. Die Kollegen der Mordkommission haben einiges in Bewegung gesetzt, nachdem Nowak gefunden wurde. Unter anderem haben sie alle seine Firmenkontakte überprüft.«

»Was kam raus?«

»Nichts. Sonst hätte ich dich angerufen.«

»Das kann nicht sein.« Finkler wollte es nicht glauben.

»Ist aber so. Es gibt keine Verbindung zu den Rosettis. Und weder die *IVG-Frankfurt* noch eine *Immo27* wurden von Nowak betreut.«

»Verdammt noch mal«, brach es aus Finkler heraus. »Kannst du mir die Liste zusenden?«

»Mach ich. Wie geht es weiter?«

»Mir gehen langsam die Ideen aus.« Er hörte die Enttäuschung in der eigenen Stimme. »Notier dir bitte die Nummer, ist mein Prepaid. Das andere lasse ich vorerst aus, dann kann man mich auch nicht so einfach orten.«

»Du wirst paranoid.«

Finkler legte kommentarlos auf und trank einen Schluck seines Kaffees. Er war kalt und schmeckte bitter.

Nowak war also eine Sackgasse. Es war zum Verzweifeln.

Da Finkler bis zum Treffen mit Fomin noch etwas Zeit hatte, rief er die *Orphelin-Stiftung* an.

»Egon Balthasar. Guten Tag. Wie kann ich Ihnen helfen?« Der Mann klang geschäftsmäßig, routiniert im Umgang mit fremden Menschen.

»Mein Name ist Sebastian Finkler. Wie ich erfahren habe, wurde ich als Kind von Ihrer Stiftung gefördert.«

»Interessant.« Die Stimme am anderen Ende der Leitung war kultiviert. Finklers Eindruck nach mochte der Mann etwas älter sein als er selbst. »Sie sind das erste der unterstützten Waisenkinder, das sich persönlich meldet.«

»Gibt es viele?«

»Im Laufe der Jahre etwa einhundertzwanzig. Ihr Name ist mir übrigens bekannt. Sie waren das erste Kind, das gefördert wurde. Quasi unsere Keimzelle.«

»Wissen Sie, warum ausgerechnet ich das war?«

»Nein. Das kann Ihnen nur der Stifter selbst sagen, da er anfangs die Kandidaten alleine ausgewählt hat.«

»Wie kann ich ihn kontaktieren?«

»Die Daten darf ich Ihnen leider nicht weitergeben.«

»Gibt es keine Möglichkeit? Es ist mir wirklich sehr wichtig.«

Balthasar zögerte kurz. »Nun gut. Hinterlassen Sie mir Ihre Telefonnummer. Ich gebe sie weiter. Sollte er an einem Gespräch interessiert sein, wird er sich bei Ihnen melden.«

***

Igor Fomin las Finkler in seinem dunklen Mercedes auf.

Fomin machte Small Talk und erzählte noch ein wenig von Dauer und Auswüchsen der Geburtstagsparty, dann fuhren sie in die Tiefgarage einer Wohnanlage mitten im Westend. Sie nahmen den Aufzug nach oben, während der Russe weiter über das ganze Gesicht strahlte, jedoch kein Wort sprach. Der Aufzug kam in der obersten Etage sanft zum Stehen und die Türen glitten lautlos auf.

Finkler wurde mulmig zumute. »Igor, was wollen wir hier?«

Das Strahlen wurde breiter. »Warten Sie es ab.«

Sie befanden sich in einem kurzen Gang. Nur zwei Wohnungstüren waren zu sehen, von denen eine sich auf Fomins Klopfen hin öffnete und ein älterer Mann erschien.

Der Unbekannte reichte ihm die Hand. »Einen schönen guten Tag, Herr Finkler. Mein Name ist Felix Christ. Ich bin Notar. Kommen Sie bitte herein.«

Sie betraten eine Wohnung und folgten dem Notar durch einen geräumigen Flur in einen großen Raum, der mit Materialien ausgestattet war, denen man ansah, dass sie ein Vermögen gekostet hatten. Ein breiter Durchgang führte in eine Küche, die vollständig eingerichtet war. Weiße Fronten glänzten, auch ohne dass die Sonne schien. Was Finkler allerdings am meisten fesselte, war der Ausblick. Die Skyline lag ihm förmlich zu Füßen. Eine Terrasse lud dazu ein, hinauszugehen und den Anblick zu genießen. Er wandte sich um und sah die Männer fragend an.

»Und nun?«

Felix Christ stellte seine Aktentasche auf einen langen Tisch, der als einziges Möbelstück im Raum stand, und zog Unterlagen hervor.

»Was wird das hier?«

»Anwesend sind …« Christ verlas einen Schenkungsvertrag, in dem geregelt wurde, dass Igor Fomin die Wohnung ohne Gegenleistung auf Finkler übertrug und die anfallenden Grundsteuern für zehn Jahre übernahm.

Finklers Verblüffung war so groß, dass er nur sprachlos dastand. Als der Notar geendet hatte, trat Fomin an den Tisch, zog einen Füllfederhalter hervor, unterzeichnete den Vertrag und winkte ihn heran.

»Igor, was soll das? Das kann ich nicht annehmen.«

»Gefällt sie Ihnen?«

»Das ist nicht der Punkt. Wie sähe das aus, wenn ich Ihr Angebot annehme? Man misstraut mir ohnehin im Präsidium. Es hieße sofort Bestechung, eine Untersuchung. Das kann ich nicht gebrauchen.«

Fomin achtete nicht auf ihn. Er lächelte nur und begleitete den Notar zur Tür. »Sie veranlassen das Notwendige?«

»Selbstverständlich. Die Unterlagen gehen den Herren postalisch zu.« Christ wünschte einen schönen Tag und war verschwunden.

Finkler wiederholte sich. »Igor, es geht nicht. Danke, aber nein danke.«

»Habe ich Ihnen nicht gezeigt, was Sie mir gerettet haben? Die Wohnung ist nur ein bescheidenes Dankeschön.« Wieder breitete sich das strahlende Lächeln auf Fomins Gesicht aus. »Ich bin froh, dass ich endlich etwas gefunden habe, um mich angemessen bei Ihnen zu bedanken. Ich hatte schon länger mit dem Gedanken gespielt, war mir aber nicht sicher, ob diese Wohnung der richtige Ausdruck meiner Dankbarkeit Ihnen gegenüber sein würde.«

»Ich muss ablehnen. Das kostet mich den Job.«

Wieder zeigte Fomin, dass er gewohnt war, seinen Willen durchzusetzen.

»Kein Nein. Schluss mit der Diskussion. Ich habe das bereits mit Ihrem obersten Dienstherrn abgeklärt. Der Innenminister segnet die Schenkung ab.«

Finkler holte erneut Luft, um zu protestieren, aber Fomin würgte ihn mit einer Geste ab, die keinen Widerspruch mehr duldete.

»Ich kann es mir leisten, es ist eine Kleinigkeit, die Sie mir erlauben müssen.«

»Geben Sie mir Bedenkzeit.« Finkler wusste schon, dass er ablehnen würde, wollte aber der Situation vorerst entkommen. »Verstehen Sie mich nicht falsch, Ihre Geste ist überwältigend, doch ich muss das erst einmal verdauen und im Präsidium klären.«

Das Lächeln kehrte in Fomins Gesicht zurück. »Tun Sie das. Sie werden sehen, es gibt keine Probleme. Ich hoffe, die Überraschung ist mir gelungen?«

Finkler lachte auf. »Voll und ganz.«

Er war froh darüber, dass die Diskussion zu Ende war.

»Wir kommen gerne mal auf ein Glas vorbei, wenn Sie sich eingerichtet haben. Sehen Sie sich ein bisschen um.« Fomin gab Finkler die Schlüssel und wandte sich schon zum Gehen, als ihm noch etwas einfiel. »Hier habe ich noch etwas für Sie. Rufen Sie diese Nummer an. Man wird Ihnen helfen.« Er drückte Finkler eine Visitenkarte in die Hand, dann ging er.

Als Fomin verschwunden war, stand Finkler wie betäubt da und wusste sekundenlang nichts mit sich anzufangen. Dann stolperte er durch die Zimmer, hin- und hergerissen zwischen dem brennenden Wunsch, eine solche Wohnung zu besitzen, und der Gewissheit, sich damit nur Probleme einzuhandeln.

Das Apartment war noch weitläufiger, als es zuerst den

Anschein gehabt hatte. Er schätzte es auf sicherlich einhundertfünfzig Quadratmeter. Neben dem großen Wohn-Essbereich und der Küche gab es zwei weitere Zimmer, ein geräumiges Bad auf neuestem Stand der Sanitärtechnik und ein separates WC.

Als Letztes betrat er die Terrasse und sah auf die Skyline.

Was für ein Irrsinn.

22

»Was?« Die Frage kam so barsch, dass Finkler das Gespräch fast sofort wieder unterbrochen hätte.

»Igor Fomin sagte, ich soll Sie anrufen.«

»Dreiundzwanzig Uhr, im Excelsior. Nicht das Hotel.« Humorloses Lachen.

Dann war die Leitung tot.

Finkler schaute auf die Uhr. Viertel nach zehn. Das Excelsior war ein Bordell im Bahnhofsviertel. Wenn er bis elf Uhr dort sein wollte, musste er schleunigst los.

Als er ankam, waren die meisten Plätze im Gastraum besetzt. Ein junges Mädchen schenkte ihm ein aufgesetztes Lächeln und brachte ihn zu einem freien Tisch am Rand, gleich neben einem Ausgang. Bis auf ein paar wenige leicht bekleidete Frauen waren es vorwiegend Männer, die in Richtung einer Bühne blickten, die ein Vorhang verdeckte. Die Stimmung war ausgelassen und alkoholschwer und es schien Finkler, dass die meisten Anwesenden sich untereinander kannten. Lautes Lachen füllte den Raum, ab und an verabschiedete sich einer der Kerle unter dem Beifall der anderen mit einer der Prostituierten und verschwand durch die Tür in Finklers Rücken.

Einer der Männer stach heraus. War das derjenige, den er treffen sollte? Es war ein bulliger Typ mittleren Alters in Anzug und Krawatte, der alleine an der Theke saß und im Gastraum umherblickte. Ihm gingen die Haare aus, was er zu kaschieren suchte, indem er die verbliebenen Strähnen über die kahlen Stellen drapierte. Die schmale Nase und ein energisches Kinn gaben dem gut geschnittenen Gesicht trotz allem einen attraktiven Touch. Auch wenn ein kleiner Bauch sich unter dem Hemd spannte, zeigten die gut ausgefüllten Ärmel, dass er regelmäßig trainierte. Überhaupt saß die

Kleidung tadellos und erweckte den Anschein von Qualität. Seine stahlgefasste Brille blitzte im Licht der Bühnenscheinwerfer auf und einen Augenblick lang schienen seine Augen auf Finkler zu ruhen, wanderten dann aber weiter.

Schließlich trank er aus und verdrückte sich durch die Tür in den hinteren Teil des Etablissements. Finkler hätte nur die Hand ausstrecken müssen, um ihn zu berühren, so dicht ging er an ihm vorbei.

Die Musik wurde leiser und die Show begann. Auf einem runden Bett, das sich langsam drehte, begann ein Paar nach einem kurzen Vorspiel miteinander zu kopulieren. Das Keuchen und Stöhnen des Showpaars erfüllte den Raum, in dem nun eine spürbare Anspannung lag. Die Männer an den Tischen starrten geil auf die Bühne, kaum einer sprach mehr, der Sabber schien ihnen förmlich aus den Mundwinkeln zu laufen.

Eine Hand berührte Finklers Schulter. Ein kleiner, muskelbepackter Kerl mit breitem slawischen Gesicht sah ihn kalt an und nickte nur in Richtung jener Tür, hinter der zuvor schon der bullige Typ verschwunden war.

Eine Treppe führte in den ersten Stock. Durch die Zimmertüren drangen eindeutige Geräusche, als Finkler dem Mann den Gang entlangfolgte, der an einer Tür endete, die mit einem Geheimcode gesichert war. Wieder nahmen sie eine Treppe, die dahinter lag, und gelangten in die Luxusetage des Puffs. Von einem kurzen Flur zweigten nur drei Zimmer ab, Geräusche waren hier nicht zu hören – entweder weil sich hinter den Türen nichts abspielte oder weil die dicke Dämmung der Türfutter jedes Geräusch verschluckte.

Es war warm und Finkler begann zu schwitzen. An der zweiten Tür blieb sein Begleiter stehen und öffnete sie, um Finkler einzulassen.

Auf einem Stuhl saß der Typ mit den übergekämmten Haaren aus dem Gastraum und blickte ihn sekundenlang aus kleinen Echsenaugen an. »Er sagt, du seiest sein Freund, gehörtest praktisch zur Familie.«

Sein russischer Akzent war deutlich zu hören.

Finkler nickte.

Wieder durchbohrte ihn der Blick des Mannes. Dann wies dieser aufs Bett. »Da liegt das Zeug.«

Finkler entdeckte einen Umschlag, der ihm zuvor entgangen war. Als er danach greifen wollte, hielt ihn die kalte Stimme davon ab.

»Nur für dich, nicht für die anderen Bullen. Klar?«

»Was soll das?«

»Meine Quelle hat mein Wort, ich habe Igors Wort – und ich denke, dass er dein Wort hat, sonst hätte er mich nicht gefragt. Richtig?«

Finkler erstarrte einen Augenblick. Fomin stellte Finkler seinen Schutz zur Verfügung und ließ ihm damit keine Wahl, wollte er nicht dessen Vertrauen missbrauchen.

Er nickte, auch wenn es ihm schwerfiel.

»Du hast mein Wort. Das Zeug wird die Polizei nicht zu Gesicht bekommen.«

»Wenn doch, bekommst du Besuch.«

***

Finkler saß seit zwei Stunden über den Unterlagen und staunte von Minute zu Minute mehr. Was vor ihm lag, war nicht weniger als die komplette Übersicht über die Firmen der Rosettis, die weltweit zu operieren schienen.

Wenn seine Kollegen die Unterlagen in die Hände bekämen, wäre eine Ermittlung gegen die 'Ndrangheta, die kalabrische Mafia, so gut wie sicher, denn die eine oder andere Adresse war ihm schon in den Akten begegnet, ohne dass sie die Zusammenhänge erkannt hätten.

Ihre Vermutungen, dass die Rosettis über ein Firmengeflecht ihre Geschäfte verschleierten und wahrscheinlich auch kriminelles Kapital wuschen, gingen prinzipiell in die richtige Richtung. Allerdings hatten sie die Ausdehnung des Netzes noch nicht einmal in Ansätzen erahnt. Gezielte Ermittlungen würden Monate dauern und eine internationale Koordination zwischen den Polizeibehörden erfordern, denn aus praktisch allen europäischen Ländern und darüber hinaus aus Asien und Amerika und natürlich den Offshorezentren dieser Welt standen Adressen auf der seitenlangen Liste. Natürlich konnte das einfache Wissen um die Namen nichts beweisen, doch waren auch die Eigentümer vermerkt. Das bot die wichtigen Anhaltspunkte, die ihren Ermittlungen bislang gefehlt hatten und weiterhin fehlen würden, denn er hatte sein Wort gegeben und würde sich daran halten müssen, wollte er sich nicht weitere Feinde machen, vorerst zumindest.

Igor Fomin musste für diese Informationen einiges bezahlt haben. Was Finkler beschäftigte, war die Frage, wieso der Russe ihm die Unterlagen hatte zukommen lassen? Wenn Rosetti davon erfuhr, wären Probleme unausweichlich. Ging Fomin dieses Risiko tatsächlich nur ein, um ihm einen Gefallen zu tun – oder spannte er Finkler womöglich für die eigenen Zwecke vor den Karren?

Er zuckte mit den Schultern. Gib und es wird dir gegeben.

Auf der letzten Seite tauchte auch endlich der Name Rosetti auf. Die Seite gab einen Überblick über die Verflechtungen zwischen den einzelnen Unternehmen. Letztendlich lief alles bei einer Gruppe von elf Eigentümern zusammen, dem Namen nach allesamt Italiener.

Bis auf einen Mann namens Toto Morabito besaßen alle fünf Prozent der Anteile, Morabito den Rest. Unter den einzelnen Personen waren zudem jene Firmen aufgelistet, die jeder der Männer alleine betrieb. Es handelte sich um die klassische Struktur der ’Ndrangheta. Marabito schien der

Capo Provincia zu sein. Der oberste Boss. Ihm unterstanden in den einzelnen Staaten die Capi der Mandamento. Einer davon war Rosetti, anscheinend für Deutschland zuständig. Unter seinem Namen fanden sich die Finkler bekannten Adressen, die Rosetti auch ganz offiziell sein Eigentum nannte. Nur der Name einer Finanzverwaltungsgesellschaft war Finkler bislang nicht begegnet.

Er lehnte sich zurück und hoffte, dass keine Kameras ihn aufnahmen.

Als Polizist konnte er die Informationen nicht lange zurückhalten, Drohung hin oder her. Außerdem brachten ihm die neuen Informationen nichts, wenn er sie nicht nutzte. Das hätte Fomin auch klar sein müssen, als er ihm den Kontakt herstellte. Was der Russe bezweckte, lag im Prinzip auf der Hand. Wenn es Finkler gelang, Rosetti unter Druck zu setzen oder gar auszuschalten, würde ein Konkurrent für Fomins Geschäfte aus dem Rennen genommen. Aber worum ging es im Detail? Er stellte sich die Frage, ob das ein Problem war, und verneinte das sofort, denn sie würden gegebenenfalls beide profitieren. Allerdings musste er darauf achten, dass er nicht zwischen den Fronten zerrieben wurde.

Er fasste einen Entschluss. Er würde Daniel bitten, die unbekannte Finanzverwaltungsgesellschaft zu überprüfen. Zudem wollte er eine Verbindungslinie zwischen der *IVG* und Rosetti aufzeigen.

Mehr war nicht nötig und mehr würde Daniel auch nicht bekommen.

23

Freitag, 25. November

Bender stand vor der Tür, einen Techniker im Schlepp, der bereits jetzt, um kurz nach acht Uhr, ungewaschen roch. Seine Haare hingen zu lang und zu fettig an seinem Schädel und wahrscheinlich war es ein Glücksfall, dass er einen Overall der Polizei über seine Kleidung gestreift hatte.

Finkler war Bender dankbar für seine Hilfe. Der blasse Kollege wurde zunehmend zu einem Partner und er hatte kaum noch Vorbehalte, wenn auch er quasi aus Reflex Dinge zurückhielt.

In der Wohnung baute der Kriminaltechniker seine Gerätschaften auf und warf sie raus.

»Lass uns unten bei Özi einen Tee trinken.«

Hakan Özdemir, den alle im Viertel nur Özi nannten, betrieb gleich gegenüber ein türkisches Café, das überwiegend von berenteten Türken besucht wurde, die sich hier den Vormittag mit Brettspielen vertrieben und Tee tranken. Auch Deutsche fanden in letzter Zeit häufiger den Weg hierher. Der Laden wurde hip.

Als sie eintraten, waren allerdings nur zwei Tische besetzt. Sie setzten sich ans Fenster und bestellten Tee und Sesamringe.

Finkler sah Bender an. »Ich habe Unterlagen bekommen, die zeigen, wie die Rosettis, die *IVG* und die *SL Inc.* zusammenhängen.«

Bender war völlig überrascht. »Wo hast du die denn aufgetrieben?«

»Sag ich dir nicht. Darf ich nicht. Das ist inoffiziell und ich habe versprochen, die Daten nicht weiterzugeben.«

Bender kehrte den Beamten raus. »Das kannst du nicht machen, das ist Beweismaterial.«

Finkler grinste nur. »Beweis du mir erst einmal, dass ich die Unterlagen überhaupt habe.«

»Du gehst mir auf die Nerven mit deinen Sondertouren.«

Finkler überging die Bemerkung und erläuterte Bender das, was er wissen musste.

Bender war wenig begeistert. »Das hört sich alles gut an und bringt uns sicherlich weiter, aber ohne das Zeug als offizielles Beweismittel können wir kaum etwas davon nutzen.«

Finkler rührte in seinem Tee. »Ich kann es im Moment nicht ändern. Gib mir Zeit. Wir können auf jeden Fall Druck auf Altmann machen. Ich knöpfe ihn mir mit den Daten vor. Eigentlich halte ich ihn für einen Schlappschwanz. Vielleicht kippt er um.«

»Sei vorsichtig. Er hat Verbindungen, wie du weißt.«

»Glaubst du, er will, dass ich die Daten öffentlich mache? Der hält den Mund. Sieh du mal, was es mit dieser Finanzverwaltungsgesellschaft auf sich hat. Was ist mit den Kontoauszügen von Nowak?«

»Nichts Ungewöhnliches.«

»Und bei Altmann?«

»Da bekomme ich keinen Beschluss, außerdem wird der nicht so blöd sein und unlautere Zahlungen über sein Konto schicken. Der hat sicher eins in der Schweiz. Übrigens«, Bender druckste einen Augenblick herum, »es ist nicht meine Art, andere anzuschwärzen, aber ich traue Schulz nicht über den Weg.«

»Wieso?«

»Ich glaube, er sammelt Punkte, die gegen dich sprechen, um dich endgültig auszubooten. Pass auf, dass er nichts in die Hand bekommt, womit du angreifbar wirst.«

»Okay, ich werde aufpassen.«

Finkler kam ins Grübeln. Der Kollege hatte sich beworben, als er ausgefallen war, und saß quasi auf den Akten.

Was hatte Bender gesagt: *Er sammelt Punkte, die gegen dich sprechen.* Kroch nun der Maulwurf aus seinem Loch?

Finkler schaute auf die Uhr. »Mal sehen, der Techniker wird bald fertig sein.«

Als er an der Theke stand, um zu bezahlen, bemerkte Finkler eine Überwachungskamera, die das Schaufenster beobachtete.

»Sie haben da eine Kamera.«

Özi sah kaum auf. »Zweimal wurde schon die Scheibe eingeschlagen.«

»Ich muss den Film von vorgestern Abend sehen.«

Der buschige Schnurrbart unter der Hakennase kam in Wallung. »Nein, da …«

Finkler beendete den Protest mit seinem Dienstausweis, den der Türke sich mit finsterer Miene ansah.

Er winkte und führte sie in ein Büro hinter der Theke, in dem ein Gebetsteppich auf dem Boden lag und unzählige Familienfotos an den Wänden hingen. Auf dem Schreibtisch stapelten sich Akten, daneben quollen Kippen aus einem Aschenbecher. Ein Teenager lümmelte auf einem Sofa und aß Chips, während er eine Nachricht auf seinem Handy tippte. Özdemir schnarrte etwas auf Türkisch, woraufhin der Junge fluchtartig den Raum verließ.

»Neffe, ist ein fauler Kerl. Welche Uhrzeit brauchen Sie? Der Film wird immer überschrieben, die letzten achtundvierzig Stunden bleiben gespeichert.« Er drückte ein paar Knöpfe der Fernbedienung und der Bildschirm seines Computers zeigte die leer gefegte Straße.

Sie setzten sich davor.

Es gab in der Fahndungsarbeit kaum etwas Effizienteres als einen Videobeweis, der eindeutig belegte, dass ein Täter vor Ort gewesen war. Stundenlang starrte man auf einen Bildschirm und durfte in der Konzentration nicht nachlassen. Schwer zu analysieren waren die Videofilme von Überwachungskameras, die am Tag eine belebte Straße aufnahmen. Hier gab es derart viele Personen zu betrachten, dass man kaum weiterkam. Moderne Gesichtserkennungssoftware befreite sie häufig von dieser Sisyphusarbeit, sofern man wusste, welches Gesicht man suchte.

Mit diesem Problem mussten sie sich nicht herumschlagen, denn es tat sich rein gar nichts. Finkler hätte nie gedacht, dass bereits um acht Uhr am Abend so wenige Passanten durch seine Straße gingen. Die mitlaufende Uhr des Films zeigte achtzehn Uhr. Er spulte vor.

»Was machst du?«

»Ich war um neun Uhr dreißig bei den Ferrinis. Wenn sie mich beobachtet haben, wird der Einbruch danach gelaufen sein. Länger als eine Stunde werden sie nicht drin gewesen sein.«

»Bist du dir überhaupt mit dem Einbruch sicher?«

»Nein, aber was ist mit den Schäden am Schloss?«

Bender schwieg. Die Uhr sprang auf einundzwanzig Uhr. Finkler stoppte das Vorspulen und sie beobachteten schweigend die leblose Straße. Ab und an ein Auto, hier und da ein Passant, den er nicht kannte, sonst nichts. Als die Uhr des Films einundzwanzig Uhr dreiundzwanzig anzeigte, passierte etwas, womit Finkler nicht gerechnet hatte. Sergio, der Mann aus seiner Intrusion, kam vorbei und sah unmittelbar in die Kamera, als er die Auslagen von Özis Geschäft betrachtete.

Er stoppte das Band.

Es gab keinen Zweifel. Das schmale Gesicht, die eng zusammenstehenden Augen, es war Sergio. Wieder ein realer Mensch, der seinen Intrusionen entsprang.

Daniel sah ihn fragend an. »Etwas bemerkt?«

»Das Gesicht habe ich schon einmal gesehen.«

»Wo?«

»Kann ich nicht sagen.« Er verkniff sich das »Ich hab's geträumt«.

Der Film ging ereignislos zu Ende und Finkler mimte den Enttäuschten, wies Özi aber an, den Film nicht zu überschreiben.

Oben empfing sie der Techniker mit zuckenden Schultern. »Hier ist nichts. Ich bin durch.«

Als er weg war, zeigte sich in Benders Stimme erster Zweifel. »Die Einbrecher haben nichts gestohlen, sondern nur deinen Schreibtisch durchwühlt?«

Finkler wusste, er stand wie jemand da, der Hirngespinsten nachjagte. Wäre Sergio im Film der Überwachungskamera nicht gewesen, er wäre selbst ins Grübeln gekommen. »Ja, hier war jemand. Die Kratzer am Schloss habe ich nicht selbst gemacht.«

»Mit dem Schlüsselbund?«

Finkler winkte ab. »Vergessen wir das Ganze, es lässt sich nicht abschließend klären.«

Bender zog ab und Finkler sah ihm nachdenklich nach. Der Kollege begann an ihrer Zusammenarbeit zu zweifeln. Wenn Finkler nicht aufpasste, würde er noch fallen gelassen und wäre dann ganz auf sich gestellt. Und dann war da ja auch noch Schulz. War er der Maulwurf, von dem ihm alles in die Schuhe geschoben wurde?

24

Das Lachen war glockenhell und Finkler musste unwillkürlich lächeln, auch wenn die Frau es am anderen Ende der Leitung nicht sehen konnte. »Zwei Tage? Das ist unmöglich. Die alten Unterlagen liegen unten in einem miefigen Keller. Um herauszufinden, wo Sie gewohnt haben, wird ein Mitarbeiter lange suchen müssen. Drei Wochen, Minimum.«

»Drei? Und wenn ich ganz nett frage?«

Wieder lachte sie. »In der kommenden Woche haben wir einen Auszubildenden hier. Den kann ich mal da runterjagen.«

»Sie sind ein Schatz.«

Sie lachte zum dritten Mal und legte auf.

***

Eine Stunde später, es war kurz vor Mittag, war er auf dem Weg zur Asservatenkammer. Sein schlechtes Gewissen hatte ihn hinausgetrieben, schließlich hatte er Sarah versprochen, auch die Kleidungsstücke der Toten zu besorgen.

Um nicht direkt auf einer Überwachungskamera zu landen, parkte er das Auto vor einer Discounterfiliale und lief zum Justizzentrum hinüber, den Kopf so eingezogen, dass er auf einem Film nicht zu erkennen wäre.

Mithilfe seines Dienstausweises kam er ohne Probleme ins Untergeschoss, wo die Asservatenkammer lag. Neben der Schleuse, die man passieren musste, langweilte sich ein Asservatenverwalter durch den Tag und glotzte auf seinen Bildschirm. Er surfte im Internet, das konnte Finkler den Spiegelungen auf seinen Brillengläsern entnehmen, und grunzte desinteressiert, während er das Aktenzeichen und die Vorgangsnummer erfragte.

Der Mann wechselte in ein anderes Programm und tippte

die Zahlen in die Tastatur. »Die Sachen sind erst vorgestern gekommen. Was wollen Sie denn schon wieder damit?« Er sah Finkler erstmals aufmerksam an.

»Es fehlt noch eine Prüfung, bevor wir endgültig den Deckel draufmachen.«

Der Mann nickte und drehte den Block vor sich um, damit Finkler unterschreiben konnte. Der Beamte hatte noch nicht einmal den Namen hingeschrieben, woraufhin er etwas Unleserliches hinkritzelte.

»Muss ich mitkommen oder finden Sie sich zurecht?«

»Ich denke schon, wenn Sie mir die Richtung sagen und die Asservierungsnummer mitgeben.«

»Das neue Zeug steht im dritten Regal, zweites Fach. Die Nummern stehen drauf: 789-43027/17.«

Finkler notierte die Nummer und nickte zum Dank, doch der Mann widmete sich bereits wieder dem World Wide Web.

Finkler wandte sich zur Schleuse, die der Verwalter per Knopfdruck öffnete, und trat in einen Raum, der wenigstens fünfzig auf dreißig Meter maß. Lange Schwerlastregale waren bis zu einer Höhe von fünf Metern mit Asservaten vollgestopft. Hier lagerten alle Gegenstände, die in laufenden Verfahren als Sachbeweis dienen konnten. Irgendwer hatte ihm einmal erzählt, dass eine Decke schon seit über vierzig Jahren aufgehoben wurde, da sie in Verbindung mit einem Mordfall stand, der weiterhin als lebender Fall behandelt wurde, da Mord nie verjährte.

Das Fach, in dem die Utensilien waren, die die Tote vom Parkplatz bei sich getragen hatte, befand sich auf dem dritten Regalboden in zwei Metern Höhe und er war einmal mehr froh darüber, so groß gewachsen zu sein. Nachdem er die Nummern verglichen hatte, zog er vorsichtshalber Latexhandschuhe über, denn er wollte alles tun, um hier unten bloß nicht in eine Intrusion zu rutschen. Vorsichtig hob er den Karton heraus. Er wog so gut wie nichts. Finkler trug ihn zu einem kleinen Bord und löste vorsichtig ein Klebeband mit der Aufschrift der Asservierungsnummer. Jeans, Turnschuhe und T-Shirt steckten in einer Plastiktüte mit Zippverschluss, die er herausnahm und ins Licht hielt. *Sting* war schwach auf dem T-Shirt zu lesen, das sich durch die Tüte hart und brüchig anfasste. Er vermutete, dass hier eingetrocknetes Blut aus der Kopfwunde verhärtet war; nur wo war die Jacke geblieben, an die er sich deutlich erinnerte? Er blickte wieder in den braunen Karton und drehte die knisternde Tüte mehrfach in den Händen, fand aber nichts.

Vorsichtig zog er den Zipper auf und griff das T-Shirt.

Die Wirkung traf ihn trotz der übergezogenen Handschuhe wie eine Faust. Er wehrte sich, Panik überfiel ihn, seine Wahrnehmung vernebelte sich, dann wirbelte er durch ein Nichts und Kälte umfing ihn mit eisigem Wind. Finkler versuchte noch zu entkommen und biss sich auf die Lippe, es nutzte nichts.

Es ist der Schneegarten. Seine Füße sind kalt und auch auf seinen Wangen brennt die Kälte, doch immer noch wagt er es kaum, sich umzudrehen. Plötzlich ist da ein Stöhnen, das so schmerzvoll klingt, dass er den inneren Widerstand, der ihn davon abzuhalten sucht, überwinden kann. Er dreht sich um und eine Hausfront wird sichtbar. Es ist ein Bungalow mit langer Fensterfront zum Garten. Rauch kräuselt sich aus dem Schornstein in den bleiernen Himmel. Nun herrscht vollkommene Stille. Außer dem Rauch bewegt sich nichts. Kein Ästchen wiegt sich im stärker fallenden Schnee und auch hinter der Glasfront, die sich den Anbau entlangzieht, mit dem irgendjemand das Haus erweitert hat, regt sich nichts.

Als er Blut auf seinen Lippen schmeckte, erkannte er endlich wie durch den Boden einer dickglasigen Flasche das Regal.

»Bleib hier!«, zischte er sich zu. »Verdammter Mist, du darfst jetzt nicht umkippen.«

Hektisch zerrte er am Zipper, der sich sofort verabschiedete und ausriss. »Scheiße!« Seine Stimme klang gepresst und er spürte, wie ihm der Schweiß ausbrach.

Ob es der Geruch der Kleidung oder die Berührung war, er wusste es nicht und wehrte sich verzweifelt gegen den Sog, der ihn verschlang, mit nach drüben nehmen wollte. Wenn er hier unten zusammenbrach, konnte er alles vergessen.

Mit zusammengebissenen Zähnen stopfte er das T-Shirt in die defekte Tüte zurück und versuchte sie zu verknoten, doch wieder kam die Dunkelheit und sosehr er sich auch sträubte, er verlor.

Im Garten kommt das Stöhnen, dem nichts Schönes innewohnt. Es ist kein Geräusch der Liebe, kein lustvolles Seufzen einer Frau, nein, es ist nur Schmerz, der die Stille laut wie ein Gewehrschuss zerschneidet und ihn zusammenfahren lässt. Eine Warnung?

Schnell dreht er das Gesicht wieder zum Garten hinaus und sucht die Eule, doch der Vogel, der heranfliegt, ist nicht der lautlose Segler, sondern ein flatternder kohlschwarzer Rabe, der sich auf einen verschneiten Pfosten des Zauns setzt und ihn mit zur Seite geneigtem Kopf ansieht und höhnisch krächzt. Er rudert mit den Armen und will das Vieh vertreiben, als er jedoch einen Schritt nach vorne macht, fällt er in den Schnee und wird davongetragen.

Der Pastor hat eine Schale mit Chrisam in den Händen und murmelt eine lateinische Formel, während er sich über das Taufbecken beugt. Über den Rücken des Priesters hinweg sieht er die Tränen in den Augen der Frau mit dem Medaillon, denn der Täufling fehlt, ihre Hände sind leer. Sie trägt eine hellblaue Bluse und dazu einen dunklen Blazer zu einem passenden Faltenrock. Niemand tröstet sie. Neben ihr stehen ein Mann und eine weitere junge Frau, offenbar die Taufpaten. Kein Lächeln spiegelt sich auf den Gesichtern der Gemeinde, die sich in einer modernen Kirche zusammengefunden hat. Kirsten Junge ist auch da. Die Bluse voller Blut. Es scheint weniger eine Taufgemeinschaft zu sein denn ein Trauergottesdienst. Der klotzige Basilikabau ist ohne Schiffe oder Chor, sondern besteht aus einem riesigen Raum mit hohen Wänden, die erst knapp unterhalb der Decke von einem breiten Lichtband aus Glasmalereien unterbrochen werden, das sich neben dem Altar bis auf den Boden zieht und alles mit buntem Licht erhellt.

Der Pastor hat geendet und tritt einen Schritt zurück, irritiert das Kind suchend. Dann sieht die Frau mit dem Medaillon auf und blickt ihm direkt in die Augen, nimmt ihn wahr, der heimlich dabeisteht, schaut ihn fragend aus offenen, in dieser Umgebung grün schimmernden Augen an, die sich in die seinen versenken. Plötzlich läuft Blut in einem breiten Strahl über ihre Stirn in den Augenwinkel, sammelt sich dort, fließt weiter an ihrem Mund vorbei und stürzt auf die Bluse, die sich nach und nach vollsaugt. Sie beginnt zu weinen, doch wieder registriert niemand ihren Kummer, alle stehen dumpf daneben und warten mit maskenhaften Gesichtern. Sie weint, ohne eine Miene zu verziehen. Tränen vermischen sich mit Blut und vergrößern schnell den dunklen Fleck.

Kirsten Junge tritt hinzu und legt ihr die Hand auf die Schulter. Das Blut ist verschwunden und auch der sehende Ausdruck in ihren Augen erlischt. Die Trauer umfängt sie wie eine Aura. Er will auf sie zugehen und sie trösten, doch ein Sog wie ein Sturm reißt ihn herum und trägt ihn mit unglaublicher Geschwindigkeit davon. Personen und der Kirchenraum verwischen.

Er fällt vornüber in den Gang und liegt auf dem Boden. Keine zehn Meter entfernt steht Kirsten Junge, die Faust in seine Richtung geballt. Ihr Rufen sind nur schrille Töne, die ihn auf die Füße treiben, doch er strauchelt und fällt in eine Schwärze, die er mit weit aufgerissenen Augen durchstürzt, ohne etwas zu sehen.

Die Sonne, die über der Wiese gleißt, ist wie ein Skalpell, das man ihm in die Augäpfel rammt. Er kneift die Augen zu und krümmt sich vor Schmerz. So verharrt er lange, bis er vorsichtig blinzelt und feststellt, dass er noch zu sehen vermag.

Er riecht das junge Gras und hört Bienen, die in den Blüten des Kirschbaums emsig Nektar sammeln. Langsam schält sich ein kleines Haus heraus, das eigentlich nur aus einem oder zwei Zimmern bestehen kann. Er sieht leere Bohnenstangen und weiß, dass er in einem Schrebergarten ist. Schwindelig kommt er auf die Füße und sieht seine verdreckten, zerrissenen Jeans. Auch sein Poloshirt ist zerfetzt, wie nach einem Unfall. Doch er blutet nur aus ein paar Schrunden, einzig seine Hand steht unnatürlich schief ab. Keine Schmerzen.

Er geht zu dem Haus hinüber, drückt sich zwischen einer Hecke und der Wand hindurch und sieht zu seiner Verwunderung einen kleinen See in der Sonne glitzern. Schlauchboote rudern darauf herum, am gegenüberliegenden Ufer stehen weitere Häuschen. Auf einem Steg aus groben Brettern sitzt der schwitzende Mann in einem Liegestuhl und sonnt sich entspannt. Er erinnert sich auch seines Namens: Nowak. Als er näher kommt, erkennt er Hämatome, Platzwunden und dass dem Mann ein Auge fehlt. Alle Frontzähne sind ausgeschlagen. Der Hals wird an einer Stelle unnatürlich von einem Draht zusammengezogen, dessen Haltegriffe bei jeder seiner Bewegungen gegen die Lehne des Liegestuhls klacken. Neben ihm auf einem zweiten Stuhl sitzt die Frau aus dem Gang. Eine Mumie, die ihn aus dunklen Augenhöhlen anzusehen versucht. Die beiden nicken, beginnen plötzlich wiehernd zu lachen und zeigen auf ihn.

Verunsichert tritt er auf den Steg und schaut in die spiegelnde Oberfläche des Wassers. Sein Kopf ist stark eingedrückt und unnatürlich angeschwollen. Auch wenn der Anblick ihn schockieren müsste, stimmt er in das Lachen ein, das lange nicht verebben will. Dann steht Nowak auf, legt seinen Arm um seine Schulter und führt ihn in das Haus. Die zerschnittenen Halsmuskeln scheinen ihrer Funktion nicht mehr gerecht zu werden, wodurch sein Kopf unkontrolliert umherrollt. Drinnen zeigt er auf einen Tisch, der vollgepackt mit bedruckten Blättern ist. Er erkennt eine Bilanz. Nowak haucht fast stimmlos: »Folge den Zahlen, sie bringen dich ans Ziel.« Fauliger Geruch weht aus seinem Hals. Als er sich abwendet, ist er wieder im Schneegarten und rote Flocken rieseln vom Himmel. Er lauscht angespannt in die Stille. Nichts, es ist vorbei! Er dreht sich um. Das Stöhnen ist lauter, ist schrecklicher, hoffnungsloser als je zuvor. Ein Ton, der das Ende ankündigt. Er schreit laut auf und sinkt in den Schnee, ignoriert den mitleidigen Blick der Eule, die auf einem Ast sitzt, ebenso wie das Keckern des Raben.

Endlich erreichte der Schmerz eine Intensität, die die Verbindung kappte. Er stieß gegen den Tisch, ließ alles fallen und taumelte einige Schritte davon, floh vor dem Grauen, das ihn immer noch einhüllte. Es gelang ihm, weiterzugehen, von der Kleidung wegzukommen, obwohl er noch immer ein Ziehen in seinem Kopf spürte und die Kälte auf seiner Haut flirrte, während das höhnische Gekrächze des Raben ihm folgte. Endlich kam er frei und atmete sekundenlang wie nach einem Marathon. Bilder und Empfindungen verblassten nur langsam, überblendeten, um wieder zu verschwinden.

Finkler erreichte das Ende des Regals und stützte sich keuchend an einem Karton ab. Unschlüssig sah er zurück auf die am Boden liegenden Tüten und den offenen Karton.

So konnte er es nicht zurücklassen, doch wie sollte er für Ordnung sorgen oder gar die Utensilien mitnehmen, ohne dabei wieder wegzutreten? Er musste weg.

Wie war es gewesen? Er hatte die Tüte geöffnet und eingeatmet. Kurz entschlossen pumpte er seine Lungen voller Luft, hielt den Atem an, knotete die Tüte zu, warf den Rest in die Kiste und knallte den Deckel obenauf. Es klappte! Ein zweiter tiefer Atemzug und diesmal beförderte er die Sachen auf ihren Platz und das T-Shirt in der Tüte unter seine Jacke, wobei er den Knoten so fest zog, dass er ihn unmöglich wieder würde lösen können.

Finkler wartete einige Sekunden, während denen sich ein leichter Sog einstellte, doch er blieb schwach und nährte sich mehr aus seinen Erinnerungen.

Er beruhigte sich und machte, dass er wegkam.

Hinter der Schleuse war alles wie gehabt. Der Beamte war in der Cyberwelt unterwegs.

»Das hat lange gedauert.«

Finkler zwang sich zu einem Lächeln. »Hat sich aber gelohnt.«

Im Auto zog er seine Beute hervor und verstaute sie sicher im Handschuhfach. Er wollte sich nicht ausmalen, was passieren würde, wenn er während der Autofahrt einen solchen Aussetzer hätte.

Er schloss die Augen und lehnte den Kopf zurück. Er war davon ausgegangen, dass das Amulett der einzige Trigger war, doch nun bewahrheitete sich Sarahs Ahnung. Alleine dass er den Staub eingeatmet hatte, der an der Kleidung der Ermordeten haften geblieben war, musste schon ausreichend gewesen sein, um ihn hinüberzuziehen. Obwohl die Kraft, der Sog nicht so ultimativ war wie beim Berühren des Anhängers, lag der Trigger nicht im Amulett, sondern in der Toten selbst.

Was verband ihn mit der Frau? Sie waren die Möglichkeiten doch durchgegangen. Mutter war 1985 in die USA gegangen. Er rechnete wieder zurück. Die Tote war vermutlich im Januar oder Februar 1986 gestorben, nicht später jedenfalls, und die letzte Karte seiner Mutter aus Amerika stammte von Weihnachten aus demselben Jahr, also neun Monate später. Sie konnte es einfach nicht sein. Gerlind schied ebenso aus.

Niemand sonst fiel ihm ein und so ging er davon aus, dass Sarah richtiglag und die Tote ein Bild für das Trauma war, die Mutter verloren und sie innerlich abgetötet zu haben. Stand auch die Szene in der Kirche für dieses Schuldgefühl? Die leeren Arme am Taufbecken und die Tränen? Er schüttelte den Kopf. Nun fing er schon an wie Sarah.

Was war noch? Nowak, der ihn an einem See in ein Haus geführt hatte, um ihn auf die Zahlen einzuschwören: *Folge den Zahlen, sie bringen dich ans Ziel.* Ein See? Man hatte Nowak aus dem Kinzigsee gezogen.

Er wollte den Motor starten, doch zwang er sich, auch den letzten Punkt zu reflektieren.

Der Schneegarten war eine Sache, die losgelöst von den anderen zu sehen war. Die Beantwortung der Frage, ob er und sein Vater woanders gelebt hatten, würde auf sich warten lassen müssen und er war nicht böse darum. Lief gerne vor ihr davon, denn das Grauen, das ihn jedes Mal in diesem verfluchten Garten überfiel, war elementar. Er wollte es eigentlich nicht wissen, lebte er nicht auch ganz gut ohne? Es könnte doch sein, dass die Intrusionen ausblieben, wenn er den Trigger mied und das Trauma des Unfalls und der Begleitumstände löste. Kirsten Junge hatte sich dieses Mal ebenfalls gezeigt. Ihm kam es so vor, als ob auch hier Veränderungen deutlich würden. Er erkannte sie und hörte sie.

Er rief Sarah an, doch er erreichte nur die Mailbox.

25

Auf der Bremerstraße klingelte das Telefon. Ohne auf das Display zu schauen, nahm er den Anruf an und fuhr rechts ran.

»Hier ist Balthasar, wir hatten ja bereits das Vergnügen. Mein Mandant, also der Stifter von *Orphelin*, ist mit einem Treffen einverstanden. Er schlägt, wenn es Ihnen genehm ist, heute um neunzehn Uhr vor oder ist das zu kurzfristig?«

Finkler feixte wegen der gestelzten Sprache. »Geht in Ordnung«, sagte er, ohne den Termin zu prüfen, denn er hatte keinen.

»Sie müssten in meine Kanzlei kommen.«

»Ja, auch gut.« Finkler notierte die Adresse.

»Sehr schön, ich werde den Termin bestätigen.«

»Wie heißt eigentlich Ihr Mandant?«

Doch der andere hatte bereits aufgelegt.

Keine hundert Meter später vibrierte das Handy erneut.

»Alles in Ordnung?« Sarahs Stimme klang beunruhigt.

»Ich war die Kleidung in der Asservatenkammer holen und bin schon in eine Intrusion gefallen, als ich nur die Tüte aufgemacht habe.«

»Die Frau also. Wie geht es dir jetzt?«

»Überraschend gut, anders als bei den ersten Vorfällen habe ich schnell wieder zurückgefunden und fühle mich auch nicht so fertig. Gibt es einen Gewöhnungseffekt?«

»Das weiß ich nicht.«

Finkler fasste kurz den Inhalt der Intrusion zusammen. »Wieso wirkt schon ihre Kleidung? Als ich sie gefunden habe, bin ich doch auch erst zusammengesackt, als ich das Medaillon berührt habe.«

Sie dachte nach. »Gib mir bis heute Abend. Ich muss mir die ganze Entwicklung genauer durch den Kopf gehen lassen. Kannst du nach der Sprechstunde hierherkommen? So gegen neunzehn Uhr?«

»Nein, das geht nicht, ich treffe den Geldgeber der Stiftung.«

»Mir wäre es lieber, wenn du kämst, für deine Genesung spielt der Mann eher keine Rolle.«

Er überging ihren Einwand. »Ich habe zugesagt. Gleich morgen früh?«

»Acht Uhr?«

***

Egon Balthasar begrüßte Finkler freundlich. Er war ein ruhiger, massiver Mann, dem man ansah, dass ihn kaum etwas aus der Ruhe bringen konnte.

»Herr Mosdorf erwartet Sie bereits.«

Finkler glaubte seinen Ohren nicht zu trauen. »Karl Mosdorf?«

Der Anwalt nickte erfreut. »Genau. Kennen Sie sich?« Er richtete seine gestreifte Krawatte.

»Wir haben in einer anderen Sache telefoniert.«

In Finklers Kopf schwirrten die Gedanken wie ein Schwarm Hummeln. Er war froh darum, dass der Rechtsanwalt bereits vorging und er ohne weitere Konversation folgen konnte.

Die Immobilie und die Tote, Rosetti und nun die Stiftung. Mosdorf, wie er Finklers Vater freundschaftlich im Arm hielt. Er verstand es nicht.

Sie traten durch eine gepolsterte Tür in einen lang gestreckten Raum, der einen blank polierten Tisch mit mehreren bequem aussehenden Sesseln beherbergte. Ein schwerer Teppich dämpfte die Schritte und da auch die Lampen ein angenehmes Licht spendeten, konnte sich Finkler vorstellen, dass an diesem Tisch gut zu verhandeln war.

Er fühlte Nervosität aufkommen, als er auf den alten Mann, der ihm aus einem der Sessel entgegensah, zuging.

Mosdorf war seinen Schätzungen nach um die siebzig Jahre, doch erhob er sich so dynamisch aus seinem Sessel, wie Finkler es nur bei wesentlich jüngeren Männern erwartet hätte. Die aufrechte Statur war über die Jahre jedoch verloren gegangen.

Mosdorf lächelte Finkler entgegen. Seine Haut war von Falten übersät wie ein alter Apfel und dort, wo einst die schütteren Haare ihren Platz hatten, glänzte nun eine vollendete Glatze, auf der neben einigen Altersflecken nur noch so vereinzelt weißer Flaum spross wie Bäume im Sahel. Sein dunkelgrüner Anzug saß ein wenig zu weit. Der Blick aber war frisch und aufmerksam, was Finkler daran erinnerte, wie wach sein Gegenüber bei ihrem Telefonat reagiert hatte.

»Schön, Sie persönlich zu treffen.« Mosdorf sah ihm offen ins Gesicht. Sie schüttelten sich die Hände. Der Alte hielt die Hand ein wenig länger als notwendig und musterte Finkler eingehend.

Finkler räusperte sich. »Ganz meinerseits. Meinen Vater kannten Sie meines Wissens ebenfalls.«

Mosdorf zeigte nicht die geringste Überraschung, sondern lächelte bedauernd. »Schade, da nehmen Sie mir gerade die Illusion, Sie verblüffen zu können. Am Telefon habe ich übrigens nicht verstanden, wer dort am Apparat war, sonst hätte ich mich Ihnen sofort offenbart. Setzen wir uns doch.«

Sie nahmen Platz und musterten einander. »Sie haben viel von Ihrem Vater, aber noch mehr Ähnlichkeit mit Elisabeth.«

Die Art und Weise, wie völlig entspannt der Name seiner Mutter über die Lippen des Alten kam, traf Finkler völlig unvorbereitet, und zwar an einer Stelle, die schmerzte, ohne dass er vorher gewusst hätte, diese zu haben. Einen Augenblick erstarrte er, denn in dieser einen Sekunde wurde ihm bewusst, dem ersten Menschen gegenüberzusitzen, der seine Mutter so gut gekannt hatte, dass er wie selbstverständlich den Vornamen wählte. Es musste schlucken.

»Sie kannten auch sie?« Finkler merkte, wie seine Stimme leicht zitterte. Er war völlig aus dem Konzept, in das ihn all seine Erfahrung mit den Unwägbarkeiten im Außeneinsatz nicht zurückbringen konnte. Hier gab es keine Taktik.

Mosdorf erkannte offenbar, wie aufgewühlt Finkler war. Er schenkte Wasser ein, wobei er sanft lächelte. Die gezielte Bemerkung hatte ihm vermutlich einige Antworten geliefert.

»Für Kaffee ist es wohl ein wenig spät. Sie werden viele Fragen haben, das verstehe ich, aber lassen Sie mich von Anbeginn erzählen.«

Finkler nickte.

»Heinrich, also Ihr Vater, und ich besuchten dieselbe Grundschulklasse und waren beste Freunde. Sie müssen verstehen, meine Familie ist sehr wohlhabend, mein Vater jedoch bestand darauf, dass wir in die Grundschule um die Ecke gingen und nicht in eine Privatschule. Diese lag in einem Arbeiterviertel. Wissen Sie viel über Ihre Eltern?« Eine rhetorische Frage.

Finkler sah auf die Tischplatte. Hunderte Fragen lagen ihm auf der Zunge. Er war gekommen, um Antworten zu bekommen, doch kein Wort kam über seine Lippen. Er schüttelte nur den Kopf.

»Ihre Großmutter war Kriegswitwe. Heinrich war ihr einziges Kind. Da auch ihr kinderloser Bruder gefallen war, existierte eigentlich keine Familie. Die beiden waren völlig auf sich gestellt. Ihr Vater war ein Mann, auf den man sich verlassen konnte, und brannte vor Ehrgeiz, wollte aus der Armut heraus und es sich und seiner Mutter, insbesondere aber allen anderen beweisen. Wir besuchten auch gemeinsam das Gymnasium, doch nach der Mittleren Reife verließ er die Schule, um Polizist zu werden. Sie hatten nicht das Geld, um ihm ein Studium zu finanzieren.«

Finkler hörte schweigend zu, sog die Informationen in sich auf.

»Er ist wie ein Komet bei der Polizei aufgestiegen. Wir haben uns dabei aus den Augen verloren, da er einige Jahre nicht in Frankfurt war. Als ich ihn wiedertraf, hatte er Elisabeth gerade kennengelernt.«

Es brach förmlich aus Finkler heraus. »Wie war sie?« Reiß dich zusammen, mahnte er sich selbst.

Mosdorfs Lächeln hätte ihn in einer anderen Situation geärgert. Er genoss es ganz offensichtlich, mit Dingen aufwarten zu können, die für Finkler so aufwühlend waren. »Eine schöne Frau. Haben Sie keine Fotos?«

»Vater hat sie alle vernichtet, nachdem sie uns verlassen hatte.«

Mosdorf blickte nach draußen und schüttelte leicht den Kopf. »Nie gesucht?«

Finkler antwortete nicht.

»Ich werde sehen, ob in meinen Alben noch eins existiert. Wir waren mehrmals zusammen in unserem Haus an der See, da müsste es Bilder geben.«

Finkler fühlte sich wie ein trockener Schwamm. Jahrelang hatte er seine Mutter aus seinem Kopf verbannt, doch nun jemanden kennenzulernen, der von gemeinsamen Urlauben erzählen konnte, der es ihm ermöglichte, sie zu sehen und vielleicht ein ganz klein wenig zu fühlen, ließ seinen Wunsch, mehr von ihr zu erfahren, geradezu explodieren, doch er unterdrückte mit aller Gewalt den inneren Aufruhr. Mosdorf war zu undurchsichtig, als dass er wie ein grüner Junge die Fäden des Gesprächs aus der Hand geben wollte. Er riss sich zusammen. »Ja, bitte, es würde mir sehr viel bedeuten.«

»Elisabeth, Ihre Mutter, ist aus der DDR geflohen. Alleine. Sie hatte meines Wissens eine Ausbildung zur Krankenschwester absolviert und war im Rahmen eines der Austauschprogramme hergekommen. Sie saß vorher in Bautzen, glaube ich. Der Grund ist mir unbekannt, ich vermute aber Republikflucht. Sie wissen ja, die BRD hat die Menschen gegen Devisen freigekauft. Was mit ihrer Familie drüben war, entzieht sich meiner Kenntnis. Sie hat nie darüber gesprochen. Heinrich hatte sich während eines Einsatzes verletzt, das wird wohl so um 1980 gewesen sein, und traf sie in der Notaufnahme. Er hat nur noch von diesem Mädchen geredet, war vollkommen in sie vernarrt. Ein Jahr später heirateten sie, eins darauf kamen Sie zur Welt und dann«, er zögerte einen Augenblick, »hat sie ihn verlassen. Sie waren etwa zwei.«

»Was war dazwischen?«

»Weiß ich nicht. Er hatte sein Familienleben, ich meins. Wir trafen uns öfters und fuhren zweimal gemeinsam nach Sylt. Sie schienen glücklich zu sein.«

»Warum ist sie gegangen?«

»Es hieß, eines amerikanischen Soldaten wegen. Ich war gerade selbst in Amerika, um Investitionen zu tätigen, und habe es nicht mitbekommen, also den Streit und so weiter. War wohl zu sehr mit mir beschäftigt.«

Finkler sah ihn nur fragend an.

»Elisabeth hat mich einige Monate später in Boston angerufen. Meine Frau hatte ihr gesagt, dass ich dort sei. Sie lebte nicht in der Stadt und war extra angereist, um mich zu treffen, und ...«, Mosdorf zögerte erneut, »nun, sie schien in Umständen zu sein und bat mich um Hilfe. Der Sold ihres neuen Partners war zu gering und sie konnte nicht arbeiten.« Wieder entstand eine Pause. »Ich gab ihr Geld.«

»Was hat sie Ihnen erzählt?«

Der warme Ton in Mosdorfs Stimme schlug unmittelbar um. »Nichts.«

»Aber sie muss sich doch begründet haben? Schließlich bat sie um Ihr Geld.«

»Ausflüchte und Entschuldigungen. Für mich sah es nach dem Versuch aus, das eigene Handeln vor sich selbst zu rechtfertigen.« Mosdorf hob die Schultern.

Finkler dachte über das Gehörte nach. Wie passte das zusammen: DDR-Gefängnis, Liebe und dann ab in die USA? »Hat sie keinen wirklichen Grund genannt?«

»Ich erinnere mich nicht.«

»Wie war sie?«

Mosdorf schaltete um und plauderte nun ein wenig zu belanglos. »Nett, ja, ich denke, liebenswert. Bildhübsch. Ihr Vater hat sie auf Händen getragen. Groß, mit langen Beinen, wenn ich mir die Bemerkung erlauben darf, eine Statur ganz ähnlich, wie Sie sie haben.«

»Aber?«

»Sie hören gut zu. Unter der Oberfläche war sie verhärtet. Ich kann Ihnen nicht sagen, was sie in der DDR erlebt hat, in ihr gab es jedenfalls einen Kern, der wie Eis war.«

»Woran machten Sie das fest?«

»Sie war in manchen Situationen ohne Empathie. Auf Sylt ist damals ein Mann ertrunken. Die Strandwacht hat ihn vor unseren Augen aus dem Wasser gezogen. Ein junger, bedauernswerter Kerl. Alle waren wie unter Schock, Elisabeth jedoch las weiter in ihrem Buch.«

»War sie gegenüber meinem Vater und mir …« Finkler brach ab.

Mosdorf schüttelte wieder den Kopf. »Das glaube ich kaum. Dem Augenschein nach vergötterte sie ihr Baby und auch für Heinrich hat sie viel empfunden.« Er zögerte und verkniff sich das, was er noch hatte sagen wollen.

»Aber?« Finkler ahnte, was kommen würde.

»Ja, schließlich ist sie ohne Sie gegangen.«

Finkler nickte. Die letzte Äußerung schmerzte. Nun, es war die unverblümte Wahrheit und alles andere, jede positive Bemerkung, die er gehört hatte, zerbrach an dieser Tatsache.

Vergiss die Hoffnung, mach dich nicht manipulierbar, mahnte Finkler sich instinktiv und wechselte das Thema, so schwer es ihm auch fiel. Sie war weg und damit … basta? Er wusste es nicht.

»Ich verstehe nun, warum Sie mich mit der Stiftung unterstützt haben.«

Mosdorf lächelte wieder. »Ich kam aus den USA wieder, doch die Trennung hatte Heinrich verändert. Er zog sich vor mir zurück und dann geschah der Unfall. Ich hätte es mir damals nie verziehen, Sie im Stich zu lassen.«

»Warum so heimlich? Sie hätten es ganz offen tun können.«

Mosdorf wandte sich ab und betrachtete ein langes Regal, auf dem sich juristische Literatur sammelte. Finklers Frage war ihm sichtlich unangenehm. »Die Familie. Meine Frau wollte es nicht. Ihr waren die Sylt-Urlaube schon zu viel Nähe.«

Er sah Finkler einen Augenblick an, der sich daraufhin die Nachfrage sparte. Seine Eltern waren nicht standesgemäß und er nickte nur schwach. Er spürte einen heftigen Stich in der Brust.

»Die Stiftung war ein Kompromiss?«

»So in etwa. Sie offen zu unterstützen oder gar zu adoptieren war nicht möglich, damit keine Ansprüche entstanden, die zulasten unserer Kinder gehen würden. Das lehnte meine Frau kategorisch ab. Haben Sie noch Fragen?« Mosdorf erhob sich.

Finkler hatte noch viele Fragen, doch er verschob sie auf später. Mosdorf wollte sich offensichtlich nicht weiter unterhalten. »Ich muss mich bei Ihnen bedanken. Es wäre schön gewesen, davon früher zu erfahren. Wo haben wir damals gewohnt?«

Mosdorf dachte kurz nach. »Ich denke, es war eine Wohnung im Nordend, ich hatte sie besorgt.«

»Besorgt?«

»Sie war in einer meiner Immobilien.«

»Ein guter Freund. Kennen Sie dieses Amulett?« Er hielt Mosdorf das Plastiktütchen mit dem Anhänger hin, doch der schüttelte nach kurzem Hinschauen nur den Kopf.

»Ich würde mich über ein Foto meiner Mutter freuen.«

»Ich werde daran denken. Eine Frage hätte aber auch ich: Sind Sie wegen Ihres Vaters Polizist geworden?«

»Diese Frage stellen mir Menschen, die Vater kannten, oft. Die Antwort ist immer die gleiche: Nicht in vollem Bewusstsein, es ist aber sehr wahrscheinlich, dass er hierbei eine Rolle gespielt hat.«

»Vorbildfunktion?«

Finkler hob die Schultern. »Vielleicht.«

Mosdorf wandte sich zur Tür. »Bei Vorbildern sollte man sich stets vergegenwärtigen: Wo Licht ist, ist auch Schatten. Bleiben Sie in der Sonne.«

26

Da es erst zwanzig Uhr war, rief er Sarah an. »Ich könnte jetzt noch vorbeikommen.« Sie zögerte so lange mit der Antwort, dass er nachfragte. »Sarah?«

»Ich bin zu Hause.«

Finkler spürte eine Beklemmung in ihrer Stimme, die er an ihr nicht kannte. »Wenn es nicht passt, bleiben wir bei morgen.«

»Nein, nein, ist schon gut. Komm nur vorbei.«

Unterwegs fiel ihm ein, dass er Mosdorf nicht nach Rosetti und der Immobilie gefragt hatte. Ohnehin war das Gespräch unbefriedigend verlaufen. Seine unerwarteten Emotionen hatten ihn verwirrt und nun waren mehr Fragen in seinem Kopf als zuvor. Wenn er die Fakten filterte, die neu waren, dann blieb die Tatsache, dass seine Mutter in der DDR im Gefängnis gewesen war. Er kannte ihren Geburtsnamen aus seiner eigenen Geburtsurkunde, wusste, dass sie als Elisabeth Schuster in Görlitz geboren war, mehr aber auch nicht. Doch seine Neugier war geweckt. Er würde Mosdorf nochmals zu ihr befragen.

Sarah wohnte in einem der frisch sanierten Gründerzeithäuser, denen man ansah, dass der Kaufpreis oder die Miete das Budget eines Großteils der Bevölkerung sprengen würde.

Finkler öffnete das eiserne Tor und ging zur Haustür, wo er Sarahs Namen an den Klingeln jedoch nicht finden konnte. Wieder rief er sie an, woraufhin ihm ein Summen anzeigte, dass sie den Türöffner drückte.

Sie erwartete ihn auf dem Treppenabsatz, als er schon leicht keuchend die erste Etage erreichte. Sie trug eine eng anliegende verwaschene Jeans, die alt und abgetragen aussah. Ansonsten einen schlichten Kapuzenpulli. So gar nicht die Ärztin.

Ihre Haare waren offen und noch feucht von der Dusche. Ihm fiel ein kleiner Leberfleck in ihrer Halsbeuge auf, der ihm bislang entgangen war.

Irgendwie überkam ihn das aufregende Gefühl, das einem ersten Rendezvous innewohnte, so verändert war die Situation. Er lächelte etwas verkrampft. »Hallo, nett, dass du dir die Zeit nimmst.« Was für eine hohle Phrase.

»Komm rein. Normalerweise hat keiner meiner Patienten diese Adresse.«

»Ich fühle mich geehrt. Wieso steht dein Name nicht unten?«

»Ich will nicht, dass jeder sehen kann, wo ich wohne. Patienten können unglaublich anhänglich sein und stehen dann eines Tages vor der Tür.«

Ob es die andere Umgebung war, konnte Finkler nicht sagen, doch die Sarah, die ihm hier begegnete, war nicht die Ärztin, seine Therapeutin.

»Wein?«

Er nickte, obwohl er mit dem Auto unterwegs war.

Sie lebte in einer tollen Wohnung, deren große Räume hohe Decken mit Stuck hatten.

Sarah steuerte die Küche an, als sein Blick an einem großen Foto hängen blieb, das auf einen Rahmen gezogen war: Sarah zusammen mit einem Mann, dem sie ungemein ähnelte. Sie bemerkte es und blieb stehen.

»Mein Vater.«

Doch er achtete nicht auf den Mann, sondern nur auf die junge Sarah. Bildschön, ohne Narbe, mit einem Blick, der offen und selbstbewusst in die Zukunft sah, dazu ein Lächeln, das ihr verloren gegangen zu sein schien, sah er einmal von der homöopathischen Dosis ab, die er im Auto erlebt hatte.

Plötzlich war sie neben ihm. »Was siehst du?«

Eine direkte, einfache Frage, doch sie überschritt eine Grenze, kam ihm zu nahe.

Finkler zögerte. Er blickte sie an und grinste angestrengt. »Bin ich jetzt der Therapeut?«

Sie beachtete ihn nicht und sah unverwandt auf das Bild. »Weich nicht aus und antworte. Was siehst du?«

Die Frage sollte so leicht klingen, doch hier, vor diesem Bild, das ihr früheres Ich zeigte, gelang es nicht und hinter dem schmunzelnden Ton lag eine tiefe Ernsthaftigkeit. Er wusste, jede Ausflucht würde auffallen.

Er räusperte sich. »Eine junge, selbstbewusste Frau. Sie ist außergewöhnlich attraktiv und strahlt eine Kraft aus, die sicherlich Männer anzog wie Motten das Licht.«

Ihre Stimme schwankte ein wenig, fuhr in ein Wellental und mühte sich wieder heraus. »Und wie ist sie heute?«

»Verletzt, aber ich weiß nicht, wie tief und warum. Die Leichtigkeit ist verschwunden und ich vermute, dass das mit der Narbe im Zusammenhang steht.«

»Schön?«

Es war eine Frage, gehaucht wie eine leise Brise, doch darunter lauerte ein Sturm. Es war eine Frage, die eine Frau einem Mann nicht stellen durfte – eigentlich. Für Finkler war sie wie eine Bombe, an der zwei Lunten brannten, und er wusste nicht, welches Ende er zuerst löschen sollte. Die charmante Lüge, die eine so intelligente Frau durchschauen würde, oder … Ja, was? Er überlegte.

Sie registrierte sein Zögern und blickte ihn an. Offen und verletzlich. Finkler fluchte in sich hinein. Er war hierhergekommen, um sich helfen zu lassen und nicht, um Antworten zu suchen, die er nicht geben wollte.

Er sprach langsam und nachdenklich. »Du bist sicher verändert und manche fragen sich, warum du die Narbe nicht kosmetisch entfernen lässt. Was siehst du darin? Du bist nach wie vor schön. Nicht mehr eine …«, er suchte die Worte, »ein Freund von mir hätte gesagt, eine Göttin. Doch die Art und Weise, wie du damit umgehst, wie du den Menschen entgegentrittst, trotz der Narbe, macht dich ungemein attraktiv. Ob dahinter die Ruhe herrscht, die du nach außen zeigst, kann ich nicht beurteilen.«

Er hatte eine implizite Frage stellen wollen, war neugierig, was hinter der Fassade war, aber Sarah sagte kein Wort und machte dicht. Sie ging wortlos in die Küche und es kam Finkler vor, als ob sie über sich selbst erschrocken wäre und nun den Rückzug antrat.

Er blieb unschlüssig stehen und sah noch einmal auf das Foto. Dann folgte er ihr.

Die Küche war modern eingerichtet.

Sie hatte zwei Gläser gefüllt und auf den Tisch gestellt. Auf der umlaufenden Bank lagen Zeitungen und Zeitschriften, Kugelschreiber und Krimskrams, der zeigte, dass hier das Herz der Wohnung schlug.

Er setzte sich und lächelte, doch schon an der Art, wie sie ihm gegenüber Platz nahm, sah er, dass die Therapeutin zurück war. Sie hatte die Tür geöffnet und ihn dahintersehen lassen. Einen kurzen Moment nur, bevor sie sie wieder zuschlug, doch es hatte ausgereicht, um ihn neugierig zu machen.

»Ich hoffe, ich bin dir nicht zu nahe getreten.«

Sie hob ihr Glas. Ihre Stimme war ruhig. Die Sarah, die so verletzlich war, saß wieder versteckt hinter der professionellen Hülle, die ihm langsam wie ein Gefängnis erschien, aus dem sie ausbrechen wollte, es aber nicht so richtig vermochte. »Ich habe gefragt. Du bist ein guter Beobachter. Dort ähneln sich unsere Berufe. Erzähl mir von der Intrusion und deinem Besuch bei der Stiftung.«

Er löste sich von den Gedanken an ihre Geschichte und berichtete. Es dauerte, wie so oft, wenn er von seinem Inneren sprach. Er wählte dann schwerfällige Formulierungen und wirkte hölzern.

Zu seiner Überraschung erhellte sich während seiner

Worte nach und nach ihre Miene. Die Notizen wurden weniger und am Ende saß sie nur da und lauschte.

Finkler war verwirrt. »Das alles scheint dich zu beruhigen?«

Sie nippte an ihrem Glas. »Ja und nein, es gefällt mir dahingehend, dass wir nun deutlich weiterkommen. Was erwartest du hinter der Fensterfront?«

Er hasste das Gefühl, hasste den Gedanken an diesen Ort. »Etwas Böses. Klingt dumm, oder?«

»Warum? Die Gefühle sind wichtig. Dein Inneres löst nun die Traumata nach und nach auf und holt auch verschüttete Emotionen aus ihrer Erstarrung. Ganz tief sitzt das, was in dem Garten war. Du hast dich umgedreht. Das zeigt mir eine Entwicklung, die am Ende darauf hinausläuft, dass du alles erfahren wirst.«

»Es fühlt sich nicht nach Fortschritt an.«

Sie lächelte. »Ich als Therapeutin kann nur Prozesse in deinem Inneren in Bewegung setzen, die eigentliche Arbeit machst du ganz alleine.« Sie beugte sich vor. »Wir haben Erfolg. Dein Aufarbeitungsprozess ist nun in vollem Gange. Der Unfall und der damit in Verbindung stehende Fall lichten sich immer mehr. Einzelheiten werden sichtbar. Jetzt ist der Lkw davongefahren. Für mich ist das ein Zeichen für die Auflösung des Traumas. In den Intrusionen tauchen die Menschen auf, die kurz vor dem Ereignis im Zentrum deiner Aufmerksamkeit standen und die mit dem Unglück in Verbindung gebracht werden können. Dein Gehirn schickt sie wie den Lkw weg. Solltest du nochmals in eine Intrusion fallen, werden sie wohl nicht da sein.«

»Ich verstehe. Mein alter Fall ist nicht mehr von Relevanz. Kommen die Erinnerungen irgendwann wieder?«

»Das kann ich nicht sagen. Ich gehe aber davon aus, dass sie ihren Schrecken verloren haben.«

»Was nun?«

»Im Schneegarten treffen wir auf den harten Kern, das Trauma, das dich am tiefsten getroffen hat. Es ist der Weggang deiner Mutter. Ich würde wetten, dass genau das hinter der Fensterfront auf dich wartet. Noch kannst du nicht hindurchsehen. Es ist wie eine Mauer in deinem Gehirn, doch wenn es dir gelingt, wird es deine Mutter sein, die mit ihren Koffern geht, ein letzter Blick und du bleibst zurück. Für ein Kind der emotionale Super-GAU.«

Plötzlich waren Tränen in seinen Augen, die er nicht zurückhalten konnte. Es tat gut, war wie ein Krampf, der sich löste.

»Und das Stöhnen?«

Sie beobachtete ihn genau. »Ein Echo aus deinem Inneren oder dein Vater, der nicht weniger gelitten hat als du, nur auf einer anderen Ebene. Was hat Mosdorf gesagt? *Er hat sie auf Händen getragen, war völlig in sie vernarrt.*«

Finkler dachte lange nach, während sie ihre Gläser wieder füllte. Einen Moment fühlte er sich angekommen und genoss es. Doch da waren die offenen Fragen.

»Wer ist die Frau im Schacht?«

»Wir haben es schon gesagt: der Auslöser. Dein Inneres war durch die Therapie bereit, auf die Reise zu gehen, sich auch hiervon zu befreien, da brauchte es nur einen kleinen Anstoß und es begann.«

Er trank und hoffte auf eine kontrollfreie Rückfahrt, doch der Alkohol tat ihm jetzt und hier gut und glättete sanft die hohen Wellen, die in ihm wie eine Sturmflut wogten.

Er murmelte: »Warum weint sie?«

»Weil du es dir wünschst. Ich will deine Mutter nicht schlechtreden, Mosdorf sagt ja, sie hat dich vergöttert. Außerdem, wir kennen nicht die Umstände. Ihre Vergangenheit, die Beziehung zu deinem Vater und so weiter. Manchmal ist ein großes Übel trotzdem das kleinere.«

In ihm keimte unvermittelt Widerspruch auf und verhärtete seine Gedanken. Sollte er seiner Mutter so einfach verzeihen und seinen Frieden mit ihr machen? War ihr Verhalten nicht völlig egoistisch?

»Sie ist gegangen. Ohne mich.« Sein Ton war bitter. Sarah schwieg. Finkler legte sein Gesicht in die Hände und rieb sich die Augen »Was soll's, nun wissen wir wenigstens Bescheid.«

»Nein. Wir sind noch nicht durch.«

Finkler verstand nicht oder wollte nicht verstehen. Er begehrte auf. »Warum? Es war eben, als würde ein Stein von mir rollen. Es tut gut.«

»Du hast nicht dahintergeschaut.«

»Die Fensterfront?« Wieder lief es ihm kalt den Rücken hinab. Unsinnig, aber eine automatische Reaktion seines Körpers. Auch wenn er es nicht wahrhaben wollte: Es war noch nicht vorüber. »Scheiße.«

Sarah nickte. »Das wird dir dann auch in deinen Beziehungen helfen.«

»Was soll das denn jetzt?« Er schüttelte unwillig den Kopf.

»Gerhild und deine Mutter haben dich in deiner Wahrnehmung verlassen. Den Schmerz willst du nicht erneut erfahren und beißt die, die es mit dir versuchen wollen, weg. Jasmin oder Melanie. Sollten wir auch das in den Griff kriegen, wirst du Vertrauen entwickeln können, in der Lage sein, dich zu binden.«

Finkler gab den Widerstand auf. »Was also?«

»Du musst in den Garten.«

***

Als er vor Altmanns Haus ankam, sah er, dass es für heute zu spät war. Die Fenster der Wohnung waren erleuchtet und das flackernde Licht eines Fernsehgeräts flimmerte hektisch über die Decke. Der Anwalt würde an diesem Abend wahrscheinlich nicht mehr ausgehen. Wie um es sich zu beweisen, wartete er eine halbe Stunde, während der er grübelte.

Nicht der Schneegarten, der Unfall oder Kirsten Junge waberten durch seinen Kopf, sondern Sarah. Sie hatte bewusst und gezielt ihr Verhalten geändert und er wusste nicht damit umzugehen. Auf der Fahrt zu seinem Pflegevater war es ein intensiver Blick gewesen, der genügt hatte, um sie aus ihrer Rolle der Therapeutin herauszulösen und all das denkbar werden zu lassen, was eben zwischen Mann und Frau geschieht. Wollte sie das? Sie hatte ihn nur zögerlich in ihre Wohnung kommen lassen, ein Refugium, das allen anderen Patienten verschlossen war. Sie hatte ihn nach seiner Meinung gefragt, ihn gefragt, ob er sie schön fand, dann aber einen Rückzieher gemacht.

Er jedenfalls wollte im Augenblick nicht mehr als das, was bisher gewesen war. Ihre Gegenwart tat ihm gut und eigentlich war er nicht bereit, anderes zuzulassen. Doch war das die Wahrheit?

Finkler fluchte in sich hinein. Warum war bloß alles, was er zurzeit anfasste, so kompliziert?

Er gab auf, startete den Motor, um der Grübelei zu entgehen, und machte sich auf den Weg nach Hause, in der Hoffnung, dort zur Ruhe zu kommen.

Er parkte gerade vor seinem Haus, als Melanie unvermittelt neben dem Auto auftauchte. Sie lächelte zaghaft.

Er stieg aus, küsste sie spontan und spürte dabei, wie sehr er ihre Gegenwart vermisst hatte.

In seiner wanzenfreien Wohnung angekommen, entkorkte Finkler eine Flasche Wein und sie setzten sich eng nebeneinander aufs Sofa.

Er entspannte sich.

»Wie geht es weiter, Sebastian?«

Finkler seufzte leise. Es war ihm alles zu viel, sein Kopf dröhnte schon und er hätte gerne nur leicht und locker geplaudert oder mit ihr geschmust, doch es war an der Zeit.

Er atmete tief ein. »Ich weiß es nicht.« Melanie schwieg und so fuhr er fort. »Vieles hat sich verändert. Vor allem ich, aber du bist auch nicht mehr dieselbe.«

Melanie trank von ihrem Wein. »Und jetzt?«

»Haufenweise Probleme, die ich lösen muss.«

»Und wo bleiben wir dabei? Wo bleibe ich?«

Er sah sie an, sah ihr Profil und wollte nichts weiter, als sie glücklich zu machen. »Du bedeutest mir sehr viel.«

»Mehr als Jasmin?«

»Kann ich dir nicht sagen.«

»Warum?«

»Der Unfall hat es verändert.«

Nun war es an ihr, zu seufzen. »Ja, dieser verdammte Unfall.« Sie begann langsam zu sprechen. »Ich würde mich so freuen, wenn du zu mir stehst, wünsche es mir so sehr, habe aber Angst, dass es nicht reicht, dass ich an deiner inneren Distanziertheit zerbreche. Sebastian, hilf mir bitte.« Er legte den Arm um ihre Schultern, sie aber schüttelte ihn ab. »Rede mit mir!«

»Sarah glaubt …«

Sie wurde grob. »Ich will dich hören, nicht das Therapeutengerede.«

»Außer Jasmin ist mir noch nie ein Mensch so nahe gewesen wie du. Dein Fremdgehen hat mich sehr verletzt, doch ich kann es verstehen.« Konnte er? Er wusste es nicht. »Lass es uns versuchen und ich verspreche dir, es besser zu machen.«

Er hörte den eigenen Zweifel in seiner Stimme.

Auch ihr entging es nicht. »Bist du dir sicher?«

»Die Therapie hilft mir, egal, ob du Sarah magst oder nicht, es ist so. Ich denke, ich bin nun so weit, mich stärker binden zu können, zu dir zu stehen.«

Sie sah ihm lange in die Augen, forschte darin, dann küsste sie ihn.

Er zog sie auf die Füße und eng umschlungen gingen sie ins Schlafzimmer.

Es war anders als sonst, intensiver, wertvoller als je zuvor. Finkler nahm jeden Augenblick wie eine neue Erfahrung wahr.

Später, viel später, lag er neben ihr und lauschte auf den gleichmäßigen Atem, den Menschen nur haben, wenn sie tief und zufrieden schlafen.

Er lächelte in die Dunkelheit.

Angekommen.

27

Samstag, 26. November

Sie verschliefen und Melanie sprintete unter die Brause. Ihr Samstagsmeeting stand an, was erst die Ausnahme hatte sein sollen und jetzt zur Regel geworden war. Eine Scheibe Toast in der Hand, die halb volle Tasse auf dem Tisch zurücklassend, stürmte sie davon, einen Wohnungsschlüssel in der Tasche. Finkler fühlte sich glücklich.

Später begann er, die Intrusionen zu skizzieren. Auch wenn sie wie ein intensives eigenes Erleben in seiner Erinnerung gespeichert waren, fürchtete er, sie eines Tages zu verlieren.

Als er die letzte Episode niedergeschrieben hatte und zur Szene am See gelangte, fiel ihm wieder die Parallele auf.

Nowaks Leiche war aus dem Kinzigsee gezogen worden und er hatte in seiner letzten Intrusion mit dem Gefolterten und der Toten auf einem Steg gestanden, der in einen See ragte. Wo also hatte er das Wochenendhaus und den Steg gesehen? War Nowak sein Informant und war er einmal mit ihm dort gewesen? Gab es das Haus genauso wie die Person im realen Leben? Am Kinzigsee?

Er ging ins Netz. Die Fotos im Internet zeigten zigmal das Seebad. Die angrenzenden Uferstreifen waren nur aus der Vogelperspektive zu sehen, aber er glaubte, in einer Ecke eine Laubenkolonie erkennen zu können.

Er rief Bender zu Hause an.

»Du musst für mich überprüfen, ob Nowak am Kinzigsee ein Wochenendhaus hatte.«

»Was? Wieso das denn?« Bender wirkte verschlafen. »Es ist Samstag.«

»Hast du keinen Zugriff?«

»Von hier aus nicht. Wieso ist das wichtig?«

Finkler log spontan. »Ich habe mich gefragt, was er dort

draußen gemacht hat. Eine Möglichkeit wäre, dass man ihn dort hingeschafft hat, um ihn verschwinden zu lassen. Aber wieso da draußen und dann im See, wo er auf alle Fälle auftauchen würde? Also Unsinn. Die einzig vernünftige Alternative wäre, dass er bereits dort war, und da ist mir das mit dem Wochenendhaus eingefallen.«

»Am Montag, okay? Das läuft nicht davon, oder?«, antwortete Bender lahm und legte auf.

***

Finkler nahm die A 66 Richtung Hanau und verließ nach kaum einer Dreiviertelstunde bei Langenselbold die Autobahn. Samstag und Regen, da waren die Straßen frei.

Der Kinzigsee zeigte nicht das schöne Gesicht, das er auf den Fotos im Internet gesehen hatte, sondern lag wie eine schmutzig graue Pfütze im Regen. Der böige Wind schaffte es, Wellen zu erzeugen, die gegen den Bootsanleger schlugen und die wenigen Segelboote, die noch hier vertäut waren, zum Hüpfen zu bringen. Links lag ein geschlossener Surfshop, ihm gegenüber das menschenleere Seebad.

Der Scheibenwischer zog eine neue Bahn auf der Windschutzscheibe. Dort drüben hatten sie Nowak aus dem Wasser gehievt. Aufgedunsen, mit wächserner Haut.

Doch weit und breit war keine Laubenkolonie zu sehen.

Ein Mann trottete durch den Regen und öffnete die Tür des Surfshops, um darin zu verschwinden. Finkler fuhr hinüber.

Als er eintrat, hatte der Mann gerade seine Jacke ausgezogen.

»Wir haben geschlossen.«

Finkler blieb im Eingang stehen. »Ich suche eine Schrebergartenkolonie, die hier direkt am See liegen soll.«

»Nee, da sind Sie am Kinzigsee falsch.« Der Mann wollte sich abwenden.

»Sie soll an einem See liegen.«

»Fahren Sie unter der Autobahn durch und dann rechts. Da ist eine Gruppe kleinerer Seen, da gibt es Schrebergärten und Lauben.«

Finkler folgte der Beschreibung. Es war wie so oft: Hinter einem Gewerbegebiet und gleich neben den Gleisen hatte sich am Rand eines alten Baggersees eine kleine Laubenkolonie gebildet, die um das ganze Ufer reichte. Er fuhr eine Runde, doch konnte er das Wochenendhaus seiner Intrusion nicht wiedererkennen, was ihn nicht wunderte. Die Besitzer hatten Hecken gepflanzt oder Zäune gezogen, die sie vor neugierigen Blicken schützen sollten. Ihm blieb nichts übrig, als es zu Fuß zu versuchen. Seufzend parkte er an einer versteckten Stelle und stieg aus.

Fast alle Häuschen waren zurzeit leer, nur aus einem kräuselte sich dunkler Rauch in den Himmel. Finkler fror, der Wind ging heftig und peitschte den Regen schräg heran.

Er sollte zurückfahren, das ganze Unternehmen kam ihm nach und nach völlig unsinnig vor. Eine Runde um den See, mehr nicht.

Die meisten Hecken waren entlaubt und auch zwischen den Brettern der Zäune konnte er hindurchsehen, doch das gesuchte Haus war nicht zu finden. Er erinnerte sich an ein Satteldach, das nicht mit Schindeln, sondern nur mit Dachpappe gedeckt war. Das Häuschen in seinem Kopf war aus Stein, grau verwittert. Zum Weg hin gab es nur ein Fenster, eine große Fenstertür öffnete sich zur Seeseite.

Nach und nach sah er alle Formen und Farben, die Wochenendhäuser annehmen konnten, nur nicht das, was er suchte. Die meisten Häuschen hatten einfache Pultdächer und waren aus rohem Holz gezimmert. Auf einigen Grundstücken stand sogar nur ein Wohnwagen.

Erst als er schon fast um den See herum war, fand er hinter hohen Hecken eine Gruppe von fünf größeren Häusern gleichen Typs, die nebeneinander unmittelbar am Ufer lagen. Beim ersten spähte er über den Zaun und konnte es nicht glauben: Er war am Ziel.

Er lief scheinbar unbeteiligt an den Gärten vorbei und blickte über Zäune und durch Hecken. Zuerst meinte er, eine Begrenzungshecke wiederzuerkennen, doch als er weiterging, musste er feststellen, dass alle Einheiten gleichermaßen voneinander abgegrenzt wurden.

Die Läden waren mal braun, mal blau gestrichen, die Bepflanzung war hier penibel gepflegt, dort verwildert. Nichts half ihm weiter.

Frierend stand er im Regen und rief sich die Intrusion wieder ins Gedächtnis. Nowak hatte auf einem Steg gesessen.

Er sah sich um. Eine Liegewiese, die frei zugänglich war, schloss sich an die Häuserzeile an.

Als er den Weg verließ, gab das klatschnasse Gras quietschende Geräusche von sich. Seine Schuhe waren durchweicht, doch nun wusste er, wo er hinmusste.

Kurz darauf schloss er den Schirm und zog die Kapuze über. Unter dem Mantel zog er eine Pickingpistole hervor, sah sich vorsichtig um, drückte diese auf das Sicherheitsschloss eines der Tore. Nur Sekunden später klackte es und der Riegel sprang zurück. Schnell huschte er hindurch und atmete auf. Hier war er vor neugierigen Blicken sicher.

Das Haus lag still da. Niemand war zu sehen, und wer auch immer zuletzt hier gewesen war, hatte die Läden fest verschlossen. Nichts rührte sich. Selbst die Vögel schienen im Augenblick einen Bogen um das Grundstück zu machen.

Finkler bewegte sich lautlos und immer bereit, die Flucht zu ergreifen.

Das Häuschen hatte keine Eingangstür im eigentlichen Sinne. Hinein gelangte man durch die Fensterfront zum See, wo ihn nichts davor schützte, beobachtet zu werden.

Betont langsam schlenderte er zur Rückseite, knackte das Vorhängeschloss und hakte es aus den Klappläden aus, mit denen die breite Flügeltür verschlossen war. Sie knarrten leise in den Angeln.

Das Innere des Ferienhauses war weiß gestrichen und modern eingerichtet. Es schien vollständig renoviert worden zu sein. Er war falsch.

Finkler verschloss den Laden und ging mit gesenktem Kopf zur Hecke, die hier licht war. Mit ein wenig Kraft drückte er sich zwischen den Zweigen hindurch und erstarrte. Ein Auto fuhr langsam um den See. Regen tropfte kalt in sein Gesicht, doch er rührte sich nicht, bis das Motorengeräusch verklungen war. Er fror erbärmlich.

Wieder blickte er umher, doch die Grundstücke lagen so bewegungslos und unbelebt in der öden Landschaft wie zuvor.

Hier war er richtig. Der Steg und das etwas gammelige Haus deckten sich mit den Bildern der Intrusion. *Nichts kommt heraus, was nicht in dir steckt.* Er musste wenigstens einmal hier gewesen sein.

Zum dritten Mal surrte der Elektropick. Das Schloss klemmte und auch die Läden protestierten laut, als er sie mühsam aufzog, doch dann war er drinnen.

28

Muff schlug ihm entgegen. Es roch nach Feuchtigkeit und Schimmel. Hier war schon länger niemand mehr gewesen.

Um nicht aufzufallen, schloss Finkler den morschen Klappladen und schaltete die große Handlampe an, die er aus dem Rucksack zog. Es war paradox. Er war hier eingedrungen, um Unterlagen zu suchen, von denen er geträumt hatte.

Doch das Haus war wie das in seinem Traum, warum also sollten nicht auch die Beweise zu finden sein?

Wenn Nowak überhaupt Unterlagen versteckt hatte, dann wäre hier der beste Ort. Aus den Akten wusste er, dass die Durchsuchung seiner Wohnung nichts ergeben hatte und sich auch in seinem Bankschließfach nicht die Papiere gefunden hatten, die er Finkler in der Intrusion gezeigt hatte.

Er begann seine Suche. Wie vermutet befanden sich in den Schränken und Kommoden nur Plunder, Küchengeräte und Mottenpapier. Oder sie waren leer. Finkler konnte sich beglückwünschen, dass es nur zwei Zimmer zu untersuchen gab, denn in jeder Ecke stand etwas. Er suchte unter der stockfleckigen Matratze, im Wasserkasten der Toilette, checkte die Rückfronten aller Möbel, wühlte in der kleinen Kammer jeden Karton und jede Dose durch, fand Rattengift und eine Angel, ansonsten jedoch nichts.

Anschließend versuchte er die Dielen anzuheben, um ein eventuelles Geheimfach zu finden, doch die Bretter waren durchweg fest verschraubt. Gleiches galt für die Platten im Bad und den Fliesenspiegel der winzigen Küche.

Nach einer guten Stunde setzte er sich resigniert auf einen der Stühle.

Er hatte sich getäuscht. Hier war nichts außer Sperrmüll. Vielleicht gab es ein Gartenhäuschen. Er steckte die Lampe in den Rucksack zurück, als er Schritte hörte, die sich vorsichtig auf das Haus zubewegten.

Panik ergriff ihn. Seine Augen suchten nach einem Versteck, während sein Gehirn die Zeit zu messen versuchte, die ihm noch blieb: Sekunden. Er sprang in die kleine Kammer und zog die Tür zu, doch das würde nicht reichen, sollte, wer auch immer dort draußen herumgeisterte, das Haus überprüfen. Was, wenn jemand die Polizei gerufen hatte? Er schloss die Augen und legte den Kopf in den Nacken. Was blieb ihm? Einfach rausgehen und auf Hausherr machen? Weglaufen wie ein Einbrecher?

Die Lösung kam von oben. Er entdeckte im Zwielicht eine Luke in der Decke, die er mit seinem Haar fast berührte. Ein sanfter Druck nur und die Klappe ließ sich anheben.

Draußen knarzte der Laden in seinen Angeln.

Die Zeit zum Nachdenken war aufgebraucht. Finkler zog sich nach oben und quetschte seinen Gott sei Dank mageren Körper durch die schmale Öffnung.

Der Kriechboden maß kaum mehr als einen halben Meter Höhe, doch durch ein kleines Fenster fiel Licht hinein. Lautlos legte er sich flach auf die Luke. Schritte waren zu hören. Der andere lauschte ebenso angestrengt in die muffige Stille des Hauses, wie Finkler es tat.

Sekunden vergingen wie in Zeitlupe, dann klirrte es, als eine Tasse zu Bruch ging. Die Räume wurden ein zweites Mal oberflächlich durchsucht. Man suchte nicht nach Wertgegenständen oder Unterlagen. Man suchte ihn.

Die Tür zur Kammer wurde aufgerissen. Finkler spürte geradezu, wie Blicke auf der Luke ruhten.

Ohne Vorwarnung wurde von unten kraftvoll dagegengedrückt. Er hätte vor Schreck fast aufgeschrien. Sein Puls begann zu rasen, als sich die Platte leicht hob. Nur ein wenig bewegte er sich in die Höhe, dann gab derjenige, dessen Stöhnen gedämpft nach oben drang, auf. Der Mann hatte Kraft und war zweifelsohne in der Lage, ihn wegzuheben, wenn er eine bessere Position hätte. Der Tisch wurde verschoben und Finkler nutzte den Lärm, um die ausgestreckten Beine gegen einen der Dachbalken zu stemmen. Keine Sekunde zu früh, denn der Mann presste mit aller Macht gegen die Platte und keuchte vor Anstrengung. Der Druck stieg. Finkler konzentrierte sich, atmete flach und hielt seine Beinmuskulatur auf Spannung. Es kam einem Armdrücken gleich und gerade als er glaubte, aufzugeben zu müssen, gab sein Gegner nach.

Unverständliche Flüche drangen nach oben und eine Faust schlug gegen die Klappe.

Sekunden verstrichen, dann schlug die Tür ins Schloss und es herrschte angespannte Ruhe. Finklers Puls raste. Seine Oberschenkel zitterten, doch wagte er nicht, sich zu bewegen. So lauerte er lautlos im Zwielicht, bereit, den Kampf wieder aufzunehmen.

Der Regen hatte sich verstärkt und prasselte gegen das Dachfenster.

Finkler lag bewegungslos, nur seine Gedanken rasten. Wer dort unten lauerte, war nicht schwer zu erraten. Einfache Diebe, die das Haus ausräumen wollten, schieden aus. Was gab es hier schon zu stehlen? Nebenan wäre es sicherlich lohnender. Also Rosettis Männer. Doch wie hatten sie ihn gefunden? Niemand wusste von seinem Ausflug. Selbst Melanie und Bender hatte er nichts davon erzählt. Also hing man an ihm dran. Wahrscheinlich war sein Auftritt bei Altmann der Auslöser gewesen.

Es dauerte eine gefühlte Ewigkeit, bis er sich traute, die Beine vom Balken zu lösen und zu lockern.

Finklers Augen wanderten zum Licht, das durch das Fenster einfiel und ihn davor bewahrte, sich wie in einem Sarg zu fühlen. Langsam dämmerte es. Wie lange er wohl schon hier lag?

Seine Schulter krampfte und er reckte sich, dehnte seine fast zwei Meter Körpergröße, um beweglich zu bleiben, als seine Finger gegen etwas Weiches stießen. Etwas lag im Halbdunkel, rauer grüner Stoff. Seine Finger wanderten weiter. Reißverschluss und ein Griff. Eine Tasche. Er zog leicht, leer war sie nicht. Finkler versuchte das Ding ganz heranzuziehen, doch schon die kleinste Bewegung verursachte Geräusche. Er ließ es bleiben.

Eine weitere Stunde wartete er noch in völliger Ruhe, während der es zu regnen aufhörte, dann hob er die Klappe behutsam beiseite, steckte die Stofftasche in den Rucksack und stieg fast lautlos nach unten. Seine Handlampe nahm er in die Linke.

Finkler holte tief Luft, riss die Tür auf und stürmte, die Arme von sich gestreckt, in eine nachtschwarze Finsternis. Ein irres Gefühl der blinden Hilflosigkeit bemächtigte sich seiner, doch nichts geschah. Nur seine Füße trommelten auf dem Boden und er atmete gerade erleichtert auf, als aus der Schwärze etwas auf ihn zusprang. Er reagierte ohne nachzudenken und warf sich herum, als schon starke Arme seinen Leib umklammerten.

Finkler ließ sich fallen und schlug seine Lampe mit aller Wucht in die Richtung, in der er den Kopf des Angreifers vermutete. Er traf. Ein dumpfes Ploppen, dem ein schmerzverzerrtes Grunzen folgte, während sie zu Boden gingen. Sie stießen gegen die Türen. Ein Flügel schwang auf und ließ das dürftige Licht einer Straßenlampe von der anderen Seite des Sees hinein.

Finkler wand sich aus den schlaff gewordenen Armen seines Gegners. Sein Herz raste und er keuchte heftig. Als er sich endlich umdrehen konnte, sah er, dass der Schlag gut getroffen hatte. Der Mann stöhnte und wälzte sich orientierungslos zur Seite. Wieder schlug Finkler mit der Lampe zu, ließ sie auf den maskierten Schädel krachen. Einmal, zweimal, der Mann schlug unkontrolliert um sich. Beim nächsten Mal glitt die Lampe an seiner Stirn ab und traf die Nase. Das Gussgehäuse brach den Knochen wie ein Reisigholz. Kein Schrei drang unter der Maske hervor. Vielmehr wehrte der Mann sich nur noch heftiger. Eine Faust traf Finklers Stirn. Ein gleißender Schmerz, dann wurde die Stelle augenblicklich taub. Der vierte Schlag gegen die Schläfe setzte den Kerl immer noch nicht außer Gefecht.

»Mach weiter und ich schlag dich zu Brei, Dreckskerl!«

Doch der andere reagierte nicht und so prügelte Finkler mit aller Wucht auf den Hinterkopf seines davonkriechenden Gegners ein. Dann endlich herrschte Ruhe.

»Mann, hast du einen Schädel.«

Vorsichtig packte er die Maske und zog sie vom Kopf des Unbekannten. Ein breites, slawisch wirkendes Gesicht mit niedriger Stirn und schwarzen Haaren. Die gebrochene Nase war dick geschwollen. Er kannte den Mann nicht, wahrscheinlich ein Handlanger.

Schwankend kam er auf die Füße und spähte nach draußen. Nichts war zu hören. Vorsichtig, die Kapuze über die Ohren gezogen, schlüpfte er in das Halbdunkel eines verregneten Nachmittags im Herbst. Ein Blick um die Ecke und er sah den zweiten Mann, der die Rückseite des Hauses zur Straße hin bewachte. Die Kappe tief ins Gesicht gedrückt, war er fast nicht zu sehen. Er hielt ein Handy in der Hand und observierte ohne Unterlass die Umgebung.

Finkler zuckte zurück hinter die schützende Hauswand. Hier kam er nicht vorbei. Sein Blick wanderte zum See. Ihn schauderte, dann ging er auf alle viere und kroch im Sichtschutz des Hauses zum Steg. Das Wasser lag still und schwarz vor ihm wie ein dunkles Loch, das bereit war, ihn zu verschlucken. Er zögerte, doch die Zeit drängte.

Mit zusammengebissenen Zähnen ließ er sich in das eisige Wasser gleiten, den Rucksack hoch über dem Kopf.

Die Kälte war wie ein elektrischer Schlag, dem eine rasend fortschreitende Taubheit folgte. Seine Hose, der Anorak, seine gesamte Kleidung sog sich voll und zog ihn nach unten. Mühsam watete er, kaum in der Lage zu atmen, hinüber zum Nachbargrundstück. Die wenigen Meter waren unendlich lang. Sein Körper begann zu schmerzen.

Endlich lag die Hecke hinter ihm. Zähneklappernd warf er den Rucksack auf die nasse Wiese und zog sich lautlos an Land. Angst und Kälte trieben ihn hoch. Er taumelte an den beiden Häusern vorüber und lauschte auf Rufe oder irgendeine Unruhe, doch nichts geschah. Ein Zug brauste auf der Bahnstrecke dahin und zerschnitt die Stille. Lichter flirrten durch die Dunkelheit und leuchteten ihm den Weg. Vor Kälte schlotternd lief er die matschige Liegewiese entlang und stolperte im Schutz der Büsche in Richtung seines Autos.

»He, du!« Finkler wirbelte herum. »Biste in den See gefallen? Komm rein, hier ist es warm, du holst dir doch den Tod.«

Von dem Häuschen, aus dessen Schornstein vorhin der Rauch gekräuselt war, winkte ihm ein alter Mann. Finkler war zu erschöpft und ihm war zu kalt, um weiter davonzulaufen, und so schlich er hinein. Die Haustür schlug zu und er fühlte sich in Sicherheit.

29

Kurz darauf war er in eine Decke gehüllt und hielt einen heißen Tee in der Hand. Er konnte wieder lächeln. Das Zittern hatte aufgehört, doch nun sahen ihn zwei wache Augen fragend an. Die Haut des Alten war wie getrocknetes Leder. Furchen durchliefen sie wie tiefe Gräben, doch sein Gesicht war freundlich. Er hatte sich als Adam Große vorgestellt.

Finkler erzählte eine Geschichte von Spaziergang und Ausrutschen auf der Liegewiese.

»Bei Temperaturen unter null wärst du gestorben. Wovor hast du Angst?«

»Angst?«

»Du schaust ständig nach draußen und jedes Geräusch schreckt dich auf.«

Finkler sah ihn entschuldigend an. »Also gut. Da waren Typen, die mich verfolgt haben und dann in den See warfen.«

Große lehnte sich vor. »Willst du die Polizei rufen?«

»Nein.«

»Warum waren die hinter dir her?«

Er musste nicht einmal lügen. »Keine Ahnung.«

Der Alte war skeptisch.

»Hast du etwas Trockenes zum Anziehen und«, er zögerte, »könntest du zu meinem Auto gehen und nachsehen, ob noch jemand herumschleicht?«

»Klar.« Der Alte stand auf. »Und dann erzählst du mir die Wahrheit.«

Wenig später kam er mit dem Auto angefahren. »Schöner BMW. Da war niemand, stand aber auch gut versteckt.« Er setzte sich. »Also? Da kommen Typen, die werfen dich in den See und du spazierst frierend davon und versteckst dich bei mir. Keine Panik, kein Schock, einfach so. Wer bist du?«

»Lassen wir es dabei, dann ziehe ich dich nicht in Dinge hinein, die ich selbst nicht verstehe. Ich war nie hier. Bitte rede nicht drüber, auch nicht mit deiner Frau oder Freunden. In Ordnung?«

»Meine Frau ist tot.« Große stand in der Tür und wartete.

Finkler seufzte. »Ich war verdeckter Ermittler der Polizei, das ist aber vorbei. Ich befürchte, dass da jemand alte Rechnungen begleichen will. Ich werde mit meinen Kollegen sprechen, nicht mit der Bereitschaft, die verstehen es nicht.« Er zeigte seinen Dienstausweis, der im Rucksack trocken geblieben war.

Große las und grinste. »Wie im Krimi, Herr Kommissar.«

***

»Ich habe das Haus gefunden.«

Bender schwieg verblüfft. Dann eine barsche Frage: »Ich sollte doch danach suchen?«

»Bin gerade erst auf dem Rückweg.«

»Du hättest mir Bescheid sagen müssen.« Seine nächste Frage kam beiläufig, fast desinteressiert. »Und?«

»Ich konnte auf dem Dachboden Dokumente finden, die ich noch auswerten muss. Ich hatte bisher keine Gelegenheit, reinzusehen, weiß nur, dass es Papiere sind. Können allerdings auch alte Zeitungen sein. Wenn ich mir das Ganze angesehen habe, melde ich mich.«

»Was ist los, Sebastian? Wir hatten eine Vereinbarung.«

»An die ich mich halte.«

»Ehrlich? Zuerst kommen immer deine Alleingänge und dann bekomme ich die Ergebnisse und bin mir nie sicher, was du mir alles verschweigst. Du findest aus dem Nichts Nowak, jetzt kennst du sein Wochenendhaus und da sind Unterlagen und«, Bender machte eine Kunstpause, »ganz durch Zufall ist, wie von dir vermutet, Nowak der Wirtschaftsprüfer, der die Finanzholding des offiziellen Teils des Rosetti-Konzerns, oder wie auch immer man das Konglomerat bezeichnen will, testiert. Ein paar Zufälle zu viel, oder?«

Finkler war von der Neuigkeit überrumpelt. »Nowak ist der Prüfer?«

Bender reagierte nicht. »Du misstraust mir.«

»Nein!« Finkler dachte an seinen Nachmittag und musste lachen.

»Du findest das also lustig?«

»Ich finde die Diskussion nur aberwitzig, wenn ich bedenke, was mir vorhin passiert ist. Kaum dass ich in Nowaks Haus war, tauchten ein paar Schläger auf, die es ganz gezielt auf mich abgesehen hatten.«

Bender war betroffen. »Ist dir was passiert?«

Finkler log. »Nein.«

»Ich brauche Gewissheit, Sebastian. Mir fliegt schon genug um die Ohren, da muss ich mir wenigstens bei dir sicher sein.«

»Was ist los?«

»Ich habe Lukas Schulz dabei beobachtet, wie er Teile der Akte kopiert hat. Inoffiziell. Zu deinen Fragen könnte er der Schlüssel sein. Er wusste von deiner Freistellung, hat sich Prock quasi als Ersatz für dich aufgedrängt, komischerweise keine zwei Tage nach deinem Unfall, und er war es, den ich vorhin noch auf das Wochenendhaus, oder was auch immer da steht, angesetzt habe.«

»Absicht?«

»Nein, aber er scharwenzelt die ganze Zeit um mich herum und will in den Ermittlungen gegen die Italiener mitmischen.«

»Was ist mit den Akten?«

»Ich habe recherchiert, wer schon vor deinem Unfall Einsicht hatte.«

»Es war Schulz?«
»Ja, Lukas Schulz.«

***

Zu Hause duschte Finkler die Kälte aus den Knochen. Dann setzte er sich und öffnete die grüne Tasche, als auch schon Bender klingelte.

Er hatte aus dem China-Restaurant ein paar Pappschachteln mitgebracht, auf die sich Finkler wie ein Wolf stürzte, da er seit dem Morgen nichts gegessen hatte.

Später saßen sie am Tisch und öffneten die Tasche, die wie der Brotbeutel eines Anglers wirkte. Bender zog einen Stapel zerknickter DIN-A4-Seiten heraus.

»Pornos sind es schon mal nicht.« Er grinste, dann reichte er Finkler einen Teil der Unterlagen und vertiefte sich in den anderen.

Es dauerte lange, bis sie alles gesichtet hatten.

Sie saßen vor einem Berg von Kopien, die Nowak gezogen haben musste, denn sein Name stand auf einer ganzen Reihe der Schriftstücke.

Im Wesentlichen handelte es sich um eine Aufstellung von Restaurants, Spielhallen, Imbissbuden und so weiter. Zu allen hatte er Kontoauszüge gesammelt, die große Umsätze zeigten. Anschließend hatte er eine Zusammenfassung der Wareneingänge aller Restaurants und Imbisse sowie die Besucherzahlen der Spielhöllen erstellt. Dem folgte eine ewig lange Rechnung mit Additionen und Subtraktionen, deren Ergebnisse wieder zusammengefasst wurden, um ganz am Ende eine Zahl, achthundertsiebzehntausend Euro, herauszubekommen.

»Was können wir damit anfangen?« Bender sah Finkler fragend an.

»Folge den Zahlen.« Finkler sah das malträtierte Gesicht vor seinem geistigen Auge.

»Bitte?«

Finkler überging die Frage. Ein Gefühl der Befriedigung strömte durch seinen Körper. Sie waren dem Ziel so nahe. »Ich denke, in diesem Zahlenfriedhof liegt die Lösung. Hier wird uns gezeigt, wie die Zahlungsströme in dem Netzwerk laufen, wir aber können das nicht verstehen. Oder bist du Wirtschaftsexperte? Da müssen die Kollegen ran.«

»Warum hat er das denn nicht erläutert?«

»Für ihn haben sich die Zahlen logisch erschlossen.«

Finkler griff die grüne Umhängetasche und spähte hinein. Zwei Blätter lagen gefaltet in einem Nebenfach.

Bender war neugierig. »Was ist das?«

Finkler begann zu lächeln. Dann schloss er die Augen und atmete einmal tief durch. »Eine Liste von Schmiergeldzahlungen, die während der Planung des neuen Towers geflossen sind.«

»Was?«

Finkler drehte das Blatt so, dass Bender mitlesen konnte. »Hier, Karsten Kruse, Leiter der Bauaufsicht Frankfurt, fünfundzwanzigtausend Euro. Oder Hennig Schuster, stellvertretender Leiter der Baukontrolle, zehntausend Euro. Ein Stadtrat und so weiter.« Er addierte die Summe der Zahlungen am Rande des Papiers: zweihundertfünfzigtausend.

Er legte die Tasche zurück auf den Tisch. Beide wussten, wie nahe sie dran waren.

»Was, wenn das alles stimmt?«

Finkler lachte trocken auf. »Einige Herren kommen unter die Räder. Rosetti geht in den Bau und andere übernehmen seinen Job. Was nun?« Er war nicht mehr im Dienst. Bender musste entscheiden.

Der zuckte die Schultern. »Ich nehme das Zeug mit und lass die Wirtschaftsabteilung sich der Sache annehmen. Das wird dauern. Die verifizieren die Zahlen und dann geht es hoffentlich los.«

»Die Schmiergeldliste nicht. Was damit geschieht, sollte im Präsidium und in der Staatsanwaltschaft entschieden werden. Das ist zu politisch.«

»Da hast du recht. Sollen die doch das heiße Eisen anfassen.«

Finkler griff Benders Arm. »Ich stehe unter dem Verdacht, die Akten manipuliert zu haben. Du musst Schulz informieren. Wenn er erfährt, dass wir das brisante Zeug haben und es bei den Kollegen zur Auswertung ist, müsste er eigentlich versuchen, dranzukommen, sofern er der Informant ist. Wir müssen ihn dabei erwischen, damit ich aus der Nummer raus bin.«

Bender dachte nach. Dann nickte er. »Wird gemacht. Ich mache morgen eine Kopie und stelle sie in die Cloud, sodass wir beide Zugriff haben. Am Montag gebe ich die Originale weiter und lasse Schulz davon wissen. Die Kollegen werden gewarnt und wir sehen, ob unsere Theorie trägt. Dir ist aber bewusst, dass du auf dünnem Eis stehst?«

Finkler nickte. »Siehst du einen anderen Weg?«

»Nein. Was machst du, wenn Schulz sich nicht bewegt?«

»Dann wird es ein anderer tun. Dann ist das der Maulwurf.«

Bender nickte ebenfalls, aber in sich gekehrt und nachdenklich. Schließlich erhob er sich und sah auf die Uhr. »Ich muss los.«

»Warte mal, ich mache ein Foto von der Schmiergeldliste, vielleicht kann mir Dr. Altmann erklären, was dahintersteckt.«

»Wieso? Wir haben doch das Zeug.«

»Aber keinen Zeugen.«

30

Sonntag, 27. November

Finkler schlief traumlose vierzehn Stunden, doch als er die Augen aufschlug, spürte er weiter eine tief sitzende Erschöpfung, die er nicht mit einer durchschlafenen Nacht würde kompensieren können. Trotzdem fühlte er sich gut. Er hatte es geschafft und würde sich rehabilitieren. Vielleicht später wieder in Abteilung III beginnen können. Auch Melanie würde ein Teil seiner Zukunft werden. Als alleiniges Mysterium blieb die Frage des Schneegartens zu klären, denn nur dieses war noch ein Rätsel.

Er telefonierte mit Melanie, verschwieg ihr aber seine Ermittlungen. Sie würde es sowieso nicht verstehen und ihn aufzuhalten versuchen. Ohnehin hatte sie mal wieder nur wenig Zeit, da neue Arbeit auf ihrem Tisch gelandet war, die bis Montag erledigt werden musste, und vertröstete ihn auf Mittwoch.

Als es dunkel wurde, verließ er das Haus.

***

Eigentlich hatte Finkler geplant, Altmann am nächsten Tag vor seinem Büro abzupassen und unter Druck zu setzen, doch seine Unruhe hatte ihn hierhergetrieben.

Nun saß er hinter dem Steuer und sah zu, wie ein Mann in dunkler Steppjacke unauffällig aus der Haustür auf die dunkle Straße huschte und zügig davonging. Altmann? Er schielte zu den Fenstern der Wohnung hinauf, die jetzt im Dunkeln lagen. Dann verließ er den Wagen.

Altmann ging zielstrebig in Richtung Brückenviertel. Es war nicht wirklich problematisch, ihm zu folgen, da nur wenige Passanten unterwegs waren. Anfangs fürchtete Finkler sogar, Altmann könnte sich umdrehen und die Beschattung bemerken. Trotzdem hätte Finkler ihn um ein Haar verloren, denn plötzlich verschwand Altmann wie von Zauberhand, verschluckt von dem Park am Alten Friedhof.

Finkler lief vorüber und versuchte aus dem Augenwinkel festzustellen, was dort geschah. Der Park lag still in der Dunkelheit. Er fluchte. Nicht einmal mehr eine einfache Überwachung bekam er auf die Reihe.

Er wollte gerade die Stufen hinabspringen, als er sah, wie Altmann zwischen einer Gruppe von Nadelbäumen die Wiese betrat und auf ihn zuhielt. Finkler senkte schnell den Kopf und beeilte sich, davonzukommen, ehe der andere den Weg erreichte. Dann machte er kehrt und ging den gleichen Weg, den Altmann gerade gekommen war. Seine Hand ruhte auf dem Knauf der Dienstwaffe seines Vaters.

Zwischen den Bäumen kauerte ein Mann auf dem Boden. Er trug verdreckte Kleidung und war im Gesicht ziemlich unprofessionell tätowiert.

»Was willste?« Die Sprache war verwaschen.

Finkler konnte seine glasigen Augen erkennen. Der Kerl war vollkommen zugedröhnt. »Was hast du denn im Angebot?«

»Verpiss dich, Arschloch, sonst mach ich dir Beine.«

Die Frontzähne fehlten.

Ohne Vorwarnung zog Finkler den Revolver und hielt dem Mann mit der Linken die Waffe vors Gesicht, während er ihm mit der Rechten den Dienstausweis hinstreckte. »Hör zu, du Wrack. Ich hatte ein paar üble Tage und verspür nicht die geringste Lust, mit einem Scheißkerl wie dir hier lange Faxen zu machen. Du hast die Wahl: Entweder sagst du mir, was der Typ gerade gewollt hat, oder ich schlepp dich aufs nächste Revier und behaupte, du hättest Stoff an ein minderjähriges Mädchen verkauft und es betatscht. Die Kollegen werden dich lieben.«

Der Junkie legte den Kopf in den Nacken. »Ach Scheiße! Warum taucht ihr Ärsche immer dann auf, wenn man ohnehin schon fast Schichtende hat?«

Finkler ließ die Waffe sinken und packte den Fixer hart am Kragen. »Was also?«

Die armselige Gestalt wand sich völlig kraftlos im harten Griff.

»Nix, Mann!«

Er rüttelte den Kerl durch. »Wie heißt du?«

»Faido. Ist ein Künstlername. Lass mich los, Mann, dann kriegst du deine Antworten.«

Finkler stieß die stinkende Gestalt von sich. Der Junkie zündete sich eine Zigarette an und hielt Finkler das Päckchen hin, ein Friedensangebot.

Der schüttelte den Kopf. »Letzte Chance.«

»Warum bist du denn so angepisst? Bleib cool. Die geschniegelten Wichser kaufen doch immer dasselbe. Früher war es Koks, heute stehen sie auf Crystal. Fühlen sich damit wie Superman. Glauben an den unendlichen Ständer oder so.« Er lachte wiehernd. »Der Sack, nach dem du fragst, braucht von Woche zu Woche mehr. Bald sieht man ihm das an. Ich habe ihn gewarnt.« Er sah, wie Finkler höhnisch grinste. »Ehrlich!«

»Klar, und danach warst du zur Beichte. Was zieht er sich sonst rein?«

»Lauter bunte Smarties. Guter Kunde, echt. Der feilscht nie um den Preis, bekommt aber dann auch nur erste Sahne, nicht so einen Dreck, wo was anderes mit drin ist, Gift oder so, verstehst du?«

Finkler hatte genug gehört und wandte sich ab.

»Hey, Sheriff, danke. Wenn du mal was brauchst, frag nach mir. Hast was gut.«

***

»Altmann.« Es klang arrogant und selbstbewusst. Er hatte die Droge bereits eingeworfen.

»Schau, schau, Doc Crystal.«

Es würde jetzt hart werden, denn er wollte in Altmann seinen neuen Kontaktmann haben, einen Informanten, der als Zeuge auszusagen bereit war und ihnen die Richtigkeit der Unterlagen bestätigte.

Um Altmann dazu zu bringen, würde er den Mann zuerst zerstören und danach so aufbauen, dass er gefügig wurde.

Die Stimme wurde schroff. »Was soll das? Ich lasse den Anruf zurückverfolgen, dann können Sie was erleben.«

»Halten Sie den Mund und hören Sie zu. Vor zehn Minuten haben Sie bei einem Dealer Drogen erworben, Herr Anwalt. Crystal Meth, um ganz genau zu sein. Ich habe seine Aussage. Gerichtsfest, um sinnlosen Nachfragen vorzubeugen. Ein Telefonat und Ihre ohnehin wackelige Zulassung ist Vergangenheit.«

»Sie wissen wohl nicht, mit wem Sie sprechen. Ich kenne Leute, die machen dir die …«

»Sind wir schon beim Du?«

»… Hölle heiß!« Altmann schrie.

»Meinen Sie Giuseppe Rosetti? Oder ist Maurizio Ihr Chef?«

Altmann lachte wiehernd. Die Droge schien ihn zu beflügeln. »Was wollen Sie? Sterben?«

»Und Sie, Doc Crystal?«

Altmann lachte wieder schrill und gekünstelt. »Was hatten Sie denn im Essen, Sie armes Schwein?«

»Weniger als Sie. Maurizio wird Ihnen die Luft rauslassen, wenn ich ihm das mit den Drogen und den Informationen gesteckt habe.«

»Ich lasse dich umbringen, du Dreckskerl.«

»Angst, Doc Meth, höre ich da Angst?«

Die Stimme schwankte. Ein erster Riss zeigte sich. »Welche Informationen? Was willst du?«

»Ein Gespräch.«

»Wieso?«

»Sie sind Geschäftsführer einer Gesellschaft, die zum Firmengeflecht einer internationalen Mafiagruppierung gehört.«

Das Lachen war angestrengt. »Blödsinn.«

»*SL Inc.* oder besser *San Luca Inc.* auf den Caymans? Toto Morabito? Klingelt es?«

Sollte Altmann unter Drogen gestanden haben, war deren Wirkung nun verflogen. »Ich ...« Der nächste Riss, diesmal größer.

Ungerührt fuhr Finkler fort. Altmann war angeschlagen, nun würde er ihn brechen. »Sie betreuen das neue Tower-Projekt in Frankfurt, für das zig Millionen Euro geplant und sicherlich schon einige Millionen draufgegangen sind. Ein riesiges Geschäft, viel Aufsehen, wichtig für die Stadt. Und der Geschäftsführer der Gesellschaft ist ein Kokser oder Crystal-Junkie, wie Sie wollen. Ich sehe die Schlagzeile vor mir.«

»Halten Sie Ihr Maul!« Ein Jaulen wie von einem zusammengetretenen Hund.

»Die versenken Sie im Main, wenn sie Sie nicht sogar einmauern. Auf alle Fälle schafft man Sie beiseite, Herr Dr. Altmann.« Er betonte die letzten Worte, um zu dem Mann am anderen Ende der Leitung durchzudringen.

»Wie viel wollen Sie? Ich zahle es Ihnen, egal, wie viel.«

Mit Typen, die sich für unantastbar hielten, ging es bei solchen Spielchen immer am schnellsten bergab. Sie hofften darauf, sich herauszuwinden, und gingen sofort auf die Angebote ein. Harte Typen, Berufsverbrecher oder Zuhälter, waren da ein anderes Kaliber.

Altmann kippte um wie ein morscher Baum, noch bevor er so richtig k.o. war. Ein Schwächling.

»So einfach ist das nicht ausgestanden. Mir liegt eine Liste vor, die Namen und Eurobeträge enthält. Also zum Beispiel Karsten Kruse, fünfundzwanzigtausend Euro.«

In Altmanns Stimme klang unverhohlene Angst. »Wer sind Sie?«

»Ich will Informationen.«

»Habe ich nicht!«

»Seien Sie nicht kindisch. Wenn Sie sich weigern auszupacken, werde ich einen anderen Weg gehen. Ich provoziere Rosetti. Sende ihm eine Kopie der Liste und die Info über Ihren Drogenkonsum. Dazu eine knappe Anmerkung, dass wir Sie unter Druck gesetzt haben und Sie uns daraufhin mit der Schmiergeldliste beglückten. Mal sehen, wie er reagiert.«

Altmann brüllte vor Wut. »Du verdammtes Dreckschwein, du miese Ratte, ich ...«

»Sie werden mit mir reden. Morgen um zehn Uhr. Ich warte vor Ihrem Bürohaus.«

Er hatte den Mann nun tief in die Panik getrieben. So sollte es klappen. Eine Nacht in den schlimmsten Ängsten schmoren. Das war perfekt. Mehr Zeit wäre schlecht, denn dann würde er als Jurist Abwehrmechanismen aufbauen, die schwer zu knacken wären.

»Aber ...«

»Morgen um zehn. Ich erkenne Sie. Wechseln Sie die Straßenseite zu den Ludwig-Erhard-Anlagen. Gehen Sie durch den Park und auf der anderen Seite in Richtung Palmengarten. Ein Auto wird neben Ihnen halten und nach dem Weg zum Römer fragen. Steigen Sie ein.«

»Wenn ...«

»Ihre einzige Chance. Spätestens um vierzehn Uhr gehen alle Informationen an die Rosettis und andere.«

Altmann brüllte. »Wie viel?«

»Keine Mätzchen. Sie haben verstanden.«

»Ich …«

Er legte auf und grinste befriedigt. Männer wie Altmann lebten in einer Welt des Fressens und Gefressenwerdens. Heute du … Nun, morgen war Altmann an der Reihe.

31

Montag, 28. November

Als Finkler das Haus verließ, wusste er, was zu tun war.

Er würde Altmann zur Kooperation zwingen, dann wären sie am Ziel, denn zusammen mit den Hinterlassenschaften von Nowak würde die Aussage jeden Staatsanwalt zu einer Anklage gegen Rosetti bewegen.

Finkler war zuversichtlich, schließlich hatte er schon mehrmals Insider zum Umfallen gebracht. Der Hebel war stets der gleiche: Man suchte sich jemanden heraus, der ein dunkles Geheimnis hatte, mit dem man ihn unter Druck setzen konnte, und drehte die Daumenschrauben so fest wie möglich. In der Hinsicht war Altmann ein Geschenk, das alle Wünsche erfüllte: weich und voller Fehler. Ein leichtes Opfer, das wusste er seit dem Vorabend. Was nun noch fehlte, war der mögliche Ausweg, der Altmann aus der Zwickmühle befreien würde, in der er saß. Eine neue Identität, Straffreiheit oder etwas in der Art. Finkler hatte nichts dergleichen abgesprochen, doch das war egal und würde sich anschließend ergeben.

Unterwegs versuchte er es bei Daniel, hörte jedoch nur die monotone Stimme, die darum bat, eine Nachricht zu hinterlassen. In wenigen Sätzen erklärte er, was er vorhatte.

Er parkte und wartete.

Altmann spannte ihn nicht lange auf die Folter. Die automatische Tür glitt exakt um zehn Uhr auf und er kam zögernd heraus. Er wirkte müde, die Krawatte hing schief und selbst auf die Entfernung wirkten die Ränder unter seinen Augen wie aufgeschminkt. Er schaute sich auf dem Gehweg nach allen Seiten um und betrat, wie es Finkler von ihm verlangt hatte, sofort die Fahrbahn. Der Verkehr machte gerade zwischen den Ampelphasen Pause, während der die

Pkws wie eine Phalanx wartender Angreifer vor der Ampel standen.

Zu Finklers Überraschung begann Altmann nach den ersten Schritten zu laufen, rannte dann weit ausholend über die vielen Spuren, als bedeutete der Bürgersteig das rettende Ufer. Seine Krawatte flatterte über seine Schulter, während er sich immer wieder hektisch nach links wandte. Von dem Beau, den er so gerne in den Bars gab, war nichts mehr vorhanden.

Finklers Alarmglocken läuteten, ohne dass er gleich begriff, wieso, bis er den dunklen SUV sah. Der bullige Wagen preschte mit Vollgas aus einer Einfahrt auf die Fahrbahn und raste auf Altmann zu. Das Röhren des Motors dröhnte über die Straße. Passanten schauten überrascht auf. Hase und Jäger waren schon unterwegs.

»Pass auf!«

Irgendjemand hatte die Gefahr erkannt, doch Altmann sprintete bereits um sein Leben.

»Lauf, lauf!« Die Worte kamen unwillkürlich über Finklers Lippen. Der Anwalt stürzte. Er schlug auf die Fahrbahn, blieb aber nicht liegen, sondern sprang so behände wie ein Judoka wieder auf die Füße. Doch das rettete ihn nicht. Gerade als er erneut zur Seite schaute, kam der SUV heran.

Der bullige Wagen rammte den Körper mit voller Wucht. Altmann rollte nicht über die Windschutzscheibe und das Dach, dafür war das Fahrzeug – Finkler glaubte einen Range Rover zu erkennen – viel zu hoch. Er prallte wie ein Gummiball von der Fahrzeugschnauze ab und segelte einer willenlosen Puppe gleich etliche Meter durch die Luft. Für den Bruchteil einer Sekunde dachte Finkler, er würde auf seiner Motorhaube landen.

Altmanns Körper schlug ein paar Meter neben dem Auto auf. Er knallte wehrlos mit Rumpf und Kopf auf die Straße, blieb nicht liegen, wirbelte weiter. Finkler sah das Blut und den verletzten Schädel, als der SUV den Mann überrollte.

F-XX 199. Das Nummernschild brannte sich in Finklers Gehirn.

Dann starrte er stumm auf das Bündel, das unter den kreisenden Rädern hervorkam. Blut rann aus Nase und Ohren, die Beine standen in unnatürlichem Winkel ab.

Der SUV mit den dunklen, undurchsichtigen Scheiben schob sich PS-stark röhrend rückwärts wieder in sein Blickfeld und fuhr ein weiteres Mal über den Toten.

Doch Finkler sah nun nicht mehr das Hier.

Sein Knie ruht auf der Straße, während sich das Bild lichtet. Berlin. Der Bürgersteig und die Gaffer sind da. Er schreit sie an, einen Krankenwagen zu rufen. Dann wendet er sich der auf dem Asphalt liegenden Frau zu, doch nicht Kirsten Junge liegt dort, sondern die Frau mit dem Medaillon. Es ist nicht die Mumie, nein, es ist auch nicht die Erwürgte. Er erkennt nun ihr Gesicht undeutlich, das der lebenden, unverletzten Frau, denn seine Tränen vernebeln die Sicht. Wütend wischt er sich über die Augen, als er jedoch wieder klar sieht, starrt ihn Kirsten Junge an. Blut läuft aus ihrem Mund. Sie reibt darüber und verschmiert rot das Kinn. Ihre Augen halten ihn fest. Gurgelnd spricht sie zwischen dem aus dem Mund pulsierenden Blutstrom: »Immer du, du bist nicht gut für die Menschen. Bleib weg von mir, bleib im Garten, bleib …«

Der Satz blieb unvollendet, denn die Tür des Autos wurde aufgezogen und jemand schüttelte ihn an den Schultern. »Kommen Sie schon, Sie müssen hier weg, der Notarzt ist gleich da.«

Finkler reagierte kaum. Eine Hand klatschte in sein Gesicht und zerriss das Band in den Traum.

»Sie stehen unter Schock. Fahren Sie ein Stück weiter an den Rand, dann wird der Arzt auch nach Ihnen sehen. Konnten Sie den Unfall beobachten?«

»F-XX 199. Das ist das Kennzeichen. Ein dunkler Range Rover.«

»Wir müssen das aufnehmen, unser …«

Finkler schob den Mann grob aus dem Auto und schlug die Tür zu. Wie in Trance startete er den Motor und rollte, die Kupplung schleifen lassend, davon, den gestikulierenden Polizisten ignorierend, der hinter ihm herschrie und die Autonummer notierte.

Er fuhr schnell, obwohl er kaum etwas wahrnahm, in einem Tunnel saß, an dessen Ende ein Mann durch die Luft flog, während Kirsten Junge unentwegt rief: Du bist nicht gut für die Menschen!

Ein Gedanke füllte ihn aus und drehte sich ein um das andere Mal: Er war schuld, war wieder schuld am Tod eines Menschen.

Irgendwie brachte ihn sein Unterbewusstsein zu Sarah in die Praxis.

Wie hypnotisiert sprang er aus dem Auto, ließ es unverschlossen und taumelte auf unsicheren Füßen in das Krankenhaus. Leute kamen ihm entgegen. Die meisten sahen an ihm vorbei, andere betrachteten ihn fragend, doch hier, in der Psychiatrie, war man an den Anblick desorientierter Patienten gewöhnt. Ihm wurde schwindelig, als er in den Empfangsbereich stolperte.

Finkler wartete nicht, fragte nicht, ignorierte den Einwand der jungen Angestellten, die hektisch aufsprang. Er lief einfach weiter und öffnete die Tür zu Sarahs Behandlungszimmer. Sie war im Gespräch, erkannte aber, was los war.

Noch ehe das Zimmer aufs Karussell stieg und sich zu

drehen begann, war sie bei ihm. Ihre Arme fingen ihn auf und ließen seinen Körper langsam zu Boden sinken.

***

Finkler erwachte, als müsste er sich durch ein zähes Gelee kämpfen. Er hörte das Piepen eines Kontrollgeräts, während in seiner Wahrnehmung Erinnerungsfetzen wirr umherflogen, die er nicht festhalten konnte. Ein SUV raste vorbei, der Lkw brauste auf ihn zu, Kirsten Junge schrie ihn immer wieder an, er sei nicht gut für die Menschen. Dann Altmann beim Aufprall, Altmann in der Luft wie eine Puppe und schließlich Altmann als blutiges Bündel, Nowak verfault auf dem Steg, das verwischte Bild der Frau mit dem Medaillon. Das wollte er festhalten und schärfen, ihr Gesicht erkennen, doch es entglitt ihm und trieb davon.

Er spürte, wie jemand neben das Bett trat, er aber stapfte knirschend durch den Schnee.

»Sebastian!« Seine Hand wurde ergriffen. Diese Stimme. War das Sarah? Wieso war sie hier im Schneegarten? Wieder die Stimme. »Sebastian, mach die Augen auf!«

Er folgte ihrem Befehl und sah nur blendendes Licht, das aber sofort weggedreht wurde. Eine Silhouette trat in sein Gesichtsfeld, aus der sich nach und nach Sarah herausschälte.

»Wie geht es dir?«

»Wo bin ich?«

»In unserer Institutsambulanz, in der Psychiatrie. Früher die Notaufnahme. Erinnerst du dich noch? Du bist heute Morgen in meinem Büro aufgetaucht und zusammengebrochen. Wie geht es dir?«

Er drehte den Kopf weg und schwieg, als Altmanns Tod ihn wie ein Tsunami bestürmte.

Sie setzte sich. »Was ist passiert? Rede mit mir, was ist passiert?«

»Ich bin nicht gut für die Menschen.«

»Wie bitte?«

Er wiederholte sich.

»Was soll das?«

Er starrte abwesend nach oben und bemerkte die Löcher in der schallisolierenden Decke. Für die schreienden Irren? Altmann war tot und er trug die Schuld daran. Er hatte ihn auf die Straße gelockt. Er wollte nicht mehr, war für alle, die sich ihm näherten, eine Gefahr.

»Geh bitte.«

Doch sie hakte nach. »Erklär es mir.«

»Es ist wieder jemand gestorben. Vor meinen Augen.«

»Wie ist das geschehen?«

Er sah den SUV heranrasen. Sarah trat in den Hintergrund.

»Sebastian, bitte.« Ihre Stimme war eindringlich, aber auch sanft.

Er wandte ihr sein Gesicht zu und wusste, wie verheerend er aussah.

Sie strich ihm über die Wange. »Erzähl.«

Die Berührung riss den Schleier weg, der ihn umgab. Und er erzählte.

Schließlich sah er ihr in die Augen. »Verstehst du, wieso ich besser aufhören sollte? Ich bringe immer wieder Menschen Unglück. Gerhild und Kirsten Junge in Berlin, wahrscheinlich Nowak und nun Altmann.«

Sie versuchte nicht, ihm das auszureden oder ihn mit Argumenten zu überzeugen. »Ich kann deine Gefühle verstehen, sie beherrschen dich nur aufgrund deines momentanen Zustands. Wenn du deinen Schock überwunden hast, wirst du das erkennen. Schuld bist nicht du, sondern die Umstände.«

Er hörte ihr nur halb zu und schaute wieder weg.

»Ich gebe dir ein Beruhigungsmittel, das dich eine Weile

schlafen lässt, dann reden wir weiter.« Sie ging zu einem der vielen Schränke, entnahm einer Schublade eine Ampulle und zog eine Spritze mit der wasserhellen Flüssigkeit auf. »Das ist Midazolam. Es wird dich schlafen lassen. Außerdem löst es deine Ängste. Okay?«

Er nickte und sah zu, wie sie eine Flügelkanüle in eine Ader auf seiner Hand stach und dann die Flüssigkeit aus der Spritze hineindrückte. Sein Arm wurde warm, während ihr Gesicht verschwamm und er einschlief.

32

Es war schon dunkel, als er wieder wach wurde und sich geerdeter fühlte. Sein Kopf schmerzte wie nach einer langen, alkoholschweren Nacht, doch der Druck der Schuldgefühle hatte nachgelassen und nun sah er so klar wie an einem Wintermorgen, wenn die Sonne über dem Schnee aufgeht. Es gab keine Beschönigung, nichts, was die Wahrheit verschleierte. Es herrschte Klarheit. Und so zog er ein Fazit.

Er hatte versagt, und zwar auf ganzer Linie. Aus dem Job war er endgültig raus, sobald bekannt wurde, dass Altmann sich seinetwegen auf der Straße befunden hatte. Zudem war er in das Ferienhaus eingebrochen und hatte dort einen Mann verletzt. Allerdings bezweifelte er, hierfür jemals belangt zu werden. Aber wie dem auch sei, die Polizei würde nach seinem jetzigen Zusammenbruch kaum noch einen Platz für ihn haben.

Schlimmer wog der Mangel an Ergebnissen seiner eigenen Ziele, die Bewältigung der Traumata. Sarah hatte schon richtig erkannt, dass der Unfall fast überwunden war und es auch in der Sache aus Berlin vorangegangen war. Er war auf einem guten Weg gewesen, doch der Erfolg war nun durch den neuen Schock wieder infrage gestellt. Der Weg aus den Traumata, der Weg in den Garten würde ein langer werden, wenn er überhaupt noch gelänge.

Die Tür öffnete sich und Sarah kam herein. Sie trat neben das Bett und überprüfte die Geräte. Dann ruhten ihre Augen auf ihm. »Wie fühlst du dich?«

»Besser.«

»Ich musste dich«, sie lächelte, »noch ein wenig schlafen lassen, denn du warst unter Schock, in deinem Gesundheitszustand nicht unbedingt förderlich. Ich denke, jetzt ist es besser.«

Er nickte.

»Deine Werte zeigen auch, dass du die Krise überwunden hast. Was ist mit den Schuldgefühlen?«

»Die Panik ist weg, doch was ändert das an dem Ergebnis? Berlin – zwei Tote. Frankfurt – zwei Tote.« Er starrte sie an.

Sie nickte. »Du musst dir klarmachen: Es ist nicht allein deine Schuld. Wenn dir das gelingt, wirst du darüber hinwegkommen. So geht das mit schlimmen Erlebnissen. Wenn du nicht dagegenarbeitest, wird es sich in deiner Psyche einnisten.«

»Vier Tote!«

»Hier geht es um Verarbeitungsprozesse, das gelingt nicht so ohne Weiteres, sosehr du dich auch wehrst. Ohne dich damit auseinandergesetzt zu haben, werden die Toten zu den Untoten, die wieder und wieder in deiner Erinnerung auftauchen. Eins kann ich dir versprechen, der Schmerz, den du jetzt empfindest, lässt irgendwann nach.«

Er winkte ab. »Therapeutenweisheiten.«

Sie sah ihn so intensiv an, dass es ihn beunruhigte. Irgendetwas in diesem Blick durchdrang ihn wie eine Speerspitze. Schmerz lag darin.

Es dauerte, bis Sarah wieder redete, und nun war es ihre Stimme, die verändert war, hart und bitter. Sie sprach schnell und distanziert, als ob irgendwo ein Ventil aufgegangen wäre und langsam den Druck entweichen ließe. »Glaubst du, die Verletzung, die mir die Narbe eingebracht hat, ist spurlos an mir vorübergegangen? Therapeutenweisheiten? Auch ich hatte Dämonen, die meine Nächte zur Hölle machten, und sei dir sicher, ab und zu sind sie wieder da. Wir teilen dieselben Erfahrungen und Schmerzen.« Jede Distanz war verloren gegangen und hinter der Fassade der Psychiaterin tauchte eine verwundete Seele auf. »Ich werde es dir erklären, doch nicht heute und auch nicht morgen.«

Finkler gab nicht nach. »Wie?«

Sie lachte auf, beherrscht. »Es war kein Unfall, sondern Gewalt. Brutale Gewalt von jemandem, dem ich vertraute. Das muss reichen. Ich habe daran gearbeitet und komme so in etwa klar. Morgen wirst du merken, wie das funktioniert, Sebastian. Die Sonne geht auf und wir spulen unsere Routine ab. Von Tag zu Tag, Woche zu Woche, Jahr zu Jahr. Wenn wir daran arbeiten, können wir den Gipfel schaffen und uns davon lösen. Vielleicht. Die Zeit ist unsere Freundin, die offene Auseinandersetzung mit dem Trauma unsere Chance.«

Finkler bewunderte ihre Stärke. »Wieso hast du dich nicht operieren lassen?«

Sie schwieg.

»Wem hast du davon bisher erzählt?«

Sie wandte sich zur Tür. »Niemandem.«

»Und warum mir?«

Diese Antwort blieb sie ihm schuldig.

Die Tür schwang auf und ein älterer Arzt betrat den Raum. Er schaltete das Licht ein und stutzte, als er Sarah erkannte.

»Guten Abend, mein Name ist Dick. Ich sehe, Frau Dr. Herbst ist schon hier.«

Er wollte eine Frage stellen, doch eine Schwester erschien in der Tür. Finkler schätzte sie auf Mitte fünfzig. Groß und kräftig, füllte sie ihren Kittel gut aus.

»Herr Doktor, Sie werden am Empfang erwartet, da sind zwei Herren von der Polizei. Ich habe sie reingelassen. Sie fragen nach Herrn Finkler.«

Dick schüttelte den Kopf und sah auf die Uhr. »Jetzt? Hier ist schon alles geschlossen.«

Sarah wandte sich zu Finkler. »Sind die wegen des Unfalls hier?«

Finkler zuckte mit den Schultern. »Möglich.«

Er setzte sich auf. Das Gespräch mit Sarah hatte seine

Lethargie etwas gelöst, doch nun trat in die entstandene Lücke eine unbestimmte Furcht. Woher konnten die Polizisten wissen, wo er war? Woher konnte überhaupt jemand wissen, wo er war?

»Hast du jemandem gesagt, dass ich hier bin?«

Sarah verneinte.

Finkler wandte sich an die Schwester. »Tragen die beiden Uniform?«

Sie sah ihn erstaunt an. »Nein. Wieso?«

»Haben Sie die Dienstausweise gesehen?«

Sie dachte einen Moment nach. »Nein. Ich habe aber auch nicht danach gefragt.«

»Sind noch Menschen in der Halle?«

»Auch nicht. Oben in der Gemeinschaftspraxis ist Feierabend und in der Station ist schon Nachtruhe. Warum interessiert Sie das alles?«

Finklers Blick wanderte zu Dick. »Lassen Sie sich auf alle Fälle die Ausweise zeigen.«

»Warum?«

»Tun Sie es einfach.«

Sarah war verwirrt.

Dick nickte und verschwand mit der Schwester im Schlepptau, während Finkler von der Pritsche rutschte und in seine Kleidung und die Sneakers schlüpfte.

»Was machst du da?«

Er sah zu ihr auf. »Anziehen.«

»Warum bist du so nervös?«

Eine laute Diskussion drang durch die Tür. Er sah zu Sarah, die nun auch ängstlich wirkte.

»Ich bin ein lästiger Zeuge. Vielleicht suchen sie nach mir.«

»Hier?«

Er hielt ihr die Hand hin, damit sie die Flügelkanüle zog. Sie tat es kommentarlos.

»Ich sehe mal nach.« Sie wollte zur Tür, doch er fasste

schnell ihr Handgelenk. Sie entriss es ihm. »Fass mich nicht an. Nicht so.«

Finkler hob beschwichtigend die Hände. »Sei ganz leise und geh nur hinaus, wenn du weißt, dass alles in Ordnung ist.«

Die Wut verrauchte und ihr Blick verriet Verunsicherung. Schließlich drückte sie behutsam den Griff nach unten, hielt aber inne. Sie schaute zu Finkler. Der nickte. Sie zog die Tür einen Spaltbreit auf. Er trat neben sie und registrierte den schwachen Duft ihres Parfüms. Rosenöl.

Draußen stritten sich Leute.

»Wir müssen Sie auffordern, uns den Mann sofort zu übergeben.« Die Stimme war aggressiv.

Dick blieb unbeeindruckt. »Solange Sie nicht Ihre Ausweise zeigen, werde ich nichts dergleichen tun.«

Sarahs Blick ruhte fragend auf seinem Gesicht.

»Sie behindern uns, das kann Sie Ihre Zulassung kosten.«

Der Arzt lachte. »Da bekomme ich ja richtig Muffensausen. Sie rücken jetzt auf der Stelle mit Ihren Ausweisen raus oder verlassen sofort mein Krankenhaus, denn hier habe ich Hausrecht. Also, meine Herren?«

Plötzlich sprach der Mann so leise, dass seine Worte nicht zu verstehen waren.

»Ich möchte mich nicht wiederholen. Gehen Sie jetzt bitte! Frau Sibelius, rufen Sie auf dem Polizeipräsidium an. Ich will …«

Ein Ploppen drang durch den Türspalt, dann schlug etwas dumpf auf dem Boden auf. Kein Schrei, kein Stöhnen. Nur das Aufschlagen. Es war das Geräusch, das Finkler in Berlin gehört hatte, als Ipsen starb. Kein Zweifel. Die vermeintlichen Polizisten hatten Dick erschossen.

Auch Sarah begriff und öffnete den Mund, doch er legte ihr seine Hand darüber und zog sie von der Tür weg. Sie wehrte sich und entwand sich seinem Griff, während draußen Schwester Sibelius einen gellenden Schrei ausstieß, der aber abrupt abbrach und von dem dumpfen Aufprall eines zweiten Körpers auf dem PVC der Halle gefolgt wurde. Dann herrschte Stille.

33

Sarah lief instinktiv zur Tür, um zu helfen, doch Finkler sprang vor und zog sie zurück. »Wir müssen weg.«

»Sie … sie …«

Finkler drückte die Tür leise ins Schloss. Sarah war erstarrt. Finkler nahm ihr Gesicht in beide Hände. Sie stand kurz davor, die Fassung zu verlieren.

»Bleib ruhig, sonst werden wir sterben wie die anderen.«

Endlich kehrte Leben in sie zurück. »Wie?«

»Wie können wir hier raus?«

»Die Polizei …«

»Wir können nicht warten, wir müssen verschwinden.«

Sie hörten Stimmen auf dem Flur, die ebenso leise miteinander sprachen. Sie verstanden keine Worte, das war auch nicht nötig.

Sarah deutete auf eine Schiebetür zum Nebenraum.

Finkler spürte das Adrenalin in seinen Adern, doch jetzt half ihm seine Erfahrung, das Richtige in einer Situation zu tun, die nicht den kleinsten Fehler verzieh. Sie nahmen lautlos ihre Sachen und schoben vorsichtig die Schiebetür auf, die in den benachbarten Raum führte. Sie ratterte leise in der Schiene und Finkler betete darum, dass sie nicht quietschte.

Gerade als Finkler die Verbindungstür wieder hinter ihnen zuzog, sah er, wie sich der Türgriff auf der anderen Seite nach unten bewegte. Er atmete tief ein, um Ruhe zu bewahren.

»Was ist?« Sarahs Augen waren vor Furcht groß wie Untertassen.

Er legte seinen Finger auf die Lippen und deutete mit dem Daumen nach nebenan. Sie öffnete die Schiebetür zum anschließenden Raum.

Wer auch immer die Türen wartete, er hatte einen Orden verdient. Auch diese glitt geräuschlos zur Seite.

Finkler hatte keine Waffe, um sich und Sarah zu verteidigen, und suchte nach einem Skalpell oder etwas Ähnlichem. Im Augenwinkel sah er, wie jemand versuchte, die Außentür des Behandlungszimmers zu öffnen. Zum Glück war sie verschlossen. Finkler atmete auf und schlich weiter.

Draußen flüsterten die Verfolger miteinander.

»Die Türen sind abgeschlossen.« Der Mann hatte einen starken Akzent.

»Egal. Diese Seite übernehme ich, geh du nach drüben. Wenn nötig, brichst du die verdammten Dinger auf. Nun mach schon. Irgendwo müssen sie sein.«

Finkler folgte Sarah. Das Behandlungszimmer, das er nun betrat, war größer, ein kleiner OP. In der Mitte war eine Behandlungsliege festmontiert, über der ein schwenkbarer Scheinwerfer angebracht war. An den Wänden befanden sich einzelne Schränke und Arbeitstische. Allzu gerne hätte er in den Schubladen gewühlt, um so etwas wie eine Waffe zu finden, doch das hätte zu viel Lärm gemacht.

Er erschrak. Der Raum hatte nur eine Tür, die nach draußen zum Flur führte. Sie saßen in der Falle.

Sarahs fragender Blick heftete sich auf sein Gesicht.

Finkler öffnete lautlos das Fenster. Kalte Luft strömte herein. Dann zog er Sarah in eine dunkle Ecke zwischen zwei Vitrinen. In der Nische war sie ihm so nahe, dass er spürte, wie sie am ganzen Körper zitterte. Sie warteten.

Eine gefühlte Unendlichkeit tat sich nichts, kein Geräusch, nirgends Wortfetzen einer geflüsterten Unterhaltung, doch als Finkler schon zu hoffen begann, quietschten Sohlen auf dem Linoleum. Ein Mann kam durch die Verbindungstür.

Er spürte anscheinend den Luftzug aus dem offen stehenden Fenster, denn er trat mit vorgehaltener Waffe ans Fensterbrett und sah auf die Straße hinunter. Eine bedrohliche schwarze Silhouette.

Finkler sprang aus seinem Versteck, krallte seine linke

Hand um den Lauf der Pistole, bog sie von sich weg und schlug mit der Rechten nach dem Kopf des Mannes. Der andere war deutlich kleiner als Finkler, doch eine erfahrene Kampfmaschine und ließ sich nicht überraschen. Kein Aufschrei, kein Ausfallschritt, nichts. Er stand dort, unbeeindruckt von der plötzlichen Attacke, und drehte nur die Schulter, um den Aufprall aufzufangen. Finklers Schlag streifte nur die Stirn.

Sofort wurde der Griff um die Waffe fester, doch versuchte der Mann erst gar nicht, diese wieder freizubekommen, sondern schlug mit der anderen Hand Finkler in die Rippen. Der Schmerz raubte ihm den Atem. Benommen, die Finger um den Lauf gekrallt, stolperte er zurück und stieß dabei gegen die Liege. Ein zweiter Schlag auf dieselbe Stelle ließ seinen Widerstand erlahmen. Vor einem Jahr hätte er eine reelle Chance gehabt, doch nach dem, was hinter ihm lag, standen die Chancen auf null. Der Mann drückte ihn in Rücklage und lächelte sogar dabei. Sosehr Finkler sich auch wehrte, der Druck bog seinen Rücken unbarmherzig nach hinten und es war nur noch eine Frage von Sekunden, bis sein Widerstand gebrochen sein würde und er die Waffe freigeben musste.

Unvermittelt flammte das Licht des OP-Strahlers auf.

Die plötzliche Helligkeit brachte den Angreifer aus dem Konzept und für eine Winzigkeit unterbrach er den Kampf. Finkler aktivierte neue Kräfte, als die Lampe wie ein Komet in Bewegung kam und der schwere Scheinwerfer gegen die niedrige Stirn seines Widersachers knallte.

Finkler flog nach vorne, als der zurückweichende Mann ihn mit nach oben zog und benommen ohne viel Kontrolle Richtung Fenster taumelte. Die Hand glitt von Finkler ab, der das Gleichgewicht verlor und auf die Knie fiel.

Plötzlich war Sarah da. Sie packte den Mann und stieß ihn so fest von sich, dass er über seine Füße stolperte und mit dem Kopf gegen die Heizung schlug.

Finkler setzte nach und schlug dem Ohnmächtigen die Pistole gegen die Stirn.

»Du bringst ihn um!«

Finkler hielt ein. Sarah öffnete leise eine Schublade, entnahm ihr eine Spritze und zog eine wasserhelle Flüssigkeit auf.

»Das Gleiche, was du heute bekommen hast. Er wird schlafen.«

Finkler betrachtete den Angreifer. Fleischige Nase, dunkle, auseinanderstehende Augen. Er hätte ein Bruder des Mannes sein können, den er am vergangenen Samstag – erst zwei Tage war das her? – niedergeschlagen hatte.

Sarah schob den Ärmel des Hemds nach oben und injizierte das Medikament in die Vene, löschte das Licht und trat zu Finkler. »Geht's?«

Er nickte nur und staunte über die ruhige Entschlossenheit, mit der sie nun vorging. Er durchsuchte die Taschen des Mannes, fand aber nichts. »Wo ist der andere?«

Sie hob die Schultern und schüttelte den Kopf.

»Wie kommen wir hier raus?«

»Nur über den Gang oder durch das Fenster.«

Finkler trat an die Scheibe und sah hinunter. Es sollte möglich sein, wenn sie sich ein Stück hinunterlassen würden.

»Lass uns rausspringen.«

Eine fremde Stimme. »Peak, wo bist du? Ich habe Licht gesehen.« Es rüttelte an der Tür zum Gang. »Was ist los? Melde dich! Scheiße!«

Der Mann ließ von der Türklinke ab und Finkler ahnte bereits, was kommen würde, als es schon gegen das Türblatt rammte. Das Schloss verbog und lockerte sich, doch es hielt dem ersten Ansturm stand.

Finkler hob die Pistole und bedeutete Sarah, auf die Fensterbank zu klettern. Sie umklammerte den Fensterrahmen und sprang in dem Augenblick, als die Tür aufbrach. Finkler schoss. Es ploppte vernehmlich und ein Rucken zuckte durch seinen linken Arm, das war es auch schon. Die Kugel schlug in den Rahmen der Tür, während der stiernackige Mann flink wie ein Wiesel zurücksprang und im Flur verschwand. Finkler wollte die Gelegenheit nutzen, um auch davonzukommen, doch gerade als er, die Pistole im Anschlag, auf die Fensterbank zulief, feuerte sein Widersacher blindlings in den Raum. Zwei Schüsse. Keiner traf.

Finkler warf sich zu Boden und rollte zur Seite, weg aus der Schusslinie, und sah zur Tür.

Der Mann war bereits in der Türöffnung und sondierte geduckt die Lage. Dann schoss er wieder. Die Kugel klatschte nur Zentimeter über Finklers Kopf in die Wand. Eine kleine Korrektur nach unten und die nächste würde treffen.

Er drückte seinerseits ab. Er verriss. Das Geschoss fuhr in den Türrahmen und Splitter flogen dem Angreifer um die Ohren. Wieder verschwand er aus der Tür.

»He, was machen Sie da? Hallo, können Sie keine Antwort geben?« Eine dunkle Stimme dröhnte auf dem Flur.

Finkler robbte in das Versteck neben den Vitrinen. Von dort richtete er die Waffe mit klammen Fingern auf die Tür.

Das war knapp gewesen. Wieder zwang er die professionelle Ruhe herbei, brachte den Puls herunter.

Schritte kamen näher.

»Hau ab, der Typ ist bewaffnet!«

»Aber …«

»Verschwinde!«

Ein dumpfer Schuss. Der arme Kerl, der wohl nur nach dem Rechten hatte sehen wollen, schrie auf. Dann stöhnte er tief und atmete röchelnd und pfeifend weiter. Ruhe legte sich über das Krankenhaus, während der Finkler dem Konzert seines Todes lauschte.

Er musste hier raus. Wenn der Schütze Unterstützung anforderte, wäre er ohne Chance. Er blickte zum Fenster.

»Sarah! Lauf davon! Versteck dich.«

»Aber …« Ihre Stimme kam leise von der Straße.

»Nun mach schon!«

Dann spähte er um die Ecke des Schranks. »Komm doch, Feigling, oder willst du warten, bis die Bullen da sind?«

Die Antwort kam ohne Worte. Ein Fuß wurde vorsichtig hereingesetzt. Dieses Mal zielte Finkler konzentriert und schoss. Die Kugel ging zwischen Fuß und Schienbein durch das Gelenk. Der Mann krachte zurück in den Flur und schrie gellend auf.

Mit drei Schritten erreichte Finkler das Fenster. Die Schmerzensschreie aus dem Gang gingen in ein Wimmern über. Etwas bewegte sich und so feuerte er wieder in den Flur. Er zögerte. Sollte er hinausgehen und den Mann festnehmen? Doch was, wenn mehr Typen dort wären, was, wenn der Verletzte auf ihn schösse? Was wäre dann mit Sarah?

Ohne die Höhe abzuschätzen, sprang er hinunter.

Der Aufprall war so hart, dass er vornüberfiel. Instinktiv rollte er über die Schulter ab und richtete sofort den Lauf der Waffe nach oben, doch die dunkle Öffnung war leer. Nur Worte in einer fremden Sprache. Jemand führte zwischen Schmerzenslauten ein gehetztes Telefonat.

Finkler lief davon, sprintete dicht an die Hauswand gedrückt bis vor zur Einfahrt und spähte hinein. Nichts rührte sich. Sarah war nirgends zu sehen, plötzlich aber kam ihre Stimme aus der Dunkelheit. »Hier!«

Sie hatte sich auf der anderen Seite in einem Gebüsch versteckt und winkte. Die Schritte auf der beleuchteten Straße kamen ihm vor wie auf dem Präsentierteller, doch er hatte Glück und so glitt er neben ihr durch die Äste und setzte sich einen Meter von ihr entfernt auf den eiskalten Boden. Er zitterte, ebenso wie sie.

»Wo sind die Kerle?« Sie schniefte.

»Der eine war noch weggetreten, den anderen habe ich in den Fuß geschossen.«

Sarah ließ den Kopf auf die Arme sinken.

Finkler legte den Arm um ihre Schultern. »Komm, so wird es wärmer.«

»Rufst du die Polizei?«

»Bin dabei.« Doch das Handy war verloren gegangen. »Gib mir deins.«

Er wählte die 110 und meldete die Schießerei. Kurz darauf jagte ein Van vom Parkplatz des Krankenhauses. Finkler erkannte durch die Äste der Büsche auf dem Beifahrersitz das benommene Gesicht des Mannes mit einer Platzwunde auf der Stirn. Im Fond saß eine zusammengekrümmte Gestalt.

Sie waren weg.

»Lass uns nachschauen, ob noch jemand zu retten ist.«

Sirenen jaulten schon ganz in der Nähe, als sie beklommen mit steifen Beinen vorsichtig das Foyer betraten. Finkler ging vor, sondierte die Lage, doch niemand war zu sehen. Drei Tote lagen in ihrem Blut. Dick blickte an die Decke, die Schwester vom Empfang, Sibelius, erinnerte Finkler sich an ihren Namen, war nicht zu sehen. Nur ihre Füße ragten bewegungslos hinter dem Tresen hervor. Ein Schuh fehlte. Ihr Strumpf hatte ein Loch. Er würde nicht hinübergehen, wollte keine neue Kirsten Junge. Die unwirkliche Stille, die sich über das Krankenhaus gelegt hatte, dröhnte in seinen überreizten Ohren.

Sarah sah vergeblich nach den drei Körpern, die regungslos in der Halle und dem Flur lagen. Dann setzte sie sich auf die Treppe und starrte dumpf vor sich hin.

Als die Dienstwagen mit blinkenden Blaulichtern auf den Hof fuhren, drehte sie ihm den Kopf zu.

»Was hast du getan, um ein solches Blutbad auszulösen?«

Er sagte nichts, denn da war keine Antwort.

34

Dienstag, 29. November

Um drei Uhr waren sie in seiner Wohnung. Ein Streifenwagen hielt draußen Wache.

Sarah hatte nicht alleine sein wollen oder können und war mitgekommen, wohl aus Angst, man würde ihr zu Hause auflauern. Finkler hielt ihre Furcht für unbegründet, doch war auch er nicht böse darum, Gesellschaft zu haben.

Er zog seine letzte Flasche Wein aus dem Kühlschrank und goss ihnen einen ordentlichen Schluck ein. Dann saßen sie schweigend dort, wo er auch mit Melanie gesessen hatte. So wenige Stunden war das her, doch ihm schien es, als sei eine Ewigkeit vergangen. Unten fuhren Autos vorbei, deren Beats bis hier oben durch die gekippten Fenster zu hören waren. Er lächelte schwach. Nachtschwärmer, die den Abend genossen. Was hätte er darum gegeben, diese Leichtigkeit wiederzufinden.

»Wie geht es jetzt weiter?«

Fast die gleiche Frage, die Melanie gestellt hatte, am gleichen Ort, doch wie hatten sich die Vorzeichen geändert. Seine Antwort war unverändert.

»Ich weiß es nicht«, antwortete er dumpf.

»Wieso sind die hinter dir her? Ich verstehe es nicht.«

»Ich bin ihnen zu nahe gekommen. In einer Intrusion habe ich ein Haus gesehen, das an einem See steht. Das konnte ich finden.«

»Wie?«

»Der gefolterte Mann heißt Nowak. Er war tatsächlich in der Vermisstendatei, wie du vermutet hast. In dem Haus habe ich Unterlagen gefunden, die für die Verbrecher gefährlich werden könnten. Ein Mann hat mir dort aufgelauert, doch ich bin ihm entkommen. Altmann, der Anwalt, den man gestern Morgen überfahren hat, war Geschäftsführer einer Gesellschaft, die zu einer mafiösen Gruppierung gehört und einen neuen Büroturm neben die Commerzbank stellt. Milliarden kostet das und ich glaube, dass da enorme Profite drinstecken, zumal hier Geldwäsche im Spiel sein könnte. Wenn die Unterlagen publik werden, stehen viele Millionen im Feuer. Sie haben Politiker geschmiert. Das ist meines Erachtens der Grund.«

»Wo sind die Unterlagen?«

»Bender hat sie mitgenommen.«

»Dann macht der Anschlag keinen Sinn. Die Beweise liegen doch offen.«

Er zuckte mit den Schultern. »Das wissen sie nicht. Eventuell hoffen sie, ich hätte die Unterlagen noch nicht weitergereicht, immerhin bin ich freigestellt.«

Sie stand auf, ging müde durch die im Halbdunkel liegende Wohnung und wechselte auf ein Thema, das banaler kaum hätte sein können. »Wenn dein Chef so drauf ist wie vorhin, solltest du vorsichtig sein.«

Finkler dachte nach. Sie hatte recht, wie immer. Die Kollegen der Mordkommission waren schnell vor Ort gewesen und hatten ihre Aussagen aufgenommen. Prock war keine zehn Minuten später eingetroffen.

»Was machst du hier?« Er blaffte so laut, dass die anderen mit ihrer Arbeit innehielten und lauschten.

»Was macht man in einem Krankenhaus, Kurt?«

»Warum?«

»Geht dich das was an?«

»Mittlerweile schon.«

Sarah mischte sich ein. »Sebastian ist zusammengebrochen und war hier zur Behandlung.«

Prock sah sie oberflächlich an. »Sebastian also. Wer sind Sie?«

»Ihren Namen habe ich auch nicht verstanden.«

»Hauptkommissar Prock. Er ist einer meiner Männer.«

»Wo ist Ihr Ausweis?«

Prock war es nicht gewohnt, so viel Widerstand zu erfahren. Finkler sah, dass er sie am liebsten angeschrien hätte. Ungehalten kramte Prock die Karte hervor und hielt sie ihr unter die Nase.

»Also?«

»Mein Name ist Herbst, Sarah Herbst. Für Sie Dr. Herbst.«

»Frau … äh … Dr. Herbst. Seit wann ist er bei Ihnen in Behandlung?«

»Darf ich Ihnen nicht sagen.«

Finklers Chef verdrehte die Augen. »Heute!« Er bellte das Wort hinaus. »Seit wann ist er heute hier gewesen?«

Sarah platzte der Kragen. Finkler hatte sie noch nie laut erlebt, doch nun konnte sie jeder im Foyer hören.

»Stellen Sie gefälligst präzise Fragen, dann erhalten Sie auch entsprechende Antworten, und mäßigen Sie Ihren Ton. Er ist seit circa zehn Uhr hier im Haus. Das Was und Warum ist seine Privatsache und wenn Sie von mir Auskünfte wollen, kommen Sie mit einem richterlichen Beschluss. Herr Finkler und ich haben schreckliche Dinge erlebt und es ist eine Zumutung, sich mit Ihren unqualifizierten Fragen herumärgern zu müssen.«

Prock lief rot an. Seine Augen huschten zu den Kollegen, von denen sich einige trotz der grausamen Arbeit ein Schmunzeln nicht verkneifen konnten. »Wenn ich mit ihm reden will, stelle ich die Fragen so, wie es mir passt.«

Sarah hatte in Prock das Ventil für die mentale Belastung der letzten Stunde gefunden. »Sollten Ihre Fragen meinen Patienten beeinträchtigen, werde ich das Gespräch abbrechen, denn er ist nur bedingt vernehmungsfähig. Und wenn Sie wollen, lassen wir das von einem Gericht überprüfen.«

Siegfried Schneider trat hinzu. Er war der leitende Kommissar der Mordkommission. Sein Gesicht war von tiefen

Furchen zerklüftet. Er wirkte magenkrank. »Kurt, ich glaube, ich sollte das machen. Du kannst ja zuhören.«

Sarah fuhr ihn an. »Wie bitte? Er ist nicht zuständig?« Sie sah die beiden fragend an, doch sie bekam keine Antwort. »Wenn dem so ist, wird er sich während des Gesprächs außerhalb der Hörweite befinden. Vorher wird hier keine Frage gestellt.«

Schneider sah Prock eine Sekunde an. Der fügte sich, funkelte Sarah wütend an, die ihn vollendet ignorierte, und trollte sich. Sie war beherrscht und nur die tiefdunkle Färbung, die ihre Narbe angenommen hatte, zeigte, wie erregt sie war.

Finkler erzählte Schneider von den Ereignissen des Tages. Er begann mit Altmanns Tod und seiner Vermutung, dass man ihn und andere Zeugen aus dem Weg räumen wollte. Schneider nahm alles kommentarlos auf, stellte einige Fragen zu Details wie der Waffe und dem Aussehen der Männer, dann ließ er sie gehen.

Das lag nun eine Stunde zurück.

Finkler trank von seinem Wein. Sarah kam zurück und setzte sich stumm an seine Seite. Schneider hatte skeptisch gewirkt. Sie glaubten ihnen nicht und Finkler hoffte, dass die Beweise aus dem Ferienhaus ihn heraushauen würden. Er ärgerte sich, dass er Bender nicht um eine Kopie der Unterlagen gebeten hatte. Ihm wäre jetzt wohler gewesen, wenn er sie in Händen gehalten hätte, denn da nun auch sein Handy verschwunden war, blieb ihm nichts, um seine Argumente zu stützen.

»Tut mir leid, dass ich den Kerl so angegangen bin, doch es war einfach zu viel. Ich hoffe, er macht dir keinen weiteren Ärger.«

»Ist schon in Ordnung. Darauf kommt es ohnehin nicht mehr an.«

»Ich würde mich gerne hinlegen.«

Er half ihr auf und brachte sie ins Schlafzimmer. Sie taumelte ein wenig. Am Bett schlug er die Decke zurück und wollte sie hineinbugsieren, doch sie streifte erst die Schuhe ab und zog Hose und Pullover aus.

Finkler löschte das Licht und ging schleppend hinaus. Er war zu erschöpft, um sich auf den Beinen zu halten, doch in ihm lebten die Bilder auf. Altmanns Tod, der Kampf im Krankenhaus, ihre Flucht.

Melanie würde auf eine Nachricht warten. Fahrig klappte er das Notebook auf und schrieb viele Zeilen, schilderte den Tag. Sie würde entsetzt sein und gleich morgen früh anzurufen versuchen, also erklärte er ihr auch, dass er ohne Telefon sei. Da sie sich für den morgigen Abend ohnehin verabredet hatten, erinnerte er sie daran. Er habe sie lieb und freue sich darauf, sie zu sehen. Schließlich sendete er die Nachricht.

Im Wohnzimmer hatte er eine Wolldecke, in die er sich einwickelte und sich leise neben Sarah legte. Sein Bett war breit und so passten sie bequem hinein, außerdem konnte er hier schlafen oder auf dem zu kurzen Sofa, Alternativen gab es nicht.

Sarah war noch wach und nach einer Weile drehte sie sich zu ihm um. »Nimm mich in den Arm, bitte.«

Ihr Gesicht war nur Zentimeter von dem seinen entfernt und er konnte trotz des fahlen Lichts die Spuren in ihren Zügen erkennen, die der Tag dort hinterlassen hatte. Er strich sanft darüber und flüsterte: »Es tut mir so leid.«

Ihr Lächeln war schwach, doch ohne Sarkasmus. »Wird schon. Auch morgen geht die Sonne auf.«

Der Schmerz in ihren Augen strafte ihre Hoffnung Lügen. Sie wirkte verloren. Es tat ihm weh, sie so zu sehen.

Finkler strich ihr über das Haar.

Ihr Körper versteifte sich bei dieser Berührung für einen Wimpernschlag und er fürchtete schon, eine Grenze überschritten zu haben, als sie ihre Arme um ihn schlang und ihn küsste. Er zögerte überrascht, dann erwiderte er ihren Kuss. Er wollte es, denn nichts war ihm in diesem Augenblick wichtiger. Weder Melanie noch seine Erschöpfung oder die Tatsache, dass Sarah seine Therapeutin war und danach alles anders sein würde.

Er schlief mit ihr in dem Bett, in dem er es wenige Nächte zuvor mit Melanie getan hatte. Ohne Reue, ohne Scham, ohne Vorbehalte, nur getrieben von dem Wunsch, ihr nahe zu sein.

Später lag er in der Dunkelheit und während sie sich an ihn schmiegte, schlug sein schlechtes Gewissen zu, aller Erschöpfung zum Trotz. Der Sex mit Sarah war das eine, die Gefühle, die er unterbewusst für sie entwickelt hatte und die ihn nun in einen tiefen Zwiespalt stürzten, waren das andere. Hatte er sich in sie verliebt oder war es die Kraft, die von ihr ausging, der Weg aus seinen inneren Problemen, den nur sie ihm weisen konnte?

Er sah die Ruhe in ihren Zügen und strich sanft über die Narbe. Sie zuckte nicht zurück, lächelte nur, dann schlief sie ein.

Und wie stand es mit ihren Gefühlen? Auf der Fahrt zu seinem Pflegevater war es ihm zum ersten Mal bewusst geworden, dass sie ihm und seinen Problemen mehr Raum gab als ihren anderen Patienten. Dann ließ sie zu, dass er in ihre Wohnung kam, und stellte ihm ganz persönliche Fragen. Die Berührung gestern im Behandlungszimmer. Ja, sie schien sich zu ihm hingezogen zu fühlen und hatte ihren Widerstand gerade eben aufgegeben.

Er spürte das sanfte Heben und Senken ihrer Brust.

Er wollte sie nicht verlieren, da war er sich sicher. Wollte sie so haben wie jetzt gerade. Mehr als nur die Therapeutin.

Doch Melanie …

»Ach, verdammte Scheiße!«

Er schlief ein.

35

Es war bereits kurz nach elf, als er aufwachte. Das Bett neben ihm war leer. Sarah war verschwunden.

Schlaftrunken stolperte er in die Küche und wäre da nicht ein Zettel von ihr auf der Arbeitsplatte gewesen, er hätte das Ganze für einen Traum halten können.

In ihrer krakeligen Schrift, die so wenig zu ihr passte, hatte sie nur einige Worte auf dem Post-it hinterlassen, die nicht neutraler hätten sein können: *Ich melde mich!*

Er stand ratlos in seiner stillen Wohnung und dachte – nichts. Es klingelte.

Sarah würde es nicht sein. Ihre Nachricht und ihr lautloses Verschwinden waren ein deutliches Signal. Sie brauchte Zeit, um die letzten vierundzwanzig Stunden zu verarbeiten und zu entscheiden, wie es weitergehen sollte. Also Melanie. Er hatte Angst vor der Begegnung.

Langsam ging er in den Flur und aktivierte die Gegensprechanlage.

»Ich bin's, Lukas, mach bitte auf, Sebastian.«

Er drückte eben den Öffner, als sein Gehirn zu arbeiten begann. Schulz! Ein Schauer lief über seinen Rücken. Das ging ja schnell. Der Kollege reagierte sofort auf die neuen Ergebnisse.

Ein Grinsen zeigte sich auf seinem Gesicht. Die Falle schnappte zu.

Einige Sekunden später kam Schulz mit zwei Beamten die Treppe hinauf.

Schulz blieb vor Finkler stehen und öffnete den Mund, um etwas zu sagen, doch der schnitt ihm das Wort ab.

»Kommt rein.«

»Wir …«

»Ich bin noch nicht angezogen. Wie du sicherlich weißt, hatte ich gestern einen schweren Tag.«

Widerstrebend folgten die Männer seiner Aufforderung und traten in den schmalen Flur.

»Was wollt ihr? Ich habe mit Schneider abgesprochen, dass ich mich im Laufe des Tages zu einer Befragung melde.«

»Wir kommen, um dich abzuholen. Es gibt andere Fragen zu klären.«

»Hat das nicht Zeit bis später?«

»Nein.«

»Wieso?«

»Das erkläre ich dir im Präsidium.«

»Warum nicht hier?« Finkler blieb ruhig. Seine Gelassenheit zeigte Wirkung.

Schulz wirkte irritiert. »Zieh dich an, damit wir fahren können.«

»Ich habe dich etwas gefragt.«

»Nun mach schon, sonst muss ich dich festnehmen.«

Damit hatte er nicht gerechnet. »Was wirft man mir vor?«

Doch Schulz senkte nur die Stimme. »Bitte!« Widerspruch war sinnlos.

Finkler sah ihn an. »In der Küche steht ein Vollautomat. Macht euch einen Kaffee, wenn ihr wollt.«

Dann ging er ins Bad und ließ sich Zeit, um die verworrene Lage zu durchdenken.

Sie waren zu dritt gekommen und würden ihn festnehmen, wenn er Widerstand leistete. Das tat man nicht, wenn es nur um ungeklärte Fragen ging. Schulz war anscheinend in den Angriff übergegangen und musste im Präsidium jemanden davon überzeugt haben, dass Finkler der Maulwurf war. Das hieß, seine Argumente zogen.

Wo würde Schulz ansetzen? Konnte er die Morde vom Vorabend verwenden? Wohl kaum. Schließlich hatte man versucht, Finkler zu töten! Da waren Fragen offengeblieben, doch er war lediglich Opfer. Das konnte Sarah bezeugen. Was also? Der Einbruch in das Ferienhaus? Davon wusste er nichts. Altmann? Ja, Finkler hätte ihn nicht unter Druck setzen dürfen, jedoch war er nicht der Fahrer des SUVs. Eine Nachuntersuchung könnte da Probleme bringen, doch nicht heute, dafür war es noch zu früh. Außerdem wäre man dann nicht mit zwei Beamten aufgetaucht, sondern hätte ihn vorgeladen.

Was blieb? Die Akten. Es konnten nur die manipulierten Akten sein. Hierzu gab es nun neue Details, die Schulz von Bender bekommen hatte. Ihr Plan.

Er sah im Spiegel sein müdes Gesicht und drückte die Schultern durch.

»Auf in den Kampf.«

Sie fuhren schweigend vorbei am Palmengarten und der Universität. Ein starker Wind war aufgekommen und wirbelte die Blätter wild durch die Luft. Die Erinnerung an das Zusammenkehren des herabgefallenen Laubs im Garten mit Gerhild streifte irrwitzigerweise sein Bewusstsein.

In der Tiefgarage nahmen sie den Aufzug, doch fuhren sie nicht in die Etage ihrer Abteilung, sondern weiter nach oben.

»Zur Inneren?«

Schulz nickte.

»Erklär es mir, Lukas. Was hast du vor?«

»Kannst du es dir nicht denken?«

»Ich habe mir nichts vorzuwerfen.«

Schulz schwieg.

Sie folgten einem menschenleeren Gang und betraten einen Vernehmungsraum ohne Fenster mit dem obligatorischen Spiegel.

Schulz nahm Platz. Ein zweiter Mann, dessen Namen Finkler in der Anspannung des Augenblicks sofort wieder vergaß, kam hinzu und setzte sich. Er wies Finkler einen Stuhl zu, der ihnen gegenüberstand.

Das Holz an den Enden der Armlehnen war dunkel verfärbt und Finkler fragte sich unwillkürlich, ob der Stress einer Befragung die Schweißdrüsen aktivierte.

Die beiden häuften Akten auf den Tisch und schalteten das Aufnahmegerät ein.

Der Beamte neben Schulz diktierte ein Aktenzeichen. Er war ein unangenehmer Typ, wie ihn Finkler schon mehrfach erlebt hatte. Unter Garantie ein geschickter Vernehmungsspezialist, dessen Augen man ansah, dass er erst lockerließ, wenn er davon überzeugt war, die Fakten auf dem Tisch zu haben. Darüber konnten auch sein schief sitzender Anzug und der Pullunder, der sich über einem ansehnlichen Bauch wölbte, nicht hinwegtäuschen.

Finkler hatte den Mann im Präsidium noch nie gesehen und vermutete, dass er von einer anderen Behörde abgestellt worden war.

»Vernehmung von Hauptkommissar Sebastian Finkler bezüglich der Veruntreuung von Dienstgeheimnissen und Bestechlichkeit.«

Finkler schüttelte den Kopf. Alles kam wie erwartet. »Das ist nicht euer Ernst? Ich habe gestern den schrecklichsten Tag meines Lebens gehabt, bin nur knapp einer Ermordung entgangen und ihr kommt mit einer so blödsinnigen Behauptung? Wie war gleich Ihr Name?«

»Fröckinger, Kriminalrat im Landeskriminalamt. Ich bin der Vorgesetzte von Hauptkommissar Schulz, der verdeckt in Ihrer Abteilung ermittelt hat.«

Die Bemerkung traf Finkler wie ein Faustschlag. Er sah überrascht zu Schulz, der in den Unterlagen las. Ein Ermittler der Inneren, ein verdeckter Ermittler? In seinem Kopf ratterten die Gedanken. Wenn Schulz erst in die Abteilung geschleust worden war, als der Datenklau schon geschehen war, konnte er nicht der Maulwurf sein, das machte keinen Sinn.

Fröckinger fixierte Finkler mit kalten Augen. Sie maßen sich einige Zeit, dann wandte Finkler den Blick ab.

Güdner?

Ein Schauer überlief ihn kalt. Oder er selbst? Hatte sich vor dem Unfall eine Situation ergeben, hatte er Leute im Außendienst kennengelernt, die ihn umdrehen konnten? Finkler wollte es nicht glauben, doch ausschließen konnte er es auch nicht. Seine Hände begannen zu zittern.

Es wurde eng. Er straffte sich und fixierte die Augen des Kriminalrats. »Klären Sie mich über die Vorwürfe auf.«

Es war Schulz, der ihm antwortete. »Zuerst will ich dich darauf hinweisen, dass du einen Anwalt hinzuziehen kannst, wenn du willst.«

Fröckinger sah Schulz unwillig von der Seite an, doch er wurde ignoriert.

Finklers Zweifel wuchsen. Schulz' Verhalten passte nicht zu einer Falle, denn ein Anwalt wäre der neutrale Zeuge, den man so nicht dabeihaben wollte. Er dachte kurz nach.

»Hab ich den nötig?«

Er erhielt keine Antwort.

»Ich mache einen Vorschlag. Wir machen das Band aus, ihr tragt mir die Verdachtsmomente vor und anschließend entscheide ich, ob es mit einem Anwalt weitergeht.«

Die beiden sahen sich an und nickten. Das Gerät wurde abgeschaltet. Schulz löschte die bisherige Aufnahme.

»Eine Frage vorab: Wusste Prock Bescheid und ist auch über die Anschuldigungen im Bilde?«

»Natürlich.«

»Das erklärt einiges.«

Schulz übernahm. »Lass uns beginnen. Im Frühjahr des vergangenen Jahres wurde auf Veranlassung von Abteilung III eine Durchsuchung in zwölf Pizzerien und Dönerrestaurants durchgeführt. Du erinnerst dich?«

So lange waren sie also schon an der Sache dran.

Finkler zog sich auf sein Aktenwissen zurück. »Aus den Akten. Ich war der Initiator. Ist der Kollege Fröckinger über meinen Gesundheitszustand informiert?«

»Ja. Einem Beamten sind dabei Unterlagen in die Hände gefallen. Kopien aus Ermittlungsakten.«

»Davon steht nichts in den Unterlagen.«

»Die Sache wurde unter Verschluss gehalten und an uns weitergeleitet. Seitdem ermitteln wir.«

»Also schon vor meinem Unfall. Du hast damals schon die Akten eingesehen.«

»Du weißt davon?«

»Daniel hat es mir erzählt.«

Schulz sah überrascht auf. War er nur ein guter Schauspieler?

»War ich zu dieser Zeit bereits unter Verdacht?«

»Das darf ich dir nicht sagen.«

»Ach komm, mach jetzt nicht den Mysteriösen.«

Fröckinger übernahm. »Die Unterlagen stammten aus den Akten, die Sie gegen Rosetti führten. Also ja, Sie standen natürlich sofort unter Verdacht.«

»Was geschah danach?«

Die Sache sah nun nicht mehr nach einer schnellen Befragung aus, die man nach Sichtung der Papiere, die Finkler bei Nowak gefunden hatte, veranlasste, sondern nach einer sauberen Beweiskette, die er nun zu sehen bekommen würde. Die beiden wollten eine lange Untersuchung beenden und hatten es sich nicht leicht gemacht. Und er war ihr Hauptverdächtiger. Wieder einmal stand ihm sein Gedächtnisverlust im Weg. Was war, wenn sie Beweise vorlegten, zu denen seine Erinnerungen verschwunden waren? Was, wenn sie ihn widerspruchsfrei überführten? Was, wenn er der Informant war?

Er wankte innerlich, nach außen behielt er sein neutrales Pokerface bei, doch die Fassade bekam Risse.

Fröckinger blätterte in den Papieren und hielt ein Foto in die Höhe, das Finkler lachend mit Altmann zeigte. Sie prosteten sich zu, wobei der Rechtsanwalt stark alkoholisiert wirkte.

Als Finkler nichts sagte, hüstelte der Kriminalrat kurz. »Wir haben Sie observiert und alles dokumentiert. Diesen Herrn kennen Sie ja. Gute Bekannte, was?«

Finkler schüttelte den Kopf. »Das ist Dr. Altmann, ein Krimineller, kein Freund. Er wurde gestern vor meinen Augen überfahren.«

»Genau. Merkwürdig, was? Wann war das hier?« Fröckinger deutete auf das Foto. Die kleinen Augen hinter den Brillengläsern blickten lauernd wie eine Schlange.

»An das Ereignis habe ich keine Erinnerung. Ich traf ihn kürzlich zufällig in einer Bar, wobei er mich zu kennen schien, und auch ich war mir relativ sicher, dem Mann schon einmal begegnet zu sein. Lukas weiß davon. Aufgrund der Zusammenhänge schloss ich auf einen Ermittlungsansatz im Fall Rosetti.«

»Wieso gerade in diesem Fall?«

»Weil es die einzige meiner Ermittlungen ist, die nach dem Unfall in meiner Erinnerung ausgelöscht ist.«

Fröckinger wurde zynisch. »Wie praktisch, was?«

Finkler schwieg. Er musste seine Antworten kurz halten. Je weniger er sagte, desto mehr musste von der Gegenseite kommen.

Wieder verstrichen Sekunden, bis Fröckinger weitermachte. »Sie haben sich unseren Leuten entzogen. Ist Ihnen die Observation aufgefallen?«

»Das kann ich nicht beantworten, da ich mich wie bereits gesagt nicht erinnere.«

Fröckinger hob genervt die Hände. »Ist das eine Masche? Sie machen auf unwissend?«

Finkler nutzte die Chance, sich ein wenig zu entlasten.

»Es ist nun einmal so. Rufen Sie meine Psychiaterin an oder lassen Sie meinen Kopf durchleuchten. Sie werden zu hören bekommen, wie es ist, und ich bin gerne bereit, das zu beeidigen.«

Fröckingers Ton wurde aggressiv. »Nun, dann muss ich Ihrem Gedächtnis wohl auf die Sprünge helfen. Damals fehlten mehrfach Unterlagen in den Akten. Wichtige Unterlagen. Weiterhin …«

Finkler unterbrach ihn. »Was soll das beweisen? Meine Schuld? Halten Sie mich für einen Stümper, dass ich Fakten ermittle und in die Akten gebe, um sie später zu entnehmen und verschwinden zu lassen?«

»Wir spielten Ihnen versuchsweise Papiere zu, die dort nie aufgetaucht sind. Das jedenfalls können wir belegen.«

»Worum hat es sich gehandelt?«

»Keine Idee?«

»Nein, ich …«

Fröckinger verdrehte theatralisch die Augen. »Ja, ja, Sie haben es vergessen. Ein V-Mann hat Ihnen persönlich ein Dossier zu einer von Rosettis Baufirmen übergeben.«

»Es ist nie in die Akten gekommen?« Er flüsterte nur.

»Nie!«

»Scheiße. War ich der Einzige, der die Unterlagen hatte?«

»Ja.«

Er musste angreifen, sich verteidigen, auch wenn er langsam glaubte, schuldig sein zu können. »Sind Sie sicher? Im Inneren kann niemand rangekommen sein?«

»Wir denken nein.«

»Können Sie das auch beweisen?«

»Es spielt keine Rolle.« Fröckinger griff zu neuen Unterlagen und registrierte mit einem demonstrativen Blick die Schweißflecken auf Finklers Hemd. Seine dicken Arme spannten die Ärmel seines Jacketts, das trocken war.

»Was ist mit Güdner?« Finkler hätte es Achim nie zugetraut, doch die Worte seiner Frau klangen noch in seinen Ohren.

Der Kriminalrat schaute nicht einmal auf. »Alles überprüft.«

»Jeden, der Zugriff hatte? Das glaube ich nicht.«

Fröckinger reagierte nicht. Er sah in die Papiere.

»Und wieso haben Sie mich nicht festgenommen, wenn Sie sich Ihrer Sache so sicher waren?«

»Wir waren der Meinung, dass Sie uns ohnehin nicht davonlaufen, und wollten darauf warten, die Hintermänner zu fassen.«

Finkler merkte auf. »Jetzt verstehe ich. Der Unfall kam Ihnen ungelegen, oder? Sie hatten keine Beweise. Das, was Sie mir hier vorlegen, reicht niemals für eine Anklage.«

Schulz' Stimme war kalt. »Warte einfach ab, wir sind noch nicht fertig.«

36

Fröckinger kam nach Nikotin stinkend in den Vernehmungsraum zurück und ließ sich auf den Stuhl fallen. Sie hatten eine Pause eingelegt, in der Finklers rasende Gedanken keinen Schritt weitergekommen waren.

»Also weiter. Ich frage Sie noch mal: Was ist so Einschneidendes passiert, dass Sie mich jetzt hier festhalten? Wo sind die neuen Beweise? Denn wenn das alles ist, werde ich gleich gehen.«

Schulz sorgte für einen gemäßigten Ton. »Bleib bitte ruhig.«

Fröckinger sah auf. »Kommissar Bender hat uns davon berichtet, dass Sie öfters Schließfächer nutzten, um Unterlagen zu deponieren, wenn Sie nicht die Möglichkeit hatten, ins Präsidium zu kommen, Ihnen die Dinge aber zu heiß waren.«

Daniel?

»Stimmt. Wann wurde er befragt?«

»Heute.«

»Dann hat er Ihnen auch von den neuen Unterlagen erzählt?«

Schulz wirkte für einen Moment verwirrt, doch sein Chef hörte nicht zu und fuhr fort. »Wir nahmen daraufhin Ihr Büro auseinander und konnten den Schlüssel eines Schließfachs finden, der unter eine der Schubladen geklebt war.«

Finkler traute seinen Ohren nicht. Wieder etwas, zu dem er nichts sagen konnte. »Unter einer Schublade! Das ist ja besonders geschickt.« Irgendetwas lief ganz gewaltig schief. Was für ein Schließfach? Er hatte nicht die geringste Ahnung. Schweiß rann ihm den Rücken hinab. »Hat Daniel euch die Unterlagen gegeben?«

Schulz schüttelte den Kopf. »Ich weiß nicht, wovon du sprichst. Er hat uns nichts gegeben. Es ist ein Schlüssel zu deinem Fach. Wir haben den Vertrag eingesehen. Du hast es zwei Wochen vor dem Unfall angemietet.«

Finkler schwankte. Wieso hatten sie die Unterlagen nicht bekommen?

»Also?« Schulz machte Druck, damit er nicht zum Nachdenken kam. »Was war drin?«

»Das wissen Sie jetzt auch nicht mehr, nicht wahr?«

»Nein.«

Sie kreisten ihn ein. Wieso kannte Schulz die Papiere nicht? Daniel müsste die doch weitergegeben haben. Spielten sie ihm etwas vor? Was war das für ein verdammter Schlüssel?

Fröckinger wechselte unvermittelt das Thema. »Fomin hat Ihnen eine Wohnung geschenkt?«

»Er hat es versucht. Woher wissen Sie das?«

»Kommissar Bender. Ihm haben Sie doch davon erzählt.«

Daniel. Warum ritt er ihn so rein? Stand auch er unter Druck?

»Ich habe das natürlich abgelehnt. Was war im Schließfach?«

»Großzügig von dem Mann.«

»Ich habe seine Tochter vor dem Tod gerettet.«

»Igor Fomin.« Fröckinger zog den Nachnamen in die Länge. »Der Oligarch, der aus der Kälte kam.«

Finkler schwieg.

»Sie wissen schon, dass sich Rosetti und Fomin um den Bau eines Towers in der Stadt bewerben?«

»Gemeinsam.«

»Nein, nein. Gegeneinander.«

Er hätte sich am liebsten geohrfeigt. Alle spielten mit ihm und er war zu dumm, das zu erkennen. Fomin hatte ihn vor den Karren gespannt, indem er die Unterlagen besorgte. Rosetti wurde durch die erneuten Ermittlungen geschwächt und Fomin verbesserte seine Position im Millionengeschäft.

Wenn rauskäme, dass Finkler Unterlagen von dem Russen bekommen hatte, war er geliefert.

Ein Lächeln überzog die Miene Fröckingers. »Überraschung! Das haben Sie sicherlich auch nicht gewusst, oder?«

»Sie können mich mal.«

Finklers Gedanken rasten. Er musste wissen, was sie in den Händen hielten, was in dem Schließfach war, denn darauf bauten sie ihre Vorwürfe auf. Alles andere waren nach wie vor Vermutungen.

»Ach, kommen Sie, Finkler! Ein Geständnis hilft vor Gericht.«

»Legen Sie erst einmal die Karten auf den Tisch. Sie konfrontieren mich nach wie vor mit Vermutungen.«

Schulz machte weiter. »Die Beweise legen den Verdacht nahe, dass du die Fakten, die du gegen Rosetti ermitteln konntest, direkt an Fomin weitergegeben hast, damit er die Italiener zwingen konnte, aus dem Rennen um den Tower auszusteigen.«

»Und die Akten habe ich gleich in einem Aufwasch gereinigt?«

Schulz nickte. »Die Entscheidung zu einem solchen Bauprojekt dauert lange. Wahrscheinlich sollten die Ermittlungen verlangsamt werden. Ein schneller Fahndungserfolg wäre schlecht gewesen, da hierdurch ein neuer Bewerber aufs Feld hätte kommen können. Das war nicht im Sinne Fomins.«

»Das ist alles an den Haaren herbeigezogen und völlig falsch.«

»Wir gehen davon aus, dass der Russe dich bestochen hat und die Wohnung der Lohn sein soll.«

Die Geschichte stimmte hinten und vorne nicht, denn bei all seinen Gedächtnislücken wusste Finkler eines sicher: Er arbeitete nicht mit Fomin zusammen. Doch es klang alles so logisch, so einfach. Wenn es ihm nicht gelänge, die Verdachtsmomente zu widerlegen, ging er ins Gefängnis.

»Und mein Unfall war nur Show? Fomin schickt einen Lkw los, um unsere Absprachen zu kaschieren? Riskiert das Leben seiner Tochter?«

Fröckinger lachte auf. Er hatte eine metallisch klirrende Stimme, die den Ohren wehtat. »Nein, nicht Ihr Freund aus Sibirien, sondern Rosetti. Er hat von dem Spiel Wind bekommen, als er Ihren Informanten Nowak in der Mangel hatte. Die Verabredung in dieser Straße war eine Falle für Sie und ein Signal an Igor den Großen, denn wieso braust ausgerechnet in dem Augenblick der Lkw heran, in dem Fomins Tochter vorbeifährt? Dass Sie beide überlebt haben, war doch reiner Zufall. Wie war der Plan? Wollten Sie die Akten irgendwann komplettieren und als großer Falllöser dastehen oder sollte Ihr Russe mit dem Schatz die Konkurrenz in Schach halten?«

Finkler lachte nur abfällig. »Und was war das gestern?«

»Rosetti wird mitbekommen haben, dass Sie wieder nahe an ihm dran sind, und hat erneut zugeschlagen. Er hat erst den Anwalt aus dem Weg geräumt und dann versucht, Sie endgültig auszuknipsen.«

»Der letzte Punkt ist der erste an Ihrer Geschichte, den ich unterschreiben würde. Was war in dem Schließfach?«

»Ich kann es …«

»Hör auf, Lukas. Wenn du mir so kommst, reden wir nur noch in Gegenwart eines Anwalts.«

Fröckinger hielt einen Stapel Papier in die Höhe. »Das! Es muss von Nowak stammen. Stapelweise Kontoauszüge, die belegen, wie Geld gewaschen wurde, wie investiert und wie geschmiert wurde.«

Finkler traute seinen Augen nicht. Seine Addition der Schmiergeldzahlungen prangte auf dem obersten Papier.

»Ihre Schrift, oder?«

Es waren die Papiere, die er Daniel überlassen hatte. »Bender hat Ihnen die Papiere gegeben. Sie wollen mich reinlegen und zu einem Geständnis bringen.«

Fröckingers Stimme klang fest. »Nein, die waren im Schließfach.«

»Sie nehmen mich auf den Arm.«

»Sehe ich so aus?«

»Aber das sind Unterlagen, die ich erst Samstag in einem Ferienhaus Nowaks gefunden habe! Bender hat sie am gleichen Abend von mir erhalten. Die können nicht aus dem Schließfach stammen.«

Fröckinger lachte. »Natürlich tun sie das. Bender wurde schon sehr früh von uns ins Vertrauen gezogen. Wir sind über jeden seiner Schritte informiert. Er verdächtigt Sie schon länger.«

In Finklers Kopf kamen die Gedanken einen Augenblick zum Stillstand. Wie entrückt sah er die beiden an, während die Puzzlesteinchen an ihren Platz fielen und ihn zu erdrücken drohten. Schulz und Prock, ja selbst Fröckinger waren ebenso wie er selbst Marionetten in einem perfiden Spiel, in dessen Zentrum Daniel die Fäden zog. Die einzige Frage war, warum Bender das durchzog.

Finkler schüttelte den Kopf. Die Falle war zugeschnappt und er saß mittendrin. Alles sprach gegen ihn, zumal Fomin ihm auch noch einen Bärendienst geleistet hatte.

Finkler murmelte: »Bender lügt!«

»Was glauben Sie, wie oft ich das schon gehört habe?«

»Gehen Sie in meine Wohnung, dort werden Sie eine grüne Tasche finden, in der die Unterlagen waren. Sie können das Ding von der Kriminaltechnik untersuchen lassen.«

Fröckinger schaute gelangweilt an die Decke. »In die neue oder die alte Wohnung?«

»Spielt das eine Rolle? Ihr untersucht doch ohnehin beide. Ich kann mich nur wiederholen: Die Unterlagen habe ich am Samstag in einem Ferienhaus gefunden, das Nowak gehörte, und erst dann an Daniel Bender übergeben.«

Fröckinger sah zu Schulz. Finklers Bestimmtheit schien

ihn zu irritieren. »Wie sind die Papiere denn ins Schließfach gekommen? Geflogen?«

Finkler zuckte mit den Schultern. »Wie schon? Bender hat sie dort deponiert und dann den Schlüssel unter die Schublade geklebt. Aber das glaubt ihr mir ja ohnehin nicht.«

»Warum sollte er das tun?«

»Ich weiß es nicht.«

Schulz blickte auf seine Papiere. »Die gefundenen Unterlagen stützen unsere Vermutungen. Der überwiegende Teil ist aus der Zeit kurz vor deinem Unfall, der andere Teil aus dem Zeitraum nach deiner Rückkehr.«

»Was genau?«

»Grundbuchauszüge und eine Aufstellung von allen Firmen, die in Zusammenhang mit Rosetti stehen. Verstehst du: Wir können hiermit die Ermittlungen aufnehmen und recht bald den Typen das Handwerk legen, denn wir wissen nun, wo wir zu suchen haben.«

»Ich weiß nur eins: Das sind die Ergebnisse meiner Recherchen aus den vergangenen Tagen.«

»So schnell ermittelt?«

»Na und?«

Fröckinger murmelte: »Liegt in der Familie?«

Finkler fuhr herum. »Was soll das heißen?«

»Ihr Vater hatte auch so wundersame Erfolge. Ist befördert worden, war der große Zampano, doch kurz vor seinem tragischen Unfall«, er zeichnete Anführungszeichen in die Luft, »hatten wir ihn auf dem Kieker. Ich war damals Anfang zwanzig und konnte nicht fassen, was sich da abzeichnete. Doch dann war er tot und alle Verdachtsmomente wurden mit ihm begraben. Man scheißt eben nur ins eigene Nest, wenn es sein muss.«

Finkler war erschüttert. »Was war gewesen?«

Fröckinger winkte ab. »Denken Sie an sich selbst und nicht an die alten Geschichten.«

»Ich will es wissen.«

Fröckinger grinste fies. »Im Knast bleibt Ihnen ausreichend Zeit. Ich besuche Sie mal, da können wir ein wenig plauschen.«

Finkler hätte sich am liebsten auf ihn gestürzt.

Schulz griff ein und setzte das Gespräch fort. »Möchtest du jetzt einen Anwalt?«

»Nein.«

»Erklär uns, wie du angeblich so schnell vorangekommen bist. Daniel sagt, du hättest einfach so diesen Altmann und auch Nowak aus dem Hut gezogen. Er ist der Meinung, dass du den Gedächtnisverlust nur vorspielst und so versuchst, dich reinzuwaschen. Woher kamen die Informationen?«

»Schon mal etwas von Intrusionen gehört?«

Die beiden verneinten und so erzählte er ihnen die ganze Geschichte, wobei er alles ausließ, was er nicht erklären konnte.

Als er geendet hatte, sah Fröckinger ihn mitleidig an. »Eine Räuberpistole ersten Grades, aber nicht schlecht gestrickt. Entweder ist Kommissar Bender der Lump oder Sie können einfach auf ein bisschen verrückt machen und sind strafunfähig.« Er nickte zu Schulz. »Wir sollten das hier beenden.«

Schulz schüttelte bedauernd den Kopf. »Ich versuche dir zu folgen, Sebastian, ich denke, das ist dein Recht, jedoch musst du uns Beweise für deine Behauptungen liefern. Daniel hat sich vorbildlich verhalten.«

»Wie wäre es, wenn ihr ihn überprüft? Checkt die Bewegungsdaten seines Handys, dann werdet ihr sehen, dass er Samstagabend in meiner Wohnung war. Was ist mit seinem Konto? Kann das etwas schaden?«

Fröckinger wollte mit verärgerter Miene etwas einwerfen, Schulz kam ihm aber zuvor. »Liefere mir einen einzigen Beweis und ich tue, worum du mich bittest.«

Finkler erkannte erstaunt, dass Schulz bereit war, ihm zu glauben.

»Ich habe keine Beweise, da ich dumm genug war, alles Daniel zu geben. Das Einzige, was mir nutzen könnte, wäre seine Überwachung. Gut möglich, dass er euch zu seinen Hintermännern führt.«

Fröckinger lachte sarkastisch. »Natürlich! Wir verdächtigen den Beamten, der uns den Maulwurf geliefert hat. Das glauben Sie doch nicht im Ernst? Ich werde den Teufel tun.«

»Ich weise Sie eindeutig auf eine andere Sichtweise der Lage hin. Sollten Sie das ignorieren, wird mein Anwalt Sie unter Garantie damit konfrontieren.«

»Den grillt der Staatsanwalt auf kleiner Flamme, solange der nur Ihre Aussage hat.«

»Und wenn ihr es nicht tut, wird man euch grillen.«

»Sie liefern nur Vermutungen und nicht einen Beweis, wohingegen wir einen Mount Everest von Belegen haben, die Ihre Schuld nachweisen. Ich gehe gleich zum Staatsanwalt, damit er die Anklage vorbereiten kann. Machen wir weiter? Haben Sie noch einen Schwank aus Ihrem Leben?«

»Nein. Ich fühle mich schlecht. Sie wissen schon, mein Kopf, außerdem muss ich mich um einen Anwalt kümmern.«

»Zuerst geht es ab in die Zelle. Gewöhnen Sie sich dran.«

»Was habe ich Ihnen eigentlich getan?«

»Ich konnte damals Ihren Vater nicht zur Strecke bringen, das passiert mir beim Sohn nicht noch einmal.«

37

Sie sperrten ihn in eine Zelle im Präsidium, in der es süßsäuerlich nach Erbrochenem roch. Der Raum war schmal und lang und entsprach den vorgeschriebenen neun Quadratmetern Bodenfläche. Eine Pritsche, festgeschraubt, mit gummibezogener Matratze, abwaschbar, eine Metalltoilette und ein Waschbecken, sonst nichts.

Finkler hatte seine privaten Dinge abgeben müssen und saß nun ohne Schnürsenkel und Gürtel auf dem Bett. Hätte er nicht beim Ablegen auf seine Uhr geschaut, wäre er nicht in der Lage gewesen, die Tageszeit zu bestimmen. Es war dreizehn Uhr. Man hatte ihn telefonieren lassen und er hatte Melanie erreicht, die, hörbar geschockt, gleich einen Anwalt beauftragte. Er dachte an Sarah und die vergangene Nacht, spürte ein schlechtes Gewissen aufkeimen, verbot sich jedoch den Gedanken. Es gab drängendere Probleme.

Daniel. Warum? Er erkannte, dass er von dem Kollegen eigentlich nichts wusste. Die Adresse bekam er gerade so noch hin, doch das war es auch schon. Nie hatte er ihn besucht oder war auf ein Bier mit ihm weg gewesen, nie hatte er einen Eindruck von dem Privatmenschen Bender erhalten. Hatte er Familie, eine Freundin? Trank er lieber Bier als Wein? Was waren seine Hobbys?

Ob es Geld war, mit dem sie ihn geködert hatten? Oder gab es tiefe dunkle Punkte in seinem Leben, die ihn angreifbar machten? Wie auch immer, er hatte Finkler perfekt reingelegt. Was musste Bender gelacht haben, als er alleine war und die Unterlagen in Händen hielt.

Finkler stöhnte.

Er hatte Bender vertraut und stand nun unschuldig vor einer Anklage wegen was? Nur Bestechlichkeit und Veruntreuung? Nein, Fröckinger würde ihm auch noch einen der Morde anhängen wollen.

Wie sollte er das Gegenteil beweisen?

Alles sprach gegen ihn.

Wo konnte er ansetzen? Wer wusste Bescheid? Bender und eben er. Ansonsten niemand, sah man von den Rosettis einmal ab. Wen konnte er als Zeugen benennen? Fomin? Er lachte auf. Sarah? Sie würde ihn ebenso verteidigen, wie Melanie es täte, doch beide waren wenig überzeugend, da sie mit ihm in einer Beziehung standen. Die Ferrinis? Nager? Der Alte vom See, dessen Kleider noch in seiner Wohnung lagen? Zeugen gab es, nur wofür? Sie würden ihn weiter belasten und die Theorie Fröckingers stützen.

Die Fakten waren von Daniel perfekt inszeniert worden: Das Schließfach ließ nur die Erkenntnis zu, Finkler wäre der Informant. Wahrscheinlich hatte er alle hochbrisanten Papiere entfernt und so den Rosettis die Möglichkeit gegeben, sich zurückzuziehen. Im Präsidium der Star, für die Mafia der Beschützer. Er war der Gewinner.

Und Finkler würde bezahlen. Er würde ins Gefängnis kommen, wenn nicht noch ein Wunder geschähe.

Er starrte an die graue, nackte Wand mit ihren obszönen Krakeleien und spürte, wie Erschöpfung und Resignation ihn umhüllten wie ein Mantel. Die Wände schienen auf ihn zuzukommen, in einer plötzlichen Aufwallung glaubte er, zu ersticken.

Finkler sprang hektisch auf und spritzte sich Wasser ins Gesicht, um der Klaustrophobie zu entkommen. Es half.

Er taumelte zurück zur Liege, legte sich auf die Seite und schlief augenblicklich ein.

Er sitzt in nachtschwarzer Dunkelheit und bewegt vorsichtig die Arme und Beine, die sich anfühlen, als wären sie vom langen unbequemen Sitzen taub geworden. Sie beginnen zu kribbeln, doch er achtet kaum darauf, denn durch eine schmale Ritze fällt wenig Licht herein. Vorsichtig tastet er sein Umfeld ab und stößt an Seiten und Wänden, der Decke und dem Boden auf raues Holz. Ein feiner Splitter zieht sich in die Fingerkuppe seines Zeigefingers. Es schmerzt.

Vor ihm ist eine Tür, gegen die er nun drückt. Sie gibt nach, doch das Schloss ist verriegelt.

Ein Stuhl fällt krachend um. Draußen sind plötzlich Stimmen, gepresst, angestrengt.

»Pass doch auf!«

»Halt dein Maul. Immerhin ist der Scheiß hier auf deinem Mist gewachsen.«

Der Mann flucht mit einem leichten Dialekt. Ein Sachse.

Niemand antwortet und so ist nur das leise Stolpern zu hören, mit dem die beiden etwas hinaustragen. Diebe?

Es herrscht absolute Ruhe und wieder drückt er gegen die Tür, nun fester. Ein leichtes Knacken lässt ihn hoffen, er stemmt sich mit seinem ganzen Gewicht dagegen. Er atmet schwer in der stickigen Luft.

Ein Knirschen, als eine der Schrauben aus dem Holz bricht.

Die Tür gibt nach und er fällt hinaus. Ein Geruch dringt in seine Nase. Gewohnt angenehm. Er erreicht keinen Boden, sondern segelt durch eine unendliche Schwärze. Schwerelos wie ein Astronaut im All.

Er steht in einem Zimmer. Es ist ihm so vertraut. Die Perspektive ist verschoben, alles wirkt groß. Ein Bett mit Mucki, seinem Plüschhasen. Fremde Menschen wühlen in Schränken, reden unverständlich durcheinander.

Er hat Angst und drückt sich in eine Ecke.

Hände packen ihn und ziehen ihn mit. Er wehrt sich und schreit, doch er ist zu schwach, viel zu schwach gegen die Kraft, die ihn wegzieht.

Sein Blick ist vernebelt, er fühlt sich alleine, obwohl Menschen um ihn sind. Sie drücken ihn auf den Rücksitz eines Autos.

Es fährt los, während er nach hinten schaut und die Fassade des Hauses immer kleiner wird. Er drückt den Rücken durch und verdreht die Augen in den Höhlen, bis sein Kopf zu schmerzen beginnt, nur um das Bild festzuhalten, das Haus nicht aus den Augen zu verlieren. Dann, so glaubt er, ist alles verloren.

Sie fahren um eine Ecke und er schreit und schreit und weiß nicht mehr aufzuhören.

Finkler musste geschrien haben, denn ein Klicken an der Tür verriet ihm, dass der Aufsichtführende in die Zelle geblickt hatte. Es war dunkel und kalter Schweiß bedeckte seinen Körper. Schnell trat der Traum in den Hintergrund und nur der Geruch, den er wahrgenommen hatte, als er aus dem Schrank gestürzt war, verblieb noch auf seinen Schleimhäuten. Nun wusste er, woher er ihn kannte.

Eine seiner frühen Erinnerungen war die vertraute Gestalt seines Vaters und dessen Geruch nach Seife und Rasiercreme. Tiefe Geborgenheit erfüllte ihn wieder, gleich so, als ob eine Kindheitserinnerung, ein damaliges Gefühl ihn einholte, wie die Erinnerung an die Spiele, wenn man im Frühjahr erstmals wieder in der Sonne saß.

Genau zu fassen bekam er weder Vaters Gesicht noch irgendein Ereignis, doch das unbestimmte Gefühl, das eine ähnlich duftende Seife heraufbeschwor, war wohltuend und er fühlte sich irgendwie beschützt.

Fröckingers Bemerkung war wieder da. Sie hatte ihn tiefer getroffen, als er es hatte wahrhaben wollen. Der Stich war gezielt gesetzt worden, um ihn zu destabilisieren. Was war damals vorgefallen? Eine Bestechung? Geheimnisverrat? Das sah Fröckinger doch zuhauf. Konnte so ein Alltagsdelikt der Grund sein, nach rund dreißig Jahren weiterhin diesen Groll zu empfinden, oder saß da noch etwas im Hintergrund, von dem Finkler nichts wusste? Was auch immer es war, er durfte seiner Enttäuschung und dem Schmerz nicht nachgeben, denn damit spielte er Fröckinger in die Hände.

***

Ein Schlüssel rasselte in der Tür. Finkler sprang auf und strich sich mit den Fingern die Haare glatt, um seinem Anwalt nicht sofort wie ein Gauner vorzukommen, doch es war Schulz, der durch die Tür trat und dem Beamten, der die Zellen beaufsichtigte, einen Wink gab, woraufhin dieser sich zurückzog und die Tür verschloss.

Finkler wartete.

»Darf ich mich setzen?«

Es war eine groteske Frage angesichts der Umstände und Finkler brach unvermittelt in ein bitteres Lachen aus, das er nicht zurückhalten konnte. Er deutete auf die Pritsche. »Was willst du?«

Schulz setzte sich ans andere Ende. »Ist dir etwas eingefallen?«

»Nein. Glaubst du mir?«

»Nein.«

»Warum bist du dann hier?«

»Wenn du Sauereien gemacht hast, werde ich akribisch alle Beweise sammeln, die gegen dich sprechen, damit du bestraft wirst. Klar?«

Finkler nickte und wartete auf das Aber.

»Ich bin nur der Meinung, man sollte dich nicht vorverurteilen. Du hast ein Recht darauf, dass wir auch deine Seite der Geschichte hören und bewerten.«

Finkler wurde bewusst, dass Schulz so tickte, wie er es von Bender geglaubt hatte. Ihm ging es um die Wahrheit und die Bestrafung der Täter, nicht darum, recht zu behalten. Die blauen Augen ruhten auf ihm und warteten.

»Wenn du die Wahrheit herausfinden willst, sieh dir Bender genauer an, denn wenn ich es nicht bin, kann nur er der Maulwurf sein.«

»Hast du Beweise?«

»Nein. Aber ist es nicht komisch, dass er mit dem Schließfachschlüssel erst jetzt gekommen ist?«

Schulz dachte nach und nickte.

»Er hatte keine Belege, die gegen mich sprachen. Die habe ich ihm besorgt und leichtfertig mitgegeben. So gesehen bin ich eigentlich selbst schuld.«

»Warum sollte er das tun?«

»Warum sollte ich das tun?«

»Die Wohnung?«

»Ich habe sie abgelehnt. Frag Fomin.« Finkler schüttelte frustriert den Kopf. »Ihr habt den Bock zum Gärtner gemacht.«

»Fröckinger wird sich querlegen.«

»Muss er es wissen?«

Schulz antwortete nicht.

»Werde ich morgen dem Haftrichter vorgeführt?«

»Ja.« Schulz erhob sich nachdenklich und klopfte an die Tür, woraufhin diese geöffnet wurde.

Finkler fiel etwas ein. »Auf dem Tape einer Überwachungskamera ist ein Mann zu sehen, der wahrscheinlich in meine Wohnung eingebrochen ist.«

»Wo?«

»In einem türkischen Café gleich gegenüber meiner Wohnung.«

Schulz zögerte. »Woher kennst du ihn?«

»Meine Erinnerungen kommen zurück. Das Gesicht war mir bekannt.«

»Na gut, gib mir die Adresse, schaden kann es ja nichts.« Schulz wandte sich ab.

»Lukas!«

»Ja?«
»Danke.«
»Wofür?«
»Dafür, dass du mir eine Chance gibst.«

38

Mittwoch, 30. November

Sie ließen ihn warten. Erst zwei Stunden, nachdem er sich ein wenig von dem Frühstück aufgezwungen hatte, erschien Schulz in der Tür.

»Zum Haftrichter?« Er spürte, wie ihm kalt wurde.

»Später. Es gibt neue Fragen.«

Sie fuhren mit dem Aufzug nach oben, der auf derselben Etage hielt, auf der sie am Vortag ausgestiegen waren. Finkler kannte die Tricks, die zur Anwendung kommen würden. Er war unrasiert und ungewaschen, was ihm zusammen mit der zerknautschten Kleidung den Eindruck vermitteln sollte, der Unterlegene zu sein.

Zu seiner Verwunderung betraten sie nicht den Vernehmungsraum, sondern einen größeren Besprechungsraum, um dessen Tisch mehrere Beamte saßen, von denen er außer Fröckinger niemanden kannte. Er zögerte in der Tür, völlig verunsichert.

»Setz dich bitte. Das hier«, Schulz wies auf einen Mann mittleren Alters, dessen roter Kopf auf Bluthochdruck schließen ließ, »ist Staatsanwalt Döpfner, die übrigen sind Teil unserer Ermittlungseinheit.«

»Was wird das hier? Ich will, dass mein Anwalt zugegen ist.«

Döpfner ergriff das Wort. »Es handelt sich um keine Vernehmung. Sie werden aktuell nicht als Verdächtiger befragt. Die Lage hat sich verändert.«

Finkler begriff nichts, nur sein Puls begann zu rasen.

Vorsichtig nahm er Platz und verbot sich, zu hoffen.

Fröckinger ergriff das Wort. Er grinste. »Das Christkind kam schon am ersten Advent zu Ihnen. Wir haben Ihre Wohnung durchsucht und nichts gefunden, was zu Ihrer

Entlastung beitragen könnte. Hauptkommissar Schulz hat jedoch auf Ihre Hinweise hin eine Überwachung von Herrn Bender veranlasst.« Finkler bemerkte, dass er sich Benders Amtsbezeichnung sparte.

Auf einer weißen Seitenwand flimmerte ein Beamer auf. Der lichtempfindliche Film zeigte eine verlotterte Straße, die Finkler nicht kannte.

»Am Bahnhof?«

Schulz nickte. Eine Person wurde verfolgt, die zügig im Schatten der Häuser davonging. Niemand musste ihm erklären, wer das war, er erkannte Bender schon an dessen Gang.

Einige Ecken weiter sprang Bender ohne zu zögern in ein wartendes Auto, das schnell davonfuhr. Wer auch immer die Sequenz aufgenommen hatte, er verstand es, mit der Kamera umzugehen. Ein Schwenk und ein Grinsen breitete sich auf Finklers Gesicht aus.

»Sergio.«

Fröckinger sah herüber.

»Sie kennen den Mann?«

»Nicht so, wie Sie denken.«

»Sondern?«

Er log, um sich die Begründung zu ersparen. »Ich habe ihn einmal gemeinsam mit Giuseppe Rosetti gesehen.«

Der Staatsanwalt drehte sich von dem eingefrorenen Bild weg, das Sergio zeigte. »Nicht Maurizio?«

»Der ist der Mann im Vordergrund, der Saubermann, Giuseppe ist der für die Drecksarbeit.«

»Woher wissen Sie das?«

»Hat man mir erzählt.« Er wollte dem Nachhaken nach dem Informanten entgehen und stellte seinerseits eine Frage. »Sie zeigen mir das wahrscheinlich nicht nur, weil Bender in das Auto eingestiegen ist?«

Fröckingers Verhalten hatte sich geändert. Er ätzte nicht

herum, sondern äußerte sich völlig neutral. »Nein.« Er gab ein Zeichen und ein zweiter Film lief, den Finkler schon kannte. Er blickte zu Schulz hinüber und signalisierte seinen Dank. Sergio tauchte wieder vor dem Fenster des Cafés auf und schlenderte an den Auslagen vorbei. Fröckinger fuhr fort: »Vor Ihrer Wohnung, wie Sie ja wissen. Sergio Pertini ist den italienischen Behörden als ›la ditata‹ bekannt, das heißt ›Stoß mit dem Finger‹. In seiner Heimat saß er einige Jahre im Gefängnis, da er als Folterknecht irgendeines Bosses dem Delinquenten mit einem Fingerstoß ein Auge zerstörte.«

»Nowak hatte eine solche Verletzung. Was nun?«

»Die Beweislage ist noch viel zu dünn. Wir wollen Bender vorerst in Sicherheit wiegen und …« Döpfner ließ die Worte in der Luft hängen und Finkler wusste augenblicklich, was erwartet wurde.

»… ich soll weiterhin den Hauptverdächtigen geben?«

Der Staatsanwalt nickte.

»Weiter in der Zelle?«

Wieder ein Nicken. »So ganz sind Sie ja auch noch nicht aus dem Schneider. Einen Haftbefehl werde ich auf Basis der Lage allerdings nicht beantragen.«

Finkler beherrschte sich, um nicht laut zu lachen oder erleichtert herumzutanzen. »Geht in Ordnung.« Er sah, wie sich die Gesichter entspannten. »Nur geben Sie mir mein Portemonnaie, ich würde mir gerne Seife und eine Zahnbürste kaufen.«

Alle grinsten.

Zehn Minuten später war er wieder in seiner Zelle, die ihm mit einem Mal weniger bedrohlich erschien. Sie hatten ihn von der weiteren Besprechung ausgeschlossen, doch es war ihm völlig egal. Die Anspannung fiel von ihm ab und er döste vor sich hin.

Seine Gedanken gingen auf Wanderschaft, wie sie es immer taten, wenn er nichts zu tun hatte, bei einer Observation zum Beispiel. Es gab Kollegen, die schon nach wenigen Minuten auf die Uhr starrten, mit dem Schicksal haderten, laufend aßen und tranken, dann zum Pinkeln mussten und so weiter. Er hingegen konnte warten, lauern wie eine Katze auf die Maus.

Eigentlich war es oft sehr einfach, jemanden zu fassen, man brauchte nur Geduld. Die meisten Menschen hatten einen Ort, an den sie immer wieder zurückkehrten. Kannte man diesen Platz, galt es nur zu warten, ohne aufzufallen. Er war gut darin, da er sich geistig ablenken konnte. Seine Augen waren offen, sendeten alle Details ans Gehirn und weckten ihn aus seinem Tagtraum, wenn es darauf ankam. In der Zwischenzeit jedoch ließen sie ihn davontreiben.

Einmal hatte er auf einen Drogendealer gewartet, der seinen Rückzugsort in einem Wohnwagen im Wald hatte. Ein Informant hatte ihm das zugesteckt und so war er aufgebrochen, nachdem sie den Verfolgten mit weithin sichtbarem Einsatz in Berlin zu suchen begonnen hatten. Der Mann hatte sich Zeit gelassen und so harrte Finkler eingegraben unter einer Zeltplane vierunddreißig Stunden in einer Tannenschonung aus, bis der Gesuchte schließlich kam. Es war Sommer und warm.

Hier in der Zelle war es einfacher. Nichts lenkte ihn ab. Kaum ein Ton drang herein und auch das Licht blieb konstant dämmrig.

Gelangweilt las er die Sprüche, die seine Vorgänger in die Wand geritzt hatten. Ein rassistisches und sexistisches Wörterbuch hätte kaum ausführlicher sein können. Geschmacklosigkeiten zuhauf, in Worte gefasste Blödheit und an keiner Stelle eine gewisse Originalität oder Ironie, die die Mühe des Lesens gelohnt hätte.

Dann, nach einer Weile, sah er die Wand zwar an, doch nahm sie nicht mehr wahr.

Bender hatte ihn reingelegt und war nur dank Schulz aufgeflogen. Er fragte sich immer wieder, warum der Kollege zum Verräter geworden war, doch da war keine Antwort zu finden, denn was wusste er schon von Bender? Nichts!

Die Toten kamen ihm in den Sinn. Dr. Dick, die Krankenschwester und der arme Teufel, der nur nach dem Rechten schauen wollte und so elendig verendet war.

Finkler hielt sich die Ohren zu, aber das Stöhnen des Sterbenden war ebenso wenig abzustellen wie das dumpfe Poltern eines Menschen auf den Boden. Kirsten Junge geisterte wieder einmal an ihm vorbei und machte ihm das Herz schwer. Nowak und Altmann. Alle kamen, doch niemand schien auf ihn zu zeigen.

Seine Schuld? Er war ein Teil davon. Lag es nun hinter ihm? Rosetti würde überführt, Bender war überführt, er entlastet? Alles wie früher? Vielleicht, doch er glaubte nicht daran.

Sarah.

Ihre gemeinsamen Erlebnisse, das Grauen, die Angst und dann die … ja, was eigentlich? Sex? Nein, das war zu mechanisch, zu triebhaft. Liebe? Vielleicht, aber anders als die Gefühle, die er für Jasmin oder Melanie empfand.

Es war mehr, tiefer?

»Scheiße!«

Sein Fluch hallte von den Wänden wider.

Wie hatte Grönemeyer vor Urzeiten gesungen? *Alles läuft völlig verquer.*

Das traf es. Er wollte nicht ohne Sarah und nicht ohne Melanie sein, nur dass er begonnen hatte, die Sache so weit zu vermischen, dass eine Entscheidung unausweichlich war.

Du bist nicht gut für die Menschen. Ja, er zerstörte seine Beziehungen, bevor sie an einen entscheidenden Punkt kamen.

Melanie investierte in ihn und eigentlich hatte er es versuchen wollen. Doch nun, nach der Nacht mit Sarah, sah er nicht mehr, wie das funktionieren sollte. Weder mit der einen noch mit der anderen. Wie sollte er sich entscheiden? Wieder weglaufen? Wie damals bei Jasmin?

Jasmin, diese so bezaubernde Deutschtürkin mit ihren dunklen Augen. Sie ergänzten sich überall dort, wo der andere Defizite hatte, und gaben sich Halt. Auch sie spürte das und hatte sich von ihrer Familie losgesagt, da ihr Vater die Verbindung zu einem Deutschen nicht dulden wollte, war zu ihm gezogen, bereit, alles hinter sich zu lassen.

Wie aus dem Nichts hatte ihn damals eine nicht zu erklärende Panik ergriffen. Bindungsangst würde Sarah es wahrscheinlich nennen, doch das griff zu kurz. Er hatte die Beziehung abrupt beendet, für sie aus heiterem Himmel. Bei der Erinnerung daran, wie lange es gebraucht hatte, bis seine Worte zu ihr durchdrangen, an die Veränderungen in ihrem Gesicht und schlussendlich die Enttäuschung, nein, das war das falsche Wort, die tiefe, nie wieder zu heilende Verletzung, presste er sich im Schmerz der Erinnerung die Fäuste vor die Stirn.

Sie hatte nach Gründen gefragt, hatte sie verzweifelt eingefordert und dann nur noch angesichts seiner Sprachlosigkeit, seiner Reglosigkeit aufgegeben. Bevor sie mit gepackten Taschen zurück zur Familie ging, um dort wieder um Aufnahme zu buckeln, den ihr auferlegten Gang nach Canossa antrat, drehte sie sich, schon in der Tür, ein letztes Mal nach ihm um und bis heute hallten die Worte in seinen Ohren nach. »Du bist ein wundervoller Mensch, Sebastian, aber tief in dir bist du auf der Flucht. Ich weiß nicht, wovor, doch ich wünsche dir, dass du irgendwann zur Ruhe kommst.« Sie flüsterte die letzten Worte, zu sehr erstickten die Tränen ihre Stimme. »Schade, dass ich nicht die Lösung sein kann.« Sie ergriff ihrerseits die Flucht, wollte dem Schmerz, der Trauer und Enttäuschung ausweichen.

Er war hinter ihr hergelaufen, ohne zu wissen, mit welchem Ziel, oder?

Natürlich wusste er, warum. Innerlich zerriss es ihn. Ihr wehzutun war auch für ihn Folter. Er wollte sie festhalten, bei sich behalten und konnte es doch nicht. Er hatte sie geliebt, das sah er heute deutlicher denn je.

An der Haustür hatte er sie eingeholt, doch ihre Brüder warteten bereits und hielten ihn auf. Mit zwei Faustschlägen warfen sie ihn in den Schmutz der Straße, wo er hingehörte. Sie hätten noch getreten, Jasmin aber flehte die beiden an, ihn in Ruhe zu lassen. Sie waren davongefahren und er hatte sie nie wiedergesehen. Einmal hatte er angerufen, war jedoch brüsk abgewiesen worden, um das dann als Vorwand zu nehmen, das Ganze möglichst zu verdrängen.

Sarah war der Meinung, erst wenn er hinter die Glasfront geblickt hätte, könnte er stabile Beziehungen eingehen.

Er hatte Angst davor, doch den verschneiten Garten musste er finden. Er fröstelte, sah ihn vor sich. Sein Gehirn weigerte sich noch, die letzte Wahrheit herauszulassen, doch der Vorhang lichtete sich. Finkler wusste nicht, ob er wissen wollte, was käme. Wenn sein Innerstes ihn so stark in Schutz nahm, musste die Wahrheit schrecklich sein. Aber es gab keine Ausreden mehr, kein Fall war mehr zu lösen.

Er würde sich dem stellen.

39

Die Tür öffnete sich um die Mittagszeit und Schulz trat mit einem zufriedenen Gesicht in die Zelle. Er grinste schwach. »Wir haben's.«

»So schnell?«

Sie kehrten in das Besprechungszimmer zurück, wo eine gelockerte Stimmung herrschte. Nur der Staatsanwalt fehlte.

Alle setzten sich.

Fröckinger ergriff das Wort. »Die Durchsuchung Ihrer Wohnung hat eine SIM-Karte zum Vorschein gebracht, die von der Technik ausgelesen werden konnte. Sie gehörte Fabian Nowak.« Es entstand eine Pause, in der eine Frage lag.

Finkler dachte kurz nach. »Sie kann nur aus der grünen Tasche gefallen sein, die ich aus dem Ferienhaus mitgenommen habe.«

»Es ist unerheblich, doch nur der Vollständigkeit halber: Das Ferienhaus war unversehrt. Keine Spur davon, dass dort in den letzten Monaten jemand gewesen ist, und auch die grüne Tasche ist unauffindbar.«

»Man hat aufgeräumt.«

Fröckinger ließ das Thema fallen. »Anfangs konnten wir einige Telefonnummern abfischen, doch das hat uns nicht wirklich genutzt.« Er aktivierte den Beamer. »Spannend wurde die Sache durch die Überprüfung der Netzaktivitäten, denn hierbei sind wir auf eine Cloud gestoßen, in der er Daten abgelegt hat. Wir waren in der Lage, auch diesen Zugang zu bekommen, da er es uns relativ leicht gemacht hat. Zu den Details fragen Sie am besten die Techniker, ich kapiere das nur zum Teil.« Er grinste. »In der Cloud befanden sich alle Unterlagen, die wir auch dem Schließfach entnommen haben. Zudem die Schmiergeldliste«, er nickte Finkler zu, »und dieses Video.«

Er drückte auf einen Knopf und Nowaks Gesicht erschien

auf dem Bildschirm. Finkler atmete erleichtert auf. Er war endgültig rehabilitiert.

Dem Wirtschaftsprüfer misslang ein Lächeln. Finkler erkannte durch die geöffnete Tür den See. Er war im Ferienhaus.

»Er ist an dem kleinen See bei Rodenbach.«

Nowak räusperte sich und blickte sich dann in dem sonnendurchfluteten Raum um.

»Mein Name ist Fabian Nowak, ich bin ...« Er brach ab und sah zur Decke, wohl um zu verhindern, dass seine Augen überliefen. Sekundenlang verharrte er so, dann fing er sich. Als er wieder in die Linse schaute, war da wilde Entschlossenheit.

»Ach, scheiß drauf. Wer auch immer dieses Video sieht, wird wissen, dass ich es bin, der hier im Ferienhaus meiner Großmutter sitzt. Dieser Ort hat für mich eine große Bedeutung, steht für die glücklichste Zeit meines Lebens. Ich weiß, jeder denkt jetzt, der Kerl hat den großen Herzschmerz und suhlt sich in Nostalgie, aber es ist so, wie ich es sage, und wem das nicht passt, der kann ja abschalten.«

Finkler tat es weh, den Mann zu sehen, dem noch so Schlimmes widerfahren sollte: Folter, ein ausgestochenes Auge, einfach schrecklich, zumal er es bereits zu ahnen schien.

»Ich bin in einem kleinen Dorf hier in der Nähe geboren und habe eine schöne Kindheit verlebt. Mein Bruder Michael und ich sind im Sommer immer bei Oma gewesen, die ihre Mietwohnung so oft es ging verließ, um hier am See die Freiheit, die frische Luft und den Garten zu genießen. In dieser Bude war sie glücklich und das hat sich auf uns übertragen. Wir paddelten, schwammen und angelten. Fuhren mit den Freunden Fahrrad und machten so ziemlich alles, was Jungs nun mal so tun.«

Der Film stoppte. Fröckinger sah in die Runde. »Tun wir

uns die Lebensbeichte an oder springen wir zum Wesentlichen?«

Finkler sah auf die eingefrorene Miene, dachte an seine Intrusion, in der Nowak wie ein Verrückter schwitzte, und an die geschändete Leiche. »Er hat es verdient, dass wir es uns anhören.«

Niemand widersprach und in den Bildschirm kam wieder Leben.

Die Stimme klang resigniert. »Unsere Eltern lebten sich auseinander. Vater war die Woche über in Frankfurt und hat irgendwann begonnen, mit einer anderen Frau zu schlafen. Wir haben es gar nicht so richtig mitbekommen, doch eines Tages packte er seine Taschen und verschwand. Mutter ist daran zerbrochen. Er hat finanziell für uns gesorgt, verdiente gut in einer Bank, doch Mutter taumelte in eine innere Leere, der sie nur durch den Griff zur Flasche entkam. Sie soff und wir flüchteten uns zu Oma, die aber schon ein Jahr später starb. Sie vererbte uns Jungs das Haus hier am See. Mutter wollte es verkaufen, um an Geld zu kommen, doch wir legten uns quer. Nach einiger Zeit war die Wohnung verwahrlost, es gab selten noch etwas Warmes zu essen und so griff Vater ein und holte uns zu sich und seiner neuen Familie. Ingrid, seine neue Frau, war eine Überraschung. Sie gab uns Nähe und wir sogen ihre Fürsorge und Wärme in uns auf wie trockene Schwämme. Als wir im Studium waren, sind die beiden an die Ostsee gezogen, da kam Ingrid her.« Er lachte auf. »Wissen Sie was, sie sind schon tot, sie bekam Krebs und er einen Herzinfarkt, meine Mutter aber vegetiert weiter vor sich hin. Ein Paket Fleisch, das atmet, frisst und kackt, die Birne jedoch ist leer gesoffen. Ich habe sie seit Jahren nicht mehr gesehen, doch zahlen darf ich jeden Monat für dieses Monster. Michael ist in den USA. Arbeitet dort als Ingenieur in der Chemie für Bayer. Wir telefonieren oft und wenn er herkommt, bleibt er immer im Haus am See.« Er sah in die Kamera. »Ich langweile Sie, oder?«

Fröckinger grunzte. »Der Mistkerl hat das mit Absicht gemacht. Der wollte uns quälen.«

Die Kollegen am Tisch lachten, nur Finkler verstand Nowak, denn ihnen war eigentlich das Gleiche widerfahren. Sie hatten sich in einer schwierigen Lebenssituation umgedreht und den Weg zurückgeblickt, der, so unterschiedlich er auch war, mit Höhen und Tiefen verbunden war, die schmerzten. Vor allem der Selbstbetrug schwang die dickste Keule. Illusionen, denen man aufsaß. Sein Vater, dem er immer völlig unkritisch begegnet war, der Pflegevater, den er aus kindischem Egoismus heraus verachtete, ohne dem Menschen eine Chance zu geben, und die Frauen, denen er wehtat, immer wieder: Jasmin, Melanie und vielleicht würde noch Sarah hinzukommen. Er musste sehen, wo Nowak seine dunklen Punkte hatte, wollte zuhören und erfahren, wer oder was den Mann in die Enge getrieben hatte, und seine eigene Rolle hierbei kennenlernen, die er ohne Zweifel gehabt hatte.

»Ich bin zur Uni nach Köln, habe dort gut performt, denn ich bin ein Zahlenmensch. In ihnen liegt die Wahrheit und Klarheit. Es gibt nur richtig oder falsch, kein ›Vielleicht‹, kein ›Mal sehen‹ wie so oft in einer Beziehung. Mit Frauen komme ich nicht klar. Sie sind so irrational.«

Einige Kollegen murmelten dazwischen, doch Fröckinger brachte sie mit einer Geste zum Schweigen.

»Nach dem Wirtschaftsprüferexamen, das ich ablegte, als ich bei PwC war, bin ich zu *Klingerle & Busch*. Ein toller Laden. Extrem interessante Kunden und gute Bezahlung. Ich war gut, Sie können es mir glauben.«

»Danach sieht es aber nicht aus.«

Nowak drehte sich um und sah sekundenlang auf den See, bevor er weitersprach. Eine Geste wie eine Frage. Wie bin ich bloß in diese Situation geraten?

Finkler registrierte erst jetzt, dass er einen ordentlichen Anzug trug und die Krawatte perfekt gebunden hatte. Zur Zeit der Aufnahme schien seine Fassade noch zu stehen, doch er ahnte anscheinend, dass man ihm auf den Fersen war.

Als Nowak weitersprach, war seine Stimme gedämpft und alle wussten, dass er zum Kern kam. Er räusperte sich. »Nach einem Jahr oder so legte mir der alte Busch einen Mandanten auf den Tisch, den er bis dahin selbst betreut hatte. Er zog sich damals sukzessive zurück und übergab die Fälle an uns. Eine Finanzverwaltungsgesellschaft, die viel, Sie können mir glauben, sehr viel Geld bewegte. Ich sah mir die Unterlagen an und fand nichts Außergewöhnliches, bis mir der Geschäftsführer Maurizio Rosetti Transaktionen nachreichte, die nicht ganz koscher schienen. Wenn man sie versteht, sprechen Zahlen und Bilanzen mit einem. Sie erzählen die Geschichte eines Jahres. Man erkennt, was gut gelaufen ist und was nicht. Wie dem auch sei, am Ende steht immer ein abgerundetes Bild. Schön anzusehen, da alles zusammenpasst.«

»Wenn ich meine Steuererklärung sehe, kann ich das nicht behaupten.« Schulz grinste.

»In der Finanzverwaltungsgesellschaft, eigentlich fungierte sie eher wie eine Konzernmutter, liefen alle Zahlungsströme zusammen, die das Konglomerat aus der Immobilienverwaltung, dem Baugeschäft, dem Betreiben unzähliger Pizzerien und Dönerrestaurants und einem enormen Beteiligungsportfolio produzierte.«

»Was ist das denn? Ein Beteiligungsportfolio?«

Schulz stoppte das Band und sah den jungen Kollegen an, der fragend in die Runde blickte. »Ein Unternehmen kauft Anteile, zum Beispiel Aktien, von einer anderen Firma. Er will damit sagen, dass die Organisation über diese Beteiligungen in einer Unzahl von mehr oder weniger unbescholtenen Firmen die Finger drin hat.«

Der Mann verstand. »Das heißt also, sie verfügen über zunehmend großen Einfluss auf die Wirtschaft.«

»So ungefähr.«

Sie sahen wieder auf den Bildschirm, auf dem Nowak ruhig und konzentriert sprach. Er war in seiner Welt der Zahlen, die ihm Sicherheit zu geben schien. »Die Zahlungen, die Rosetti reingab, passten nicht in den normalen Ablauf. Für einen Wirtschaftsprüfer ist das so, als ob in einer Herde von weißen Schafen ein schwarzes mitläuft. Man sieht es sofort. Der Betrag, mehrere Millionen, wurde nicht erörtert und so suchte ich ihn auf. Er ist ein ungemein netter Mann – auf den ersten Blick. Er zimmerte eine unlogische Geschichte zusammen und endete mit dem Spruch, dass alles seine Richtigkeit habe. Ich bohrte nach, doch er legte mir den Arm um die Schulter und meinte, ich würde das schon hinkriegen. Später fand ich in meinem Mantel einen Umschlag mit neuntausend Euro und ein Jeton über tausend Euro aus Bad Homburg.«

Nowak sah an die Decke und flüsterte nur noch. »Sie hatten es von Anbeginn eingefädelt. Es war kein Zufall, dass ich den Mandanten bekam, es war geplant, denn sie kannten meine Schwäche.« Es brach aus ihm heraus. »Ich bin Spieler. Trage jeden Cent, den ich entbehren kann, nach Bad Homburg. Teile meines Gehalts gehen auf ein Sperrkonto, an das ich nicht herankann. Hiervon decke ich meine Fixkosten, die automatisch abgebucht werden, sonst würde ich alles verspielen. Anfangs habe ich gedacht, na und, die einen saufen, die anderen huren und ich spiele eben. Es mag keiner verstehen, der es nicht erlebt hat, doch das Rollen der Elfenbeinkugel auf dem Roulettetisch kann so berauschend sein, dich mit einer ekstatischen Spannung laden, die du immer wieder brauchst.« Er schrie in die Kamera. »Es ist krank, krank, krank.« Er schlug sich auf die Knie, sank nach vorne und bot dem Zuschauer den Anblick seiner zuckenden Schultern.

Fröckinger sah unbeteiligt zu. »Arme Sau. Die hören erst auf, wenn der letzte Cent durch ist. Ich habe mal einen Spieler gekannt, der hat tagsüber Aushilfsjobs gemacht, da ihn niemand mehr einstellen wollte, aber am Abend ist er mit dem letzten dunklen Anzug ins Kasino und hat selbst die paar Kröten verspielt.«

Nowak hob den Kopf. »Sie hatten mich in der Hand, denn ein Spieler ist als Wirtschaftsprüfer untragbar. Und so machte ich mit und testierte alle noch so krummen Zahlungen, glättete die Unklarheiten und stand dauernd mit Giuseppe Rosetti in Kontakt. Ich habe irgendwann gemeinsam mit seinen Buchhaltern nach deren Wünschen die Zahlen zusammengestellt.« Er grinste in die Kamera. »Wenn das hier jemand sieht, bin ich meine Zulassung los, aber ich glaube, dass das dann keine Rolle mehr spielt.« Sein Blick nahm einen resignierten Ausdruck an. »Rosetti bezahlte mich mit Jetons. Er war nicht kleinlich und anfangs fand ich das sogar cool. Ich konnte das Geld für den Heimaufenthalt meiner Mutter auftreiben, die Fassade aufrechterhalten und meiner Sucht frönen. Doch sie zogen mich immer tiefer mit hinein. Eines Tages musste ich mit ansehen, was sie mit Verrätern machen. Giuseppe erschoss einen Dealer, der fremden Stoff vertrieben hatte, vor meinen Augen, nachdem er mir zuerst die Pistole gegeben hatte. Eines Morgens, irgendwann an einem trüben Januartag, konnte ich mir nicht mehr ins Gesicht sehen. Ich stand vor dem Spiegel und ich ekelte mich vor mir selbst. Lügen, Lügen und die Spielsucht. An diesem Tag ist es mir gelungen, nicht hinzufahren. Auch an den nächsten Tagen. Kalter Entzug oder wie nennt man das? Freitags fingen mich Giuseppe und sein Adlatus Sergio ab. Wir fuhren nach Bad Homburg und spielten auf ihre Rechnung. Ich habe gewonnen. Viel, doch es war teuer erkauft, denn die Gier nach dem Tisch war wieder voll entbrannt.«

Schulz schüttelte den Kopf. »Die lassen niemanden vom Haken.«

»Ein paar Wochen später kam dann dieser Bulle. Finkler. Ich war auf einem Seminar in Wiesbaden, als er abends an meinen Tisch kam. Hat wohl vermutet, dass ich in Frankfurt enger überwacht werde, und einen auf Wirtschaftsprüfer gemacht. Der hatte keine Ahnung von der Materie, doch darum ging es ja auch nicht. Er legte mir Fotos aus Bad Homburg auf den Tisch, die mich Seite an Seite mit Giuseppe zeigten. Der Mistkerl hat gespürt, dass ich reif bin.«

Das Band stoppte und Fröckinger sah zu Finkler herüber. »Guter Einsatz.«

»Zufall.«

Fröckinger grinste und meinte ironisch: »Klar.« Er wandte sich wieder dem Video zu.

»Er wusste wenig, vermutete aber das Richtige. Geldwäsche und so weiter. Er machte mir enormen Druck. Drohte mir damit, schon am folgenden Morgen, noch bevor ich in der Kanzlei sein würde, mit einer Hundertschaft von Spezialisten alle Mandanten durchzuackern. Sie würden dafür Sorge tragen, dass die Italiener erfuhren, woher der Wind wehte. Mein Leben sei vorbei, wenn ich nicht kooperiere. Es sei egal, ob ich im Gefängnis sei oder auf freiem Fuß, sie würden sich rächen.« Er pausierte lange. »Mein Kartenhaus fiel in sich zusammen und da saß dieser Scheißkerl und drängte mich immer weiter in die Ecke, um schließlich auf Messias zu machen: Liefere uns die Beweise und wir lassen dich unter die Kronzeugenregelung fallen, bieten dir Zeugenschutz, eine neue Identität.«

Plötzlich lachte Nowak. »Giuseppe hat einen Maulwurf bei den Bullen, der uns alles lieferte, was gegen die Familie lief. Ich hab den mal gesehen, als er sich mit Sergio getroffen hat. Zufall. Sie saßen im Auto neben mir an der Ampel. Der Mann passte nicht ins Bild und da ich von dem Spitzel wusste, habe ich aus Neugier Fotos durchgesehen, die Polizisten aus Frankfurt zeigten. Die machen sich ja mit Bildern rar, doch irgendwann hat mal eine Staffel der Polizei einen Lauf gewonnen, da war er auf dem Siegerfoto. Unverkennbar, leider ohne Namen. Ich hab es Finkler auf den Kopf zugesagt und da war sie weg, diese Siegerpose. Der Kerl war richtig geschockt und das hat mir gefallen. Wer es war, habe ich ihm nicht gesagt, das ist mein Trumpf. Finkler verlor kurz die Beherrschung, dann fing er sich und drehte wieder an den Daumenschrauben. Wir sind seitdem dabei, alles an seinen Kollegen vorbei zu erarbeiten, und wollen die Dinge erst dann offenlegen, wenn keiner mehr manipulieren oder warnen kann. Er traut, glaube ich, niemandem in seinem Laden. Ich habe mittlerweile die Unterlagen und Daten zusammengetragen. Zahlen über Zahlen, sprechende Zahlen, die jedem, der etwas davon versteht, erzählen, wie die Organisation tickt, wo die Verbrechen stecken. Ich habe auch noch geschnüffelt und eine Liste von Schmiergeldzahlungen aufgestellt.« Er hielt ein Paket Papiere in die Luft. »In ein paar Tagen habe ich ein Treffen mit diesem Finkler ausgemacht und werde ihm das hier und den Film übergeben, wenn das noch klappt. Eine Kopie lege ich hier auf den Kriechboden, denn ich glaube, sie haben Lunte gerochen. Sergio hat für heute ein Treffen anberaumt, außer der Reihe, und ich weiß nicht, ob ich …«, seine Stimme brach vor Angst, »wiederkommen werde.«

Nowak hielt nun ein Blatt nach dem anderen in die Kamera und erörterte den Hintergrund. Es dauerte lange, doch Finkler und die Kollegen hörten atemlos zu. Was sich dort vor ihnen ausbreitete, war nicht weniger als die gesamten Aktivitäten der ’Ndrangheta in Deutschland.

Der Film endete, indem Nowak noch einige Sekunden in die Linse sah, dann ein Foto hochhielt und mit einem Finger auf eine Person zeigte. Schließlich brach er die Aufnahme mit einem Nicken kommentarlos ab.

Schulz wandte sich an Finkler. »Das Band ist drei Tage vor deinem Unfall aufgenommen worden. Er wird der Obduktion zufolge kurze Zeit später gestorben sein. Wir haben das Foto gezoomt. Es ist Daniel Bender.«

Die Erleichterung, die Finkler durchflutete, war unendlich. »Habt ihr ihn verhaftet?«

Schulz wirkte zerknirscht. »Er ist abgetaucht. Ich kann dir nicht sagen, wie, aber er hat Wind von unseren Nachstellungen bekommen und ist verschwunden.«

Finkler zuckte mit den Achseln. »Der taucht wieder auf.«

»Fragt sich nur, wo.«

40

Sie hielten jeder einen Kaffee in der Hand und sahen aus dem Fenster in einen regnerischen Tag, der jeden dazu aufzufordern schien, zu Hause zu bleiben. Müde, aber erleichtert schaute Finkler den Regentropfen zu, wie sie sich ihren Weg an der Scheibe nach unten bahnten. Er hatte lange mit Melanie telefoniert, die ebenso erleichtert war. Sie würde am frühen Abend in seiner Wohnung auf ihn warten. Er wusste nicht, ob er sich darauf freuen oder ob er für klare Verhältnisse sorgen und sein Fremdgehen zugeben sollte.

Sarah. Auch ihr hatte er eine Nachricht geschrieben, die sie jedoch unbeantwortet gelassen hatte. Er verdrängte seine zwiespältigen Gefühle.

»Was wirst du tun?«

Finkler sah Schulz an. »Momentan bin ich freigestellt, was danach kommt, muss sich zeigen.«

»Zurück in die Abteilung III?«

»Nein.«

»Willst du zu uns kommen? Fröckinger war sehr beeindruckt.«

»Lass mir Zeit, Lukas. In den letzten Wochen ist mir so einiges bewusst geworden, das ich verarbeiten muss.«

»Zweifel?«

»Nein, der Job ist, wie er ist, doch kann ich nicht sagen, ob ich das weitermachen will. Zu viele Tote und immer wühlen wir im Unrat. Ich brauche nach den vergangenen Tagen Abstand.«

Fröckinger trat aus dem Besprechungszimmer und kam herüber. »Ich bin Ihnen noch eine Antwort schuldig.« Er sah Schulz an, der verstand und ging. »Was wissen Sie über einen Mann namens Mosdorf?«

Finkler verbarg seinen Schock hinter einem Nicken. »Reich, alte Familie, großer Immobilienbesitz, Stifter.«

»Krimineller fehlt.« Fröckinger zündete sich eine Zigarette an. Er schien auf das Rauchverbot, das im gesamten Präsidium galt, zu pfeifen. »Er ist nie überführt oder gar vor Gericht gestellt worden. Andererseits haben Kollegen ein Jahr vor dem Tod Ihres Vaters einen Mann verhört, dem riesige Steuerhinterziehungen zur Last gelegt wurden. Er gab es irgendwann zu und versuchte sich aus der Affäre zu winden, indem er behauptete, dass, verkürzt gesagt, Mosdorf nicht besser sei als er, doch diesen wohl sein Polizistenfreund schützen würde. Das hat uns dann auf den Plan gerufen.«

»Mein Vater.« Es war keine Frage.

»Davon sind wir ausgegangen. Ich war ziemlich neu in der Internen und es war für mich ein regelrechter Schock, dass ausgerechnet der so hochgelobte Finkler Dreck am Stecken haben sollte. Die Verdachtsmomente verdichteten sich relativ schnell. Sie lebten in einem Haus, das nicht Ihren finanziellen Verhältnissen entsprach.«

»Wir lebten in einer Wohnung?«

»Später, doch zu Beginn waren Sie noch in einem schicken Bungalow, den Ihr Vater aufgegeben hat, als Ihre Mutter verschwand. Haus und Wohnung gehörten Karl Mosdorf, der eine Mikromiete kassierte. Zudem waren Ihre Eltern jeden Sommer auf Sylt in Ferien. Die Immobilie war im Besitz von …?«

»Mosdorf. Ich weiß davon.«

»Wir sind der Sache nachgegangen und waren nicht in der Lage, den Lebensstil und die Einkommensverhältnisse in Einklang zu bringen.« Fröckinger blies den Rauch gegen die Decke und schnippte die Asche achtlos auf den Boden. »Wenn er alleine unterwegs war, warf er die Kohle zum Fenster raus. Teure Restaurants, Edelnutten und so weiter.« Finkler lehnte sich gegen die Wand, wobei Fröckinger ihn amüsiert angrinste. »Nicht gewusst? Aber vermutet oder stoße ich da gerade etwas vom Sockel? Ich sehe, Sie tragen die alte Rolex Ihres Vaters.«

Finkler schaute auf die Submariner an seiner Hand.

»Haben Sie sich nie die Frage gestellt, woher das Geld kam?«

»Nein. Als ich die Sachen meines Vaters übernahm und die Uhr fand, war ich achtzehn und völlig naiv. Was hat er getan?«

»In diesem Zeitraum war zweimal die Fahndung bei Mosdorf. Der war zu dieser Zeit in großer wirtschaftlicher Not und es bestand der Verdacht, dass er in seinen Firmen Hehlerware durchschleuste und mit enormem Profit weiterveräußerte. Außerdem soll er massiv Schwarzarbeiter beschäftigt haben. Er war jedes Mal sauber, schien aber gewarnt worden zu sein. Damals gab es leider kaum die Möglichkeit, Telefonate eindeutig zurückzuverfolgen. Wir haben Ihren Vater observiert, als klar wurde, nur er kann es gewesen sein, doch dann geschah der Unfall und niemand wollte das Bild des untadeligen Beamten zerstören.«

»Was war mit meiner Mutter?«

Fröckinger hob die Schultern. »Weiß ich nicht. Sie war für uns uninteressant.«

»Was passierte weiter?«

»Nichts. Mosdorf gelang es, sich zu berappeln, und er blieb der unbescholtene Bürger. Ihr Vater wurde mit allen Ehren beerdigt und mir war eine Illusion genommen.«

»Und welche?«

Fröckinger trat die Kippe mitten auf dem Gang aus. »Gerechtigkeit. Der Wahrheit zu begegnen ist nicht immer leicht.«

41

Finkler wollte ein Taxi nach Hause nehmen, doch Schulz besorgte ihm eine Streife, die ihn absetzen würde.

Er saß bewegungslos im Fond und starrte hinaus, ohne etwas zu sehen, fühlte sich jetzt, da der Druck von ihm abließ, völlig ausgehöhlt. Eine Achterbahn der Gefühle und Schmerzen lag hinter ihm, doch wofür? Natürlich, er hatte den Rosetti-Fall praktisch im Alleingang gelöst, doch war es ihm vollkommen gleichgültig, ja, er konnte noch nicht einmal sagen, ob er wieder seinen Platz in der Polizei finden wollte.

Sein Vater trieb ihn von der Polizei, von seinem Selbstbetrug weg. Vater. Edelnutten. Finkler schüttelte die dumpfen Gedanken ab und sah in die vorbeiziehenden Straßen, sah die Profanität all dessen, was dort draußen ablief, und wusste, es würde dauern, bis er das Erlebte verarbeitet haben würde, wenn es ihm überhaupt gelänge.

Der Regen hatte aufgehört und es war schon fast dunkel, als er ausstieg und sich bedankte. Er sog tief die kühle Herbstluft ein und sah erschöpft in den Abend. Eine Ruhe lag über der Straße, nein, es war eher ein Frieden, der hier zu herrschen schien, der ihn besänftigte. Es würde Lösungen geben, für alles.

Oben brannte Licht und ein schwaches Lächeln überzog sein Gesicht. Melanie wartete auf ihn. Wieder war da die Erinnerung an die Nacht mit Sarah, das außergewöhnliche Erleben wühlte ihn auf. Unwillkürlich fragte er sich, ob Melanie seine Zukunft war. Was hatte diese Nacht mit ihm gemacht? Er …

Finkler verwarf den Gedankengang und murmelte: »Sei gut zu den Menschen.«

***

Das Messer, das Bender Melanie an den Hals hielt, reflektierte das Licht der Lampe und Finkler sah, wie der Druck der Klinge einen roten Streifen auf ihrer Haut hinterließ. Sie starrte ihn mit weit aufgerissenen Augen an, während er unter dem Ansturm der Bilder, die sein Gehirn zu verarbeiten sich weigerte, schwankte.

Finkler war in Erwartung ihrer Umarmung hereingekommen und hatte seinen Mantel einfach auf den Boden fallen lassen. Ihm war nicht weiter aufgefallen, dass das Licht im Wohnzimmer ausgeschaltet war und nur die Beleuchtung in der Küche brannte. Erst als er hineinkam, flammten die Deckenleuchten auf und ließen ihn erstarren. Es war surreal. In seinem Inneren war alles vorüber, doch nun war Bender hier. Was wollte er? Sollte er nicht auf der Flucht sein?

»Da ist er ja, dein Held, der Mann, der alle Fälle löst.« Bender höhnte.

Unwillkürlich sprang Finkler nach vorn. »Lass deine dreckigen Finger von ihr!«

Bender riss an Melanies Haaren und drückte das Messer so fest an ihre Kehle, dass Blut hervorquoll. Sie schrie auf, doch Bender übertönte sie. »Bleib, wo du bist, Dreckskerl.« Er beugte sich nach unten. »Hat das wehgetan? Sieh mal, Melli, er zittert sogar. Ist da Angst?«

Finkler sah in Melanies panisches Gesicht. Ihre Bluse war zerrissen und rote Striemen auf ihren Wangen zeigten, dass Bender sie geschlagen hatte. Sie hatte sich gewehrt.

»Deine Freundin ist hinterhältig. Sie wollte mich mit einem Tritt überraschen.«

»Solltest du ihr nur ein Haar krümmen …«

»Was dann? Was willst du tun? Mich erschießen?« Bender lachte höhnisch. Er war am Limit und unberechenbar.

Finkler senkte die Stimme. »Daniel, beruhige dich. Ich kann dir helfen, davonzukommen.«

»Wohin denn? Nach Südamerika? Dass ich nicht lache!«

»Warum bist du hier?«

»Wart es nur ab.«

»Was soll das? Lass sie gehen. Sie hat mit der ganzen Sache nichts zu tun, oder? Ich weiß zwar nicht, was du willst, doch sie gehört hier nicht hin. Wir machen das untereinander aus. Im Schlafzimmer liegt unter der Matratze eine geladene Pistole. Geh rüber und hol sie dir.«

Plötzlich hatte Bender eine Waffe in der Hand. »Meinst du die?« Er zielte auf Finklers Bauch, der sich instinktiv wegdrehte. Bender lachte und äffte Finkler nach. »*Wir machen das untereinander aus* ... Wir sind schon durch!«

Finkler musste auf den richtigen Augenblick warten, um anzugreifen. Seine Chancen waren gering und dennoch würde er es versuchen. Zwischen ihm und Bender lagen immer noch etwa drei Meter. Die zu überwinden, bevor der andere reagieren konnte, wäre ihm schon vor dem Unfall kaum möglich gewesen, doch in seinem momentanen Zustand glich der Abstand einer breiten und tiefen Schlucht. Unmerklich schob er den Fuß einige Zentimeter nach vorne, während er weitersprach.

»Ich will endlich wissen, warum du hier bist!«

»Hörst du, Melanie, er spielt auf Zeit. Taktik aus dem Lehrbuch.« Benders Lippen ruhten fast auf ihrer Ohrmuschel. »Ich werde euch noch nichts tun, denn ich muss zuerst zwei Geschichten erzählen und ihr hört gut zu, verstanden?«

»Lass sie erst los, Daniel!«

»Halt dein Maul.«

Bender gab Melanie einen groben Stoß. Sie fiel nach vorne auf das glatte Parkett und versuchte davonzurobben, doch Bender stellte ihr einen Fuß auf den Rücken. »Bleib schön liegen, mein Schatz.«

Sie gehorchte und lag still.

Finkler lenkte ihn ab. »Spuck es endlich aus! Was soll der Aufriss hier?«

In Benders Blick kam Veränderung. Trauer erschien. »Du hast ihn auf dem Gewissen.«

»Wen?«

»Frank. Du hast Frank umgebracht.«

An einen Frank konnte Finkler sich nicht erinnern. Er hatte außer Kirsten Junge noch nie einen Menschen getötet.

»Ich habe niemanden umgebracht. Und schon gar nicht einen Frank.«

»Du kennst nicht einmal seinen Vornamen.« Bender fuchtelte mit der Pistole herum.

»Wessen?«

»Frank Ipsen. Er war mein Freund, mein Partner.«

Die Bilder waren sofort da. Hannover, der Dackelzüchter aus Hannover. Der Schock lähmte ihn.

»Ipsen.«

»Ja, ich bin schwul, na und? Frank war der einzige Mensch, der mir je etwas bedeutet hat, verstehst du? Es war dein Fehler, dein Einsatz, deine Unzulänglichkeit. Oder war es die Überheblichkeit, die dich in die Falle gehen ließ? Er hat dir vertraut.« Tränen standen in Benders Augen. »Ich habe noch am Vorabend mit ihm gesprochen. Da war so viel Angst in ihm, doch er meinte nur, dass du das im Griff hättest.«

Melanie bewegte sich. Sie drehte unmerklich ihren Körper in eine seitliche Lage. Bender war zu abgelenkt, um es mitzubekommen.

»Ich hatte eine wasserdichte Legende. Ipsen ...«

»Nenn ihn Frank! Frank!« Benders Stimme überschlug sich.

»Frank war aus Hannover hinzugekommen. Wir wollten ein Gesicht, das in Berlin unbekannt war.«

»Wieso bist du aufgeflogen?«

In Finklers Kopf wirbelten die Bilder dieses Tages umher. Kirsten Junge, die Haare auf Ipsens Pullover. »Keine Ahnung, verdammt noch mal! Was glaubst du, wie oft ich mir diese Frage gestellt habe. Meine Tarnung war perfekt. Später sind alle Möglichkeiten durchleuchtet worden. Irgendjemand hat uns verkauft oder einfach nur nicht aufgepasst. Ich …«

Er brach ab, denn Bender hörte nicht mehr zu. Er blickte zu Melanie.

Bender wollte seine Rache. Ipsen war Polizist gewesen, jeder Einsatz war mit Risiken verbunden. Ihm das zum Vorwurf zu machen, war abstrus, doch was half das? Bender war darauf fixiert.

Wieder schob Finkler sich etwas nach vorne. Ihm würde nur ein gewaltiger Satz helfen, um die Waffe zu greifen. Er bewegte sein Sprungbein, um die Muskeln zu lockern.

»Ich habe ihn geliebt. Nach Jahren der Einsamkeit begegnet dir der Mensch, mit dem du dein Leben verbringen willst, und dann stirbt er durch das Versagen anderer.«

»Würde Frank sich wünschen, dass du ihn rächst?«

Finkler bemerkte, dass Melanie sich rührte. Sie hatte etwas vor.

Bender monologisierte weiter. »Alle redeten nur von der toten Frau, die du Superbulle erschossen hast, weil du die falsche Munition im Lauf hattest, doch niemand hat dich angezeigt. Ein riesiges Brimborium um das arme Mädchen, deine weinerliche Entschuldigung. Und dann muss ich mir auch noch anhören, wie sehr du darunter gelitten hast. Für Frank reichte es nicht einmal zu einer Karte an die Eltern. In Hannover haben sie ihn beerdigt. Von dir kam nichts. Funkstille, nada. Du arroganter Mistkerl. Du bist schuld an meinem Unglück.«

Finkler fluchte. »Es war eine Panne.«

»Kein Wort von dir. War das zu viel verlangt? Panne hin oder her.«

»Der Justiziar hat gemeint, es sei sinnvoll, nicht zu viel in Erscheinung zu treten.«

Bender höhnte. »Klar, und da hast du brav wie immer drauf gehört.«

Ipsen war ihm aus der Perspektive gerutscht, zu groß war die Scham gewesen, Kirsten Junge erschossen zu haben. An den stillen Kollegen hatte er seinerzeit kaum einen Gedanken verschwendet, das musste er sich eingestehen. Später waren er und sein hundehaariger Pullover ihm immer mal wieder in den Sinn gekommen.

»Keine Antwort?«

Finkler wurde laut. Er wollte Bender ablenken, damit Melanie ihre Chance bekam. »Und jetzt? Die Rache an mir? Na los, schieß mich ab, wenn es dir dann besser geht.«

Bender lächelte ihn spöttisch an. Urplötzlich war er ganz ruhig. »Und du meinst, das reicht mir? Dich abzuknallen? Das ist lächerlich.«

Finkler erschrak. Melanie. »Daniel, hör auf!«

»Ich wollte dich vom Sockel stoßen, dich als Polizisten abwerten, den Superbullen zum Verräter stempeln. Alles war vorbereitet. Ich habe mit Rosetti zusammengearbeitet und ihm deine Ermittlungsergebnisse auf einem silbernen Tablett serviert. Die haben gut bezahlt. Meine Bedingung war, dass sie dich umbringen. Der als Verräter enttarnte Superbulle. Es wäre ein Fest geworden. Der fingierte Unfall, alles perfekt. Doch der Anschlag ging daneben und du hast überlebt.«

Melanie war mittlerweile eine Handbreit davongekrochen.

»Und als Held kehrst du zurück. Ich hätte kotzen können, als ich dich im Krankenhaus sah, während die Presse dich hochjubelte. Ich musste auf die nächste Gelegenheit warten. Die Italiener haben verstanden, dass ich in Deckung ging. Als du wieder im Dienst warst, konnte es losgehen. Eine Frage: Wie kamst du immer an die richtigen Daten und Personen?«

Wieder kam Finkler ein Stück näher. »Ich erinnerte mich wieder an sie.«

»Einfach so?«

Er log. »Einfach so.«

»Schade. Warum bin ich eigentlich aufgeflogen?«

»Wir müssen in der grünen Tasche eine SIM-Karte übersehen haben. Sie war rausgefallen und lag auf dem Boden. Daniel, lass sie gehen!«

»Nein, nein, ich brauche sie noch! Ich wollte sie hier vor deinen Augen erstechen, ausbluten lassen wie ein geschächtetes Lamm. Wollte dir ebenso die Partnerin nehmen, wie du mir Frank entrissen hast, doch«, er zog sein Smartphone hervor und sah ihn boshaft an, »ich weiß nicht, wer dir wichtiger ist …«

42

Bender hob die Hand. »Warte nur ab.« Er drückte eine Taste und ein Video begann zu laufen. Er hielt es in die Luft, gerade so, dass Melanie und Finkler den kleinen Bildschirm sehen konnten.

Finkler sah sofort, was es war, und verlor einen Moment das Gleichgewicht.

Die Aufnahme war verblüffend scharf.

Benders Stimme quoll über vor Genugtuung. »Zwei Tage vorher warst du an der Reihe, Melli.« Er spie ihren Namen aus.

Das einsam im Schlafzimmer stehende Bett füllte das Bild aus. Bender musste irgendwann eine Minikamera installiert haben. Sarahs Gesicht, die Narbe und die Tatsache, dass sie unbekleidet war, ließen sich deutlich erkennen, wie auch die Lust, mit der sie sich unter ihm bewegte. Es war hässlich anzusehen und zu hören. Ein Porno, der zwei Menschen zeigte, die heftig kopulierten. Ein mieses kleines Stück Film.

Melanie war wie versteinert. Als sie irgendwann den Blick abwandte, erkannte Finkler, wie in ihr etwas unwiederbringlich zerbrach.

Bender lachte schallend und schwenkte den Revolver. »Soll ich sie abknallen und für Frau Doktor Platz machen? Aber nein, so tue ich dir ja einen Gefallen. Soll ich beide Frauen umbringen? Erst die liebe Melli hier, dann die Narbenvisage? Ich weiß, wo sie ihre Praxis hat.«

Finkler sprang. Mit ausgestreckten Armen flog er durch den Raum, war jedoch zu langsam. Bender riss die Waffe nach oben und drückte ab. Doch Melanie trat ihm gegen den Arm. Die Kugel fuhr in die Decke. Der Krach des Schusses war ohrenbetäubend und hinterließ ein hohes Pfeifen in Finklers Ohren. Bender schlug Melanie hart in den Leib. Sie schrie auf und rutschte gegen die Wand.

Bender hieb Finkler die Faust seitlich gegen den Kopf. Es war wie ein Keulenschlag. Der Schmerz explodierte hinter seiner Schläfe, sein Gesichtsfeld engte sich auf einen schmalen Tunnel ein und er fühlte, wie die Ohnmacht an ihm zog. Haltlos ruderte er mit dem anderen Arm, um irgendetwas zu packen und Bender zu stoppen, der brüllend erneut ausholte.

Finkler warf sich ziellos in den Gegner, umschlang mit dem freien Arm dessen Hüfte und stolperte, ihn vor sich herschiebend, in Richtung Küche. Sie taumelten rückwärts, als ein zweiter Schuss sich löste. Die Wucht der Kugel riss Finkler das linke Bein unter dem Körper weg, als sie ihm in den Oberschenkel fuhr.

Sein Bein brach wie gefällt weg, er aber klammerte sich an die Hand mit der Waffe, das Einzige, auf das er sich noch zu konzentrieren vermochte. Das Glück war auf seiner Seite.

Die unvermittelte Bewegung brachte Bender in Bedrängnis. Er strauchelte und ging in die Knie, während seine Rechte unentwegt darum kämpfte, freizukommen.

Finkler spürte Blut sein Bein hinunterrinnen.

Sie rangen miteinander. Die Pistole wurde durch den Raum geschleudert. Irgendwann gewann Bender die Oberhand. Er setzte sich auf Finklers Brust, klemmte ihm die Arme ein und griff mit harten, muskulösen Händen nach seinem Hals. Es war die Kraft einer Schraubzwinge, mit der er zudrückte. Finkler hörte das Rauschen in seinem Kopf und stemmte sich gegen den trainierten Leib, der unbeweglich wie ein Fels auf ihm saß. Seine Augen traten vor die Höhlen, doch er kämpfte weiter. Ohne Erfolg.

So würde es also zu Ende gehen. Sein Blick wurde trübe, die verzerrte Fratze Benders verschwamm, als ein Knall ertönte und Bender wie von einer riesigen Faust beiseitegefegt wurde. Ein weiterer Schuss peitschte durch die Wohnung, während frische Luft in Finklers Lungen strömte. Er hustete und keuchte.

Melanie stand mit der Pistole nur einen Meter hinter ihm. Sie stieg über ihn hinweg und beugte sich zu Bender nieder, dann wurde alles dunkel. Noch im Wegsinken war er dankbar dafür.

Die Ruhe tut gut, es ist ein Augenblick des Sich-Erholens, als er die Kälte des Gartens auf seinem Gesicht spürt. Er will die Augen nicht öffnen, sondern wünscht sich, ewig so stehen zu bleiben. Ein leises Rauschen lässt ihn die Eule erahnen, die fast lautlos ihre Kreise zieht. Weit hinten im Wald krächzt der Rabe. Er zählt die Atemzüge, die kühl in seine Lunge strömen und sie mit der klaren Luft erfüllen, die nur über der Stadt steht, wenn der Schnee sie reingewaschen hat. Er weiß um die beängstigenden Dinge, die hier vorgehen, erahnt und riecht die Fäulnis unter der Pracht des Tages, den eine nun am Himmel stehende Sonne vergoldet. Warm fühlt er ihre Strahlen auf seiner Haut und sieht den hellen Schein durch seine Lider. Etwas landet auf seiner Schulter und instinktiv greift er danach. Es ist die Eule, die nicht wegzufliegen versucht. Er öffnet die Augen und erschrickt, denn er befindet sich nicht mehr mitten auf der schneebedeckten Wiese, sondern nur wenige Meter vor den Fensterscheiben. Er erkennt sein Bild.

Ein kleiner Junge in einem wattierten Overall, die dicke Mütze auf dem Kopf hat eine Bommel, rot wie seine Backen. Es ist der Ausdruck seiner Augen, der ihn fesselt. Groß wie Untertassen schauen sie unter der Mütze hervor, ahnend, dass etwas passiert, das alles ändert. Der Blick der Eule aus schwarzen Knopfaugen ist eine Aufforderung. Er soll näher treten und sehen, was dort drinnen vor sich geht. Weisheit liegt in dem Blick. Sein Weg führt nur aus dem Garten heraus, wenn er der Wahrheit ins Gesicht sieht, sollte sie auch noch so hässlich sein.

Hinter der Scheibe liegt eine Küche. Groß und sonnen-

durchflutet bietet sie einer Küchenzeile und einem langen Tisch Platz. Der Fliesenspiegel leuchtet in hellem Orange und bildet einen starken Kontrast zu den weißen Fronten und den dunklen Bodenplatten, auf denen eine Frau liegt, die von einem Mann gewürgt wird. Ihr Gesicht ist rot angelaufen, entstellt, doch trägt sie das Amulett um den Hals, das sie sich in einer unkontrollierten, spastisch wirkenden Bewegung abreißt. Ihre Augen sind fest zugekniffen. Als sie diese plötzlich öffnet, sieht sie ihn direkt an, voller Trauer, voller Angst, nicht um sich und ihr Schicksal, sondern nur um ihn.

Er trommelt schreiend gegen das Fenster. Der Mann, dessen Hände fest um den Hals der Frau liegen, bewegt sich nicht. Tränen fließen aus ihren Augenwinkeln und tropfen auf den Boden, während sie ihn unverwandt ansieht. Die Eule fliegt auf, Federn segeln davon.

Es zieht ihn in den Flur. Kirsten Junge steht mit blutiger Bluse keine zehn Schritte von ihm entfernt und sieht ihn entspannt an. Ohne Vorwurf dreht sie sich um und geht durch den sich ausdehnenden Gang langsam von ihm weg.

Er will ihr nicht folgen, beobachtet ihren wiegenden Schritt, der sie nach und nach in das Zwielicht führt, das sie in der Ferne verschluckt.

Er ist nun in dem staubigen niedrigen Gang unter dem Parkplatz. Er ist alleine, auch keine Tote wartet im Staub darauf, gefunden zu werden. Es ist dunkel. Nur ein Stück weiter scheint Licht von oben herein. Hoffnungsvoll kriecht er darauf zu, erfüllt von der Gewissheit, wenn er nun hinaussteigt, wird er sich befreien. Der Ausstieg ist für ihn ein zweiter Geburtskanal, durch den er in ein anderes, befreites Leben zu entkommen hofft. Er kriecht auf allen vieren, immer schneller, wirbelt Staub auf, der ihn zum Husten bringt, als er vor sich auf dem Boden das Amulett sieht. Es liegt dort wie zufällig. Der kleine Engel ist nicht zu sehen, nur die Rückseite, über die sich die Kette schlängelt. Er hält inne und zögert. Sein Blick wandert zur Öffnung und der Verlockung des hellen Lichts. Die Versuchung, glückselig schreiend hinaufzusteigen, ist übermächtig, er jedoch bleibt unbewegt sitzen, erfüllt zwar von der Sehnsucht nach der Helligkeit eines sonnigen Tages, doch da ist noch das Amulett. Er beugt sich vor und greift danach.

Ein Schmerz in seinem Bein ließ ihn zu sich kommen, brutal und unmittelbar. Es gab keine Übergangsphase, in der er zwischen dem Traum und der Realität nicht zu unterscheiden wusste, in der sich die Bruchstücke der Intrusion noch lange in seinem Bewusstsein hielten. Gleißend fuhr ein Brennen durch seinen Körper, während jemand stöhnend aufschrie. Wieder und wieder. Es dauerte, bis er erkannte, dass er es war, der schrie.

Finkler biss sich auf die Zähne und wand sich nun stumm. Irgendwann gelang es ihm, seine Augen zu öffnen.

Ein bärtiger Mann, ziemlich jung, in der rot-weißen Kleidung eines Rettungssanitäters, beugte sich über ihn und hantierte an der Schussverletzung.

Finklers Augen huschten irrlichternd durch den Raum. Menschen liefen umher, laute Rufe, nirgends ein Fixpunkt, bis sie Halt an Melanies Gesicht fanden. Vom Schock der Erlebnisse gezeichnet, blickten ihre Augen stumpf auf das Treiben. Jemand hatte einen Verband dort um ihren Hals gelegt, wo Benders Messer sie verletzt hatte.

Bender! Die Erinnerung wollte auf ihn einströmen, doch der Ausdruck in Melanies Augen schob sie in den Hintergrund.

Es dauerte ein paar Sekunden, bis sie bemerkte, dass er wieder bei Bewusstsein war und sie ansah.

Er hob die Hand zum Gruß, sie hingegen zögerte regungslos viele Sekunden, doch dann ging ein Ruck durch ihren Körper und sie trat neben ihn.

Ihre Stimme kam nicht über ein Flüstern hinaus, sosehr sie sich auch bemühte und räusperte. Finkler verstand nicht, was sie sagte, also beugte sie sich zu ihm hinunter. Er konnte ihr Parfüm riechen, das diesem Tag widerstanden hatte und Frische zu verströmen schien.

Er wollte beginnen, ihr zuvorkommen, doch sie brachte ihn mit einer Bewegung ihrer Hand zum Schweigen. »Ich werde jetzt gehen, Sebastian. Für immer.«

»Lass mich dir …«

»Nein, keine Erklärung mehr. Es ist vorbei.« Wieder öffnete er den Mund, doch sie fuhr ihn heftig an: »Nein!«

Der Sanitäter schaute vorwurfsvoll auf, sie aber ignorierte ihn. »Ruf mich nicht an, nie, hörst du? Versprich es!« Er wollte etwas einwenden, sie aber wiederholte nur ihre Aufforderung. »Versprich es!«

Finkler sah ihr in die Augen, erkannte die Endgültigkeit und nickte.

»Versprich es!«

»Ich verspreche es. Es tut mir leid.«

Ob sie seine Entschuldigung noch gehört hatte, wusste er nicht. Sie taumelte davon wie auf der Flucht aus seinem Leben.

Du bist nicht gut für die Menschen.

43

Zwei Wochen später

»Was ist nun mit dem Apartment?«

»Die interne Aufsicht würde mich kreuzigen. Ich war doch schon unter Bestechungsverdacht.«

»Aber darum geht es doch gar nicht.« Fomin winkte ab.

»Dann erklären Sie das mal diesen Holzköpfen.«

»Das werde ich, verlassen Sie sich drauf.«

»Ein schöner Tower wird da neben der Commerzbank gebaut, Igor.«

»Sie sollten Anteile an der Gesellschaft erwerben.« Ein zufriedenes Grinsen, breiter als der Rhein zwischen Mainz und Wiesbaden, zierte Fomins Gesicht. Sie saßen entspannt in einem Café, gleich gegenüber dem Krankenhaus. Weihnachtsbeleuchtung blinkte in den Fenstern, während kitschige Adventsmusik die Gäste berieselte.

Finkler schob die Gehhilfe beiseite und streckte das Bein. Schmerzen hatte er keine mehr, doch drückte ein verbleibender Bluterguss beim Sitzen noch auf die Nerven.

Fomin rührte in seiner Tasse und sah Finkler unverwandt an. Er schien bereits zu ahnen, worauf Finkler hinauswollte.

»Ich bin davon ausgegangen, dass die alle Ihnen gehören.«

Ein feines Lächeln umspielte Fomins Mund. »Fast. Ein paar Prozent könnte ich Ihnen verkaufen. Es lohnt sich, glauben Sie mir.«

»Rosetti war ein Mitbewerber?«

»Der schärfste und unfair.«

»Haben Sie mich ausgenutzt?« Finkler hätte wütend sein müssen, doch es gelang ihm nicht.

Aus Fomins Gesicht verschwand das Lächeln. Er wurde ernst. »Gleichgerichtete Interessen, würde ich sagen, oder irre ich mich und Sie waren es, der das Thema anschnitt?«

Finkler nickte. »Das ist richtig, allerdings haben Sie mich dann benutzt, um Rosetti aus dem Weg zu räumen, und jetzt machen Sie das große Geschäft.«

»Es ging nicht ums Geld.«

»Worum denn dann? Um mich?«

Fomins Miene wurde hart. »Auch.«

»Worum noch?«

Fomin legte seine Hand auf Finklers Arm und sah ihn eindringlich an. »Lassen Sie es gut sein. Sie sind uns wichtig! Ich möchte Sie bitten, keine falschen Schlüsse zu ziehen und sich nicht von uns abzuwenden. Es würde Ana, Sophia und auch mich sehr treffen.«

Finkler hielt den Blick des Russen lange fest. Er dachte an das, was Fröckinger gesagt hatte. »Sie meinten eben, er war unfair?«

Fomin lächelte wieder, doch seine Karotis pulsierte. »Ich sehe, die Ruhe hier lässt Sie nachdenken.«

Finkler sagte nur ein Wort. »Sophia?«

»Ja, meine Tochter. Das Wertvollste, das ich habe. Es ist mir gelungen, einen Mann in Rosettis Mannschaft unterzubringen, da ich diesen aalglatten Mafiosi nie getraut habe. Mein Informant rief mich an und fragte, ob ich es für einen Zufall hielte, dass der Unfall genau in dem Moment passierte, als Sophia ihren üblichen Heimweg angetreten habe. Er habe da etwas anderes läuten hören. Ana brauchte Stunden, um mich zu beruhigen. Ich war bereit, eine ganze Armee loszujagen.« Der Russe ballte die Fäuste, dass die Knöchel weiß hervortraten.

Finkler nickte. »Ein bisschen zu viel Zufall.«

Fomins Augen brannten vor Wut. »Ganz elegant zwei Fliegen mit einer Klappe schlagen. Sie beseitigen und mich zerbrechen. Man hat Sie zur richtigen Uhrzeit dort hingelockt. Ein paar von den rumänischen Schlägern sind kurz vorher durch die Straße gefahren und haben gecheckt, ob

Sophia kommt. Erst als sie knapp vor der Einmündung war, ist der Lkw los. Sie ist erst elf!«

»Wieso haben Sie die Rosettis auf das Fest eingeladen?«

Plötzlich saß vor Finkler der Mann, der den Weg aus Sibirien bis nach Frankfurt geschafft hatte. Alle Kultiviertheit fiel von ihm ab, die Maske fiel. Er flüsterte: »Rache, Sebastian. Ich wollte sie töten. Es war alles geplant und vorbereitet. Weil sie beide da waren, konnte ich sicher sein, sie auch beide auf dem Heimweg zu erwischen. Es hätte wie ein Krieg zwischen den Clans gewirkt.«

Es überraschte Finkler, dass Fomin ihn in so etwas einweihte, doch als er weiter darüber nachdachte, erkannte er, dass das Risiko sehr gering war, denn es war ja nichts geschehen. Fomin könnte alles abstreiten. Zu beweisen wäre ohnehin nichts. »Ana wusste Bescheid?«

»Nein, natürlich nicht. Als Sie mich vor Sophias Zimmer antrafen, war ich dort oben, den Männern das Go zu geben, und da kommen Sie und legen mir den Ball auf den Punkt. Plötzlich wurden mir die Zusammenhänge klar. Ich blies die Aktion ab, spielte den Ahnungslosen und lieferte Ihnen die Unterlagen.«

»Zufrieden?«

Das Lächeln kehrte langsam an seinen Platz zurück. Hart und grimmig. »Hat doch funktioniert.«

»Ist die Sache für Sie damit abgehakt?«

Diese Antwort blieb Fomin schuldig.

***

Das Geschoss hatte seinen Oberschenkel durchschlagen, den Knochen jedoch nur leicht verletzt, was im Prinzip einem Glücksfall gleichkam, angesichts der Tatsache, aus welch kurzer Distanz Bender abgedrückt hatte.

Doch wie so oft bei Schussverletzungen entzündete sich

die Wunde und musste nachoperiert werden. Kanülen hingen aus Finklers Bein, um das Wundsekret abzuführen, während ein Tropf ihn mit Schmerzmitteln versorgte und ein starkes Antibiotikum in seine Venen gab. Eine Woche lang hatte sich die Lage nicht verbessert, sodass auf dem Höhepunkt der Krise sogar von Amputation die Rede war.

Dann setzte die Heilung mit solcher Vehemenz ein, dass er kaum vier Tage später wieder aufstehen konnte.

Den Krankenhausaufenthalt empfand er wie eine Ewigkeit. Niemand kam, um ihn abzulenken. Sarah war nirgends aufzutreiben, Melanie aus seinem Leben geflohen und Thomas, seinen Pflegevater, wollte er nicht anrufen.

Eines Abends stand Sarah in der Tür. Sie kam in Zivil. In Jeans und einfachem Sweatshirt trat sie an sein Bett und hätte den Eindruck einer Studentin vermittelt, die gerade vom Sport kam, wären da nicht die Ahnung neuer Sorgenfalten und unschlüssig dreinschauende Augen gewesen. Finkler spürte, wie sehr er ihre Gegenwart vermisst hatte.

Sie lächelte unsicher, beugte sich vor und küsste ihn sanft auf die Wange. Die Berührung ließ die Erinnerung an die gemeinsame Nacht so heftig in ihm aufflammen wie eine Gasexplosion, doch Sarah zog sich gleich wieder zurück.

»Wo warst du?«

»In Trier bei einer Freundin. Ich brauchte Zeit zum Nachdenken.«

»Schön, dass dich das wieder zu mir gebracht hat.«

Sie wich seiner implizierten Frage aus. »Ich habe gehört, was passiert ist. Wie geht es dir?«

»Aufwärts.«

»Gut so.« Sie zögerte. »Hör mal, ich kann und will dich nicht weiter betreuen. Das geht nicht, nach allem, was zwischen uns vorgefallen ist.« Sie sah auf den Tropf und drückte ihm eine Visitenkarte in die Finger. »Das ist ein guter Kollege …«

Finkler schleuderte die Karte achtlos vom Bett und griff ihre Hand. »Du oder niemand, Sarah! Lass mich nicht hängen, das stehe ich nicht durch. Bitte!« Seine Worte hatten etwas Flehentliches.

Sie beließ ihre Hand in der seinen. »Es ist zu viel passiert. Ich kann so nicht weitermachen. Das widerspricht jedem Berufsethos. Außerdem …«

Er spürte, wie schwer es ihr fiel, eine Entscheidung zu treffen. »Also wegen unserer Nacht?«

Ihr Lächeln wurde sanft und traurig. »Natürlich.«

»Erklär es mir.«

»Ich bin seit dieser …«, sie zögerte sekundenlang, »dieser … Nacht … Ach, verdammt noch mal. Meine Gefühle für dich sind sehr stark. Das gemeinsam Erlebte … Verstehst du, das ist mir noch nie mit einem Patienten passiert und sollte es auch nicht. Auf einmal kann ich alle Kollegen verstehen, die auch in eine solche Lage gekommen sind … Ich brauche Zeit, verstehst du?«

»Ich habe nur dich, Sarah.«

Sie sprang auf und ging zur Tür, wo sie unschlüssig stehen blieb.

Er zog sich am Trapez nach oben. Sein Bein pochte heftig. Mit schmerzverzerrten Zügen sah er sie eindringlich an. »Geh den letzten Schritt mit. Nur das noch. Ich kenne das Haus. Ich weiß, wo wir gelebt haben. Da ist der Schneegarten. Ganz sicher. Gib mir nur diesen einen Besuch, dann sehen wir, wie es weitergeht. Nur wir, ohne Therapie. Ich schaffe das nicht ohne dich.«

Sie sagte nichts, winkte nur flüchtig und schlüpfte nach draußen.

Er fiel in die Kissen zurück. »Ich will dich nicht verlieren …«

44

Dienstag, 20. Dezember

Sie ließ ihn eine volle Woche warten, dann kam sie zurück, als er gerade seine ersten Gehversuche machte. Sie sah zu, wie er den Gang auf und ab humpelte und schließlich erschöpft in einen Rollstuhl fiel. Als die Schwester weg war, rollte sie ihn davon. Er verstand nicht, was sie beabsichtigte, genoss es aber, von ihr durch die Gänge des Klinikums geschoben zu werden. Weihnachtsbäume standen in den Ecken wie eine Mahnung an die Kranken, schnell gesund zu werden.

Schließlich stoppte sie vor einer Schleuse und half ihm in einen Schutzanzug.

Finkler sah sie groß an, doch sie ignorierte ihn.

Das Licht der Intensivstation war gedämpft, während aus den Patientenbereichen das stete Piepsen der Armaturen erklang. Die Erinnerung an seine Zeit hier ließ ihn erschaudern.

Sie hielt die Augen starr auf den Gang gerichtet, die Lippen zusammengepresst. Eine wattige Stille hüllte die Station ein. Nur die Technik verkündete, dass Leben erhalten wurde. Das sanfte Quietschen der Gummireifen auf dem blank geputzten PVC war das einzige Geräusch, das störte.

Sarah schob ihn an Patientenzimmern vorbei, oder wie auch immer man diese Hightech-Höhlen nennen wollte, in denen man hinter den ganzen Apparaturen kaum noch ein Bett, geschweige denn einen Menschen wahrnehmen konnte. Er wollte weg.

Sie hielten vor dem letzten Zimmer. Finkler spähte verwirrt hinein. »Ich wusste nicht, dass er hier liegt.«

Sarah antwortete nicht, sondern sah zu dem Bett hinüber. In Daniel Bender kam ein wenig Bewegung, als die Beatmungsmaschine seine Lungen füllte. Er lag schmal und elend in seinem Bett, die Augen geschlossen. Seine Haare waren geschoren, was das blasse Gesicht deutlich betonte und Finkler an Strafgefangene erinnerte, was er in gewisser Weise ja auch war.

Sarah verfiel in Ärztemodus. »Der vierte Halswirbel wurde durch das Geschoss zerstört. Er leidet an einer Tetraparese. Oder kurz gesagt: Nichts geht mehr unterhalb des Halses. Völlige Lähmung. Er liegt in einem künstlichen Koma und muss beatmet werden.«

Finkler betrachtete Bender ohne Mitleid.

»Er wäre besser gestorben.«

Sie antwortete nicht darauf.

»Weshalb bin ich hier?«

Sie sah in ihrer gewohnten Ruhe zu ihm herab. Die Unsicherheit ihres letzten Besuchs war verschwunden.

»Er wollte dich vernichten und ist dafür über Leichen gegangen. Nun ist er schlimmer bestraft, als es die Gesetze vermögen. Aber wenn wir die Frage des Schneegartens nicht endgültig beantworten, hat er trotzdem Erfolg gehabt. Es wäre, als würde er dich verhöhnen. Du musst das klären. Solltest du dich befreien, trägst du den Sieg davon und er ist Verlierer auf ganzer Linie. Ich werde dich nicht begleiten, nicht als Privatperson, Ärztin oder Therapeutin. Du verstehst, dass das zu riskant für mich ist. Ich könnte meine Zulassung verlieren. Aber wenn du es hinter dir hast, ruf mich an. Ich möchte dich wiedersehen, okay?«

Er sah sie an.

In ihrem Blick lag Sehnsucht, der Wunsch nach Nähe. Sie wollte ihn ebenso wenig verlieren wie er sie, das konnte er erkennen. Er tastete nach ihrer Hand, die den Rollstuhl umfasst hatte. Sie erwiderte die zärtliche Berührung.

»Schritt für Schritt. Erst der Garten.«

45

Mittwoch, 11. Januar

Finkler bog in eine ruhige Straße in Lerchesberg ab und fuhr langsam an den Häusern vorbei. Das Viertel war wohlhabend. Größere Limousinen und dicke SUVs standen vor den Häusern.

Das Haus mit der Nummer 13 befand sich auf der linken Seite, dahinter erstreckte sich der Wald in Richtung Neu-Isenburg. Der Flachdachbungalow war weiß gestrichen und man sah, dass er erst vor Kurzem renoviert worden war.

Er parkte vor einem Carport, schaltete den Motor ab und versuchte, in sich zu horchen, doch da war nichts. Vielleicht täuschte er sich.

Er stieg aus und sog die Luft in seine Lungen.

Sarah hatte ihm einmal gesagt, dass nur die starke Aura der Umgebung, in der er traumatisiert worden war, ihn durch die Scheiben sehen ließ. Und sie behielt recht.

Plötzlich begann ein sanftes Kribbeln seine Haut zu überziehen. Es war, als wäre er an eine elektrische Quelle angeschlossen worden. Grund war nicht die Kälte des Wintertages oder ein innerer Aufruhr.

Er hörte überdeutlich das Rauschen der Tannen, roch die kalte, klare Luft und spürte, wie es an ihm zerrte, ihn hinüberzuziehen versuchte. Die Intrusion kroch in ihm herauf, doch es war noch zu früh.

Er konzentrierte sich auf den Zeiger seiner Uhr und zählte die Sekunden, bis sich der Sog in den Hintergrund zurückzog. Weg war er nicht, lauerte eher wie ein Raubtier auf die nächste Chance.

Schweiß klebte ihm das Unterhemd unangenehm am Rücken fest, doch er war entschlossen, es jetzt hinter sich zu bringen.

Mühsam ging er zur Haustür und schüttelte immer wieder heftig den Kopf.

Den Sirenen gleich, die Odysseus anlocken wollten, rauschten die Bäume und er glaubte, das Rufen der Eule zu hören. Angst machte sich in ihm breit. Nein, es war Panik, die er nur mit äußerster Willenskraft unterdrücken konnte.

Die Frau, die ihm öffnete, war jung und der Kleidung nach wohlhabend. Sie lächelte mit perfekten Zähnen, während sie mit einem Bein einen Labrador am Verlassen des Hauses hinderte. Er war angemeldet und so hielt sie ihm die Tür auf und bat ihn herein.

Normalerweise mochte Finkler Tiere, doch den schwanzwedelnden Hund konnte er im Augenblick nicht ertragen. Er tätschelte dem Tier flüchtig den Schädel, während in seinem Kopf die Bilder zu schwirren begannen.

»Die Kinder kommen später aus dem Kindergarten.« Die Frau beäugte Finkler neugierig, der ihren Namen vergessen hatte. »Sie haben hier einmal gewohnt?«

»Als Kind.«

Sie sah ihn irritiert an, doch er nahm sie nur entfernt wahr.

»Ist alles in Ordnung mit Ihnen?«

»Bestens, es sind nur die Erinnerungen.«

Er erkannte alles wieder, als er nun ins Wohnzimmer vorausging. In seinem Kopf schien ein Stroboskop die Bilder des Hauses und die seiner Erinnerungen an- und auszuschalten. Neu, alt, neu, alt. Es war wie bei einer Emulsion, die jemand kräftig rührte, deren Phasen sich dann jedoch sofort wieder trennten.

Das Haus hatte eine Diele, von der aus es nach rechts in die Küche und geradeaus ins Wohnzimmer ging. Die Tür nach links – sie führte wahrscheinlich zu den Schlafzimmern – war geschlossen. Die Solnhofer Platten waren die von früher. Es war, als würde er sie schon ewig kennen. Als er aufsah, glaubte er, Kirsten Junge am Fenster zu sehen.

Er schwankte und stolperte vorbei an einem Ledersofa, wo früher eins aus Stoff gestanden hatte, hinüber zur Fensterfront, die in den Garten hinausging.

»Hallo, wohin wollen Sie denn? Ich rufe gleich die Polizei!«

Er ignorierte die ängstliche Stimme in seinem Rücken. Irgendwie gelang es ihm, die Terrassentür aufzuschieben.

Als würde er wieder wie ein Kind durch hohen Schnee waten, stakste er über die Terrasse auf den Rasen. Die Kälte klärte seinen Geist. Es begann zu schneien und kalte, dicke Flocken landeten auf seinem Gesicht. Tiefer Schnee und Sonnenschein überblendeten die grüne Wiese. Die Tannen rauschten stärker und immer schneller wechselten die Bilder, bis die Vergangenheit die Oberhand gewann. Er taumelte zur Fensterfront und stützte sich an der kalten Scheibe ab.

Irgendwo im Hintergrund war eine erregte Stimme, die in ein Telefon rief. Er hörte das Zuschlagen der Verandatür, sah die Silhouette der verängstigten Frau, dann wurde es schwarz um ihn.

Er erkennt die Fensterfront. Sie spiegelt seine Züge unter der Mütze. Pausbacken, die von der Kälte gerötet sind, darüber riesige Augen. Entsetzen und Unverständnis für das, was er sieht, graben sich in sein Mienenspiel, was sehr mit dem Garten kontrastiert, der verschneit in strahlendem Sonnenschein unbefleckt jungfräulich daliegt, als gäbe es keine Schuld auf der Welt.

Seine Ohren jedoch hören die dunkle Seite, von der ihn nur die Scheibe trennt. Unmenschlich, schmerzvoll und hoffnungslos. Sein Blick dringt durch die Spiegelung, als ob jemand den Vorhang gehoben hätte. Er blickt in die Küche. Die Frau mit dem Medaillon schaut ihn nun nicht mehr an, sondern sie stirbt. Das Gesicht blau angelaufen, die trockene

Zunge hervorquellend wie eine Geschwulst, starrt sie in Todeskrämpfen gegen die getäfelte Decke. Beine und Arme zucken noch schwach, doch da liegt kein Wille mehr in den Bewegungen.

Der Mann, der sie umbringt, brüllt vor Anstrengung. Ein Unterton, als stünde er kurz vor dem Wahnsinnigwerden, schwingt darin mit, wird aber von purer Verzweiflung und dem Unverständnis für das, was er da tut, übertönt. Speichel tropft in einem dünnen Rinnsal aus seinem Mund und benetzt ihre Zunge wie Gift.

Ein Nebel von Tränen verschleiert Finklers Blick und er trommelt mit den Fäusten gegen die Scheiben, schreit unartikuliert und glockenhell, während in seinem Inneren etwas unwiederbringlich zerbricht. Er versteht nicht, was er sieht, spürt nur, dass es nicht sein darf. Der Ton seiner Schreie gerinnt in der stillen Winterluft und scheint herabzufallen wie Ruß, der den Schnee verdreckt.

Drinnen sind die Augen wie Glasmurmeln, sehen nichts mehr, nie wieder. Schlaff hängen die eben noch krampfenden Gliedmaßen, doch der Griff um die Kehle ist fest wie zuvor.

Er sinkt in den Schnee, winselnd wie ein getretener Hund, der Kopf leer im Schockzustand, die Augen unbestimmt in die Küche gerichtet, als der Mörder endlich loslässt. Blutunterlaufene Flecke liegen wie ein Halsband um ihre eingedrückte Kehle. Der Mörder übergibt sich in hohem Bogen auf die Fliesen, schreit wie von Sinnen vor – ja, vor Schmerz. Leid, Selbstmitleid, unerträgliches Selbstmitleid eines Täters, ohne Blick für sein Opfer. Finkler springt aus dem Schnee auf die Füße und trommelt wieder gegen die Scheibe, als sich der Unmensch umdreht und ihm in die Augen sieht.

Er schreit in das zur Maske versteinerte Gesicht seines Vaters.

Dann sieht er in den sonnigen Tag. Die Eule sitzt auf dem Zaun zum Nachbargrundstück. Sie legt wie in tiefstem

Bedauern den Kopf schief und schüttelt ihn. Warm durchdringen die Sonnenstrahlen seine Kleidung. Hinter ihm ist – nichts mehr.

Er lächelt dem Vergessen entgegen.

Als er zu sich kam, stand die Frau hinter der Scheibe. Sie hatte vor Entsetzen die Hände vor den Mund geschlagen.

Er lag auf der nassen Terrasse, unmittelbar vor der Fensterfront, und spürte seine brennenden Hände. Vorsichtig rappelte er sich auf, so langsam und müde wie ein Greis, stöhnte und sah der Frau entschuldigend ins Gesicht. Nie würde er ihr erzählen, was er soeben in ihrem Heim gesehen hatte, er wollte nicht, dass sie hier mit seinen Erinnerungen leben musste.

»Alles ist gut.«

Sie verstand, was er sagte, und schaute ihn an, als ob er übergeschnappt wäre.

Er stolperte um das Haus herum, lachend und weinend, und warf sich in sein Auto. Ein paar Straßen weiter kam ihm ein Streifenwagen entgegen.

Freundlich grüßend rollte er an den Beamten vorbei.

Sobald er außer Sichtweite war, gab er Gas. Als er sich nach einigen Richtungswechseln sicher fühlte, bog er auf den Parkplatz des nächstbesten Supermarktes ein. Er parkte und lehnte den Kopf zurück. Der Knoten in ihm war geplatzt wie der Gordische Knoten nach Alexanders Schwerthieb. Ein wundervolles Gefühl der Leichtigkeit überflutete ihn, bis ein neuer Gedanke sich formierte.

Wer ist sie? Wen hat Vater da getötet?

Er zögerte lange, obwohl er die Antwort schon wusste. Doch hatte er nicht die Karten aus Amerika?

46

Donnerstag, 19. Januar

Die Villa war ein Patrizierbau aus den dreißiger Jahren. Groß und wuchtig thronte sie auf einem kleinen Hügel.

Ein Bediensteter empfing ihn an der Tür und führte ihn in ein Arbeitszimmer, von dem aus sich ein spektakulärer Blick auf die Stadt eröffnete.

Ganz im Gegensatz zu der eher trutzigen Fassade wirkte das Innere des Hauses leicht und lichtdurchflutet. Es war in einer edlen Mischung aus Alt und Neu eingerichtet, an den Wänden hingen moderne Bilder, während in der Eingangshalle Skulpturen aus afrikanischer Kunst den Besucher anstarrten. Mosdorf, leger in Rollkragenpullover und Cordhose gekleidet, empfing Finkler in seinem Arbeitszimmer und bot ihm Kaffee an, den er gerne nahm, denn draußen herrschte klirrender Frost.

Mosdorf wirkte aufgeräumt, als sie mit den dampfenden Tassen vor dem Panoramafenster standen und die Aussicht genossen.

Der alte Mann erzählte von den Baumaßnahmen, die er hatte durchführen lassen, um den alten Kasten zu modernisieren, doch Finkler spürte, dass er unter dieser Oberfläche nervös war.

Sie setzten sich schließlich an einen Tisch.

»Kennen Sie die Stadt?« Finkler reichte Mosdorf eine der Postkarten aus Amerika.

»Das ist Boston. Das Old State House.« Mosdorf zog eine Lupe hervor und musterte den Poststempel. »1984, passt auch. Sie ist doch von Ihrer Mutter?« Er sah auf. »Die Karte wurde etwa zu der Zeit abgesendet, zu der ich sie in Amerika antraf. Worauf wollen Sie hinaus?«

»Hatte mein Vater eine Affäre?«

»Wann?«

»Nach Mutters Weggang.«

Mosdorf schüttelte den Kopf in einer Art, die zeigen sollte, dass er niemals daran würde glauben können. »Unmöglich. Er vergötterte Elisabeth und kam mit der Trennung überhaupt nicht klar. Sex vielleicht, aber eine Affäre: nein.«

»Wie hat er auf das Fremdgehen Mutters reagiert?«

»Er rief mich an und verweinte Zeit für sicherlich einhundert Mark, ohne wirklich zu sprechen.«

»War er wütend?«

»Er hätte ihr nie etwas angetan, wenn Sie das meinen.«

»Es gibt Anhaltspunkte, dass er eine Frau getötet hat.«

Mosdorf wirkte, als wollte er nicht glauben, was er gerade hörte, und wäre kurz davor, laut loszulachen. »Heinrich? Das ist totaler Unsinn. Er war nie gewalttätig.«

»Könnte es meine Mutter gewesen sein?«

»Wie denn? Ich habe sie in Amerika getroffen.« Wie zur Bestätigung hielt Mosdorf die Karten in die Höhe und sah Finkler fragend an.

»Vielleicht sind die Karten gefälscht?«

»Und mir ist in Amerika ein Geist begegnet?«

»Zwischen Ihnen und meinem Vater bestand zu dieser Zeit ein enges Abhängigkeitsverhältnis.«

»Wollen Sie mich einer Lüge bezichtigen?« Mosdorf warf die Karten auf den Tisch.

Finkler sammelte sie ein. »Habe ich das gesagt?«

»Sie haben es mir unterstellt. Wo sind Ihre Beweise?« Der alte Mann wurde unfreundlich. Er wartete einige Sekunden, doch als Finkler nichts weiter sagte, wies er zur Tür. »Das muss ich mir nicht bieten lassen. Raus!«

Finkler blieb sitzen. »Verstehen Sie nicht? Ich will Klarheit darüber, was mit meinen Eltern tatsächlich geschehen ist.«

»Indem Sie mich als Lügner bezichtigen?«

Finkler schüttelte den Kopf und blieb ruhig. »Es geht nicht um Schuld und Strafe, alles ist verjährt. Es geht mir nur um die Wahrheit.«

Mosdorf wies auf die Karten. »Dort ist Ihre Wahrheit. Die einzige Wahrheit, die mir bekannt ist.«

Finkler stand auf. »Danke für Ihre Zeit.«

Sie verabschiedeten sich kühl und er folgte wieder dem Hausdiener, während Mosdorf die Tür zu seinem Arbeitszimmer schloss.

Bevor er den Ausgang erreichte, öffnete sich eine seitlich gelegene Flügeltür und eine zierliche Frau trat heraus. Anscheinend Mosdorfs Frau Friederike. Sie mochte sein Alter haben und war von der natürlichen Eleganz, wie sie nur Menschen haben, die zeitlebens in höchstem Wohlstand gelebt haben. Finkler konnte sich vorstellen, dass seine Familie im Empfinden dieser Frau unter ihrem Stand gewesen war.

Zu ihrem dunklen Rollkragenpullover trug sie eine einfache Perlenkette, die die Farbe ihrer weißen Haare aufnahm. Sie reichte ihm eine mehrfach beringte Hand, auf deren Rücken sich blaue Venen und Altersflecken abzeichneten wie Flüsse und Orte auf einer Landkarte.

Ein Blick genügte und der Bedienstete zog sich zurück.

Sie zauberte ein sanftes Lächeln auf die dezent geschminkten Lippen. »Sie sind Ihrem Vater nicht sehr ähnlich.« Finkler wollte etwas erwidern, doch sie hob leicht die Hand. »Aber es ist Ihre Mutter, die mich aus Ihren Augen anschaut. Zum Glück.«

»Wie soll ich das verstehen?«

»In meinem Alter ist man offen zu den Menschen. Um ehrlich zu sein: Ihr Vater war ein janusköpfiger Schuft. Als Polizist der strenge Gesetzeshüter, doch ich weiß, dass die beiden«, ihr Blick wanderte in Richtung Arbeitszimmer, »zusammen Dinge ausgeheckt haben, die nicht immer völlig legal waren, um es einmal vorsichtig auszudrücken.«

»Sie sind sehr offen.«

»Das ist lange her und interessiert heute niemanden mehr.« Sie rieb ihre Hände aneinander. »Ihre Mutter war eine ehrliche Frau, die in einem Unrechtsstaat gelitten hat. Sie konnte das nicht mit ansehen.«

»Ist sie deswegen …«

Friederike Mosdorf hob die Hände. »Das entzieht sich meiner Kenntnis.« Sie ergriff einen Briefumschlag, der auf einem glänzenden Sideboard aus Nussbaumholz lag, und reichte ihn Finkler. »Er wollte Ihnen kein Foto überlassen, ich aber denke, Sie haben ein Anrecht darauf. Seien Sie sich sicher, was auch immer war, sie hat Sie geliebt.«

»Warum ist sie gegangen?«

»Ich weiß es nicht, wir hatten uns auseinandergelebt.«

***

Als er sich zu Hause traute, das Foto aus dem Umschlag zu ziehen, trat alles um ihn herum in den Hintergrund, denn er starrte nur sie an, während Tränen ihm die Sicht vernebelten.

Auf dem Foto lachten vier junge Menschen in die Kamera, die Arme umeinandergelegt. Karl und Friederike Mosdorf, sein Vater und, ein wenig von den anderen entfernt, ein Gesicht, das er gut zu kennen glaubte, schön und gebräunt. Sie sah mit verschlossenem Blick in die Kamera.

Er weinte um seine Mutter, voller Scham und voller Trauer.

Irgendwann scannte er das Foto und schnitt die drei anderen Leute heraus wie Abfall, nutzte ein Programm und schärfte ihre Züge, um jedes Detail in sich aufzusaugen.

Er riss die Fotos seines Vaters achtlos von der Wand und warf das Bild seiner Mutter mit einem Beamer auf die frei gewordene Fläche, die Farben in dem leichten Pastell des Fotos. Behutsam, wie um ihr nicht wehzutun, fuhr er mit der Hand über ihre Arme, auf denen die Haare wie helles Dünengras leuchteten, über ihre Stirn und den Mund. Sah in Augen, die ihn genauso morgens aus seinem eigenen Gesicht im Spiegel anschauten und nun das Licht eines Sommertages an der Nordsee reflektierten.

Seine Tränen versiegten nicht. Immer wieder war es die Scham, sie aus seinem Leben verstoßen zu haben, dann die Trauer um nicht erlebte gemeinsame Tage. Nach einer Weile jedoch wurden es Freudentränen voller Wehmut. Sie hatte ihn geliebt!

Seine Hände folgten den Linien ihres Halses und zögerten, dann strichen sie auch über das Amulett, das neben der Öse einen kleinen Riss hatte.

Epilog

Finkler blinzelte in die Oktobersonne und ärgerte sich mit einem Feuerzeug herum, um die Kerze anzuzünden. Endlich brannte der Docht und er schob das Licht in den Schutz der Grablaterne.

Elisabeth Schuster stand in bronzefarbenen Buchstaben auf der Grabplatte aus dunklem Granit. Finkler wäre ihm wie eine Verhöhnung vorgekommen.

Sie hätte heute Geburtstag gehabt, wäre siebenundsechzig Jahre alt geworden. Wie sie wohl ausgesehen hätte?

Er lächelte und wischte den Schmutz weg, den Regen und Wind mit sich gebracht hatten. Dann stellte er eine Schale mit weißen Hyazinthen auf das Grab und erhob sich.

Ihre Leiche war bereits eingeäschert und in einem anonymen Grab beigesetzt worden, als er nach ihr suchte, doch war es ihm gelungen, ihre Urne ausfindig zu machen und sie hier auf dem Hauptfriedhof zu bestatten. Sie lag an einer Mauer, im Schutz einer großen Eiche.

Erst seit dem Tag ihrer Beerdigung ging es ihm wieder gut. Die Intrusionen hatten aufgehört und in den meisten Nächten schlief er ruhig und entspannt. Nur manchmal tauchten die Geister im Dunkel wieder auf. Kirsten Junge, Dr. Dick, die Krankenschwester und der arme Teufel, der nach dem Rechten hatte sehen wollen. Selbst Altmann kam ab und an hinzu.

Angst machten sie ihm nicht mehr, auch wenn ihn immer noch ein schlechtes Gewissen plagte.

Die Rosettis waren inhaftiert worden. Sie hatten noch versucht, das Land zu verlassen, doch Prock und dem LKA war es geglückt, sie abzufangen. Da die Beweislage eindeutig war, würde Finkler wahrscheinlich nicht einmal aussagen müssen. Was hätte er auch sagen können? In meinen Träumen habe ich sie gesehen?

Er lachte auf.

Fomin hatte es irgendwie erreicht, dass das Land Finkler mit einer Medaille für seine Zivilcourage ausgezeichnet hatte. Sonja Güdner hatte bestimmt gekotzt, als sie das gelesen hatte. Der Russe hatte die Gelegenheit genutzt, Finkler in aller Öffentlichkeit die luxuriöse Wohnung zu schenken, wogegen nun niemand mehr etwas zu sagen wagte.

Für die Polizei Frankfurt arbeitete er nicht mehr. Der Polizeipräsident hatte ihm umständlich erklärt, dass die Vorfälle eine vertrauensvolle Zusammenarbeit erschwerten und weiteres Blabla abgesondert, um ihm zu empfehlen, das Angebot von Fröckinger im LKA anzunehmen, was er auch getan hatte. Er jagte weiter kriminelle Organisationen und wartete bereits auf die Nachfolger der Rosettis, denn die Organisation bestand weiter und würde ihre Geschäfte wieder aufnehmen, nur mit neuen Gesichtern.

Vor ein paar Wochen war er nach Idstein gefahren und hatte vor dem Pflegeheim des Deutschen Roten Kreuzes ewig gezögert, ob er hineingehen sollte.

Er war wieder nach Hause gefahren. Das Gespräch mit Bender, zu dem ihm sein neuer Therapeut geraten hatte, musste noch warten, denn die Wut, die er empfunden hatte, als er auf die nichtssagende Front des Pflegeheims geblickt hatte, war zu groß gewesen.

Sarah kam mit einer Gießkanne und goss Wasser in die Schale, dann stellte sie sich neben ihn und griff seine Hand.

Ihre Beziehung war so, wie sie begonnen hatte: ein Auf und Ab.

Über viele Wochen war es, als wären sie fest zusammen. Sie wohnten dann gemeinsam in einer ihrer Wohnungen. Lachten viel, fuhren in Urlaub. Zu Ostern hatten sie ihre Familie in der Eifel besucht, doch im Juni zog Sarah sich von ihm zurück, meldete sich länger nicht bei ihm und ließ sich von ihrer Sprechstundenhilfe verleugnen. Ein paar Wochen später stand sie dann wieder vor seiner Wohnung und alles war wie zuvor. Er wollte damit leben lernen und war sich sicher, dass das mit ihrer Verletzung zusammenhing. Sollte sie ihm ihre Geschichte eines Tages erzählen, würde sie für immer bleiben.

Er wartete also ab.

Sarah fröstelte. »Komm, lass uns ins Warme gehen.«

Er legte seinen Arm um ihre Schultern und drückte sie an sich. »Und dann?«

Sie sah zu ihm auf. »Beginnen wir zu träumen.«

Danksagung

Einen Roman zu schreiben und anschließend mehrmals so zu überarbeiten, dass der Leser eventuell Freude an der Lektüre hat, ist ein Marathonlauf, dessen Ziel man ohne Hilfe vieler anderer selten erreichen würde.

Mein Dank gilt in erster Linie wie immer meiner Familie, ohne deren Unterstützung ich keinen Roman schreiben könnte. Vor allem meiner Tochter Josefine, die in unermüdlicher Kleinarbeit die letzten Fehler ausfindig gemacht hat. Was jetzt noch falsch ist, geht alleine auf meine Rechnung.

Außerdem war da Bärbel Schmitt-Lambertz. Sie hat die erste und konfuse Version der Geschichte gelesen und mir wertvolle Kritik mit auf den Weg gegeben. Leider kann sie die Veröffentlichung des Romans nicht mehr erleben, da sie ihren Kampf gegen den Krebs verloren hat, was mich immer noch sehr traurig macht.

Ein weiterer Dank gilt all den Menschen, die das Netz zu einem unendlichen Reservoir an Informationen machen. Kein Autor wird heute mehr darauf verzichten können, im Netz auf deren Wissen und die von ihnen zusammengetragenen Fakten zuzugreifen.

Ich danke auch meiner Lektorin Christiane Geldmacher, die mit viel Geduld Unstimmigkeiten aus dem Text herausgefiltert hat und dem Roman die stringente Form gegeben hat, in der er nun vorliegt.

Dank gebührt auch Daria Gaberdan, die den letzten Schliff gegeben hat, und all den anderen, die den Text gesetzt, das Cover entworfen und nochmals alles kontrolliert haben, ohne dass ich je ihre Namen erfahren werde.

Lust auf weitere Lektüre?

Martin Calsow
Kill Katzelmacher!
ISBN 978-3-89425-675-3
Auch als E-Book erhältlich

Ein jüdischer US-Offizier. Ein ehemaliger Wehrmachtssoldat. Sie müssen kooperieren. Nur dann haben sie eine Chance.

1948: München liegt in Trümmern, die Bevölkerung soll unter amerikanischer Besatzung zur Normalität zurückfinden. Ein perfider Serienmörder weiß das zu unterbinden: Er häutet seine Opfer bei lebendigem Leib und stellt sie zur Schau. Die Toten waren ehemalige SS-Soldaten. Handelt es sich um Rachemorde Holocaust-Überlebender?
Der jüdische US-Offizier Marcus Feinstein soll den Fall rasch lösen. Doch das geht nur mit der Unterstützung seines deutschen Kollegen. Und Steinmüller, ehemaliger Wehrmachtssoldat, zeigt sich gegenüber der amerikanischen Besatzungsführung alles andere als kooperativ …

»Genial verwobenes Geflecht aus Macht, Intrigen, Verrat und Liebe. Martin Calsow führt seinen Lesern die menschlichen Abgründe in schmerzhafter Deutlichkeit vor Augen.«
Ines Wagner, KulturVision aktuell

Machtkämpfe und ideologischer Wahn

Jutta Blume
Die Aktivistin
ISBN 978-3-89425-595-4
Auch als E-Book erhältlich

Politisch brisant, fundiert recherchiert

Aktivistin Yessica López, die sich für die Rechte der indigenen Garífuna einsetzt, ist verschwunden und niemand in Triunfo will darüber reden. Entwicklungshelfer Ulrich, der seine ehemalige Geliebte überraschen wollte, kann kaum glauben, wie sehr sich die Region verändert hat. Die honduranische Regierung hat das Gebiet zu einer Sonderentwicklungszone erklärt, verwaltet von einem internationalen Expertenkomitee, das die Einheimischen zum Verkauf ihrer Grundstücke zwingt. Die Interessen des Komitees sind undurchsichtig, seine Macht absolut. Als in der Nachbarstadt eine Bombe explodiert, wird das Tropenparadies zu einem Albtraum.

»Dieses Buch liest man nicht einfach so weg, dafür ist es zu komplex. Man legt es aber auch nicht einfach so weg. Dafür ist es zu gut.« Michael Schulte, Westfälische Nachrichten

grafit